Storytella

Universal Stories that Haunt Your Heart.

Storytella

Universal Stories that Haunt Your Heart.

人魚之歌

The Mermaids Singing

Val McDermid

薇兒・麥克德米／著

余國芳／譯

媒體名人盛讚

「衝擊性十足的殘虐暴力，冷靜矜持的英式陰鬱，出乎尋常地於《人魚之歌》裡達到絕佳的平衡。薇兒．麥克德米不只在警察程序範疇裡爲讀者帶來充滿黑暗與深度的魅力角色，突破性別疆界的猛戾力道，更讓人當頭棒喝地虔心省思，何謂『愛』的眞諦及其可能。」

——心戒（MLR推理文學研究會成員）

「同類型小說的女性作家，大多會讓書中主角同樣身爲女性。但薇兒．麥克德米在《人魚之歌》中不僅選擇了男性作爲主角，更以直接、獨特的態度塑造出角色的心理陰影，使本作不僅是部具有娛樂性的驚悚小說，同時更是一本以不同角度來談論性別問題的優秀作品。在尖銳的同時，也讓人感受到她對男性那帶有一絲揶揄的同情心。」——劉韋廷（城堡岩小鎮家族創立人）

「當代的犯罪小說書寫中，無人能像麥克德米從發自內在的慈悲心去觀照暴力本質；而且在殺戮的陰影下，還能編寫機巧圓滑的對白，穿插冷面笑匠式的幽默，並以扣人心弦的情節附和此類型小說的基本要素。」

——《紐約時報》

「以引人入勝但可怕的結局顛覆了連續殺人犯罪小說的形式。麥克德米爲讀者準備了許多令人吃驚的意外之事，並且巧妙地中途抽手，拆穿在對於犯罪者扭曲心靈毫無深度的描寫中常見的心理陳腔濫調。」

——《舊金山紀事報》

「這個殘虐、變態但引人入勝且別出心裁的驚悚小說讓薇兒·麥克德米獲得英國頂尖犯罪小說獎——金匕首獎；這只證明了，英國並非一個如我們過往所相信那般文雅的國家……」

——Amazon.com評論

「一個黑暗故事……錯綜複雜，精心編織，而且令人惶惶不安……強而有力……震懾人心……讓人不忍釋卷。」

——《出版者周刊》

「一個絕對令人寒慄的驚悚小說；這是從曼徹斯特而來、對湯瑪士·哈里斯的回應。」

——《衛報》露克瑞莎·史都華

「麥克德米進入變態犯罪者乖戾心靈的能力，令人戰慄地充滿說服力。」

——《時代雜誌》

「麥克德米已成爲邪惡的頂尖剖析者。驚恐的微妙交織極爲精采。」

——《衛報》馬克辛・賈庫包斯基

「刺激、高潮迭起……令人滿意地進入扭曲的心靈。」

——《書單雜誌》評論

「引人入勝而令人震驚。」

——米涅・渥特絲

「驚悚但充滿品味，殘酷但富有同情心。眞的好看得可怕。」

——《周日郵報》法蘭西絲・法菲爾德

「扣人心弦、充滿智慧的書。」

——《時代雜誌》馬塞爾・柏林

「一流的心理驚悚小說。」

——《柯夢波丹》

「談及心理側寫，讓人立即想到電視影集《怪客》（Cracker），但是麥克德米最新的驚悚小說更勝一籌；這是犯罪小說迷必讀之作。」

——《Company》

「耐人尋味而陰森的連續殺人犯犯罪小說。麥克德米找到了令我們感到震驚且戰慄的新方法。」

——《紐約時代週刊》

「麥克德米眞的是一名撰寫震懾人心的驚悚小說之能手。」

——《每日快報》

「在現今犯罪小說中，沒有人能像薇兒・麥克德米的作品那般既發自內心又充滿人性……她是我們當今最好的作者。」

——《紐約時報》

「節奏緊湊，足夠的血腥場景讓我們覺得謀殺完全不是冷血而客觀的；而且最棒的是，角色設定令人信服。」

——《周日郵報》

「在犯罪小說創作的大路上，薇兒・麥克德米是壅塞車陣中轟鳴的法拉利。」

——《獨立報》

「情節無與倫比，氛圍鮮明可察，我懷疑今年將難有其他故事能勝過此書。」

——《周日快報》

「麥克德米是一位聰明而極有天賦的小說家……這最新的故事可能會讓人不適，但是十足地引人入勝。」

——《格拉斯哥先鋒報》

「格外令人緊張而題材創新的驚悚小說。」

——《每日郵報》

【導讀】

贏得「匕首中的匕首」殊榮的推理女傑——薇兒・麥克德米

推理評論家　黃羅

有「蘇格蘭黑色之王」（King of Tartan Noir）稱號的英籍作家伊恩・藍欽（Ian Rankin）曾公開說過：「最駭人恐怖的犯罪小說，都是女同志作家寫出來的產物。」藍欽雖未指名道姓所謂的女同志作家是哪些人，但大家心中雪亮，其中一定有薇兒・麥克德米（Val McDermid）。麥克德米本人聽聞這個說法頗感不悅，尤其讀到《泰晤士報》標題寫著「嗜殺的女同性戀所進行的復仇之舉」更是光火。以她如今在推理文壇所享有的崇高地位，麥克德米的確可以大膽對媒體嗆聲，然而女同志在推理小說中所受的不平等待遇，卻沒有辦法一筆勾消。

・女同志偵探的辛酸血淚史

回顧女同志的坎坷際遇，早在二十世紀初便可見端倪。比方在桃樂絲・榭爾絲（Dorothy L. Sayers）一九二七年的作品《非自然死亡》（Unnatural Death）中，貴族神探溫西爵爺的某個親戚克琳普森小姐就對一樁命案的兩名嫌犯評論道：「她們倆的關係，非常不健康⋯⋯」是的，在早期的推理小說裡，作者對同性戀所抱持的意識形態多半如此。即便是英明的「謀殺天后」克莉絲蒂也跳不出這個窠臼，在她一九五〇年發表的《謀殺啓事》（A Murder is Announced）中，故事裡頭有兩個女人住在一起，平時飼養雞鴨度日。作者沒明說她們倆是女同志，但讀者一看就心知肚明。這兩人後來的下場是一個死於非命，另一人則是身心交瘁，簡言之都不得善終。

沒錯，不用懷疑，一直以來，這就是同性戀在推理小說中的悲情宿命，他們要嘛是受害人，不然便是扮演誤導讀者的嫌犯，一正一反的兩大要角——解開謎團的神探與藏身幕後的大魔王眞兇——他們根本沾不上邊。直到一九六七年，推理史上才出現第一位男同志偵探：美籍作家喬治・巴克斯特（George Baxt）創造的曼哈頓黑人警探帕洛・羅夫（Pharoah Love），然而能打入主流市場的第一人，卻是約瑟夫・漢森（Joseph Hansen）筆下催生於一九七〇年的大衛・布蘭史岱特（David Brandstetter）。在虛擬小說中，布蘭史岱特擔任查案的主角，他不再是受害人，不必是紈褲子弟，更不用是只會驚聲尖叫的變裝皇后；他不但有保險調查員的正職，還可以享有愛情生活，最重要的是，這位在洛杉磯活躍的男同志偵探，終於從美洲大陸西岸的冷硬派傳統中破繭而出。

相較之下，女同志要從受害人被扶正爲偵探，還得再多掙扎幾年光陰。時爲一九七七年，貝爾（M. F. Beal）的獨立作《天使之舞》（Angel Dance）正式將小說史上第一位女同志偵探介紹出場，她的名字是一大串落落長的「瑪利亞・凱特琳娜・蘿卡・葛瑞娜・阿卡薩」（Maria Katerina Lorca Guerrera Alcazar，簡名爲凱特・葛瑞娜）。在小說的開場中，身爲墨裔美國人的葛瑞娜原是個菜鳥記者，爲一家反現存社會體制的左派新聞週刊撰稿，但故事只進行了十五頁她就被迫離職，結束短暫的記者生涯，改行當偵探去了。

貝爾和她筆下的凱特．葛瑞娜在歷史上雖擁有一席之地，卻不曾名滿天下過；畢竟先驅者若未攻上頂峰，通常只會變成砲灰。相隔十年之後，葛瑞娜的棒子由英國的琳賽．高登（Lindsay Gordon）接手。在一九八七年初登板的小說《採訪謀殺》（Report for Murder）中，高登因工作所需必須造訪一所女子學校，但那間特權掛帥的學院卻是她最討厭的地方。爲了寫稿，她決定前往那裡屈就一個週末，誰知命案就此發生……操弄高登的人生、讓她捲入血腥謀殺案、逼她下海客串偵探的不是別人，正是咱們這位薇兒．麥克德米。按照高登自我解嘲的說法，她是個「憤世嫉俗的社會主義者，同時也是滿腦子女性主義思想的女同志記者」，平常老喜歡在警局的偵訊室附近打轉，伸長鼻子嗅聞著犯罪的氣息。她菸酒不拒，個性強硬絕不妥協，有話直說且機智風趣，爲人熱情又務實獨立，在男性主導的行業裡表現不讓鬚眉。不過，寫出高登這號虛構人物的麥克德米也是勇猛無比，一出道就不屑打安全牌，不單膽敢讓女同性戀當破案英雄，而且她自己也是出櫃的女同志。

．融合社會意識和女性主義思維

麥克德米是蘇格蘭人，一九五五年生於東岸一個生產油氈聞名的小城鎮克科底（Kirkcaldy），童年是在東衛彌司（East Wemyss）的礦區村與祖父母一起度過，勞工階級的意識形態無形中在心裡頭扎根，激發幼小的她一心到外地求學打拚的志願。麥克德米去參加入學口試的那一天，僅是她平生第三度前往英格蘭，然後在跌破衆人的眼鏡下——包括她自己在內——進入牛津就讀，當時她才十七歲，是年紀最小的大一生。那幾年的牛津生活給了她震撼教育，讓她感受到完全不同的文化衝擊，啓蒙了她更加遼闊的全新視野。

麥克德米的作家生涯一開始並不順遂，爲了餬口飯吃，她選擇一份不需朝九晚五還得打卡的記者工作。她先在德文郡的培訓中心待了兩年，接著在格拉斯哥和曼徹斯特兩地的報社當了十四年記者，同時間並沒放棄嚮往多年的作家夢。她的第一本小說早在二十一歲完成，那是一本探討生命意義、人際關係與愛恨情仇的作品，但是被倫敦各大出版公司退稿。所幸她一位演員朋友讀了之後，建議她把小說寫成劇本，結果因緣際會被改編成舞台劇〈宛如快樂結局〉（Like a Happy Ending），讓當年二十三歲的她陰錯陽差成了劇作家。

常言道：不是猛龍不過江。不服輸的麥克德米顯然對寫小說沒打退堂鼓，不過她很聰明地改弦易轍，從自己最喜歡的犯罪小說重新出發。她對八〇年代崛起的美國女私探新浪潮非常著迷，尤其是莎拉．派瑞斯基（Sara Paretsky）的維艾．華沙斯基（V. I. Warshawski）系列小說。在某次接受媒體的專訪中，麥克德米坦承派瑞斯基是她崇拜的偶像，閱讀華沙斯基的探案故事更是她人生重要的轉捩點：她從中了解到犯罪小說仍有可開發的新領域，而且華沙斯基的角色形象也讓她明白在城市之中，執行司法正義和關懷社會公理的擔子可以由女性偵探一肩扛起。正是憑藉這層領悟，麥克德米開始師承派瑞斯基，把場景從美國換成英國，再將政治介入的議題與女性主義思維的影響雙雙融入情節中，成爲推動戲劇張力的主軸。以處女作《採訪謀殺》爲例，作者一邊提出校園內女性的人身安全問題，一邊控訴有關當局在政策上的冷漠心態，使得書中的女主角義憤塡膺又疲於奔命，正好反映出普羅大眾的觀感。

．英國犯罪史上最棒的女調查員

有二十三部著作的麥克德米共寫了三條系列小說，其中受派瑞斯基影響最深的其實是第二系列的凱特．布蘭妮根（Kate Brannigan）探案。布蘭妮根是個私家偵探，縱橫於曼徹斯特的殘酷大街，留著一頭紅髮，精力充沛且暴躁易怒，個性強勢喜歡主導一切，口才甚佳能以「嘴」服人，但是需要動用武力時，身為拳擊手的她也可出手自衛反擊。布蘭妮根出道於九〇年代，無庸置疑會被拿來和女私探前輩金絲．梅芳（Kinsey Millhone）、雪倫．麥康（Sharon McCone）等人作比較，很多評論者指出她和華沙斯基一樣同屬「火爆女煞星」。英國的推理雜誌《犯罪時間》（Crime Time）毫不囉嗦，很乾脆地評選她為「英國犯罪小說史上最棒的女性調查員」。

麥克德米的作品節奏明快，有通俗小說的動作場面，有類型小說的繁複情節，更有關懷社會的嚴肅主題。三條系列作的評價都很高，但後期作品氣氛較為陰沉，節奏更為緊繃，描寫事物的手法也更加趨近寫實，對二十世紀末的英國社會有非常逼真的呈現。她擅長寫有稜有角的女強人，但令人意外的是，她塑造最成功、也最為人所知的角色，卻是一位男性臨床心理學家東尼．希爾（Tony Hill）。雖然前兩條系列作品已為她打響名號，但這時候的麥克德米仍不被美國出版商看好。第三系列的首作《人魚之歌》（The Mermaids Singing）出版時，她專程飄洋過海去美國巡迴宣傳，甚至自掏腰包到一年一度的推理盛會「鮑查大會」（Bouchercon）設攤打書，並利用週末假期以簡訊傳送行銷文字給書迷。她的辛勞終於獲得回饋，《人魚之歌》的銷售量在英美兩地皆大獲捷報，讓麥克德米登上名符其實的暢銷作家寶座。

不過，麥克德米大概萬萬沒想到，名利雙收的後遺症居然比出櫃來得可怕。儘管第三系列作讓她大紅大紫，卻也招來「顯露殘暴本性」的罵名。這個系列是由東尼·希爾搭配女警探卡蘿·喬登（Carol Jordan）聯合主演的雙人組探案，基本上每部作品的主調都著重於追緝連續殺手。在眞實世界中，開膛手傑克、泰德·邦迪（Ted Bundy）、約克郡屠夫這些連續殺人魔個個叫人心驚膽顫，而小說史上最恐怖的食人魔醫師漢尼拔（Hannibal）也令人不寒而慄，不過《人魚之歌》的殺人狂更是不遑多讓，他參照古代惡名昭彰的酷刑，如法炮製把人五花大綁、行刑時叫人生不如死的肢刑架、猶大椅、X形十字架……被相中的男性獵物幾乎是三十歲左右的青壯年，遭受施虐的死相慘若銷魂喪膽，最後被棄屍於男同志縱情歡樂的夜店區。這樣的題材已遭人非議，再加上作者對酷刑虐殺毫不手軟，鉅細靡遺的文字描繪栩栩如生有如親臨現場，讓讀者觀之心跳加速、不忍卒睹。麥克德米調度場面的功力在此大放異彩，多條繁複的故事線在她手中交織出一張巧奪天工的殺人拼圖；但也因爲血肉模糊和骸骨異位的慘狀呈現，無可避免換來「殘暴女同志的嗜血復仇」評論。

．殘酷嗜血，洞悉暴力本質

針對輿論界的群起攻訐，麥克德米可不是省油的燈。她宣稱自己不用無謂的暴力來渲染劇情，不寫無血肉單一面向的受害人；她試著用小說形式探討暴力的肇因和影響力，希望自己的作品既能娛樂大衆，同時可以打開讀者的眼界，從中明白暴行發生的來龍去脈。幸好她的這番聲明得到正面迴響，《人魚之歌》勇奪一九九五年英國犯罪作家協會的金匕首獎，是當年最具爭議性、卻又評價最突出的推理小說。該系列後來推出的作品也都叫好叫座，二〇〇一年十月二十一日的《紐約時報》特別撰文讚譽「儘管血腥殘酷的陳述確實出於她之手，但當代的犯罪小說書寫中，無人能像麥克德米從發自內在的慈悲心去觀照暴力本質；而且在殺戮的陰影下，還能編寫機巧圓滑的對白，穿插冷面笑匠式的幽默，並以扣人心弦的情節附和此類型小說的基本要素。」

・女同性戀作家的復仇之舉

犯罪小說家有男有女，兩造之間有何差異？麥克德米曾提出個人見解回應這個問題，她認爲男性作家像局外人一樣從外在觀點描寫暴力，但女性作家落筆時卻從當事人立場去感同身受，因爲她們生來就活在一個危機四伏、隨時都有可能遭受侵犯的環境中。因爲這份同理心，女性作家的作品少了滿足偷窺慾的獵奇心態。麥克德米自稱毫不嗜血，事實上她一見血就昏倒，對恐怖片興趣缺缺，也沒有因童年創傷而產生反社會人格。她的眞誠和才華逐漸贏得世人一致性的肯定，多項國際性的推理大賞如安東尼獎、貝瑞獎、洛杉磯時報年度作品獎、Theakston's Old Peculier Award全是囊中物，英國犯罪作家協會在二〇〇五年宣布她榮獲「匕首中的匕首（Dagger of Daggers）」美名，二〇一〇年再頒贈代表終身成就的「鑽石匕首獎」。全球已有三十種語言的譯本，共賣出一千萬冊。史家一般認爲，過去二十年來犯罪小說起了很大的轉變，其中厥功甚偉的應屬麥克德米和伊恩・藍欽二人。他們掀起英國犯罪小說的新浪潮運動，推翻克莉絲蒂以村鎭農莊爲舞台、主奏舒適愜意（cozy）氛圍的古典解謎小說，把革命的種子播向一個以城市街道爲背景、強化不安情緒的闇黑戰場（noir）。如今種子開花結果，身爲先驅者的麥克德米，自是享有無法撼動的大師地位。

若硬要說麥克德米幹了什麼復仇舉動，那只能打趣說，或許這個仇是報應在東尼．希爾身上。故事中的希爾是個心理側寫分析師，他擁有古典神探的所有特質：智力高超，能了解兇手扭曲怪異的心態和行爲動機；料事如神，可以深入殺人魔的內心世界並洞燭機先阻止犯行；情感獨立，不與女性產生互相牽絆的情愛關係。從福爾摩斯、艾勒里．昆恩、白羅一路傳承下來，這些古典神探全都過著禁慾的無性生活。表面上希爾和前輩們一樣清心寡慾，私底下呢，麥克德米卻開了他一個大玩笑，因爲作者設定他有性功能障礙！天啊，難怪他明明和卡蘿．喬登來電而起了化學效應，卻總是保持相當距離；他的不能，意謂不近女色的古典神探或許有難言之隱。長久以來，古典神探一直是「思想上的巨人，情感上的侏儒」，麥克德米這位近代作家對這句話做了看似相同、實則大不同的詮釋，實在叫人忍俊不禁。

東尼．希爾和卡蘿．喬登究竟會不會成爲一對？女警探能否讓男神探頂天立地、重燃生機？書迷們對結果無不引頸期盼，導致這個懸念成爲本系列小說繼續發展下去的賣點之一。這系列的另一特色是書名全引用自艾略特（T.S. Eliot）的詩句，《人魚之歌》正是出於〈艾弗雷德．普魯佛克的情歌〉（The Love Song of J. Alfred Prufrock）第124行的「I have heard the mermaids singing, each to each」。文學裡的美人魚通常具有性象徵，相傳美人魚對水手而言乃不祥之物，看見她們必會發生船難厄運。這部套用人魚典故的犯罪小說雖發表於十五年前，如今讀來驚嚇程度卻不比當道的虐殺電影遜色。不信者儘管來試膽，尤其是男性讀者請注意了，看你們還敢不敢隨便開門放陌生人進屋來……

我聽見人魚在唱歌，彼此對唱著。我想他們不會爲我而唱。

——《艾爾弗雷・普魯夫洛克的戀歌》

T.S.艾略特

磨折的靈魂是男性。

——展示卡上的評註

犯罪學與酷刑博物館

義大利，聖吉米安諾

本書所有章節的題詞語錄都摘自《謀殺可視之爲一門藝術》

——作者：湯瑪斯・代・昆西（1827）

摘自3.5磁碟片　標示：備份檔・007

檔名「愛情・001」

人總是忘不了第一次。對於做愛這件事不都是這麼說的嗎？這話用在謀殺上更是眞切。那一場奇特又充滿異國風情的戲劇裡，每一分每一秒都叫我永生難忘。即使現在，有了經驗和認知之後，我知道那只能算是一次業餘性質的演出，卻還是很有刺激的張力，雖然過癮的感覺已經不再。

其實在被迫出手之前我並沒有發現，原來我早就在爲謀殺鋪路了。那是一個托斯卡尼的八月天。一輛冷氣街車帶著我們從這個城市奔到那個城市。車子裡全都是來自北方的文化禿鷹❶，急切的要把十四天的『套裝行程』每分每秒都塞滿有別於霍華堡和查茲沃司的珍貴記憶。

我欣賞佛羅倫斯，教堂和藝廊裡殉道者和聖母像林立，一種奇妙的矛盾。我登上百花大教堂高得令人發暈的布魯內列斯基圓頂，最令我著迷的是那一道從藝廊通上小圓頂閣的旋轉梯，破損的石階緊緊的夾在圓頂天花板和屋宇中間。感覺就像走進了我的電腦，一場眞人扮演的冒險，一步一步的從迷宮走向光明。唯一可惜的是路上少了那些待宰的怪物。到達窄梯的盡頭天光乍現，那裡有個賣明信片和紀念品的小販，黑黑的，一臉堆笑的小個子，因爲長年拖著這些貨品上上下下的緣故已經彎腰駝背了。如果這眞是一場電腦遊戲，我肯定會向他購買一些魔法。礙於事實，

❶對文化藝術過度狂熱的人。

我只向他買了明信片，買的數量絕對超過我要寄出的份數。

在經過佛羅倫斯及聖吉米安諾之後，那小城就在綠色的托斯卡尼平原上突然竄起，幾座聳入天空的殘敗塔樓，就像從墳墓裡硬耙出來的手指。導遊滔滔不絕的解說著「一個中古時期的曼哈頓」，這是在加萊之外又一個強迫中獎的景點。

接近小城的時候，我的興奮度升高。走遍佛羅倫斯，我終於看到一個名符其實吸引觀光客的地方。掛在街燈柱上醒目的金紅色旗幟強烈的慫恿我去參觀聖吉米安諾犯罪學博物館。爲了確認廣告單上的訊息，我還參考了外語實用手冊。果然是一個犯罪學與酷刑的博物館。當然，這不在我們文化之旅的行程上。

我不必費力尋找我的目標；博物館宣傳單上附有完整街市圖，總共不到十幾碼遠，中古風的牆壁，廣闊的石頭通道，走進去就是了。期待是一種樂趣，所以我先在四周轉一圈，讚嘆不已的看著這些殘留下來，跟市容很不搭調的塔樓。在當時每個有權有勢的家族都有防衛自己的塔樓，爲了抵禦鄰國入侵，從熱鉛到大砲他們什麼都用上了。在這個城市的鼎盛時期，據說有好幾百座塔樓。跟中古風的聖吉米安諾相較之下，那些在碼頭休工之後的週末夜簡直就像幼稚園，那些水手只是一些搞破壞的票友，根本不夠看。

等到博物館的吸引力大到無法可擋的時候，我才穿過中央廣場，把一枚兩百里拉的雙色硬幣投入幸運井，沿著一條後街走了幾呎，古老的石牆上裝點著穿金戴紅的掛飾。興奮就像一隻嗜血的蚊子，在我體內嗡個不停。我走進涼爽的門內，鎮定的買了入場券和一本精美發亮帶有插圖的博物館導覽。

我要怎麼形容這個經驗呢？肉體的眞實感遠比我看過的照片、影帶或書本來得震撼。第一個展覽項目是梯形架，簡介卡上用義大利文和英文很用心的註明了它的功用。脫臼的肩膀往外伸，臀部和膝蓋在軟骨和韌帶斷裂的喀嚓聲中分離，脊椎打直到每一截都像斷線的珠子般散開。「受刑人，」卡片上簡要的寫著，「在上完梯形架後通常會比原來的身高高出六至九吋。」判官們的心思確實異於常人。對於那些異教徒，他們嫌生前的嚴刑逼供還不夠看，非要從受盡凌虐的屍體上再追求更深一層的答案。

這項展示是人類足智多謀的一大明證。對人體必須有熟悉精密的鑽研才能設計出這樣極致的折磨，這份巧思怎麼能不令人佩服？在當時相當簡陋的技術下，這些中古時期的頭腦設計出來的刑具居然如此的精緻，即使到今天仍然能夠使用。在我們現代化的後工業社會裡，只有電擊製造出來的震顫效果才能勉強趕上。

我周旋在各個房間，細細品味著每一項玩具，從發亮的鐵娘子長矛到細緻的機械梨，梨子上那一瓣瓣細長的卵形切片是用來插入陰道或肛門的。插入之後，發動齒輪，細長的切片開始分裂擴張，機械梨變形成了一枚奇特的，邊緣都是金屬利齒的花朵。然後就把刑具撤走了。有時候受刑人在用刑之後還活著，那才叫眞正的生不如死。

我注意到同行的一些參觀者臉上和聲音裡表現出來的恐懼不安，感覺卻很造作。私底下，他們簡直愛死了這個朝聖之旅的分分秒秒，只是礙於假道學的顏面不方便把這份興奮公開表露出來罷了。只有小孩子才會坦然面對自己的狂熱妄想。我敢得意的說一句，在這些粉彩色系的陰涼房間裡參觀的人群之中，興起性慾衝動的絕對不止我一個。到現在我還常常在想，有多少次的假日交歡都是因爲酷刑博物館的回憶而更加的增色。

外面，在陽光普照的中庭，一具骷髏蜷伏在籠子裡，所有的骨頭乾淨得就像被禿鷹啃過似的。回溯到那個塔樓高起的年代，這些籠子準定是掛在聖吉米安諾的外牆上，給當地居民和外來的陌生人一個明確的訊息，這是一座不尊重律法，必採取嚴刑重罰的城市。我覺得我和那裡的市民有一種詭譎的親密感。我也尊重背叛就該受到嚴懲的戒律。

在骷髏附近，有個包著金屬的大車輪靠在牆上。這東西放在農藝博物館非常合適。但是釘在輪子後面牆上的那張卡片卻說明了它匪夷所思的用途。罪犯就綁在這個輪子上。首先，用鞭子抽他們的皮，把皮肉從骨頭上全部扯光，把內臟獻給熱切的群眾觀看。然後，再用鐵棒把他們的骨頭在輪子上砸斷。這讓我想到了塔羅牌，幸運之輪。

當我認清自己勢必成爲一個殺手時，酷刑博物館的記憶就像冥思般的在我眼前浮現。我跟我的手一向『合作無間』。

經過那第一次之後，有一部分的我希望下次不要再出於被迫出手。不過我知道，如果還是情非得已，下次的表現一定好很多。我們從錯誤，從不完美的行動當中學習。幸運的是，學習造就了完美。

1.

各位先生，很榮幸貴委員會指定由我擔任朗讀威廉姆斯的《謀殺，可視之爲一門藝術》的講稿；這件大事在三、四個世紀以前可能很容易，當時對藝術的了解不多，可展示的範例極少；但是到了這個時代，很多傑作都出自內行人士之手，很明顯的，他們的作品都是經過千錘百鍊，而大衆所尋求的當然也更上層樓。

東尼．希爾兩手托在腦後直直的瞪著天花板。燈座上那朵精緻的石膏玫瑰周圍有著細細的網狀裂紋，他並不在意這個。黎明朦朧的天光帶著些許街燈的橘色，從窗簾最上面的三角形缺口透進來，他對這個也毫無興趣。下意識的，他打開了中央暖氣空調，讓它驅走門窗縫隙四周滲入的寒意。他的鼻子很冷，他的眼睛很澀。他記不起自己最後一次一覺睡到天亮是哪時候的事了。牽掛這一天待辦的工作是造成他整夜亂夢顛倒的原因之一，不過絕不僅於此。絕不。

今天光是擔心好像還嫌不夠。他知道等著他的是什麼，但是知道是一回事，表達又是另外一個問題。其他人對待這類的事頂多胃裡小小的攪動一下，東尼不是。他需要全副的精力才能維持一個平常心。在這樣的時候，他更了解演技派演員要花多少力氣多少膽識才能擄獲觀衆的心。今天晚上，想必又是一個怎麼也睡不到八小時的失眠夜。

他在床上翻來覆去，一手搔著短短的黑髮，一手抓著下巴上的鬍碴，嘆了口氣。他知道自己今天要做什麼，同樣的，他也知道今天這一出手他的專業生涯可能就此玩完。這跟他知道布拉德菲爾德出現了一個連續殺人犯沒有關係。只是要由他第一個來爆料這件事眞的很難。他的胃空到絞痛，他忍不住揪起臉，吁口氣，把鴨絨被一把推開，下了床，抖了抖腿，鬆散開皺巴巴的睡褲。

東尼吃力的走到浴室開亮燈。在出空膀胱的同時，他打開收音機。布拉德菲爾德之聲交通路況播音員輕鬆愉快的播報著早晨可能出現的塞車路段，這聽在駕駛人耳裡恐怕得吃上大把的百憂解才能笑得出來吧。好在這個早晨他不必開車上路。東尼轉向洗臉槽。

他瞪著自己凹陷的藍眼睛，一副沒睡醒的樣子。說什麼眼睛是靈魂的鏡子，說這話的人簡直胡扯，他挖苦的想著。或許也是吧，否則他屋子裡就不會有一面這樣完整的鏡子了。他解開睡衣最上面的幾顆鈕釦，打開鏡櫃取出刮鬍膏的時候手忽然一抖，他氣惱的大力拉上櫃門拿起電鬍刀。他討厭電鬍刀的效果，無論如何都不會有刮鬍刀刮過之後那種清新無比的感覺。不過稍微的參差不齊總好過像是挨了千刀萬剮似的畫面。

電鬍刀的另外一個好處是他不必太專心自己在做什麼，他的心思可以遊走全天的行程。有時候他會幻想大家像他一樣，每天早上起床都在選擇一個合適今天的角色演出。只是經過多年的摸索，他發現別人的心思並非如此。對大多數人來說，選擇的可行性非常有限。東尼的這份『殊榮』在一些人眼裡一定由衷的羨慕。他不是他們的同類。

關掉電鬍刀，他聽見了布拉德菲爾德之音在每節重點新聞前大力播送的台呼。他直覺的轉過頭面對收音機，機警得就像是一名等待鳴槍起跑的中距離賽跑手。新聞快報結束前的最後五秒，他放鬆的呼了一口氣刷開浴簾。他感覺自己一直在期待一個大爆發。但是到目前爲止，屍體的數字還是停留在三。

在城市的另一邊，約翰．布蘭登，倫敦警署布拉德菲爾德分局副局長〈重案組〉傴在洗臉槽上，一肚子不爽的盯著浴室的鏡子。縱使刮鬍膏把他整張臉糊得像個聖誕老公公也沒有一絲和藹可親的感覺。要不是當初選擇了當警察，他很可能是喪葬司儀的不二人選。六呎二吋的身高，骨瘦如柴，凹陷的黑眼睛，一頭早灰的頭髮。即使在笑的時候，他的長臉還是有著一股哀傷的味道。今天，他自己認爲，很像一隻得了重感冒的獵犬。不過今天至少有個很好的藉口。他要開始實行一套行動策略；這個策略將深受局長喜愛，如同橙黨[2]裡的牧師一般。

布蘭登呼了口大氣，噴得鏡子上全是泡沫。德瑞克．阿姆維特，他的頂頭上司，有一對很會看人的藍眼睛，其實是什麼名堂也看不出來。他始終認爲舊約聖經是比警察及罪證法規對警官更有用的必備手冊。他深信現代的治安方法不僅無效而且無聊。依德瑞克．阿姆維特的高見，嚴刑拷打遏阻犯罪的效果遠勝過現在那些社工、社會學家和心理學家的言論。如果他能料到布蘭登今天早上心裡的盤算，那準定會把布蘭登直接調去交通組，相當於一個現代版被大鯨魚吞噬的約拿[3]。

❷ 十八世紀成立於北愛爾蘭的新教激進組織。
❸ 舊約聖經中的人物。因違背神的旨意逃避使命，而被吞入鯨魚的腹中。幾經猶疑，終於悔改並達成使命。

布蘭登的心情還來不及跌到谷底，敲門聲嚇了他一大跳。「爸爸？」他的大女兒在浴室門外吼，「你到底要在裡面待多久啊？」

布蘭登抓起刮鬍刀，往洗臉槽裡沾了一下，先刮完半邊臉再回話，「五分鐘，凱倫，」他大聲說，「抱歉啦，寶貝。」有三個十幾歲孩子的屋子只有一間浴室，實在沒有太多讓人在裡面發呆的機會。

卡蘿．喬登把喝了一半的咖啡倒在洗臉盆裡，東歪西倒的走進淋浴間，差一點絆著那隻纏繞在她腳踝邊的黑貓。「待會兒，尼森，」她不理會牠質疑的喵嗚逕自把門關上，一面小聲的說，「別把麥可吵醒了。」

卡蘿離開原來的輪值單位升上了刑事督察，從加入團隊的第一週開始，她就以為自己終於可以得到朝思暮想的正規八小時睡眠了。她的運氣眞的太好，這次的升遷剛好搭上她這個小組戲稱為酷兒謀殺事件的大案子。不管督察長湯姆．克勞斯對新聞媒體怎麼膨風，在特勤室裡怎麼表白這些謀殺事件之間毫無牽連，連續殺人兇手更不會在布拉德菲爾德出現，兇殺組持的可是完全不同的看法。

熱水在她身上奔流，卡蘿慢慢的晃動著她的金髮，這已經不知道多少次了，她又想起克勞斯的態度，就像那位局長一樣，伺候他的那些偏見簡直比對付整個社區都來得麻煩。他不肯承認有個專找同志下手的連續殺人犯存在的時間拖得愈長，死的同志就愈多。他的看法是街上的同志既然多到趕不盡抓不完，不如乾脆讓一個殺手來解決吧。管他是蓄意謀殺還是因爲害怕。

這是一個做白工的政策，浪費她和她的同事們這許多調查的時間——更別提多少納稅人的血汗錢。更加上克勞斯堅持要把每一次殺人事件都當成獨立個案處理。每次三個小組之中總有一組查到的某些線索跟這幾個殺人案件似乎都互相有所關聯，湯姆．克勞斯總是用五個差異點把它一筆抹殺。不管每次的關聯都不相同，五個反駁的理由卻一成不變。克勞斯是上級。督察長已經決定撒手不管，他以背痛爲由請了病假。

卡蘿把洗髮精揉出厚厚一層泡沫，在暖熱的水線噴灑下她整個人逐漸的清醒了。她這一塊調查的地盤可不會因爲撞上湯姆．克勞斯頑固的偏見而擱淺。即使手下有幾個菜鳥捧著上級的看法當聖旨，她也不會低頭，絕對秉公處理。九年來她拚死拚活，先爭取到好職位，再以三級跳的方式往上竄升。她不想被一個腦袋糊塗的傢伙毀了大好前程。

主意打定，卡蘿跨出淋浴間，挺起肩膀，綠色眸子亮著叛逆的神采。「走，尼森，」她說著披上晨袍，一把抄起那坨黑毛球，「咱們吃肉去，兒子。」

東尼對著他身後螢幕上的投影研究了最後五秒鐘。他的觀眾對他的演講支持度不高，絕大多數都沒做筆記，他希望至少能讓他們有個機會在潛移默化中吸收到他這套犯罪學的側寫分析流程。

他背對著觀眾。『我用不著說一些大家已經知道的事。側寫分析師不抓兇手的。那是條子的職責。』他對在座的資深警官和內政部的一些官員們微微笑著，希望他們欣賞他的幽默。有幾個人很配合，大多數人仍舊歪著腦袋，繃著一張臉。

不過他還是全力以赴，東尼知道，他沒辦法叫那些資深警官相信他不是那種只會紙上談兵，在台上大剌剌教他們怎麼辦案的學究。他憋住一聲嘆息，看了看自己的筆記繼續開講，他的眼神盡可能的聚焦在每個人身上，模仿他所研究過的那名成功單口相聲演員，作出輕鬆的肢體語言。「可是有時候側寫分析師對事情有不同的看法，」他說，「而這種新鮮的看法可以走出非常不同的面向。死人眞的會說話，他們對側寫分析師說的又往往跟對警方說的很不一樣。

「舉個例子。離馬路十呎遠的地方發現一具屍體。一名警察會記下這個事實。他會查看四周圍來蒐證。有沒有腳印？兇手有沒有丟棄什麼東西？樹叢上有沒有沾黏什麼纖維？可是在我來說，簡單一個事實就是思考的起始點，在其他各種資訊之外，從哪裡開始最能讓我對兇手做出一個有用的結論。我會問自己，這個屍體是不是刻意放在這裡？或是這個兇手是不是因爲太累沒力氣再拖著它走更遠了？他是想把它藏起來呢還是把它扔掉？他是不是想要人家發現這個屍體？這個屍體他希望或者期待能夠隱藏多久？這個地點對他是不是有什麼特別的意義？」東尼聳起肩膀，兩手一攤擺出一個打問號的架式。觀衆看著他，無動於衷。天哪，他要使出多少法寶才能得到一點反應？背脊上刺人的汗滴已經成了涓涓細流，在他的皮膚和襯衫領口之間滑落。很不舒服的感覺，這使他想起躲在面具後面眞實的自己，面具只是呈現給大衆的一個假象。

東尼清了清嗓子，硬把注意力拉回到正題上。「側寫分析是另一種工具，它可以幫助辦案人員縮小調查的範圍。我們的職責就是化繁爲簡。我們沒有辦法把一個嫌犯的名字、地址、電話號碼給你。可是我們有辦法點出一個方向，告訴你犯這個案子的人的個性特徵。有時候我們還可以點明他居住的範圍，可能在從事哪個行業。

「我知道在場有些人對於成立國家犯罪側寫分析工作團隊的必要性存疑。你們並不孤單啊。公民自由主義人士也在大聲抗議。」總算，東尼心裡鬆了口氣。觀衆在微笑點頭了。這一刻足足花了他四十分鐘才等到，不過總算『破冰』了。這並不表示他可以就此放輕鬆，但至少紓解了他的不舒坦。「畢竟，」他繼續往下說，「我們不像美國人。我們沒有連續殺手在各個角落出沒。我們的社會百分之九十以上的兇殺案仍舊是由家族成員或是死者所熟悉的人犯下的。」現在他眞的完全『抓住』他們了。好幾雙原本交疊起來的腿和手膀現在鬆開了，整齊劃一得像是在做例行的操練。

「不過側寫分析的目的不只爲了逮住下一個食人魔。它應用的範圍很廣泛。我們已經有許多成功的案例，在反劫機、逮捕藥頭、寫匿名恐嚇信的人、勒索者、連續強暴犯、縱火犯等等方面。除此之外，警方在偵訊一些重大刑案的嫌犯時，側寫分析也發揮很大的輔助效果。這並不是說督察組的人員欠缺偵訊的技巧；而是藉由我們擁有的一些臨床背景資料發展出不同的探討方向，而這些不同往往比我們原來熟悉的手法來得更靈活。」

東尼用力吸一口氣身子向前傾，兩手緊巴著講台的邊緣。他在浴室鏡子前的最後一段講詞表現相當不錯。他祈禱這段話能夠直擊要害。「爲了這一個爲期兩年的國家犯罪側寫分析工作團隊，我和我的小組花了一年的研究作業。我已經傳送了一份臨時報告書給內政部，他們昨天通知我，只要我把正式的書面報告遞上去，立刻核准成立。各位女士先生，這場革命性的打擊犯罪就要開始了。各位有一年的時間做調整適應。我和我的小組絕對保持開放的心態。我們大家都是站在同一邊的。我們希望知道各位的想法，因爲我們不是空談，我們希望有實際的表現。我們希望把那些殘暴的，連續犯案的人繩之以法，就像在座的各位一樣。我相信我們的協助可以對各位有所用處，反之亦然。」

東尼退後一步，享受掌聲，倒不是因爲掌聲特別熱烈，而是它代表著煎熬了好幾個星期的這一段四十五分鐘的結束。公開演講一直是他的罩門，他在拿到博士學位之後不能大展身手的原因，就在他無法面對講堂上的各種狀況。表達能力也許不是主要的原因。但是在他看來，花時間在罪犯心理研究上的威脅感似乎更小些。

短命的掌聲慢慢停歇，那位內政部的隨行人員從貴賓席的座位上呼地彈起來。如果東尼挑起的是這些警界人士的一些質疑，那喬治·拉姆森激起的公憤可要比這個小跳蚤咬一口大太多了。他殷勤的笑容暴露出太多的牙齒，有幾分神似喜劇演員喬治·富姆比，可是這跟他的公職形象又顯得格格不入，剪裁講究的灰色細條紋西裝，公立學校特有的大聲公腔調，誇張到令東尼不能不相信拉姆森果然是念過補校放牛班的。東尼隨便的聽著，一面把筆記攏進文書夾裡。感謝精闢的見解，吧拉吧拉……咖啡和可口的餅乾，吧拉吧拉……一個非正式的提問機會，吧拉吧拉……提醒各位一切要以希爾博士爲依歸……

挪動的腳步聲淹沒了拉姆森誇張的講詞。要在一名公僕的謝詞和一杯咖啡之間做抉擇的時候，那根本不需要考慮。就連那些公僕的感覺也一樣。東尼做一次深呼吸。該是放下演講人身段的時候了。現在他應該要做一個有魅力，有見識的『同事』，專心聽講，用心吸收，讓這些新朋友感覺到他確實是他們的一分子。

約翰・布蘭登站起身，讓路給同一排座位的人走出來。觀賞東尼・希爾的演出並不如他預期的精采。這場說明告訴了他許多關於心理側寫的知識，對於『那個人』卻沒有半點著墨，除了他表現出一種不囂張的自信以外。尤其後半場的一個小時裡更使他對這次活動的正確性起了高度懷疑。可是看情形似乎沒有選擇的餘地。布蘭登貼著牆壁，跟人潮反方向的慢慢挪動，一直挪到接近喬治・拉姆森的位置。看見觀眾已經用腳在表示抗議的時候，這位公僕的演說立刻打住，笑容也立刻收起。趁喬治・拉姆森在收拾散在座位上的文件講稿時，布蘭登順理成章的經過，他直接走向在忙著扣舊背包的東尼。

布蘭登清了清嗓子說：「希爾博士？」東尼抬頭，臉上帶著禮貌的問號。布蘭登略過這層疑慮繼續說話。「我們沒見過面，不過你一直在我的管區工作。我叫約翰・布蘭登——」

「副局長？」東尼岔斷他的話，眼裡浮現了笑意。他久仰約翰・布蘭登的大名，這正是他極力想拉攏的一個人。「很高興認識你，布蘭登先生。」他的語氣充滿熱力。

「約翰。叫我約翰，」布蘭登衝口而出的速度遠超乎他的本意。他對自己的緊張大感驚訝。東尼・希爾的某種沉穩令他相當的不安。「我們可不可以說幾句話？」

東尼還來不及回答，喬治・拉姆森已經隔在他們中間。「打擾一下，」他毫無忌憚的岔進來，那副笑容又歸位了。「東尼，你是去咖啡廳嗎，我們警界有幾個朋友正等著想跟你好好的聊一聊。布蘭登先生，你也一起來吧。」

布蘭登可以感覺到自己的怒氣在竄升。房間裡滿是牛飲著咖啡的警察與多事的內政部官僚，讓他根本別想阻止他人聽見他們的談話內容；這種情況已經令他覺得夠棘手了。「我可不可以單獨跟希爾博士說幾句話？」

東尼瞥看喬治．拉姆森，注意到他兩條眉毛中間的平行線加深了。照平常時候，他會故意整一下拉姆森，繼續他跟布蘭登的對話。他最愛打擊狂妄，把對方的妄自尊大打成陽萎。可是今天跟這些警界人士的邂逅如此成功愉快，他決定暫時放棄這份樂趣。他刻意撇開拉姆森說：「約翰，吃完午餐你是不是開車回布拉德菲爾德？」

布蘭登點頭。

「搭個便車如何？我今天是坐火車來的，希望你不介意，我眞的不想回去的時候再跟英國鐵路局玩摔角了。要是你不想跟那些痞子打混，進了市區把我扔下來就行了。」

布蘭登微微一笑，他的長臉增添了好多笑紋。「沒關係。我很樂意送你到內政部。」他退後，看著拉姆森引領著東尼一路喋喋不休的走向門口。他一時之間無法甩開這位心理學家給他碰的這一個軟釘子。也許是習慣使然，在他的世界裡所有的一切都由他來掌控，以至於求人成了一種陌生的經驗，自然而然的令他感到不自在。沒什麼好說的，布蘭登聳聳肩，跟隨大家踏進了咖啡廳。

東尼扣緊安全帶，享受沒標示名牌的這輛休旅車裡的舒服感。布蘭登把車開出曼徹斯特警總停車場的這段路上沒有說話，他不想分心，以免在這個不熟悉的都市裡迷了路。車子下了交流道加入飛馳的車陣當中。東尼打破沉默。「如果不見外，我想我已經知道你要跟我談什麼了。」

布蘭登在方向盤上的手緊張起來。「我以爲你是心理學家，不是通靈人。」他玩笑的說。他對自己大爲驚訝。幽默不是他的天性；一般來說只有在壓力之下他才會依賴這個招數。布蘭登的緊張度由此可見，對他而言開口求人太不習慣了。

「承蒙你的一些同事對我另眼相看，」東尼帶著挖苦的口氣。「所以，你是不是要我猜上一猜，冒著讓自己出糗的危險？」

布蘭登飛快的瞄東尼一眼。這位心理學家看來一派輕鬆，兩隻手巴在大腿上，兩隻腳交叉著。看他的樣子好像穿毛衣和牛仔褲要比現在穿西裝自在得多，尤其他這身西裝，連布蘭登都看得出太過時了。這種感覺他最清楚，因爲女兒經常對他的服飾批評到一文不值。布蘭登不加考慮的冒出一句，「我認爲布拉德菲爾德有一名連續殺人兇手。」

東尼滿意的吁了一口氣。「我正擔心你還沒發現呢。」他挖苦的說。

「大家的看法絕對不會一致。」布蘭登說，他覺得有必要提前向東尼提出警告，要等他來求救就來不及了。

「我都是從新聞報導裡收集資料，」東尼說，「如果要我說句好聽的話，就報紙上的分析我當然可以百分百的贊同你的看法。」

「這跟我看到你在崗哨時報上的說法有出入。」布蘭登說。

「我的職責就是和警方合作，不可以扯後腿。我猜你自己也有一套不想把連續殺人犯公開的理由吧。我向他們一再強調，我說的那些不過是根據一般報導做出來的假設罷了。」東尼友善自在的口氣，跟他手指摳褲子折縫的緊張動作恰成反比。

布蘭登微笑，只是在聲音裡帶著這麼一點笑意。「說得好。那，你是否有興趣幫我們一把呢？」

東尼感覺一陣得意。這正是他幾個星期以來求之不得的事。「前面不遠有一個服務站。想不想喝杯茶？」

卡蘿．喬登督察盯著那一堆支離破碎的爛肉，那原本應該是個完整的男人，她堅定的強迫自己的眼睛視而不見。她只希望自己別受那個已經發臭的乳酪三明治干擾。不知道什麼道理，當一名年輕男性警官因爲受不了死者的慘狀而出現嘔吐的狀況，大家可以接受，甚至還會博得同情。怪的是，儘管女人膽小是公認的事實，一名女性警官如果在犯罪現場發生這種情形，那她的尊嚴立刻掃地，從此變成大家在背後揶揄取笑的對象。心裡想著這個邏輯，卡蘿更加的咬緊牙關。她兩手插進風衣口袋，用力握緊拳頭，連指甲都已經摳進了肉裡。

卡蘿感覺有一隻手搭上她的胳臂，就在手肘的上方。總算有機會可以轉移視線了，她回頭看，發現挨近身的是她的警佐。唐．莫瑞克的個頭足足比他的上司高出八吋，跟她說話的時候已經養成奇特的駝背習慣。起初爲了打發一個晚上，她覺得和這些人飲酒作樂很有趣。現在，她根本不當回事了。「區域都淨空了，長官，」他用軟軟的北方口音說，「驗屍官就快到了。妳有什麼看法？眼前這個算不算是第四號？」

「可別叫老大聽見你說這話，唐，」她半開玩笑的說，「不過，我想也是。」卡蘿朝四周看了看。他們在坦伯菲爾德區，一間小酒店的後院，這裡主要是做男同志的生意，樓上的酒吧一個星期有三個晚上是蕾絲邊（女同志）的場子。在職場上巾幗不讓鬚眉的卡蘿卻認爲自己沒理由涉足這麼一間酒吧。「大門呢？」

「鐵撬，」唐．莫瑞克說得簡單明瞭。「沒連上警報系統。」

卡蘿查看了高高的垃圾管道和排放口。「實在沒道理，」她說，「老闆怎麼說？」

「華利正在跟他談，長官。好像說他昨晚十一點半左右鎖的門。他們先把垃圾桶運上車，到打烊的時候只要把車子推進後院就行了。」唐．莫瑞克向著酒館後門揮了揮手，三只藍色的塑膠桶豎在那兒，每一只都有超市推車的大小。「他們要到下午才會處理這些東西。」

「在那時候發現的？」卡蘿用拇指朝肩膀後面比了個手勢。

「就躺在那兒。一覽無遺。」

卡蘿點點頭。她全身起了一陣寒顫，這跟凌厲的東北風毫無關係。她向大門移近一步。「好。暫時把這個交給鑑識小組吧。我們在這兒反而礙事。」唐．莫瑞克跟隨她走進夜店後面的窄巷。巷子的寬度只夠擠進一輛車子。卡蘿前前後後看了一遍，現在整條巷子都上了警方的封條，兩頭各有兩個員警守著。「他很清楚自己的地盤。」她低低的說了一句。她沿著巷子往回走，酒店的大門始終保持在視線之內。唐．莫瑞克跟著她，等待後續的指令。

到了巷尾，卡蘿停下來轉身查看巷口的大街。巷子對面是一幢高樓，由原來的棧房改裝成幾間工藝店。晚上，這裡肯定不見人影，可是下午的時間，幾乎每個櫥窗都框著一張殷勤待客的臉孔。「在這種黃金時段，我想不大可能會有人注意窗外的動靜。」她說。

「就算他們看了，也不會特別注意什麼。」唐．莫瑞克有些挖苦的口氣。「等到打烊之後，這幾條街才眞的『跳』起來。每個門口，每條巷子，停靠的車子裡面有一半都在搞雞姦的勾當。

難怪局長把坦伯菲爾德叫做索多瑪和蛾摩拉。❹」

「我常常在想。索多瑪城的行徑清楚明白，可是蛾摩拉的罪狀又是什麼呢？」卡蘿問。

唐・莫瑞克一臉困惑的表情。這使得他原本就像拉布拉多的悲傷眼神更添了幾分不知所措。

「我不太懂妳的意思，長官。」他說。

「沒事。阿姆維特先生沒讓掃黃組以猥褻罪名把他們統統抓進去，倒是令我十分意外。」

「他幾年前確實試過，」莫瑞克老實說，「治安委員會給他吃了一頓排頭。他跟他們對槓，可是他們藉內政部來威脅他。經過侯姆渥三號那個事件之後，他很清楚他和那批政客的關係已經不行了，所以打了退堂鼓。不過，只要有找碴的機會他照樣不肯放過。」

「有道理，好吧，希望這次我們這位親切的厝邊殺手會留下一點蛛絲馬跡，或者是我們那位敬愛的老大又有了另外一個找碴的目標。」卡蘿挺直肩膀。「唐，現在要開始挨家挨戶的查訪行動了。今天晚上，全員出動，走訪所有的店家。」

卡蘿的指示還沒來得及說完，在封鎖線外面的一個聲音插了進來。「喬登督察？潘妮・柏格思，崗哨時報。督察？有什麼消息嗎？」

卡蘿飛快的閉了一下眼睛。跟冥頑不靈的上級打交道是一回事。對付新聞記者那才叫極致的糟糕。抱著寧可守著那具恐怖屍體的心情，卡蘿用力吸口氣走向那名『崗哨』。

「讓我把話說清楚了。你要我全程參與這樁兇殺案，又不要我對任何人露口風？」東尼用逗趣的眼神掩飾他對高階警官盛勢凌人的怒氣。

布蘭登嘆了一聲。東尼挺難搞的，再一想，他有什麼不可以？「我希望避免新聞媒體有任何影射你在幫助我們的字眼。你唯一正式和辦案相關的牽扯就是說服局長，表明你絕不會搶了他和他手下的鋒頭。」

「也就是說上帝之手，德瑞克．阿姆維特向無名小卒求教的事絕不會公諸於世。」東尼說，尖銳的語氣明顯背叛了他的本意。

布蘭登的臉上扭出一個悲觀的笑容。終於打破僵局，有了一些動靜。「如果你要這麼說也行，東尼。嚴格的說，這是屬於正常運作，他並不想干預，除非我做出一些和署裡的政策完全相左的事情。只要有正當性，利用專家協助是警署的策略。」

東尼噴出一聲大笑。「你認爲他會視我爲『正當性』？」

「我想他不希望跟內政部或是治安委員會再起衝突。再過十八個月他就可以退休了，他一心只想受封爵士位。」布蘭登簡直不敢相信自己說出這樣的話。甚至對自己的太太他都沒說過如此不忠不義的話，何況是這麼一個徹底的陌生人。東尼．希爾到底有什麼魔力能叫他如此的不設防？這個搞心理學的傢伙鐵定有幾把刷子。布蘭登安慰自己，至少在這場正義之聲中他已經駕馭了某些東西。「你意下如何？」

「什麼時候開始？」

摘自3.5磁碟片　標示：備份檔・007
檔名「愛情・002」

即使在那第一次，我的計畫也比一個戲劇導演製作一齣新戲所做的規劃來得嚴謹。我精心策劃，直到它像是一個華麗的夢境，每次只要一閉上眼睛，我就會一而再，再而三的檢視每一個設計的步驟，確定自己沒有疏忽哪個足以危害到我個人自由的重要細節。現在回顧，創作這部精神變態電影的過程幾乎就跟演出同樣精采。

第一步先找地點，一個我和他兩個人可以獨處的安全地點。我直接排除掉自己的家。因為我聽得見街坊鄰居惡劣的爭吵聲，德國牧羊犬歇斯底里的吠聲，還有立體音響討厭的貝斯聲；我完全沒有跟他們分享這份神恩的慾望。再者，我這條街上愛拉窗簾的人太多了。我可不要他的來去都有一堆目擊者。

我考慮過租一間可以上鎖的車庫，後來也因為同樣的理由排除掉了。再說，這好像也太俗，這個招數電視電影裡都用老了。我要一些新鮮的東西。於是我想起母親的桃樂絲姑姑。桃樂絲和她的丈夫亨利過去在布拉德菲爾德高地的野沼區養羊。四年前，亨利過世。桃樂絲繼續努力維持了一段時間，去年她兒子阿肯邀她去紐西蘭全家人團聚，於是她賣掉羊群打包上路。聖誕節的時候阿肯寫信告訴我，說他母親有輕微的心臟病，短期內大概不會再回來。

那天晚上，我利用工作的空檔撥了一通電話給阿肯。起初，他一聽是我顯得很驚訝，接著就嘀咕，「你打的是公務電話。」

「我眞的一直想打電話給你，」我說，「我很想知道桃樂絲姑姑的近況。」透過衛星傳導表現關懷之情確實容易得多。阿肯在那端唸叨他母親，他老婆，他們三個孩子和他們養的那些羊的狀況，我在這端不斷得體的附和。

十分鐘之後，我聽夠了。「另外一件事，阿肯，我很擔心那間屋子。」我撒謊。「孤零零的在那邊，總得有個人看管一下。」

「你說對了，」他說，「按理這是她律師的事，不過他離那兒好像挺遠的。」

「要不要我偶爾過去看看？我現在回到布拉德菲爾德了，一點都不麻煩。」

「你願意嗎？那眞是太好了。不瞞你說，我眞不敢確定媽媽還能不能再回去，我還眞不希望老家出什麼差錯。」阿肯急切的說。

講白了，他不希望他繼承的遺產出任何問題。我太了解阿肯了。十天後，我拿到鑰匙。第二天休假，我開車上山驗證自己的記憶力。通往史塔坡農場山路的野草蔓生得比上次來的時候更嚴重，我那輛四輪傳動的吉普從最近的小路奮力往上爬了三哩。離荒廢的小屋數十碼的地方我關掉引擎，坐在車裡，靜靜的傾聽了五分鐘。沼地上刺骨的風吹刮著凌亂的樹叢，偶爾雜著幾聲鳥叫，沒有半點人聲。就連遠方的車流聲都不可聞。

我下了吉普車四下張望。羊棚的一頭已坍塌成了一堆砂礫，令我欣慰的是這裡毫無人煙的痕跡；沒有野餐之後的殘留，沒有腐蝕的啤酒罐，沒有皺七扭八的報紙，沒有菸蒂，沒有用過的保險套。我掉頭走進了屋子。

屋子很普通，樓上樓下各兩間房。屋裡的光景，跟我原來記憶中那個舒適的農舍大不相同。

所有屬於個人風格的物件——照片、擺飾、銅器，古董——全部不見蹤影，全部裝箱收藏了起來，標準約克夏式的謹愼作風。從某個程度上，我反而感到很輕鬆；這裡再沒有任何東西令我觸景生情，干擾到我的大事。這是一塊空白的匾額，所有的羞辱、難堪、痛楚統統抹除了。再沒有任何殘留的過往跑出來驚嚇我。過去的那個我已經不在。

我穿過廚房走向食物櫃。架子上空空如也。原來那一排排密密麻麻的果醬、泡菜、家釀甜酒，眞不知道桃樂絲是怎麼處理的。也許全部運往了紐西蘭，免得在那裡被迫吃一些外星人的怪東西。我站在房門口，凝視著地板。一抹寬慰的傻笑在我臉上漾開。我的記憶還算不差。地板上有一道活動暗門。我蹲下來拉扯生鏽的鐵環。幾秒鐘之後，門吱的打開了。我嗅著地窖裡的空氣，更加相信眾神都站在我這一邊。原以爲會潮濕、發霉、惡臭。結果竟是陰涼新鮮，還帶著些許可口的甜味。

我點亮小煤氣燈，小心翼翼走下石階。燈光映出一間不算太小的房間，大約有二十呎寬，三十呎長的樣子。石板地，有一張與整面牆同長的石凳。我把煤氣燈舉高，張望屋頂的橫梁。只有糊灰泥的天花板是唯一顯露年久失修跡象的地方。我用石膏板就能輕鬆修整好，而且一舉兩得，順便防止上層地板縫透進來的光線。在石凳的一邊是一個水坑。我記得農場都有自用的泉水。水龍頭卡死了，等我想辦法把它旋開以後，流出來的倒是純淨的清水。

靠近樓梯立著一張木頭的工具櫃，各式老虎鉗和螺絲鉗子一應俱全，亨利的工具全部整齊的掛在櫃子上。我坐在石椅上摟著自己。把這個地方改裝成史上最強的地牢最多只消幾個鐘頭的工時。從一開始，我就不想把它塑造成一個固定不可移動的型式，以免那些冒險犯難的人容易脫逃。

我利用下班的時間過來農場，一個星期的時間已經大功告成。沒什麼複雜的大事；修理暗門的大鎖和門栓，補強天花板，粉刷牆壁。爲了增進錄影的品質，我要這個地方盡可能的光線明亮。爲了供電，我甚至從總開關拉了一條支線出來。

在決定用什麼方式懲治亞當之前我苦思了很久。最後，選定了法國人稱雪弗萊（chevalet），西班牙文是艾斯卡來羅（escalero），德國人叫它拉得（ladder），義大利人說成維哥利亞（veglia）以及英文裡文辭優美的「愛塞特公爵之女（the duke Exeter's daughter）」。一具肢刑架能取成這麼個文雅的名字，全拜博學多聞的愛塞特公爵，也是杭丁頓伯爵的約翰．賀蘭之賜（John Holland, duke of Exeter and earl of Huntingdon）。在光輝的軍旅生涯之後，公爵成爲倫敦塔的警察長，大約就在一四二〇年的時候他把這一項曠世傑作引介登陸。

最早的版本是在腿上架一個長方形的框框。囚犯趴在框板底下，手腕和腳踝用繩索綁緊了。繩索附著在刑具各角落的絞盤上，由一名獄吏負責拖拉。這個粗糙又費力的裝配經過日新月異的精進，最後的樣貌像極了一張桌面或是平面的梯架，往往還會在中央部分配上一個插著尖釘的滾筒，方便囚犯在移動身體的時候，能夠讓釘筒撕裂他的背部。同時也設計了把四條繩子聯結起來的滑輪系統，只要一個人就能單獨操控整台的機具。

很幸運的是，長久以來使用這個刑具的人對它做了鉅細靡遺的描述和圖示。同時，我還有博物館導覽手冊裡的照片可供參考，透過電腦程式的協助，終於設計出了完全屬於我自己的肢刑架。在機械構造的部分，我把一台從古董店買來的老式脱水機拆卸開來，又在拍賣會場買到一張老舊的紅木餐桌。我把桌子直接運到農場，在廚房裡就地切割，很佩服自己把桌子變成原木料的本事。肢刑架的製作花費了兩三天的時間。剩下的就是測試了。

2.

讓讀者在這要命的等待當中自己去感受強烈的恐懼。一面眼睜睜的，等待著那不知名的手臂再次出擊，一面又全然的不敢相信，在衆目睽睽之下居然有這樣的膽量……第二椿性質同樣神秘的兇案，出於同一個滅絕計畫，出現在同一個地點。

布蘭登剛一發動引擎，擱在儀表板上的行動電話震動起來。他抓起聽筒吼，「布蘭登。」東尼聽見電腦語音說：「你有留言，請撥121。你有留言……」

布蘭登把話機挪開，按下幾個鍵再聽。這次，東尼聽不見裡面說話的聲音了。過一會，布蘭登撥了一個號碼。「我秘書，」他簡單的作說明。「抱歉……喂，瑪蒂娜？約翰。妳找我？」有幾秒鐘的答話時間，布蘭登緊閉雙眼，一副很痛苦的樣子。「在哪裡？」他的語氣呆滯。「好，知道了。我半個小時就會到。誰在處理？……好，謝了，瑪蒂娜。」布蘭登張開眼睛，結束對話。他仔細放好話機，在座位上扭動身子面對東尼。「你不是想知道什麼時候開始嗎？現在如何？」

「又一具屍體？」東尼問。

「又一具屍體。」布蘭登冷冷的應著，回正位子發動引擎。「你對犯罪現場的感覺還行嗎？」

東尼聳聳肩膀。「就少吃一頓午餐吧，不過能看到清新的原味也算是賺到了。」

「那個變態狂留給他們的可不是什麼清新的原味。」布蘭登咆哮著火速衝上馬路，筆直駛向外圍的巷道。在換檔之前時速表已經跳上九十五。

「他已經回到坦伯菲爾德了？」東尼問。

布蘭登吃了一驚，飛快的掃他一眼。東尼直直的盯著前面，皺著兩道濃眉。「你怎麼知道的？」

對這個問題東尼毫無心理準備。「算是預感吧，」他支吾著。「上次的中場休息可能是他擔心坦伯菲爾德太火熱的關係。爲了轉移焦點把第三具屍體扔進卡爾登公園，搞不好就是不讓警方把目標集中在同一個區域，也可以放鬆一些民眾的警覺心。不過他特別喜歡坦伯菲爾德。要不是他對那裡非常熟悉，就是那裡對他心裡的幻想特別重要。再不然那裡對他可能具有某種表白的意義。」東尼把想法一股腦的說了出來。

「是不是每次只要有人拋給你一個議題你就會提出一籮筐的假設？」布蘭登問他。他對窄巷裡迎面而來不肯讓路的一輛寶馬拚命閃燈。「讓開，渾球，省得我叫你吃罰單。」他暴吼。

「盡量吧，」東尼說，「不過這就是我做事的方法。慢慢的，隨著證據逐步把一些最初的想法淘汰掉。最後，某種程度的構圖開始成形。」他沉默下來，整個人投入了犯罪現場的假想當中。他的胃感覺是空的，肌肉顫動得有如一個演奏會開場前的音樂家。通常，他看得到的都是已經處理過的『二手現場』。不管攝影師和法醫的技術有多好，他所解讀的永遠是別人的眼界。這次，破天荒頭一遭如此親近一個兇手。身為一個以行為研判為職志的人，最大的樂事莫過於穿透兇手的表象。

卡蘿說「無可奉告」說了十一次。潘妮．柏格思的嘴抿得死緊，兩隻眼睛朝著現場打轉，情急得希望能找到一塊比卡蘿稍許軟一些的石板。『卜派』克勞斯或許是一隻沙文豬，不過他至少還會經常的爆一些可圈可點的料。既然找不到人，她只好再盯卡蘿。

「好姊妹不是嗎，卡蘿？」她埋怨著。「別這樣嘛。在『無可奉告』之外多少總有一些可以告訴我的東西吧。」

「對不起，柏格思小姐。妳的讀者最不想聽到的就是一些沒憑沒據，胡謅一通的八卦傳聞。只要一有可靠的消息，我保證第一個報給妳知。」卡蘿微微一笑放軟了語氣。

她轉身走開，潘妮．柏格思拽著她的雨衣袖子。「就我們倆私底下？」她懇求。「給一點點意思？到時候寫出來的東西讓人覺得我是個白痴不好吧？卡蘿，我現在的處境也不想多說，反正我是待在一間大家都等著看我好戲的辦公室裡。」

卡蘿嘆了口氣。眞的很難抗拒。只是一想到湯姆．克勞斯在特勤小組會怎麼處置的時候，她決定閉嘴到底。「我不能，」她說，「就我所知，到目前為止妳一直都做得不錯。」在她說話的當口，一輛熟悉的休旅車在轉角出現。「啊呀，」她嘟囔著抽回搭向那名記者的手膀。她最忌諱的就是約翰．布蘭登認定她是崗哨時報瘋連續殺手事件的幕後警方消息來源。她輕快無比的走向布蘭登的座車，車子剛剛停下，等著人來拉開封鎖布條。在員警們為取悅副局長趕著去表現效率的時間，她停下來等了一會。休旅車緩緩前進，讓卡蘿有機會瞄到客座上坐著一個陌生人。兩個大男人下了車，她對東尼快速掃過一眼，把掃描的心得全數存在她訓練有素的記憶庫裡。因爲誰也不知道哪時候會用上這一個映像拚圖。身高大約五呎八吋，瘦，肩膀很挺，窄臀，腿長和身軀比例恰當，深色短髮，側分，眼珠顏色很深，可能是藍色，有黑眼圈，皮膚白皙，鼻子一般，嘴寬，下嘴唇比上嘴唇來得豐滿。衣服品味，極差。那套西裝過時的程度簡直比布蘭登的還要糟。雖然還不到破爛的地步。推論：這是一個完全不花時間在衣著上的男人。依此類推，他也不喜歡亂花錢，所以這身西裝非要穿到破爲止。第二個推論：他很可能沒有結婚或者是處在一種相敬如冰的關係。任何一個女人在另一半需要置裝的時候，偶爾都會強制他去買一套不退流行的經典款式，才不至於搞到衣齡超過五年以後穿起來顯得如此可笑。

等她做出了結論，布蘭登也剛好走到她身邊，一面示意他那位同伴一起加入。「卡蘿。」他招呼。

「布蘭登先生。」她回禮。

「東尼，這位是督察卡蘿．喬登。卡蘿，這是內政部的東尼．希爾博士。」

東尼笑著伸出手。很吸引人的笑容，卡蘿握手的時候順便也把這一項加入了特徵明細。握手的感覺也很好。乾燥，穩定，沒有一般資深警官使勁愛現，非把對方骨頭握到斷的習氣。「幸會。」他說。

聲音非常低沉，有淡淡的北方腔。卡蘿的笑容極爲克制。內政部的人說不準的，很難摸透。

「彼此。」她說。

「我們偵辦的這幾個兇殺案件裡卡蘿負責其中一個小組。第二組，對吧，卡蘿？」布蘭登明知故問的說。

「對，長官。保羅．吉勃司。」

「東尼負責研調國家犯罪側寫分析工作隊成立的可行性。我請他過來看看這幾個兇殺案件，看是否能仰仗他的專業經驗給我們一些提點。」布蘭登用力的盯著卡蘿的眼睛，要確定她是否能讀出他的絃外之音。

「希爾博士能幫得上忙那就太好了，長官。犯罪現場我粗略的看過一遍。跟前面幾個類似的案子一樣，看不出有什麼進展。」卡蘿暗示已經了解布蘭登的用意。他們是走在同一根鋼索上，只是起點方法不同而已。布蘭登絕不能侵犯湯姆．克勞斯的權限，如果卡蘿想要在布拉德菲爾德的警界混下去，她就不能公開對她的直屬上司唱反調，就算有副局長挺她也不行。「希爾博士要不要去看一看犯罪現場？」

「我們一起去，」布蘭登說，「順便聽聽妳的意見。我們現在掌握到了些什麼？」

卡蘿帶頭向前走。「在小酒店的後院。這個現場很明顯不是兇案發生的地點。沒有一絲血跡。是個白種男性，二十七、八歲，全裸。身分不明。看起來在死亡前遭受過凌虐。兩個肩膀似乎都已經脫臼，臀部和膝蓋也有跡象。頭蓋骨有幾簇頭髮不見了。因為是面向下的趴著，所以我們還沒機會看到整個受傷的範圍。我推測死因主要是在割喉的那道傷口。而且屍體在丟棄之前好像還清洗過。」卡蘿在院子的後院大門口平鋪直敘的結束了她的簡報。她回眼看東尼。她這番話造成他的唯一變化就是抿緊了嘴唇。「準備好了？」她問他。

他點頭做一次深呼吸。「隨時。」他說。

「請你待在封條外面，東尼，」布蘭登說，「犯罪現場鑑識人員還有很多事要做，他們可不希望我們在現場攪局，留下一堆亂七八糟的印記。」

卡蘿打開大門招呼他們倆進去。如果說東尼以爲她的簡報已經爲他做好了心理準備，這一眼就足以讓他知道完全不是那麼回事。這簡直叫畸形，而反常的不見血跡更加重了原本畸形的程度。邏輯說不通的，一具破碎到如此程度的屍體應該血流成河才對，應該像浮在血腥瑪莉當中的一塊冰塊才對。在殯儀館之外他從沒見過像這樣乾淨的一具屍體。更離譜的是，這個屍體不是像大理石像那樣安靜的擺著，它是扭成一個四肢鬆散形狀拙劣的人形框架，一個斷了牽線，所有關節都脫了臼的人偶躺在那裡。

這兩個男人一走進院子，現場攝影師立刻停止拍攝，向約翰．布蘭登點頭致意。

「忙你的吧，哈利。」布蘭登對於眼前的慘象似乎不爲所動。當然沒有誰看得見他藏在夾克口袋裡的手已經握緊了拳頭。

「長距離和中距離的全拍了，布蘭登先生。現在剛拍了幾張特寫，」攝影師說，「還有許多傷口和瘀痕；我還要檢查看是不是都拍到了。」

「好樣的。」布蘭登說。

卡蘿從他們背後補上一句：「哈利，忙完這裡，可不可以把停在這附近地區的車子都拍下來？」

攝影師眉毛一挑。「全部？」

「全部。」卡蘿斬釘截鐵。

「好主意，卡蘿。」布蘭登搶在攝影師變臉之前岔進來說。「確實常常會在現場或是死者的車子裡蹦出一些線索。說不定他就留了一些事後再回來取走的東西。照片是最好的佐證，要比條子的一本記事本強多了。」

攝影師噴出一口怨氣，轉身向那具屍體。這簡短的意見交換給了東尼一個克制反胃的機會。他朝屍體走近一步，試著去理解是怎樣的心態會把一個人整成這副模樣。「『你』在玩什麼把戲？」他的腦袋在打轉。「這對『你』究竟有什麼意義？在這堆碎肉和『你』個人的慾望之間該做怎樣的解讀？我還以為什麼都難不倒我了，『你』卻是個異數，不是嗎？『你』真的太特別了。『你』是變態中的變態。『你』一定會成為寫書立傳的對象。千載難逢啊。」

發現自己抱著一種近乎崇拜的心態，東尼趕緊強迫自己專注眼前的現實。喉嚨上的一刀幾乎砍斷了男子的頭，那顆頭顱側斜著就好像鏈在頸子後面似的。東尼吸口大氣說：「崗哨時報上說他們都死於割喉。是這樣嗎？」

「是這樣，」卡蘿說，「他們在遭受折磨的時候都還活著，每個案件的致命傷口都在喉嚨。」

「前幾次也像這個一樣深嗎？」

卡蘿遲疑的搖一搖頭。「我全盤熟悉的只有第二個案子，絕對沒有像這次的暴力。不過另外兩次的照片我看過，最後那次的程度跟這次很接近。」

感謝上帝還好有『本』可查，東尼心想。他退後兩步朝周圍掃了一眼。除了屍體，這裡和任何一間夜店的後院沒什麼兩樣。裝空瓶子的板條箱靠圍牆堆放著，裝了輪子的垃圾桶全都嚴密的蓋著蓋子。什麼也沒短少，什麼也沒多餘，除了這具屍體。

布蘭登清清嗓子。「這裡大致上算是就緒了，卡蘿。現在我得去跟媒體說兩句話。剛才來的時候，我看見潘妮．柏格思幾乎把妳的外套袖子都要拽下來了。肯定是她後面那票人把她盯得死死的。等會兒回總部見吧。到我辦公室來一下。我要跟妳談談希爾博士加入的事。東尼，我把你交給卡蘿了。忙完這裡，不妨安排一點時間好讓卡蘿把整個案情講解一遍。」

東尼點頭。「太好了。謝啦，約翰。」

「保持聯絡。再次感謝。」布蘭登說完就走，順手帶上了大門。

「你在做側寫分析？」卡蘿說。

「盡力而爲。」他謹愼的答。

「感謝主，終於熬出頭了。」她冷冷的說。「我以爲他們怎麼都不肯承認這裡出了一個連續殺人犯呢。」

「是妳和我，我們兩個人。」東尼說。「第一個兇案之後我就在擔心，不過到了第二次我才眞的相信。」

「以你的職位去跟他們說我看也不合適，」卡蘿洩氣的說，「該死的官僚。」

「太敏感了。即使我們已經設立了國家培訓中心，我覺得最好還是等警察單位主動來找我們。」

這時後院的門砰的一聲被撞開，卡蘿的回話應聲被打斷。兩人飛快的轉過身。堵在門口的那人塊頭之大，在東尼來說眞是難得一見。他結實的胸肌像是一大片收成後的荒地，那個啤酒肚杵在寬大厚實的肩膀前面少說也有六、七吋。兩隻眼睛像是兩顆煮熟了的大鵝莓，暴凸在那張肉團臉上，督察長湯姆．克勞斯的渾號果然其來有自。他的嘴，就跟他那個同名的卡通人物一樣，像一把不成比例的，特小號的邱比特之弓。老鼠毛似的短髮圍著一個像僧侶剃度似的禿頂。「長官。」卡蘿招呼這個巨靈。

兩道白眉不悅地緊鎖。以他眉心的紋路深淺做判斷，這是最熟悉不過的表情。「你是誰？」他朝東尼揮著一根又肥又短的手指問。不自覺的，東尼注意到了那片啃過的指甲。他還沒來得及答話，卡蘿已經機伶的開了腔。「長官，這是內政部來的東尼．希爾博士。他負責研擬國家犯罪側寫分析工作隊的事宜。希爾博士，這位是督察長湯姆．克勞斯。他總管我們刑案的偵調工作。」

卡蘿後半部的介紹詞被克勞斯響雷似的話聲完全蓋過。「妳在搞什麼東西，妳這女人？這是兇案現場啊。管你是湯姆、迪克，還是在內政部搖筆桿的，一概不許踏進來。」

這次卡蘿閉眼睛的時間稍微比眨眼長了一點。然後她說話了，那輕快的語氣令東尼大感錯愕。「長官，是布蘭登先生陪東尼博士一起來的。副局長認爲東尼博士可以幫我們爲兇手做特徵側寫分析。」

「妳什麼意思，兇手？我跟妳說過多少次？我們布拉德菲爾德沒有連續殺人兇手。我們只有一堆不入流的有樣學樣的酷兒怪咖。妳知道你們這幫專抄捷徑的大學生問題出在哪裡嗎？」湯姆．克勞斯鴨霸似的衝著卡蘿喝問。

「請您指點，長官。」卡蘿甜甜的說。

湯姆．克勞斯短暫停頓，有那麼一絲挫敗感，就像一隻狗明明聽見有蒼蠅卻看不見牠。然後他說：「你們統統急著求表現。你們只想要光環要頭條。你們根本懶得走正規的路。你們怎麼可以光憑三件兇案就把它來個三合一歸類，就只為了少花力氣多搏版面。還有你，」他話鋒一轉，轉向東尼。「馬上給我離開辦案現場。眼前我們最不想聽的，就是那些惺惺作態的人告訴我們說，現在要找的是某個小時候不許有玩具熊玩的兔崽子這種話。抓罪犯不是用唱的，這是警察的正事。」

東尼微微一笑。「我完全贊同，督察長。只是貴局的副局長似乎認為我可以幫助你們的工作更有效的鎖定目標。」

湯姆．克勞斯這樣的老鳥哪裡吃這套。「我帶的是最精英的小組，」他反駁，「我根本不需要什麼博士來教我如何逮住一夥搞同性戀的傢伙。」他再轉向卡蘿。「送希爾博士，督察。」他刻意喊著她的職階當成是一種羞辱。「等送完客，妳再回來報告進度，針對這次的殺手查到了些什麼。」

「沒問題，長官。啊，對了，你或許可以去副局長那邊看看。他們正在前面開一個臨時記者會。」這次，甜蜜之中帶著一絲刻薄。

湯姆．克勞斯隨便的瞥了攤在院子裡的屍體一眼。「嗯，他反正跑不掉，是吧？」他說。「好，督察，我跟副局長那邊的記者會一結束就來聽報告。」鞋跟一轉，和進來的時候一樣，嚮雷似的走了出去。

卡蘿一隻手搭在東尼的手肘上，引領他走出院門。「這下有看頭了。」她一邊在他耳邊咕噥，一邊帶著他跟在克勞斯後面走進那條巷子。

有六、七個記者和潘妮．柏格思一起站在黃色封條後面。約翰．布蘭登面向著他們。他們兩人漸漸走近，聽得見記者群七嘴八舌的在向這位副局長拋出一堆問題。卡蘿和東尼停在後面，湯姆．克勞斯推開站在布蘭登身旁的一名警官，大聲吼道：「各位女士先生，一次一個。大家都可以聽見。」

布蘭登半轉向湯姆．克勞斯，他臉上毫無表情。「謝謝你，克勞斯督察長。」

「布拉德菲爾德是不是出了連續殺手了？」潘妮．柏格思問，她的問話就像一聲報厄兆的鳥叫切入了這瞬間的安靜。

「根本沒有理由猜——」湯姆．克勞斯發話。

布蘭登冷冷的打斷了他。「由我來說吧，湯姆，」他說，「我剛剛說過，今天下午我們發現一具白種男性的屍體，年齡大約二十七、八或三十出頭。現在還不能做百分之百的確定，不過各種跡象顯示，這次的兇殺事件也許和過去九個月裡發生在布拉德菲爾德的三起兇案有所關聯。」

「這表示你們把這幾件兇案看作是一名連續殺手犯下的案子？」一個帶著錄音機的年輕小伙子像趕牛棒似的衝上前。

「我們正在調查這層可能性，這四次事件是否跟同一個行兇者相關的可能性，是的。」

湯姆．克勞斯一副要揍人的樣子。他垂在兩側的手已經握成拳頭，那兩道眉毛低到快把整個視線壓縮成了一條細縫。「不過目前這個階段還只是一個可能而已。」他還是強辯。

潘妮再度搶先。「這對偵辦的方向會有什麼影響，布蘭登先生？」

「以今天來說，我們會把前三個兇案的調查跟最近的這一個合併做成單一重案處理。我們會充分利用內政部重大刑案問訊系統分析所有可用的資料，我們相信這可以開發出許多新的線索。」布蘭登說，他的愁容蓋過了樂觀的語氣。

「加油吧。」卡蘿低低的吐出一句。

「你們會不會晚了一步？那名兇手會不會因爲你們之前不肯承認他是連續殺手而佔了優勢？」後排一個聲音氣憤的喊著。

布蘭登挺挺肩膀，一臉的冷峻。「我們是警察，不是千里眼。我們憑證據做推論。放心，我們一定會盡全力盡全速將這名兇手繩之以法。」

「你們會用側寫分析師嗎？」又是潘妮．柏格思。湯姆．克勞斯投給東尼一個惡狠狠的眼光。

布蘭登微笑。「到此爲止，各位女士先生。稍後新聞處會發一份新聞稿。現在，抱歉了，我們還有很多事情要做。」他向記者群親切的一點頭隨即轉過身，牢牢的抓住湯姆．克勞斯的手肘。兩人一起走回巷道，湯姆．克勞斯已經氣到背脊僵硬。卡蘿和東尼跟在後面幾步遠的距離。這時候，潘妮．柏格思的聲音又在後面出現。「喬登督察？這個新來的是誰？」

「天哪，這女人眞是什麼都不放過。」卡蘿嘀咕著。

「我最好閃人吧，」東尼說，「我如果上了頭版頭條那有礙健康啊。」

卡蘿停下腳步。「你是說兇手會盯上你？」

東尼咧開嘴。「不是。我是說你們那位局長大人會中風。」

他這一個無可抗拒的笑容令卡蘿心驚。這男人跟她見過署裡其他一板一眼的人很不同。不單是有幽默感，而且率性。說白了，他簡直就是她朋友露西口中的「有點可口」。這是個很有趣的男人，長久以來在職場上她還是第一次碰到。「有道理。」她不多說，免得落人口實。

他們倆走到巷子口剛好趕上湯姆．克勞斯在對布蘭登發飆。「關於這件事，長官，從一開始你就推翻了所有我之前對這票傢伙說過的話。」

「該是採取不同方向的時候了，湯姆。」布蘭登冷靜以對。

「那為什麼不先跟我討論，讓我在那票人面前就像個驢蛋?更別提還有我自己的那些人手了。」湯姆．克勞斯傾著身子一副動武的架式。他的手往上挪，食指向前指，幾乎就要戳進布蘭登的胸口了。好在工作倫理佔了優勢，那隻手總算又垂下來回歸原位。

「我如果叫你到我辦公室對你提出不同的辦案方向，你想我會得到同意嗎？」布蘭登溫和的語氣之中帶著強硬，湯姆．克勞斯聽得出來。

他的下牙床往外撐。「在今天過完之前，偵辦決定權還歸我管。」他說。在這份逞強底下，東尼似乎看到一個小男生，一個好強的小惡棍在氣憤那些有權把他攆出局的大人。

「我是副局長，責任歸屬都在我。政策方向由我決定，而我這一個決定剛好影響到了你的權限。從現在起，這就是一樁單一重大案件。聽明白了嗎，湯姆？或者你還想繼續插手？」這是第一次，卡蘿親眼目睹約翰．布蘭登處理棘手困境的能耐。他的口氣絕對不是故作姿態。他擺明了說到做到，而且一出手就是非贏不可的險招。根本不給湯姆．克勞斯留任何餘地。

湯姆．克勞斯盯上卡蘿。「妳沒別的事可做了嗎，督察？」

「我在等著寫報告，長官，」她說，「是你叫我在記者會之後等你。」

「在這之前……湯姆，我先向你介紹一下東尼．希爾博士。」布蘭登說著，示意東尼走過來。

「我們見過了。」湯姆．克勞斯像個小學生似的擺出一張臭臉。

「希爾博士同意這次偵查行動跟我們密切合作。他在側寫分析連續殺人犯方面的經驗首屈一指。同時他也同意這次的參與對外保密。」

東尼露出謙卑圓融的笑容。「沒錯。我不希望把偵調的工作變成餘興節目。如果我們有幸能逮住那渾球，一切功勞都歸貴團隊所有。畢竟，眞正打仗的是你們。」

「你說對了，」湯姆．克勞斯咕噥著，「我不希望你妨礙到我們。」

「我們誰也不希望這樣，湯姆，」布蘭登說，「所以我才請卡蘿做我們和東尼之間的連絡官。」

「在這種時候失去一個高級警官我可擔待不起。」湯姆．克勞斯抗議了。

「你並沒有失去她，」布蘭登說，「你反而是得到了一個眼光精準的上級官員，絕對值得，湯姆。」他看看手錶。「我得走了。局長等著聽簡報。保持聯繫，湯姆。」布蘭登草草揮個手，轉回大街很快不見蹤影。

湯姆．克勞斯從口袋掏出一包菸，點起一枝。「妳知道妳的問題在哪嗎，督察？」他說，「妳自以爲很聰明，其實不然。只要越界一步，小姐，我就叫妳吃不了兜著走。」他用力抽了一口菸，身子向前傾，故意向前把煙圈全數吹向了卡蘿。可惜一陣風壞了好事，煙圈還沒近她的身就散了。湯姆．克勞斯一臉嫌惡的轉個身，大步走回案發現場。

「你認識了這裡最有品味的一個人。」卡蘿說。

「至少我現在知道風是往哪邊吹了。」東尼回答。就在說話的時候，他感覺有一滴雨水落到臉上。

「啊呀，」卡蘿說，「這下可好。這樣吧，我們明天碰面？今天晚上我把檔案先看一遍做個整理。那樣你比較容易進入狀況。」

「好。我辦公室，十點？」

「好極了。你那裡怎麼去？」

東尼給卡蘿指點了方向，目送她急匆匆的趕回巷子裡。一個有趣的女人。而且很有吸引力，大多數的男人想必也會同意。有些時候他眞希望能爲自己找到一個單純不複雜的答案。可是他不碰愛情很久了，不容許自己迷上像卡蘿．喬登這樣的女人了。

卡蘿回到總部已經過了七點。她撥約翰．布蘭登的分機，驚喜的發現他居然還在位子上。

「上來吧。」

令她更意外的是，穿過他秘書辦公室的門發現他拿著咖啡壺在倒兩杯熱騰騰的咖啡。「奶和糖？」他問她。

「都不加，」她說，「這眞是意外的驚喜。」

「我五年前戒了菸，」布蘭登說，「現在只有靠咖啡因提神了。進來。」

卡蘿走進他的辦公室，止不住滿腹的好奇。之前她從來沒有跨越這個門檻過。漆的是一般的奶油色，裝潢擺設和湯姆．克勞斯那裡相仿，除了這裡的木頭很有光澤，沒有磨損刮傷，沒有香菸的灼痕，也沒有被熱杯子燙出來的圓圈圈。不像很多高級警官，布蘭登並沒有在牆上掛一堆警界的照片和獎狀。取而代之的是，他選了六、七張布拉德菲爾德百年街景的複製作品。彩色中摻著鬱悶，多半煙雨濛濛地，真實反映著從十七樓窗戶看到的景觀。室內唯一不免俗的就是桌上那一幀他妻子兒女的照片。不過那也不是特別在照相館拍的全家福，而是一張放大的，在帆船上拍的休閒照。由此可推論：儘管布蘭登努力營造出一個強勢、直接、傳統的警察形象，實際上在這一個表象底下他的複雜深沉非比尋常。

他朝辦公桌前方的兩張座椅揮個手勢示意卡蘿坐下，他坐上另外一張。「有件事我要先說清楚，」布蘭登開門見山的說，「妳要對克勞斯督察長做報告。他負責這次的偵辦作業。但是，所有妳和希爾博士的報告副本我都要看，只要是你們兩個人的想法，即便妳還沒有做成書面報告，我都要知道。妳處理得了這個平衡點嗎？」

卡蘿兩眉一挑。「只有一個辦法可以查明，長官。」她說。

布蘭登半帶笑的揪著嘴唇。他要的是實話不是空談。「好。我要妳確實做到監看每個人的檔案。只要有任何問題，只要感覺有任何人想阻撓妳或是希爾博士，我都要知道，不管屬於誰的權責。明天早上我會親自去向組裡說明，確定大家對這個遊戲的新規則完全了解。有任何需要我效勞的嗎？」

這天的下個十二小時將是另一個開始，卡蘿疲憊的想著。愛挑戰原本是件好事。這次，卻好像成了一場爬坡的奮戰。

東尼關起身後的家門，就地放下公事包，背靠著牆。他想要的他已經得到。現在開始打一場鬥智的硬戰了，以他的洞察力對抗兇手的防禦工事。這幾件兇案的格局裡，肯定藏著一條迂迴曲折的小路直通兇手的內心。東尼必須踩到這條小路，沿途他得留意那些誤導的陰影，小心避開那些危險的樹叢。

他離開牆壁站直了身子，忽然一陣虛弱無力的感覺，他走向廚房，邊走邊扯下領帶，解開襯衫。先來罐冰涼的啤酒，再來研究他從剪報收集來的那三樁兇案有限的相關資料。他才打開冰箱握住一罐「寶登」，電話鈴響了。他甩上冰箱的門抓起分機，一邊耍著啤酒罐。「喂？」

「安東尼，」那聲音在說。

東尼用力的乾呑。「現在沒空。」他冷冷的切斷了線路那頭傳來的沙啞低音，把啤酒罐扔在工作台上，一手掰起拉環。

「很辛苦嗎？嗯，這也是一種樂趣，對吧？我還以爲已經治好了你對我的恐懼症。我以爲我們已經不記前嫌了。我只求你別說又要掛我電話就行了。」那聲音在挑逗，笑聲就要浮出水面。

「我並不辛苦，」他說，「現在眞的沒空。」他感覺得到怒火慢慢的在胸中發燒。

「隨你啦。你是大人。你是老闆。除非，當然，你想要有所改變。你懂我的意思。」那聲音幾近在嘆息，一種引人遐思的挑逗。「畢竟，這完完全全是你我之間的事。照他們的說法，你情我願的事。」

「所以我就沒有沒有權利說不，是嗎？還是只有女人才有這份權利？」他聽見自己口氣中的緊繃，怒氣像翻湧到喉嚨口的膽汁。

「天啊，安東尼，你生氣的時候聲音好性感。」那聲音在發浪。

很尷尬的，東尼移開話筒瞪著它看，彷彿那是個外星球來的產品。有時候他不禁懷疑，是不是自己也向對方吐露過同樣的字句。在沒有辦法與來電的人冷靜以對的情形之下，他發現自己握緊了電話，緊到連指節都泛了白。過了一會，他把話筒移回耳朵邊。「只要聽你的聲音我就濕了，安東尼，」她還在說，「你不想知道我現在穿著什麼，我正在做什麼嗎？」那聲音誘惑至極，呼吸聲比起剛開始的時候更加清楚。

「聽著，我已經忙了一整天，還有一大堆的工作要做，就算我對這種遊戲再有興趣，今天晚上也沒那個興致。」東尼激動的朝廚房裡四處張望，好像急切的要找一個最近的出口。

「你聽起來好緊張，達令。讓我來紓解你的壓力吧。我們來玩。把我想成是放鬆心情的法寶。你知道事後你會更有幹勁。你知道我會給你從來沒有體會過的好時光。像你這樣的種馬，配上像我這樣的性感皇后，我們簡直可以無樂不作。算是前戲吧，我要給你享受這一通有史以來最髒，最色，最黃的電話。」

突然，他的怒氣找到了水壩上的缺口，爆發開來。「今天晚上不行！」東尼大吼著甩上電話，力道之猛連那罐啤酒都震得跳了起來。啤酒泡不斷從頂上的三角孔往外冒。東尼嫌惡的盯著它，然後拿起來丟進水槽裡。啤酒罐撞擊著不鏽鋼，匡啷啷的從這邊滾到那邊。褐色的啤酒加奶色的泡沫全噴了出來，東尼一屁股栽進沙發椅，垂下頭，兩手摀著臉。今晚，面對的是探索別人的夢魘，他當然不希望在這個時刻因爲這樣的電話，而跟自己以往的過失強碰。電話鈴又響起，他坐著不動，閉緊了眼睛。答錄機開始啓動，對方掛斷了。「賤貨，」他惡毒的說，「賤貨。」

摘自3.5磁碟片　標示：備份檔・007

檔名「愛情・003」

我的鄰居上午外出工作，他們把德國牧羊犬放在後院。一整天牠就在院子裡兜圈子，銜著水泥牆來來回回的就像一名稱職的獄卒。牠很魁很大，混著斑點的黑，一身粗毛。只要有人進入院子，不管從哪邊，牠就吠。又長又沉的怪叫，持久度絕對超過任何一個闖入者。每逢收垃圾的人進來後巷把我們的垃圾桶推上卡車時，那狗就歇斯底里起來，後腳站立，前爪空抓著厚厚的木門。我從最有利的位置，後面臥室的窗户看著牠。牠幾乎與那扇木門等高。完美，眞的完美。

第二個星期一的早晨，我買了幾磅牛排，把它全部切成一吋大的肉塊，就像那些美食食譜上說的。然後在每一塊肉上切一道小口，各塞進一顆醫生堅持開給我服的鎮定劑。我從來不要這些東西，當然也從來不用這些東西，只是我有預感，總有一天派得上用場。

我走出後門，快活的聽著那狗的吠聲連連。我的快活有理；這將是我最後一次的忍耐。我把手插進那碗濕潤的牛肉，享受又涼又滑的感覺。然後就一把一把的把這些肉甩過圍牆。我回屋子洗完手，上樓站到電腦邊的老位置。我選擇了法力無邊的黑魔法世界（Dark Seed），用我最熟悉的，哥德式狂野地獄遊戲來平靜亢奮的心情。儘管我玩得十分投入，還是忍不住每隔幾分鐘瞄一眼窗外。過了片刻，牠倒在地上，舌頭往外伸。我離開電玩，拿起望遠鏡。牠似乎還有呼吸，但沒在動。

我奔到樓下，拎起早準備好的大旅行袋，鑽進吉普車。我倒車進入巷子，一直退到車尾擋泥板對準了隔壁院子的大門。我熄掉引擎。安靜無聲。在我拿起鐵撬跳下車的時候眞有點難掩得意。耗了幾分鐘時間才撬開隔壁的門。門開了，我看見那狗動也不動。我打開旅行袋，蹲到牠旁邊。我把牠的舌頭撥回嘴巴裡，再用一捲醫療用的膠帶封住牠的口鼻。我把牠前後四條腿綁在一塊兒，拽向吉普車。牠很重，不過我的體能維持得很好，費點力氣把牠搬進後座不成問題。

我們到達農莊時牠發出輕微的鼾聲，但是毫無知覺，即使我拉扯牠的眼皮也沒一點動靜。我把牠推入擱在外面的小推車，穿過小屋，再直接把牠翻下樓梯。我開了燈把那狗像袋馬鈴薯似的拖上肢刑架，再轉身研究我的刀具。我在牆上安裝了一條磁帶，那些刀子就懸在上面，每一把的鋒利度都夠職業水準；切肉刀、去骨鋸齒刀、水果刀、美工刀。我挑了美工刀，割斷狗腿上的膠帶，幫忙他肚子朝下的趴著。我在牠身子中間綁上繩子讓牠固定在刑具架上。這時候我發現了一個問題。

就在剛才那幾分鐘的時間裡，那狗停止了呼吸。我把頭貼著牠毛茸茸的胸口，聽牠的心跳，太遲了。顯然我錯估了藥的劑量，給牠下得太重。我憤怒到了極點，我必須承認。那狗的死不會影響我測試這項設計的實用性，但我期待的是牠的痛苦煎熬；一個小小的復仇，對應牠那麼多次把我吵醒的狂吠聲，尤其在我辛苦了一個大夜班之後。牠連一分鐘的苦都沒受就死了。牠最後意識到的東西只是幾磅牛排肉而已。牠死得如此快活令我很不開心。

還不止於此；我很快又發現了第二個問題。我安裝的皮帶適合人類的腳踝和手腕。那狗並沒有手和腳，阻止不了牠的四肢從皮帶裡滑脫。

我沒有困惑太久。解決的方法絕對稱不上完美，也還算符合我的目標。在整修完地下室之後還剩下幾枚六吋長的釘子。我小心翼翼的排放好牠的左前爪，讓它摳住木座的一個缺口。我再憑感覺推測骨頭之間的距離，敲下鐵鎚，釘子分毫不差的穿過腳爪，落在最後一個關節的上方。我把皮帶固定在釘子底下，再使勁的拽。我認爲絕對撐得住。

不到五分鐘其餘幾條腿全部搞定。等到牠安全可靠的綁牢之後，我終於可以開始辦正事了。縱使只是純粹技術性的試驗，我仍能感覺到內心升起的興奮激動，直到它像堵在喉嚨口的一個硬塊。幾乎，無意識的，我的手游向肢刑架的把手。我眼看著它，分離開來，彷彿那是一個陌生人的手。它愛撫著齒榫，輕輕的輾過輪子，最後停留在把手上。潤滑油的芳香仍淡淡的飄蕩在空氣裡，混合著模糊的油漆味和這次試驗中我那助手身上的狗臭味。我深深的吸了一口氣，滿心期待的抖了一下，慢慢的開始轉動起把手。

3.

我並不堅持這個主張，凡是犯下兇殺行爲的人必定有非常不正確的想法，和非常不正常的信念。

唐．莫瑞克拉開拉鍊。輕鬆的呼一口氣，他全身放鬆，出空了爆滿的膀胱。在他身後，小隔間的門打開了。他的痛快立刻被一隻搭上他肩膀的大手粉碎。「莫瑞克小隊長。我正要找你。」湯姆．克勞斯沉聲喊著。莫名其妙的，唐．莫瑞克發現自己硬是不能把剛開動的「事情」辦完。

「早，長官。」他謹愼的說，一面抖抖身子飛快的把那玩意塞離湯姆．克勞斯的視線。

「她的新派任都跟你說了吧，你那位老闆？」湯姆．克勞斯問，一副好哥兒們的口氣。

「她提起過，是的，長官。」唐．莫瑞克渴切的望著那扇門，可惜無路可逃。湯姆．克勞斯的手還鉗著他的肩膀。

「我聽說你打算接管督察的調查工作。」湯姆．克勞斯又說。

唐．莫瑞克的胃抽緊。「是的，長官。」

「那你就需要所有在高層能找到的人脈囉，是吧，老弟？」

唐．莫瑞克強迫自己咧開嘴，希望擺出一個與湯姆．克勞斯相當的微笑。「或許吧，長官。」

「你各方面的條件都不錯，莫瑞克。只要記住你的忠誠度應該在哪裡。我知道接下去的幾個禮拜喬登督察會很忙很忙。她大概不可能有時間讓我同步了解狀況啦。」湯姆．克勞斯頗有心機的瞟著他。「現在所有的進展全得靠你通報了。明白嗎，老弟？」

唐．莫瑞克點頭。「是，長官。」

湯姆．克勞斯放下手，走向門口。他開了門又轉回頭對唐．莫瑞克說：「尤其是如果她跟我們那位博士朋友亂來的話。」

門在湯姆．克勞斯身後輕輕關起。「他奶奶的。」唐．莫瑞克輕聲的罵一句，走到洗手台前，對著熱水龍頭拚命的搓起手來。

東尼從八點起就一直待在他的辦公桌上。到目前為止，他總共只影印了幾份他設計的犯罪分析報告表格而已。報表大多依據FBI的暴力犯罪認知問卷程序，目的在於經由犯罪的各個面向，從受害人到呈堂證供，產生一套分類的標準。他心不在焉的排著這些表格，再把一些剪報資料疊了又疊。他不斷為自己的心神不寧辯解，他告訴自己卡蘿還沒有把警方的檔案送過來，所以他根本無事可做。其實這只不過是一個藉口。

事實上，他恍神的真正理由是，她又在他的腦海裡出現了。那個謎樣的女人。最初，他怕受傷，不願意參加她的遊戲。就像他那些病人，他自嘲地想著。這句名言他說過多少次了，每個人在某種程度上都很不甘願配合治療？他已經不記得之前曾經甩過多少次電話。她卻鍥而不捨，耐力十足的繼續她溫柔的說服，直到他開始放鬆，加入。

她徹底的讓他全面失控。她似乎從一開始對他就有『一箭穿心』的本事，只是從來沒進攻罷了。她具備了所有夢中情人的條件，從溫柔婉約到狂野淫蕩。問題的癥結在於東尼，他會不會太可憐啊，居然靠一個陌生人給的色情電話搭關係，或者他是不是應該恭喜自己能夠如此的自我調適，了解自己要什麼，什麼對自己有利。但是他不能逃避這份恐懼，如果不仰賴這些電話，他是不是就會瀕臨險境。弄到想要維持一個正常的性關係都不可能了，他這究竟是陷自己於更糟的困境，還是慢慢在走向復原？唯一偵測對錯的方法就是努力讓自己從幻想回歸現實。問題是他目前還承受不起新的打擊。目前，他必須勉強接受這個神秘的陌生人，只有這個神秘客有辦法使他覺得自己像個男子漢，可以阻擋那些惡魔出土。

東尼嘆息著拿起杯子。咖啡冷了，他照喝不誤。不知不覺的，他又開始在心中重溫那些對話。彷彿早上排練得還不夠，因為睡不好，他的睡眠就跟布拉德菲爾德的連續殺手一樣，太難找了。那女人的聲音在他耳朵裡嗡響著，像火車廂裡某個人的隨身聽，怎麼也躲不掉。他努力關閉自己的情緒，試著以對待工作的客觀態度對待這些電話。現在他該做的就是把自己『關閉』起來，就像在診斷那些患有妄想症的病人那樣。他相信憑自己的經驗，絕對有能力拒絕這些內在的雜音。

停掉雜音。分析。她是誰？她的動機是什麼？也許，像他一樣，她也喜歡挖掘別人的想法。這至少可以解釋她為什麼能夠探入他心防的理由。她跟那幫色情電話聊天線路上的女人當然不屬於同一類。在為內政部進行側寫研討作業之前，他曾經對色情聊天電話做過一些調查。他最近接觸過的一名服刑人坦承，他們都是這類高額付費電話的固定用戶，在電話線上發洩他們的性幻想，不管多變態、淫穢、怪異，一股腦全部送進那票拿錢辦事的女人耳朵裡，反正只要他們肯付錢，那些做老闆的當然來者不拒。他也親自試過幾次，一方面為了體驗其中的奧妙，同時也想藉由部分受訪者的談話錄音去了解，人為了賺錢為了餬口，可以忍受到什麼程度。

最後，他選擇性的訪問了部分這個行業裡的女性。她們有一個共通點，都具有一種受虐和墮落的感覺，雖然有些人會刻意用言語調侃她們的顧客。他做出幾個結論，只是後來寫的報告裡面並沒有提到所有的受訪人。有些是因為怪異得太離譜，另外一些是他害怕因為她們而洩露太多屬於他自己的心態。這其中包括了他自己的不當行徑在內，他接到色情電話的反應就像一般男人的反應，這和碰上同樣情況的女人截然不同。男人不會甩掉電話，或是向電信局告發，他們多半會被逗得很樂，甚至還會逗出了性致。不管怎樣，他們就是愛聽。

他唯一想要探究的是，為什麼這個女人不像其他色情電話的接線生，為什麼她對於和陌生人在電話中性交這件事真的那麼感興趣。他很想探索她為他開啓的性愛樂園，但是更想要滿足學術研究上的好奇。也許他該考慮提議跟她見個面吧。想到這裡，電話響了。東尼一驚，準備接電話的手伸到一半忽然停住。「啊，幫幫忙，」他不耐煩的嘀咕著，腦袋搖得像剛浮出水面的跳水選手。他拎起話筒，「東尼．希爾。」

「希爾博士，我是卡蘿．喬登。」

東尼不說話，他鬆了一口氣，總算中斷了對那個神秘女人的雜念。

「喬登督察，布拉德菲爾德警局。」卡蘿對著沉默繼續發話。

「哈囉，是是，抱歉，我正在……清我的桌子。」東尼結結巴巴的，左腿哆嗦著就像火車上的一杯茶水。

「眞的很對不起，我大概要到十點才能整理好。布蘭登先生召集全組的人一起做簡報，我覺得不去好像很不對。」

「當然，我了解。」東尼說，他空著的那隻手拿起了筆無意識的畫著一朵水仙。「做中間人很累，不參加就不像團隊的一分子，難爲妳了。不必放在心上。」

「謝謝你。我想，簡報應該不會太久。我一定儘快趕過來。大概十一點左右，希望不會干擾到你的時間表。」

「沒問題，」他說，少了胡思亂想的時間，他感到輕鬆多了。「我今天沒有安排什麼會議，妳慢慢來，不用急。我一點都不受影響。」

「好，待會見。」

卡蘿掛上電話。到目前爲止很順。至少東尼．希爾不是個被職業自尊綁縛住的囚犯，不像她過去打過交道的那幾位專家。他也不像大多數的男人，他理解她的潛在困難，以不著痕跡的方式表現對她的同情，也很樂於幫她把她的問題減到最低。帶著些焦躁，她甩開心中對他的心儀和吸引。這個時候她沒有時間也沒有心情牽扯感情問題。她和弟弟合住一間公寓房，現在連維持少數幾個親密友誼的力氣都沒有。再說，最近一段剛結束的感情傷她太重，叫她實在不敢再輕易的投入。

三年前她從倫敦警察大隊調到布拉德菲爾德，就此斷送了她跟倫敦那位急診室醫師的一段情。對勞勃來說，搬到冰冷的北方是卡蘿的主意。所以為了相見，在高速公路上來回奔波這件事該當由她負責。他可不願意浪費寶貴的下班時間，讓他那輛寶馬增加不必要的里程數，千里迢迢開去另一個城市，目的只是為了看卡蘿一眼。更何況，那些小護士既乖巧又懂事，她們了解超時和輪班的情形其實跟警察的工作沒差。他蠻橫的自私動搖了卡蘿，她對自己投注在勞勃身上的感情和心力有著被欺騙的感覺。東尼．希爾或許迷人，有吸引力，或許也名符其實的聰明敏銳，但卡蘿還沒有做好再次為愛掏心的準備。尤其不會跟一個工作上的夥伴。她心裡如果老是對他念念不忘，那是因為可以從他那裡學習到很多東西而令她著迷，絕不是因為對他這個人想入非非。

卡蘿一手順著頭髮打了個哈欠。過去這二十四小時裡她只回家待了五十七分鐘而已。其中二十分鐘是泡澡，努力讓自己在不睡覺的情形下保持清醒。她耗了大半個晚上跟她的犯罪偵查小組做挨家挨戶式的盤查，向那些緊張兮兮的住戶、店員和坦伯菲爾德地區的常客，以及這一區做同志生意的商家探詢一些有的沒的。那些男人的反應從完全不合作到羞辱謾罵統統都有。卡蘿一點也不驚訝。這一區本來就充滿著非常大的矛盾情結。

一方面，做同志生意的業界不喜歡地盤上充斥警察，因為這會阻斷錢潮。另一方面，激進派的同性戀者又在強烈要求給予正當保護，因為警方延誤了判斷，讓一名專門殺害同志的連續殺手逍遙法外。還有一批人對於警方的問話非常恐懼，同志生活在他們是個不能說的秘密，始終隱瞞著自己的妻子、朋友、同事和父母。而另一批人開心的扮演著神勇肌肉男，吹噓著他們絕對不會碰上這種情況，絕不會被一個白目的神經病給幹掉。更有一批人對發展的細節特別感興趣，他們只想知道一個失控發狂的人究竟會怎樣，這些人，在卡蘿眼裡，簡直不可理喻到了極點。還有一小撮態度強悍，壁壘分明的『蕾絲邊』，她們明顯的很得意，因爲這次，目標是男人。「現在他們總該明白我們憤慨的道理了吧，約克郡開膛手出沒那段時間，那票男人居然主張單身女子夜晚應該宵禁。」其中一個極盡嘲諷的對卡蘿說。

忙亂過後，卡蘿疲累不堪的開車回到總部，立刻開始「收網」的工作。兇殺組出奇的安靜，所有的刑警幾乎都去了坦伯菲爾德，有的在進行不同路線的探查，有的利用這幾個小時的空檔去喝一杯，或是做愛做的事，或是補個眠。她已經拜託過偵辦另外兩個兇殺案件的小組，他們勉強同意讓她調出檔案，條件是第二天一早就得把資料歸還到他們的辦公桌上。這個回應早在她的意料之中：表面合作，實際上，後續的麻煩多多。

她一進辦公室的門，就被那一堆數量驚人的文件給震住。訪談筆錄、化驗報告、檔案照片，幾乎把整間辦公室都掩埋了。天哪，難道之前的幾個案子湯姆．克勞斯都不用福爾摩斯（HOLMES）❺電腦系統？至少所有的資料檔案，不管是索引還是案例對照，全部可以從電腦存取。到時候她只要請哪位福爾摩斯檔案作業員幫她列印一份相關資料給東尼就行了。她唉聲嘆氣的關上門，關掉這一屋子的亂，穿過空盪盪的長廊走到員警辦公室。到了測試副局長的指示是否落實的時候，她要看看各階層是不是肯聽命行事跟她通力合作。沒有幫手，今晚的工作絕對無法

❺ Home Office Large Major Enquiry System，內政部大型重要問訊系統，係屬於英國蘇格蘭場的犯罪數據智庫，英文縮寫HOLMES即名偵探福爾摩斯的姓氏。

進行。

就算有電腦幫忙，要跑完所有的資料也是一場艱苦的纏鬥。卡蘿瀏覽所有的調查報告，從中篩選每一項可能有用或是重要的訊息傳給員警影印。即便如此，交到東尼和她自己手上的資料還是多到嚇人。六點，她的助手終於停工，卡蘿疲憊的把影印文件分裝好幾個紙箱，跌跌撞撞的把它們抱上車。她又自行取得了整組有關所有受害人和犯罪現場的照片，塡好一份申請單，爲偵調組更新舊有的副本。

忙完了這一切她才收工回家。到了家，她仍舊不得閒。尼森在門後面等著，萬分不悅地身體彎來扭去繞著她的腳踝打轉，逼她直接進廚房開罐頭。她把一碗貓食放在牠面前，牠居然狐疑的盯著它，還皺起了眉頭。所幸飢餓克制了牠想要懲罰她的念頭，狼吞虎嚥的一口氣吃個精光。「多謝你這麼想念我。」卡蘿拋下一句就去洗澡了。等她走出浴室，尼森顯然已經原諒了她。牠跟前跟後的跟著她，像電話語音似的喵個不停，不管她從衣櫃挑出什麼衣服，只要一放上床牠就坐上去。

「你眞是太可怕了。」卡蘿嘟囔著，把一條黑色牛仔褲從牠身子底下抽出來。尼森繼續向她撒嬌，牠的喵聲始終沒停過。她套上牛仔褲，對著衣櫃的鏡子欣賞褲子合身的剪裁樣式。這是凱瑟琳．哈密特的名牌貨，她在甘辛頓教堂街一家二手店買到的，只花了二十英鎊，那裡的特賣會有自己喜愛的名師設計服飾，可惜什麼也買不起，即使以現在刑事督察的薪水。米色的亞麻襯衫是法蘭聯的牌子，開襟的菱紋灰色羊毛衫是一間男仕服飾連鎖店的產品。卡蘿從羊毛衫上摘下幾根黑色的貓毛，馬上逮到尼森斥責的眼光。「你知道我很愛你。我只是不想把你穿在身上啊。」

她說。

「牠要是回答了妳的話那才叫嚇死人。」一個男聲從門口傳來。

卡蘿轉頭看著她的弟弟，他穿著鬆緊短褲靠在門把上，一頭亂亂的金髮，瞇著沒睡醒的眼睛。他的臉活脫是卡蘿的翻版，就好像有人把她的照片經過電腦掃描，卻不知不覺的把性別從女轉換成了男。「我沒吵醒你吧？」她急切的問。

「沒啦。我今天要去倫敦。財神爺來了。」他打了個哈欠。

「美國人？」卡蘿問，一面彎下身子搔著貓咪的耳朵背後。尼森立刻打個滾攤在地上，挺起肚腩等著撫摸。

「正確。對方要我們剛做好的樣品。我跟阿開說了目前的東西還不夠好，可是他說他們要一些保證，免得投資研發的錢都投進了黑洞。」

「研發軟體的樂趣。」卡蘿揉搓著尼森的毛說。

「這叫尖端科技。」麥可自嘲的說。「妳呢？謀殺工廠怎樣了？昨晚我聽新聞報導說你們又逮到一樁。」

「大概吧。至少上面終於承認外頭有這麼一名連續殺手存在。還找了心理分析側寫師來跟我們合作。」

麥可吹起口哨。「不得了，布拉德菲爾德警方進入二十世紀啦。『卜派』受得了嗎？」

卡蘿扮個鬼臉。「就像眼睛裡扎了一根刺，他認為那根本是浪費時間。」卡蘿說著聲音一沉，裝出湯姆．克勞斯的標準布拉德菲爾德口音。「在知道是由我擔任這位側寫師的連絡官的時候，他更是跳起來。」

麥可點頭，臉上一副譏誚的表情。「一石兩鳥。」

卡蘿咧嘴笑。「是啊，要我好看囉。」她站起來，尼森發出小小一聲抗議。卡蘿嘆口氣往門口走。「幹活去啦，尼森。謝謝你，讓我的腦子暫時不去想那些屍體。」她說。

麥可一面讓路，一面給她一個擁抱。「別太爲難自己，老姐。」他說。

卡蘿嗤一聲。「看樣子你還不太懂得警方的辦案原則，老弟。」

她坐上駕駛座的時候，那貓和麥可就已經拋在腦後。她的心思又全部回到了那名殺手身上。現在，經過了好幾個小時，讀了一整夜的小組報告之後，家似乎變成一份遙遠的記憶，遠得就像那年夏天在伊薩卡度假。卡蘿強迫自己離開座椅，拿起文件走進犯罪偵查小組的辦公室。

她進去的時候屋裡擠滿了各派出所的刑警，只剩下站位而已。兩三個組裡的同事讓出一些空位給她，有一個直接把座位讓給她坐。「馬屁精。」從房間另一邊傳來一個聲音。卡蘿看不見說話的人，不過聽得出不是她組裡的。她朝讓位的低階警官笑了笑搖搖頭，那名警官就近靠著辦公桌，旁邊是唐．莫瑞克，唐繃著臉打了個招呼。時鐘顯示九點二十九分。整間屋子都是廉價雪茄、咖啡和濕外套的味道。

另外一個督察捕捉到卡蘿的視線，慢慢的向她挪近。兩個人還來不及說話門就開了，湯姆．克勞斯大步走進來，後面跟著約翰．布蘭登。這位督察長看上去有一種不安的親切感。在他前面，排好的隊形自動分開，空出一條清楚的通道，讓他和約翰．布蘭登暢通無阻的走向房間盡頭放白板的位置。

「早，弟兄們，」湯姆．克勞斯和氣的說，「還有姐妹們，」這顯然是考慮之後的補充。「在場沒有誰不知道現在我們手邊有四件兇殺案未破。前三個死者身分已經查明——亞當．史考特、保羅．吉勃司和蓋瑞茲．芬尼根。至於第四個受害人，目前還沒有任何進展。化驗室的弟兄們正在努力，想辦法拼湊出一張不太嚇人的臉孔供新聞媒體公佈。」

湯姆．克勞斯做一次深呼吸。他的表情變得更加溫和親切。「大家都知道，我一向不喜歡理論走在證據前面。我更不喜歡隨著媒體歇斯底里的煽動起舞，硬把這幾個殺人事件連接在一起。從今天的幾份早報看來，我並沒有說錯。」他指著那些刑警手上的幾份報紙。

「不過，根據最新一起的殺人事件，我們必須在政策上做一些修正。昨天下午，我已經將這四起兇殺案歸併爲單一重案偵辦。」

屋子裡響起一陣支持的低語聲。唐．莫瑞克湊近卡蘿的耳朵。「他的口氣轉換得比點唱機還快。」

她點頭。「但願他的襪子也能換得這麼快。」

湯姆．克勞斯瞪著他們的方向。他不可能聽得見他們說的話，不過看卡蘿的嘴唇在動就是了。「安靜，」他厲聲的說，「我還沒講完。我想，現在用不著什麼刑警的能耐也看得出，這個地方對於我們以及局裡一般常態性的活動來說實在嫌太小了，所以今天早上的會議結束之後，我們要搬回原先在司卡吉爾街的警局，相信有些人還記得那邊在六個月之前才關門歇業。經過維修人員、電腦菁英、電信工程師連夜趕工，現在已經把它恢復得差不多了，暫時作業不成問題。」

全場一陣哀嚎。司卡吉爾街那幢維多利亞式的老舊建築關門大吉的時候，沒有人掉過半滴淚。風會灌進屋裡，不方便，缺停車位，缺女廁所——什麼都缺，除了牢房——這幢建築早就是需要拆建的危樓。理由很老套——經費不足，改建計畫無法推動。「我知道，我知道，」湯姆．克勞斯打斷了大夥的抱怨。「可是大家必須在同一個屋簷下，我才能關照大局。偵查作業由我全權負責。你們的行動要向這兩位督察做報告——包伯．史丹費督察和凱文．馬修督察。他們兩位馬上就會把大家的任務做一個分配。至於喬登督察，將會參與布蘭登先生主導的一個方案。」湯姆．克勞斯停頓一下。「對此我相信大家一定樂於通力配合。」

卡蘿揚起頭四處看。她看到大多數人的臉上都明寫著嘲弄的表情。好些個腦袋轉過來向著她。那眼光中沒有一絲暖意。即使那些本來支持側寫方案的人也大表不滿，這麼重要的派任居然落到一個女人身上。

「所以喬登督察原先負責偵辦保羅．吉勃司和亞當．史考特的行動改由包伯代理，凱文負責昨天的屍體和蓋瑞茲．芬尼根的部分。福爾摩斯小組也出動了，等到線路一接通他們會立刻輸入資料。大衛．渥考特督察，有些人大概還記得，以前他在這裡當過巡佐，這次擔任調查組長，福爾摩斯小組由他負責。現在交給你了，布蘭登先生。」湯姆．克勞斯退開，招呼副局長向前。他的手勢剛好遊走在傲慢與禮貌的邊緣。

布蘭登先掃視全場。他實在不宜再發表什麼驚人之見。屋子裡大半的督察都一副過勞的模樣。許多人爲了前兩個兇殺案連續忙了好幾個月，卻看不到任何成績。湯姆．克勞斯的衝勁是有口碑的，這下連他也面臨了上坡的壓力，之前他堅持不肯承認，現在這幾個案子果然有關連性。湯姆．克勞斯終於踢到鐵板了。不善言詞一直是布蘭登的罩門，不過他已經練習了一個早上。在洗澡，在對鏡子刮鬍子，在吃煎蛋土司，在開車到局裡來的路上，他都在腦子裡默練。布蘭登一隻手插進褲袋，手指相互交叉著。

「這次可說是我們生涯當中最棘手的一件任務。就目前所知道的，這個傢伙只有在布拉德菲爾德犯案。從某個程度來說，我對這一點感到高興，因爲我們這裡的督察人員是我見過最優秀的。只要有誰能夠逮到這個雜碎，那就出運了。大家可以得到上面百分之一百一的支援，如果需要任何資源，不管那幫政客喜不喜歡，都不成問題。」布蘭登的狠勁贏得全場喃喃的附和聲。

「我們準備的招數不止一個。各位都知道內政部針對重複犯案人的心理側寫規劃了一個特別工作小組。對，我們就是這個小組的白老鼠。東尼．希爾博士已經同意跟我們合作，等一會由他向各位講解內政部方面的想法。我知道當中有些人認爲心理側寫根本是一堆屁話。不過不管喜歡與否，這就是我們往後的一部分。只要大家跟這個人通力合作，我們就看得見這個小組的未來。如果不甩他這套，我們就等於拿石磨套脖子，跟自己過不去。大家都聽明白了嗎？」

布蘭登嚴峻的掃視全場，就連湯姆．克勞斯也不放過。大夥點頭的動作從熱烈趨向正常。

「我很高興大家都充分的了解了。希爾博士的職責是把我們提供的各項證據做好評估，然後提出關於兇手的側寫分析，幫助我們聚焦偵辦的方向。我派督察卡蘿．喬登擔任兇殺組和希爾博士之間的連絡官。喬登督察，妳可以站起來一下嗎？」

卡蘿錯愕的站起來，手上的檔案落了一地。唐．莫瑞克立刻蹲下去撿起那些散亂的文件。「你們有從別的單位調過來還不認識喬登督察的，這就是她。」有一套，布蘭登，卡蘿心想著。簡直像是在甄選女特警隊似的。

「喬登督察有權取得有關偵辦的每一份資料。對於任何進展我都要她隨時保持充分的聯繫。任何人在追蹤任何可能的線索時都要跟她討論，就等同於向自己原來的督察，或是向克勞斯督察長做報告一樣。喬登督察的任何要求都必須當成最速件處理。只要我聽到有任何人擺臭架子，封殺喬登督察或是希爾博士，我絕對叫他出局。同樣的，不管是誰向媒體透露了偵辦的方向，結局相同。所以各位要想清楚。除非閣下急著想要爬回去繼續穿制服，在布拉德菲爾德雨中逛大街的走完下半輩子，否則就盡你的全力協助她。這不是競爭。我們全都站在同一邊。希爾博士不是來這裡抓兇手的。那是你們的——」

布蘭登說到一半頓住。誰也沒注意到門打開了，但是傳達室警佐的幾句話卻擄獲了全場的注意，速度比子彈還快。「抱歉打擾，長官，」他說，音調中有繃緊的情緒。「我們查出昨天那名死者的身分了，長官。他是我們裡面的人。」

摘自3.5磁碟片　標示：備份檔・007

檔名「愛情・004」

有一位美國記者曾說：「我看見了未來，運轉自如。」我非常明白他的意思。在那條狗之後，我知道亞當根本不成問題。

這星期剩下來的幾天我都處在一種緊張的狀態。甚至還考慮過服用鎮定劑。現在可不是向軟弱低頭的時候啊。再說，克制的功夫原本就是我的最強項。憑我多年的自我訓練；我不相信有哪個同事發現我的舉止行為有什麼異常的地方，除了我不再能像往常那樣自願在週末加班。

星期一早上，我完全準備好了。蓄勢待發，一個準備上場的殺手。就連天氣都站在我這一邊。秋高氣爽的早上，這樣的天氣讓那些通車族的嘴角都有了笑意。將近八點，我開車經過亞當的家，一戶新的三層樓連棟式房屋，一樓是車庫。他臥室的窗簾合攏著，牛奶瓶還待在門口的台階上。半截每日郵報杵在信箱外面。我把車停在過兩條街的一排店舖外面，再徒步往回走。我走在他這條街上，到目前爲止時間分秒不差，我很滿意。他臥室的窗簾拉開了，牛奶瓶和報紙已經不見了。走到街道盡頭，我去對面的小公園，在長椅上坐著。

我打開自己的每日郵報，想像亞當也正在看我胡亂翻著的這些新聞。我換了個不必掀報紙也能清楚看見他家大門的位置，就這樣眼觀四方的戒備著。時間超準，八點二十分大門打開，亞當出現。我若無其事的摺起報紙，扔進長椅邊上的垃圾桶，跟著他的腳步一路走下去。

火車站不到十分鐘的路程，他踏上擁擠的月台時我就在他的後面。幾分鐘後火車進站了，他隨著大群的乘客向前移。我稍微退後，讓兩三個人隔在我們中間；我不可冒失。

他進入車廂伸長脖子張望。我當然知道爲什麼。當他們兩個眼神交會，亞當一面揮手，一面往人群裡鑽動，這段時間他們可以毫無掛礙的一路談天說地。我眼看著他湊近身子。我熟悉他臉上的每一個表情，他勁瘦的身軀每一個角度和姿勢。他的頭髮；在後腦杓的那些小捲毛還濕濕的，他的皮膚粉紅，帶著刮完臉之後的亮光，散著阿米司古龍水的香氣。他爲了某個話題哈哈大笑，我感覺一股酸味在口中升起。那是背叛的味道。他怎麼可以這樣？跟他說話，令他開懷，爲他溫暖的嘴唇掀起美美微笑的人應該是我。如果說，我的意志稍微有那麼一點動搖，看到眼前正在享受星期一早晨之約的這一對之後，我的決心就更加堅強。

跟平常一樣，他在沃爾瑪廣場下車。我在他身後不到十二碼。他回頭向他那位即將死別的愛人揮手道別。我迅速避開，假裝在看火車時刻表。此時此刻我最不希望的一件事就是被他看到，被他發現我的跟蹤。我稍微停頓幾秒鐘，再繼續跟蹤。向左轉進貝爾威瑟街。我看見他的一頭黑髮在人行道熙來攘往的上班族中間不停的上上下下。亞當彎向右手邊的一條巷子，我也到了皇冠廣場，剛好趕上看見他進入國稅局大樓，他上班的地方。很滿意，又是一個順利平常的星期一，我穿過廣場，經過玻璃帷幕的辦公大樓，走進整修一新的維多利亞商店街。

我有的是殺人時間。這個念頭使我的嘴角浮現了笑意。

我在中央圖書館看了些書。沒什麼新書，所以我還是看我的舊愛。愛殺[6]，丹尼斯．尼爾森的犯案令我百讀不厭。他謀殺了十五個年輕人卻沒有引起任何人的注意。沒有誰懷疑過外面有這麼一個專找無家可歸流浪兒下手的同志連續殺手。他跟他們交朋友，帶他們回家，給他們酒喝，不過只有在他們掛掉之後，他才會跟他們相好。只有在那時候，他才能擁抱他們，跟他們做愛。這是病，是變態。他們不該得這種報應；他們根本沒有背叛，沒有變節。

尼爾森犯的唯一錯誤就是棄置屍體的部分。那簡直像是他有意希望被人家逮住。分屍烹煮都沒錯，可是把他們往馬桶裡塞？一個像他這麼聰明的男人，這種事太明顯了，排水管哪可能消化掉這麼大宗的固體。我始終不明白他爲什麼不乾脆把那些肉拿去餵他的狗。

總之，從別人的錯誤中學習永不嫌晚。其他殺手的失誤始終迷惑著我。其實不必花太多腦筋就能了解警方和鑑定人員的動作，預先做好防範，尤其是以抓兇手謀生的這幫人最喜歡記筆記，工作上的細節全部。再一方面，我們聽到的都只是一些失敗的例子。我知道我絕不會出現在這些輸家的名冊裡。我計畫得太好了，經過利害評估之後，我已經把每一種危險都降到了最低。我唯一的工作紀錄就是這份日誌，而且就算到我連最後一口氣都成追憶的時候，它也不會沾到一滴列印的油墨。這正是我唯一的遺憾，沒辦法親眼看到書評。

四點，我回到我的崗位，其實之前我並不知道亞當在四點四十五分下班。我坐在沃爾瑪廣場漢堡王的窗口，這是觀察他辦公室巷口的絕佳位置。果然，四點四十七分他出現了，直接往車站走。我加入升降月台上候車的一群人，聽見遠方的汽笛聲，我暗暗的笑著。好好享受你的火車之旅吧，亞當。這是最後一次了。

❻《Killing For Company: Case Of Dennis Nilsen》作者：Brian Masters。

4.

事實是，我「肖想」他，所以決定拿他的喉嚨開刀。

戴米恩．康諾力，城南第六分局地方資訊官沒在當班的時間出現，執勤小隊長並不特別的擔心。康諾力是隊上最優秀的資料整理人選之一，也是訓練有素的福爾摩斯系統員，更是出了名的遲到大王。一個星期至少有兩次，他總是在上班時間過了十分鐘之後才匆忙的衝進分局大門。這次過了半個小時他還沒現身，小隊長克萊兒．邦納眞的有些火了。就算康諾力再不懂事，也該知道如果遲到超過十五分鐘，就必須電話報備。今天跟平常一樣，總部要求福爾摩斯小組爲連續殺手的偵辦作業全員出動。

小隊長克萊兒．邦納一邊嘆氣，一邊在她的檔案裡翻查康諾力家裡的電話。電話響了又響，到最後自動切斷了。她感覺事情有些蹊蹺。康諾力在工作以外算是個獨行俠。他很安靜，可以說比隊上大多數人都來得深沉，參加局裡的社交活動總是與人保持距離。就她所知，康諾力連一個同床共枕過的女友都沒有。他的家人都在格拉斯哥，此地根本沒有可以聯絡的親戚。克萊兒開始回想。昨天放公假。前晚值完了大夜班，康諾力還跟她和其他十幾個弟兄們一起用早餐。他完全沒有提到休假日怎麼打發，只是回去補眠和整理他的車，一台老式的奧斯汀敞篷車。

克萊兒走向控制室，去找另一名同事，請他派一輛巡邏車到康諾力住家附近轉個圈，看他是否生病或受傷。「最好檢查一下車庫，確定他沒被壓在車子底下。」回座位的時候她又追加了一句。

八點過後，控制室的小隊長出現在她的辦公室。「去康諾力的住家查過了。沒人應門。他們仔細查看了一圈，窗簾全部開著。牛奶還在台階上。看不出有任何動靜。只有一件事有點奇怪。他的車停在街上，這一點也不像他的作風。我不說妳也知道，他寶貝那台車就像皇冠上的珠寶似的。」

克萊兒皺眉。「會不會有人跟他一起過夜？一個親戚，或是女友？也許是他讓他們的車停在車庫裡？」

控制室的小隊長搖搖頭。「不會。他們從車庫窗子看過一眼，裡面空空的。還有，別忘了那瓶牛奶。」

克萊兒聳了聳肩膀。「暫時也只能這樣了，對吧？」

「他都過了二十一歲。應該不會沒腦筋到搞失蹤，不過妳知道他們對這些悶不吭聲的人是怎麼個看法。」

克萊兒嘆息。「等他露臉的時候我要給他一點顏色了。對了，我找喬易．史密斯到資料室代他的班。」

控制室的小隊長兩眼往上看。「妳還眞會挑人啊？難道就沒別的人選了嗎？史密斯只懂得二十六個字母而已。」

克萊兒．邦納還來不及反駁，有人敲門。「是？」她大聲應著。「進來。」

控制室一名員警有些遲疑的走進來。她的神色有異。「隊長，」這簡單的一聲裡已經明顯有著不安的口氣。「你最好看看這個。」她遞上一張傳眞，底線參差不齊，顯然是從捲筒上匆忙撕下來的。

控制室的小隊長就近接過那張傳眞紙。他猛地抽一口氣，閉了一會兒眼睛。不發一語的，把傳眞遞給了克萊兒．邦納。

起初，她只看到強烈的黑白影像。緊接著，她很自動的先排除掉心裡的恐懼，她想不通爲什麼會有人直接來通報康諾力失蹤的消息。她的眼睛開始把紙頭上的符號翻譯成字句。「緊急通知。昨天下午在布拉德菲爾德，坦伯菲爾德區，紅心皇后酒店後院發現一名身分不明的死者。今天上午稍後將提供死者的照片。請各分局單位傳閱並發布。詳情請洽督察凱文．馬修，司卡吉爾街重案室，分機2456。」

克萊兒．邦納陰沉的看著另外兩人。「很有可能，是吧？」

那名員警盯著地板，她的皮膚濕冷蒼白。「我看是的，隊長，」她說，「就是康諾力。我的意思，這不是很有可能，而是確定就是他。」

控制室的小隊長拿起傳眞。「我立刻連絡馬修督察。」他說。

克萊兒．邦納退開椅子站起來。「我這就去停屍房。儘快做確認他們才好辦事。」

「現在進入新的局面了。」東尼說，他臉色凝重。

「愈發的棘手了。」卡蘿說。

「我一直在問自己一個問題，巧手安迪❼到底知不知道他給我們的是一個條子。」東尼輕緩的說著，轉動座椅望著窗外重重疊疊的屋頂。

「抱歉？」

他扮了個古怪的笑臉說：「不，抱歉的應該是我。我喜歡給他們取個名字。感覺上像是私事，比較親切。」他轉回來面對著卡蘿。「會不會干擾到妳？」

卡蘿搖搖頭。「這比局裡取的綽號好多了。」

「叫什麼？」東尼的眉毛挑了起來。

「酷兒殺手。」卡蘿說，嫌惡的口氣非常明顯。

「這可省了好多問題，」東尼說得有些曖昧。「不過只要對他們的恐懼和憤怒有幫助，倒也沒有什麼不好。」

「我不喜歡。對我來說一點也不私密，叫什麼酷兒殺手。」

「妳要什麼樣的私密呢？他都已經殺死你們的一個人了？」

「我早就有這種感覺。在我們碰上第二件兇殺案的時候，由我接手的那件。當時我就認定我們是在跟一名連續殺人兇手交手。也就在那時候我把它看成是我個人的私事。我要逮住這個渾蛋。一定要。於公於私，一定要。」卡蘿冷酷強硬的語氣給東尼很大的信心。這個女人會拔除一

---

❼ Andy Kane, 1965～，英國電視名人，綽號Handy Andy。

切障礙達成他的工作目標。她的口氣和她的用字遣詞同時也帶著一種蓄意的挑釁，表明了她根本不用他有多少魅力。她只是他現在最不可或缺的一個人選。在工作上，絕對。

「妳我二人，」東尼說，「我們聯手一起，一定辦得到。不過要聯手一起。妳知道，我的側寫分析處女作，是針對一名連續縱火犯。在他放完了六、七場大火之後，我已經知道他怎麼做案，爲什麼做案，從做案當中他可以得到什麼。我對這個變態已經一清二楚，只是沒辦法給他安上一個姓名，一張臉。爲了這個我有好長一段時間眞的很沮喪。後來我想通了，這不是我分內的工作。這是你們的工作。我能做的就是指引你們一個正確的方向。」

卡蘿苦笑。「說得好，我就得像條獵狗似的跟著轉，」她說，「你剛才說他到底知不知道戴米恩．康諾力是個條子，這話是什麼意思？」

東尼一手搔著頭，把頭髮搞得像個大龐克。「好吧。我們現在有兩個劇本。巧手安迪也許不知道戴米恩．康諾力是條子。這可能純粹是巧合，對他的同事來說這尤其是一次很不愉快的巧合，不過它就是巧合而已。如果是這種情況，我不樂見，因爲就我所知，以目前這些有限的資料來看，這幾個都不是隨機受害人。我認爲他對於受害人是經過仔細挑選的，而且計畫縝密。妳同意這個說法嗎？」

「他的手法沒有漏洞，非常明顯。」卡蘿說。

「對。那另外一種就是巧手安迪完全知道他的第四名受害人是警察。這個認知帶來兩種可能：一、巧手安迪知道他殺了一個條子，不過這個事實跟他做案的意義毫不相干。換言之，戴米恩．康諾力符合了安迪有求於這些受害人的全部條件，不管他是條子還是公車司機，反正該死。

「這一種劇本也是我最喜歡的。戴米恩．康諾力是條子的事實正是巧手安迪之所以挑選他當第四名受害人的主要成分。」

「你是說他衝著我們來了？」卡蘿問。

感謝上帝她反應夠快。這樣一來事情好辦多了。到目前她的表現都不錯，有美貌也有腦子。只要取其中一樣就升遷有望。「這當然只是一個可能，」東尼坦承，「不過我認為並非無的放矢。他大概對於督察長湯姆．克勞斯死不肯承認他的存在這件事開始不爽了。他自認為他的所作所為是非常的成就。他是一流的，是值得公開表揚的。這份公諸於世的慾望偏偏被警方的一個否決給阻撓了，警方不肯承認這些殺人事件的背後只有一個兇手。沒錯，崗哨報從第二個死者出現開始就一直往連續殺手的方向推測，可是這跟由警方出面正式表揚的情況完全不同。而我又在第三次事件之後不知好歹的還往火上澆油。」

「你是說，你接受崗哨報採訪的事？」

「是啊。我當時提到做案的有可能是兩個人的說法激怒了他，他氣憤自己的傑作居然得不到認證。」

「天哪，」卡蘿處在驚恐和迷惑之間已經不知如何是好。「所以他到外面直接盯上一名警員，這樣我們就非認眞看待他不可了？」

「這是一個可能。當然，有可能不是隨便找的。對巧手安迪來說，雖然做給官方看這一點很重要，他的宗旨，死者的人選還是要符合他個人的標準才行。」

卡蘿皺起眉頭。「所以你的意思是，康諾力本身就有一些跟其他大多數警察不一樣的地方？」

「好像是。」

「也許是性向方面，」卡蘿若有所思的說，「我指的是，局裡同志不算多。有些人老是躲在櫃子裡不出來，你會錯把他們當成了衣架呢。」

「哇哈，」東尼大笑，舉起雙手像要躲她似的。「要有資料才能下推論。目前我們還不知道戴米恩是不是同志。先去查清楚戴米恩最近的輪班表或許有點用處。就以最近這兩個月吧。至少可以讓我們對他在家裡的情形有所了解，對那些準備去向他鄰居做查訪的員警也有所幫助。同時，我們應該問問他的同事，查一查他下班的時候是否都是一個人離開，或是有誰搭過便車。每件事都需要查清楚，就公私兩方面充分去了解康諾力這個人。」

卡蘿拿出記事本潦草的做著筆記。「當班。」她邊寫邊小聲的唸。

「巧手安迪另外還告訴我們一件事。」東尼說得很慢，似乎在捕捉剛剛進入意識裡的一個念頭。

卡蘿抬頭，眼神一緊。「繼續。」她說。

「他的手段非常，非常的高明。」東尼冷冷的說。「想想看。警察都是訓練有素的觀察人員。就連反應最慢的人對於他周遭的警覺性都要比一般民眾來得高。照妳剛才告訴我的，戴米恩．康諾力是一個很機伶的傢伙。他是資料彙整員。據我的了解，彙整員的工作就像局裡的活動百科全書。地方上一些累犯和相關的犯罪模式，卡片上一清二楚，要是這個彙整員不夠精明，那麼這套系統等於白搭，妳說對不對？」

「對極了。一個好的彙整員比躺在地上的一堆屍體都值錢。」卡蘿說。「更何況，康諾力是屬於極優秀分子。」

東尼靠回座椅。「所以，如果巧手安迪盯上了戴米恩而不驚動任何警鈴，那他必定是箇中高手。就事論事，卡蘿，如果有個人固定的跟蹤妳，妳一定會把他揪出來的，對不對？」

「希望有這份榮幸。」卡蘿語帶譏諷。「不過我是女生。也許我們的防衛性比那些男生更加嚴重。」

東尼搖頭。「我認爲像戴米恩這樣機伶的警察對任何事物都會注意到，除非是非常專業的跟蹤法。」

「你的意思我們要找的可能是一個裡面的人？」卡蘿不自覺的衝口而出，連聲音都提高了。

「有可能。不過這要等我看完所有的證據之後才能定調。就是這些嗎？」東尼朝著卡蘿放在他辦公室門口的紙箱點了點頭。

「一部分。另外一箱和幾捲照片還在車上。都經過仔細核對的。」

東尼扮個鬼臉。「這種事妳比我行多了。好，我們一起去搬吧？」

卡蘿站起來。「我去，你現在就開工如何？」

「我最想看的是那些照片，所以不如一起過去，多一個幫手。」他說。

「謝謝。」卡蘿說。

在電梯裡，兩個人面對面的各站一邊，彼此都強烈的感覺到對方的存在。「那不是布拉德菲爾德的口音。」電梯門關上的時候東尼說。如果想要跟卡蘿．喬登合作無間的共事，他就必須了解她的好惡，個人和工作兩方面都需要。對她了解得愈多愈好。

「你不是說偵查的事要留給我們做嗎？」

「我們學心理學的擅長陳述明顯的事實。局裡的那些名嘴不都這麼說的嗎？」

「說得好。我的祖籍是瓦威克。在曼徹斯特讀大學，之後就進了倫敦警局。你呢？我對口音不大清楚，不過我看得出你是北方人，雖然你的腔調也不像布拉德菲爾德當地人。」卡蘿回答。

「生長在哈利法克斯。讀倫敦大學，之後在牛津拿到博士學位。專科醫院待了八年。十八個月前，內政部把我挖過來負責這項研究。」問一答十，東尼心中挖苦自己。究竟誰在刺探誰啊？

「所以我們兩個都是『老外』。」卡蘿說。

「也許這就是約翰·布蘭登選擇妳跟我連絡的理由。」

電梯門滑開，他們倆穿過地下停車場到達卡蘿停放的來賓車位。東尼從後車廂裡捧出紙箱子。「看不出妳力氣還眞不小。」他吸著氣說。

卡蘿拿起照片夾，咧嘴笑。「我在妙探追兇❽裡是黑帶高手。」她說。「東尼，如果這個變態眞的是**裡面**的人，那你想要找的是哪些東西？」

「我眞不該說這話。把推論搶在資料前面了，我不希望妳咬住這一點，行嗎？還是要看證據。」東尼喘吁吁的說。

「行，可是有什麼跡象可尋呢？」她不肯死心。

東尼答話的時候，他們已經回進了電梯。「熟能生巧，警方辦案和鑑定過程自有一套熟悉的行爲模式。」他說。「其實這沒什麼了不得。現在犯罪的書籍和電視神探之類的東西多的是，什麼人都懂。所以，卡蘿，請妳趕快拋開這個念頭。我們必須保持開放的心態。否則忙得毫無意義。」

卡蘿憋住嘆息。「好啦。在你看完了這些證據之後如果還持這個想法，你會不會告訴我？因爲就算一點點的可能，我們也要重新考量偵查的方式了。」

「一定會。」他說。電梯門開啓的時候，談話也剛好畫上句點。

回到辦公室，東尼從卷宗夾抖出第一組照片。「趁你還沒開始，可不可以把你進行的順序做個說明？」卡蘿的記事本已經準備好了。

「我先把所有的照片看一遍，再請妳把目前的調查情況讓我做個了解。做完這些，我會寫書面報告。之後，我的習慣是爲每一個受害人勾勒一份側寫。然後我們就拿這些東西再做一次研討。」他說得眉飛色舞。「再然後我就要踩上高空鋼索，替兇手畫側寫了。妳覺得如何，還行嗎？」

「還不錯。所有這一切大概需要多少時間？」

東尼皺眉。「很難說。幾天吧。巧手安迪犯案的週期似乎是以八個星期爲準，沒有任何加速的跡象。順便一提，這也是一個不尋常的特點。要等我研究完這些資料，才能對他這個人有所掌握，不過在他再度出手之前，恐怕我們也沒剩多少時間了。搞不好他連下一個受害人都已經選定，所以我們這邊的任何進展絕對不可以向媒體透露。我們千萬別做催化劑，刺激他加快速度。」

卡蘿唉嘆了一聲。「你一直都這麼樂觀？」

「在什麼位子擺什麼姿勢。啊，還有一件事？要是你們那邊發覺了嫌疑犯，在這個階段我最好不知道──否則我的潛意識會影響側寫分析，很危險。」

卡蘿不以爲然的哼著。「有這個運氣就好了。」

「眞有那麼糟嗎？」

「喔，凡是對同志有過猥褻或是暴力行爲不良紀錄的人我們都偵訊過了，沒一個有問題，甚至連一絲可能性都沒有。」

東尼扮了個同情的臉色，拿起死者亞當．史考特的照片，一張一張慢慢的看。他把筆和A4的便條本挪近來，抬頭看著卡蘿。「咖啡？」他問，「早就該問妳了，只是剛才我太熱中我們的話題。」

卡蘿有一種共犯的感覺。她也非常喜歡剛才的對話，儘管有些罪惡感，眞不應該把連續兇殺案當成一件賞心樂事。跟東尼說話就像跟一個同好聊天，他表現出來的是眞切而不是『膨風』。這是辦案以來她沒有見識過的。「我也是，」她承認，「看樣子我也眞的是非咖啡不可了。你要我去拿嗎？」

「啊呀，不需要！」東尼哈哈大笑。「妳可不是來做這個的。等著，我馬上回來。妳喜歡哪種？」

「黑咖啡，不加糖。濾滴式的更好。」

東尼從檔案櫃裡取出了他的大保溫瓶之後暫時消失。五分鐘後，他帶著兩杯熱騰騰的咖啡和保溫瓶回進辦公室。他把一杯遞給卡蘿，再指指保溫瓶。「都裝滿了。看情形我們得耗上一段時間。隨時取用，不必客氣。」

卡蘿感恩的喝了一口。「願不願意娶我？」她開玩笑的問。

東尼又一次哈哈大笑，藉以掩飾一陣翻胃的感覺，熟悉不過的反應，即使只是一句無聊的玩笑話。「過不了幾天妳就不會這麼說啦。」他故意規避，隨即把注意力集中在那些照片上面。

「受害人一號。亞當．史考特。」他小聲的說，同時在便條本上做筆記。他把那些照片一張接一張的全部看完，再從頭看起。第一組畫面拍的是市區裡的廣場，旁邊是高敞的喬治王朝風格的房屋，第二組一棟現代化的辦公大樓，第三組一排商店、酒吧和餐館。廣場中央是公園，有兩條呈對角線的路徑交叉穿過。居中是一座維多利亞式的自動飲水器。公園四周圍著一堵三呎高的磚牆。公園兩側是濃密的灌木叢。整個氛圍有些陰鬱，房屋的粉飾多處都已剝落。他假想自己站在角落，看著這片風景，聞著這個城市裡混著老酒和速食臭味的潮濕空氣，聽著夜晚的聲音。引擎在轉，人行道上的高跟鞋在響，風中夾雜著陣陣的笑鬧，八哥不停在啼叫，因爲街燈的強光害得牠們根本睡不著。你站在哪裡呢，安迪？你從哪個角度在觀察？你看到什麼？你聽到什麼？你感覺到什麼？爲什麼是這裡？

第二張照片展現出部分牆面和街道邊的灌木叢。照片很清楚，連牆頭上小小的鐵方塊都看得見，這些小方塊是殘留的鐵欄杆，當時很可能爲了打仗，把欄杆剪了去製造槍砲子彈。有一部分的樹叢出現斷裂的枝椏和壓壞的葉子。第三張拍的是一個男人的屍體，顏面朝下，四肢攤成很奇怪的角度。東尼讓自己走進這個畫面，嘗試以巧手安迪的立場設想。感覺如何，安迪？是驕傲？是害怕？是欣喜若狂？你有沒有一絲悔意，就這樣丟棄你欲求的對象？爲了這一幕，這幕你一手創作的怪異景象，你花了多少時間？是腳步聲牽引你？還是你什麼也不在乎？

東尼抬頭，卡蘿在看他。令他驚訝的是，這是頭一次，他對於女人盯著他看沒有出現不自在的感覺。或許因爲他們的關係僅止於工作，而且沒有較勁的成分。他內在的緊張因此又鬆懈了一些。「發現屍體的地點。說明一下。」

「克朗普騰公園。在同志村和風化區重疊的地方。晚上特別暗，主要的原因是那兒的街燈經常被一些喜歡在暗中搞性交易的人砸壞。克朗普騰公園區這一類性交活動隨處可見，樹叢裡，樹下的長椅，辦公樓門口，屋子的地下室。出租，賣淫，隨便勾搭。那附近一整夜都有人，不過他們不愛管閒事，不會因爲看到什麼就來湊熱鬧，即便是眞的看到了什麼。」卡蘿說，東尼邊聽邊寫。

「天氣？」他問。

「很乾燥的一個夜晚，可是地上很濕。」

東尼再看照片。屍體從各個角度拍攝。隨著鏡頭的轉移，有幾個地面潮濕的特寫。完全看不出腳印，但是在屍體底下有一些黑色的塑膠碎片。他用筆尖指著，「這些是什麼？」

「布拉德菲爾德市議會垃圾袋。商家用的標準款，至於一般住宅……輪型的垃圾桶都不適用。這一型的垃圾袋這兩年才廣泛使用。看不出這些碎片到底是本來就在那兒還是隨著屍體扔下的。」卡蘿說。

東尼眉毛一挑。「從昨天下午到現在妳還眞做了不少功課啊。」

卡蘿咧開嘴笑。「這是刻意假裝自己是女超人，不過我必須承認另外兩次的調查我早已經下過功夫。我相信它們是有關連的，雖然我的老闆不認同。我要爲那些同事說句公道話，幾個負責前兩次調查的督察眞的很開明。他們不介意我三不五時的調閱他們的東西。這一整夜的苦讀只是刷新記憶而已，沒什麼。」

「妳忙了一整夜？」

「就像你說的，在什麼位子擺什麼姿勢。撐到今天下午四點應該沒問題。再下去就像中了棒槌，昏了。」卡蘿坦承。

「了解。」東尼應著，再回到那些照片上面。他看著一組驗屍的鏡頭。屍體仰躺在白色的板床上，恐怖駭人的傷口第一次清楚的看見。東尼慢慢的看著那一整套連貫的畫面，有時還把之前看過的幾張重複再看。閉上眼睛，他可以想像亞當·史考特原本完整無缺的身體，漸漸的像奇花異卉似的，爆出了許許多多的瘀痕和傷口。他幾乎看得見那雙手在撕扯肉的慢鏡頭。過了好一會，他才睜開眼說話。「脖子和胸口這些瘀痕——法醫怎麼說？」

「這種記號。很像情人之間的『種草莓』。」

一份悶著頭蠻幹，詭異變態的愛情。「還有脖子和胸口這些區塊。這三個地方的肉都割掉了？」東尼淡淡的問。

「那是死後去除的。也許他愛吃吧？」

「也許。」東尼不置可否的說。「在殘留的組織裡有沒有什麼挫傷的痕跡，就妳的記憶？」

「好像有。」卡蘿的聲音裡有著明顯的驚訝。

東尼點點頭。「我會檢查法醫的報告。他是個相當聰明的人，我們這位巧手安迪，依我的直覺，這些痕跡不是紀念品，也不是什麼食人魔的印記。我認爲有可能是咬痕。巧手安迪當然知道，從齒痕的鑑定就足以收拾他。所以在激情過後，他就冷靜的去除了這些證據。這些生殖器上的傷口——是死前還是死後留下的？」

「死後。法醫說這些傷口很像是臨時起意。」

東尼露出一絲得意的笑容。「法醫有沒有說起四肢的外傷怎麼來的？這個部位的幾張看起來就像個破布娃娃。」

卡蘿嘆口氣。「他不想隨便做出官方的結論。其實四肢全部都脫臼了，部分脊椎骨也移了位。他說……」她頓了一下，模仿起法醫的口吻。「『別說我說的，在西班牙宗教審判[9]出現把人架上肢形架的酷刑之後，我還眞沒看過類似的傷害。』」

「肢形架？靠，眞是愈來愈亂了。好，下一組。保羅．吉勃司。這個應該是你們的了？」東尼把亞當．史考特的照片放回去，取出第二份卷宗，重複前面相同的過程。「這個場景和第一個的關聯性在哪裡？」

「等一等，我拿給你看。」卡蘿打開一個盒子，抽出她事先準備好的大比例尺地圖。她把地圖攤平在地板上。東尼離開座位蹲到她身邊。她立刻感覺到了他的味道，是洗髮精加上他本身淡淡的，屬於動物的氣味。不是刮鬍水，不是古龍香水。她看著他兩隻四四方方的白手按在地圖上，短到有些嫌粗的手指，修剪整齊的指甲，手指根稀疏的長著一些細細的黑色汗毛。令她驚嚇的是，她居然興起了一陣衝動。妳簡直幼稚得像個孩子，她狠狠的罵自己。簡直像個懷春的少女，老師隨便一句讚美就迷戀起來。快長大吧，喬登！

藉著指點地圖上的位置，卡蘿稍稍移開了一些距離。「克朗普騰公園區在這裡，」她說，「運河街隔大約半哩路左右，在那兒。紅心皇后酒店沿著這走，大約就在這兩區的中間。」

「假設他對這個地區很熟應該沒問題吧？」東尼邊問，邊在心中想像謀殺現場的地圖。

「我想也是。克朗普騰公園區明顯就是棄屍地點，可是另外兩個事件一定也跟坦伯菲爾德區有相當程度的地緣關係。」卡蘿往後蹲坐，試圖從某個方向找出這幾個地點的相關性。

「我需要去看一看現場。最好選擇跟棄屍當時相近的時間。我們知道那個時間點嗎？」東尼說。

「亞當的部分我們不知道。估計死亡的時間是在午夜前後的一小時，所以不會早於那個時間。至於保羅，我們知道凌晨三點以後門口是淨空的。蓋瑞茲的死亡時間估計在晚上七點到十點之間，就在屍體被發現的前一天。至於戴米恩，十一點半的時候院子還是乾淨的。」卡蘿閉上眼睛背誦記憶中的資料。

東尼發現自己直視著她的臉，她閉起的眼瞼讓他沒了拘束。即使少了那雙藍眼睛裡的神彩，

---

❾ Spanish Inquisition，一四七八年成立，以殘酷手段對付異端分子，十九世紀初取消。

她仍然可以歸類爲標準美女。橢圓的臉蛋，寬闊的額頭，白淨的肌膚，濃密的金髮，修剪得有些蓬鬆。堅決有力的嘴型。每逢神情專注時眉心就會出現的一道皺紋。他的鑑賞就像在臨床看診，彷彿她是病例檔案裡的一張照片。怎麼會這樣，任何正常的男人面對一個女人的時候都會有所動心，難道他的心關閉了嗎？還是因爲他拒絕讓自己一見鍾情，害怕這份情愫把他帶到失控的境界，自取其辱？卡蘿的眼睛睜開了，發現他定定的望著她時，她著實吃了一驚。

他覺得耳根發熱，趕緊回看地圖。「所以他是夜貓子，」他倉卒的說，「我想今天晚上去那個地區看一看。妳可以找其他人陪我，妳好好去睡個覺吧。」

卡蘿搖頭。「不，我們只要能夠在五點結束，我就可以偷幾個鐘頭闔個眼。午夜十二點左右來接你，我們一起過去。行嗎？」她補了一個問號。

「太好了。」東尼說著站起來退到辦公桌後面。他拿起那些照片逼迫自己回到巧手安迪的眼睛裡。「他把這個人整得夠慘，是吧？」

「保羅是唯一被打成這樣的。蓋瑞茲臉上有刀傷，不過沒這麼過分，保羅的臉根本被打成了肉泥——鼻梁碎裂，牙齒碎裂，面頰骨碎裂，下顎脫臼。肛門口的傷也一樣可怕；部分的內臟被拿掉了。殘暴的程度也是造成督察長認爲我們該找不同兇手的原因之一。而且，他的四肢統統沒有脫臼，不像其餘的三個。」

「這就是報上說蓋滿了垃圾袋的一個？」

卡蘿點點頭。「跟亞當的屍體底下發現的塑膠片同一類。」

兩人繼續研究著蓋瑞茲．芬尼根。「我對這一個有一些新的想法，」他說，「在模式上他至少做了兩項明顯的改變。第一，棄屍地點由坦伯菲爾德區移到卡爾登公園。那裡仍舊是一個同志活動區，只是更脫軌不正常。」說到這裡他一頓，乾笑了笑。「注意聽了，這就像在說他的行爲並非失去理性的反常。第二項是，他寄給崗哨時報的信和錄影帶。爲什麼他決定挑這一個宣布，而不選另外兩個？」

「我也一直在想這一點，」卡蘿說，「我懷疑其中可能的一個事實是，這個屍體說不定已經躺在那兒好幾天，甚至好幾個星期了。」

東尼一面在本子上做筆記，一面比了個豎大拇指的手勢。「這些傷，手上和腳上的。我知道看起來非常詭異，幾乎像是釘過十字架的感覺。」

「法醫並沒有特別針對這個部分做紀錄。不過手上的傷口，加上兩邊肩膀脫臼，釘十字架的結論確實很難排斥，尤其再想到這件案子的時間點剛好是聖誕節。」卡蘿站起身子，努力把眼裡的睡意揉掉，忍不住咬著牙關打了個哈欠。她在小辦公室裡來回踱著步子，不斷以聳肩放鬆緊繃的肌肉。「變態狂。」她低聲的嘟囔。

「生殖器的破損程度更加嚴重，」東尼觀察著。「他簡直把這一個去勢了。還有這些致命傷，喉嚨的切口也特別的深。」

「這是不是在告訴我們什麼？」卡蘿腦袋昏昏，又是一個哈欠。

「跟你們的法醫一樣，目前我還不敢遽下推論。」東尼說。他轉向最後一組照片。也就在這時，卡蘿第一次目睹他的專業面具鬆脫。恐懼掃過東尼的臉，他張大眼睛，猛地倒抽了一口氣。她並不意外。在他們把戴米恩翻過來的時候，一名身高六呎，打橄欖球的刑警當場昏倒。即便經驗老到的法醫一時間也轉過頭，明顯在強忍嘔吐。

死後的僵直性把戴米恩．康諾力的四肢僵成了一個拙劣怪誕的姿勢。脫臼的關節以各種瘋狂的角度突出來。然而更糟、更過分的是，切斷的陰莖被塞進了他的嘴裡。他的身軀從胸口到鼠蹊亂七八糟的全是烙印，全都是任意拍打燒烙出來的灼傷，沒有一處的長度超過半吋。

「我的天哪！」東尼低呼。

「他眞是熟門熟路了，對吧？」卡蘿狠毒的說。「他對於自己的傑作相當自豪，對吧？」

東尼無言，強逼自己像先前那樣仔細的研究這一組駭人至極的照片。「卡蘿，」他終於開口。「對於這些灼痕有沒有誰提出過什麼論點？」

「沒有。」她說。

「這些印痕很奇怪，」他說，「圖形變化很多。不像是隨便選個物件然後繼續不斷的依樣畫葫蘆。至少有五個不同的形狀。妳那邊有沒有做電腦圖案分析的人？看看這裡面是不是隱藏了什麼訊息？燒傷的地方實在多得太離譜了！」

卡蘿再度揉眼睛。「我不知道。我和那些電腦人的關係差不多就像威爾斯王子和公主。等我回辦公室之後去問問看。如果沒有，我就去問我弟弟。」

「妳弟弟？」

「麥可是電腦神童。他在電玩軟體研發部門工作。你想把一個圖案分析、操作，再轉變成打打殺殺的電腦遊戲，找他就對了。」

「他的口風緊嗎？」

「如果不緊，他就做不成現在這個位子了。幾百萬英鎊就全靠他的公司比別人搶先一步登上梯子。相信我，他知道什麼時候該閉嘴。」

東尼笑了。「我並沒有冒犯的意思。」

「你沒有。」

東尼嘆息。「但願我能儘快的理出頭緒。巧手安迪不會就此罷手。他太愛他的工作了。看看這些照片。這個渾蛋會繼續的捕捉折磨謀殺，一直到你逮住他爲止。卡蘿，這傢伙是個職業殺手。」

摘自3.5磁碟片　標示：備份檔・007

檔名「愛情・005」

我大步踏上小徑，按亞當的門鈴。趁他應門前的幾秒鐘，我把臉上的表情調整出一個歉意十足的微笑。我看見他模糊的身影走到了玄關。門打開，我們兩個面對面。他要笑不笑的疑惑著，彷彿這輩子從來沒注意到我這個人似的。

「很抱歉打擾你，」我說，「只是我的車拋錨了，我也不知道哪裡有公用電話，不知道可不可以借用你的電話打給道路救援？我會付費，當然……」我故意讓聲音慢慢的變小。

他的笑容放寬放鬆，黑眼睛的眼角起了笑紋。「沒問題。請進。」他退後，我走進門裡。他朝玄關比個手勢。「電話在書房。就在那邊。」

我慢慢走過玄關，耳朵警覺的聽見大門在我身後關攏的聲音。上鎖之後，他又說一句：「不嚴重吧？」

「我要先查一下號碼。」我停在門口伸手探向背包。亞當繼續向前走，所以當我抽出防身噴霧劑的時候，他跟我只隔了兩三呎的距離。簡直太完美了。我朝他噴了滿滿一整臉。

他痛苦吼叫，踉蹌的撞到牆上，兩手不斷的抓著臉。我一個箭步，一腳卡在他的腳踝中間，兩手搭上他的肩膀，一扳，就把他撂倒了，他的臉擠進了地毯，急切的想要吸氣。我立刻壓在他身上，捉住一隻手腕，把他的手臂扭到背後，銬上手銬。這時他開始掙扎，眼淚不停的流，我捉住他另一手，再銬上另外一半的手銬。

他的腿在我身子底下亂踢亂踹，不過我的重量把他釘得死死的，我從背包取出一個有拉鍊的塑膠袋。拉開塑膠袋，抽出一塊浸了氯仿的敷墊，摀住他的鼻子和嘴巴。難聞的氣味鑽進我的鼻孔，連我也覺得有一些頭暈想吐了。我本來還擔心氯仿會失效；這瓶東西已經放了兩三年，是我當年在一艘蘇俄的輪船上跟大副過夜的時候，從醫務室偷來的。

感覺到冷冷的麻醉墊阻絕空氣的時候，亞當掙扎得更加厲害。可是不到幾分鐘他的腿就停止了漫無目標的踹踢。我再多等一會兒，爲了安全起見，我離開他的身體，用手術膠帶把他兩條腿綑綁在一起。我把氯仿的敷墊放回護袋，再用膠帶封住亞當的嘴。

我站起來深呼吸。到目前爲止，一切順利。接下來，我掏出乳膠手套，用心思考。我很熟悉法國鑑識學家愛德蒙．盧卡[10]在一九一二年一場謀殺審判當中所展示的理論：凡接觸過的必留下痕跡；一個罪犯一定會從犯罪現場帶走某樣東西或是留下某樣東西。牢記這一點，我今天特別小心選擇我的衣著。我穿了李維501型牛仔褲，跟亞當常穿的同一品牌。上身搭的是寬鬆的V領板球毛衣，同樣式的一件，我親眼看見他幾個禮拜前在瑪莎百貨買的。就算我留下幾許纖維，也必定會當它是來自於亞當身上的衣物。

我把書房很快的看了一圈，停在他的電話答錄機邊上。很老式的機種，只有一捲錄音帶。我打開答錄機取走錄音帶。保留他的聲音做紀念是很正常的事；我知道收錄在影帶中的聲音絕不會有這樣相同的輕鬆質感。

[10] Edmond Locard, 1877～1966，鑑識科學的先驅，有法國的福爾摩斯之稱，首創「凡接觸必留下痕跡」的盧卡定律。

通往車庫的門鎖著。我登上樓梯，發現他的西裝外套拋在廚房餐桌的椅背上。一串鑰匙在左手邊的口袋裡。回到樓下，我開了車庫的門，掀起他那台買了兩年的福特後車門。再回來處理亞當。他，當然，已經醒了。他眼裡充滿驚恐，從膠帶後面不斷傳出含糊的呼嚕聲。我笑笑的看著他，再次把麻醉墊壓住他的鼻子。這次，當然，他一點都沒辦法掙扎。

我扶他坐起來，再從書房搬來一張椅子。設法把他弄上丟，方便我用肩膀扛著他進車庫。我把他拋進行李箱，用力扣上後車門。他全身上下沒有一絲一毫露出來，完全看不見了。

我看了一眼手錶，六點剛過。還得再一個小時，要等天黑，要確定不會有什麼鄰居無意間走過，看見一個陌生人從亞當的車庫開車出來。我藉瀏覽他的生活打發時間。一紮紮的照片顯示著他的一些朋友，聖誕節的家庭餐會。我本來可以好好的加入這些生活的，我們本來可以擁有這一切的，誰叫他這麼蠢呢。

電話鈴聲驚醒我的白日夢。我讓它去響，逕自走向廚房。我拿了一瓶清潔霜和一塊抹布，仔細的擦掉玄關裡所有的污痕。我把抹布收回背包，再拿起吸塵器，把玄關裡裡外外緩慢又仔細的吸個夠，清除掉剛才在地毯上掙扎的所有痕跡。我拖著吸塵器進車庫，擱在角落，看起來就像它一直就待在那兒似的。功德圓滿之後，我鑽進亞當的車子，按下鑰匙環上的遙控鈕，發動引擎，車庫門在我眼前滑順的升起。

我關好門，開車走了。我聽見後車廂裡隱約的聲響。我翻開雜物櫃，找到一捲鹹濕到極點的卡帶，打開音響，把音量調到最大。我一路的跟著音樂唱，駛離城市開上沼地。

我一直擔心亞當的車子爬不上來，果不其然，還剩半哩路的時候，路面又是野草又是坑洞的，實在太難走。我只好下車徒步去推小車。我打開後車廂把他撥上推車的時候，他的眼睛瞪得好大。他含糊不清的對我喊著，眞是白費力氣。我胡亂的把他拽出來塞上推車。這半哩路非常辛苦，他持續不斷的掙扎使得推進更困難。好在桃樂絲姑媽有先見之明，買的是工地用的推車，前面有兩個輪子。

到了農舍，我打開暗門。底下的地窖黑暗舒適。亞當瞪著兩隻充滿驚恐的眼睛。我摸著他柔軟的頭髮說：「歡迎光臨歡樂宮。」

5.

對於……看報紙的讀者來說，看什麼都有興趣，只要夠聳動。但是心靈的感受需要的卻不止於此。

送卡蘿上車之後，東尼穿過園區到雜貨店買了一份晚報。如果說宣傳是巧手安迪的渴望，那麼他的目的達到了。布拉德菲爾德崗哨晚報全版充斥著血腥和恐懼。一共五頁，精確一點的說法是：第1、2、3、24和25頁加上一篇社論，全部奉獻給了酷兒殺手。假如這個綽號代表的是某種判斷，那警方的消息已經像內閣會議，走漏得一塌糊塗。

「你並不喜歡酷兒殺手這個名號吧，安迪？」走回辦公室的路上，東尼自言自語的說：回到座位，他開始研讀報紙。潘妮．柏格思可是出足了鋒頭。頭版頭條怵目驚心的大標題：**酷兒殺手再度出手**！字體稍微小一些的副標，告訴讀者的是：**警方承認連續殺手神出鬼沒**。下方是一篇有關發現戴米恩．康諾力屍體的驚悚報導，和一張他在畢業大會操的照片。第二頁和第三頁是爲前面三個案子做灑狗血式的前情摘要，附帶有簡略的地圖。「閉門造車到了極點。」東尼一面說一面看著跨頁的報導。**酷兒殺人魔嚇壞男同志**的標題，更讓讀者由衷的認爲崗哨時報已經明確訂出了誰是危險受害人。報導焦點集中在布拉德菲爾德同志圈出現了歇斯底里的現象，附帶有簡餐咖啡店、酒吧和俱樂部內部的照片，完全配合讀者的重口味。

「天啊，」東尼說，「對這篇報導你鐵定很不爽，安迪。」他翻回到社論。

「終於，」他讀著，「警方承認了我們大多數人一直以來的認定。布拉德菲爾德確實有一個逍遙法外的連續殺手，他的目標——年輕，單身男性，經常在市區一些同志酒吧出沒。

「這眞是很丟臉的事，在這之前警方始終沒有向同性戀者提出警告。在這樣一個匿名雜交亂愛的模糊世界裡，殺人魔要找幾個願意上鉤的受害人不是難事。警方的緘默反倒便宜了兇手。

「而他們的三緘其口，很可能更增加同志圈對警方原本就存在著的嫌隙，促使他們心生恐懼，認爲官方看待同性戀者的性命遠不如社會上其他成員的性命來得重要。

「這個情況就好像當年警方之所以傾全力偵辦**約克郡開膛手**的案件，並不是因爲死了那些妓女，而是一些『無辜的』女性遭到殺害。一個警官遭到殺害是不對的，是大錯，所以布拉德菲爾德市警局對這名酷兒殺手認眞追究起來。

「儘管如此，我們還是竭誠希望同志圈充分和警方合作。我們也要求警方全力調查這幾件恐怖的兇殺事件，並拿出誠意關懷布拉德菲爾德的同性戀者。儘快逮住這名殘暴的兇手，我們才有安全保障。」

「自以為是，挑起公憤，不切實際。」東尼對著窗台上的黃金葛說。他剪下這幾篇文章散攤在桌上，然後打開錄音機開始說話。

「二月二十七日，布拉德菲爾德崗哨晚報。終於，巧手安迪大大的露臉了。我不知道這對他到底有多重要。連續殺人犯的心理特徵之一就是渴望獲得宣揚。只是這次，我不太確定他是否會覺得受到了干擾。前兩次的兇案無消無息，在發現屍體之後兩件案子都沒有得到太多的注目。有一份報紙提示過警方可能會有第三具屍體出現，但這則消息並沒有觸及先前的兇案。我為此百思不解，直到刑事督察卡蘿．喬登為這個消息和附帶的錄影帶做了另外一番解釋，也就是說，如果沒有提示，那屍體很可能久久都不會被發現。所以，巧手安迪很可能並不執著於製造頭條和驚恐，顯然他只希望那些屍體及早被發現，好讓人家看出是他的傑作。」他嘆了一口氣關掉錄音機。即使他已經多年不沾『學術馬戲』，接受的訓練還在；演出的每一個階段都必須做成紀錄。這個案子的調查過程無論是寫論文或是寫書，都是上好的素材，魅力無法擋。

「我是食人魔，」他對著那盆植物說，「有時候我真的很討厭自己。」他收拾剪報塞進卷夾裡，再打開紙箱取出幾包文件。卡蘿在上面都清楚的做好了標記。流利的大寫字體。東尼注意到了，一個習慣書寫的女人。

每個受害人都有一份鑑定報告和一份初步的驗屍報告。證人陳述書分成三類：背景〈受害人〉、證人〈犯罪現場〉和其他。先選擇背景資料〈受害人〉部分，他把轉椅推到電腦桌旁。到布拉德菲爾德之後，校方曾經提供他連接大學網路的終端機。他婉拒了，因為不想浪費時間學新的電腦連線規則，使用自己原來的個人電腦輕鬆又自在。現在，他很高興不必做加密的動作，也不必擔心夜裡睡不安穩。

東尼叫出可以比對死者的特定軟體，開始漫長的資料輸入。

在司卡吉爾街分局待五分鐘就讓卡蘿恨不得立刻衝回家。爲了調查作業，偵緝組超大的辦公廳從頭到尾馬不停蹄的跑。半數以上的辦公桌都堆滿了晚報，粗黑的大標題存心在嘲弄她。包伯·史丹費跟幾個員警晃進組裡，見她走過招呼說：「大博士已經停工了嗎？」

「依我對大博士的看法，包伯，他倒是可以給我們有些老闆在超時加班方面上幾堂課。」卡蘿眞希望能想到一些更尖銳的詞句。當然，待會兒在洗澡的時候一定想得出來。從另一個角度，她又覺得多一事不如少一事，別把事情搞得太僵。在任務完成之前最好不要惹毛這些弟兄。她停下腳步面帶微笑，「有沒有什麼新新聞？」她問。

包伯·史丹費抽身離開那幾個菜鳥，「好啦，去忙你們的吧。」他走到卡蘿的身邊，「難啊。福爾摩斯小組累翻了，拚老命的把我們所有的資料全部敲進電腦，就希望能從中探出一些眉目。克勞斯命令我們把現有的情資全部再審一遍。他相信其中絕對可以押到寶。」

卡蘿搖搖頭。「浪費時間。」

「沒錯。這個痞子不按牌理的，我可以打賭。不過，凱文那一組今天晚上想來點不一樣的。」他抽出最後一枝菸點上，順手把菸包扔進附近的垃圾筒，臉上一副憎惡的表情。「再不快破案，我就要爲他媽的尼古丁消耗量請求加薪了。」

「我啊，灌那麼多的咖啡，看來我會一直全身亢奮。」卡蘿慘兮兮的說。「凱文的點子如何？」和氣掛帥。先拉關係，再套口風。眞有意思，從同事口中挖消息跟審問嫌犯的招數完全相同。

「他帶了一個臥底小組去同志出入的場子，專攻以SM（性虐待）出名的俱樂部和夜店。」

包伯．史丹費哼一聲，「今天下午全員出動，凡是穿皮褲騎機車的小子都不放過。」

「値得一試喔。」卡蘿說。

「沒錯，只希望凱文別像戴米恩．康諾力那樣，最後被一票櫃男給送進來。」包伯．史丹費

說。「現在最怕的就是，到最後被手銬銬住的反而是偵緝組裡的一群『小兔子』。」

卡蘿對這番話拒絕表示意見，繼續朝自己的辦公室走去。她的手剛剛搭上門把，湯姆．克勞

斯雷鳴的聲音就在屋子那頭響起。「喬登督察？快進來。」

卡蘿閉起眼睛默數到三。「來了，長官。」她愉快的應著，立刻回頭再一次穿越整間大辦公

廳趕往湯姆．克勞斯的臨時辦公室。他才來一天的時間，卻已經像隻公貓似的在地盤上到處撒滿

了記號。房間裡瀰漫著超濃的菸味。窗架上策略性的擺滿了喝剩一半的咖啡紙杯，辦公桌上滾動

著一堆菸屁股。甚至連牆上都掛了一幅辣妹月曆，證明廣告業裡性別歧視照樣昌旺。他們難道還

沒發現站在超市盤算該買哪個牌子的伏特加現在都是女性了嗎？

爲了流通空氣，卡蘿不關門，她走進湯姆．克勞斯的辦公室。「長官？」

「那個『花美男』有成績了嗎？」

「現在下結論還太早，長官。」她語氣輕快。「他必須把我影印給他的報告全部看完才

行。」

湯姆．克勞斯哼了一聲。「啊呀，我忘了他還是個教授。」教授這兩個字說的語氣有夠酸。「樣樣都用寫的，啊？凱文那邊又有不少關於康諾力事件的東西，你們得加把勁啦。還有別的事嗎，督察？」他的口氣充滿敵意，好像是她主動來找碴似的。

「希爾博士有一個建議。就是員警康諾力身上燒灼的記號。他不知道福爾摩斯小組有沒有人可以做圖案統計分析。」

「什麼圖案統計分析？」湯姆．克勞斯把菸屁股扔進了咖啡杯。

「那是——」

「好了好了，」湯姆．克勞斯一口岔斷她的話。「去吧，看看有誰知道妳說的那個什麼玩意。」

「是，長官。喔，還有，如果我們這裡查不出來，我弟弟擔任電腦方面的相關工作，我相信他一定可以幫忙。」

湯姆．克勞斯瞪著她，他的表情第一次難以解讀。再說話的時候，他的口氣變得非常溫和。「很好。儘管去吧。反正，布蘭登先生已經給妳全權委託書了。」

這等於是推卸責任的說法，卡蘿邊想邊下樓走向福爾摩斯小組的辦公室。跟忙昏頭的督察大衛．渥考特對談五分鐘之後證實了她的疑慮。福爾摩斯小組既沒有這個軟體也沒有東尼需要的專業分析。卡蘿走去餐廳找凱文．馬修，她期望麥可足以託付這項重任。技術研發方面的保密大不同於對一樁兇殺案件的好奇，談論八卦的心態是很難排除的。如果他令她失望，那麼她就得跟未來的升遷說拜拜了。

凱文．馬修一個人弓著身子在喝咖啡，手邊擱著一盤吃剩的培根煎蛋。卡蘿拉開他對面的椅子。「介意我加入嗎？」

「歡迎。」凱文說。他抬頭稍微露出一點點笑容，順手把額前一撮薑黃色的頭髮往後刷。「情況還好嗎？」

「比起你和包伯應該算好多了。」

「內政部那個專家如何？」

卡蘿考慮了一會。「他很謹慎。反應很快，很敏銳，不過他不做萬事通，他並不想對我們的作業下指導棋。看他做事挺有趣的。他看事情的角度很不一樣。」

「怎麼說？」凱文明顯的有了興趣。

「我們看一樁犯罪事件，要找的是線索，從一些事物指引我們可能要找的人和地點。他看一樁犯罪事件，對這些東西都不感興趣。他想要知道的是爲什麼會出現那些線索，找出原因從中推斷出做案的人。感覺上就好像我們在利用線索和資料向前推，他在利用這些東西往後推。了解嗎？」

凱文皺起眉頭。「大概吧。妳看他有進展嗎？」

卡蘿聳聳肩膀。「現在還言之過早。不過，是啦，直覺上我認爲他已經有了一些交代。」

凱文咧嘴笑了。「是一些調查上的交代還是對妳的交代？」

「去你的，凱文，」卡蘿啐著，她已經聽煩了這種隨工作而來的刻薄話。「我可不像有些人，我從來不在自家門口拉屎。」

凱文稍稍有些不自在。「開玩笑的啦，卡蘿。」

「開玩笑也要笑得出來才行。」

「好啦好啦。對不起。說眞的，跟他合作感覺如何？人怎麼樣，好相處嗎？」

卡蘿仔細斟酌，慢慢的說：「就他長時間與精神病患內心世界爲伍的情況來看，這人還相當正常。他有一種……很特別的保護層。保持距離，不會透露太多。不過他是以對等的態度待我，不像有些蠢貨那樣。他確實站在我們這邊，凱文，這才是重點。我看他是工作狂，滿腦子除了工作其他什麼都沒興趣。說到工作，『卜派』說你對康諾力的案子有新發現？」

凱文嘆氣。「勉強算有吧。附近一個鄰居在五點五十分下班回家。她記得這個時間，因爲車上收音機剛好開始播海上氣象報告。康諾力在車道上關引擎蓋。他身上穿了工作服。鄰居說他肯定是在整理車子，那是他的習慣。等到鄰居下車進屋裡去的時候，康諾力正在倒車入庫。一個多小時之後這個鄰居開車去打回力球，她發現康諾力的車子停在大街上。她覺得有點奇怪，他從來不會把車子留在外面，尤其天黑之後。同時她也注意到康諾力車庫裡燈亮著。大概就是這樣了。」

「是連體式的車庫嗎？」卡蘿問。

「不是，不過貼著屋子，有一扇門可以直通廚房。」

「所以很像是從屋子裡被擄走的。」

凱文聳一聳肩。「誰知道？毫無掙扎的跡象。我跟一名徹底搜查過現場的偵查員談過，他說什麼也沒有。」

「就跟前兩個一樣。」

「包伯就是這麼說的。」凱文把椅子往後退。「我得去幹活了。今晚我們要進城裡去。」

「說不定待會兒會遇上你們。」卡蘿說。「希爾博士希望在棄屍的時間點上到現場巡一圈。」

凱文站起來。「只要別讓他隨便跟陌生人說話就行了。」

東尼從微波爐取出盛了義大利麵的塑膠盒，坐上廚房的餐檯。他已經把四名死者現有的相關資料全部輸入電腦，再轉存磁碟片，方便他利用等候卡蘿過來的時間在家裡做功課。他到了車站忽然發覺自己好餓，這才想起從早餐的『喜瑞兒』之後沒吃過任何東西。他忙得太專心，根本忘了這回事。妙的是他對於這份飢餓感居然感到很得意。這表示他已經專注到忘我的程度。從長時間的經驗裡，他知道自己最佳的工作狀況就在忘我的時候，就在他把自己整個投入另外一個人的行爲模式，鎖進另外一個人的邏輯思想，跟不同於自己的情緒合調的時候。

他狼吞虎嚥的吃著，只想趕快吃完再回到電腦檔案上。盤子裡還剩兩三叉的麵條，電話響了。他毫不遲疑的抓起電話。「哈囉？」他興致高昂。

「安東尼。」那個聲音在說。東尼拋下叉子，麵條翻到了餐檯上。

「安潔莉卡。」一聽到她的聲音，他立刻回到了自己的世界，自己的腦袋。

「今天心情好嗎？」甜甜的沙啞聲。

「昨天的心情也沒有不好。我只是有重要的事情要做。妳讓我分神。」東尼想不通自己幹嘛要向她辯白。

「那是公事，」她說，「可是我想你，安東尼。我想死你了，打從你把我像隻舊襪子似的扔掉那時候起，我的快活就全部結束了。」

「妳爲什麼要對我這樣？」他問。這問題他之前就問過，她總是不做正面回答。

「因爲你値得，」那聲音說，「因爲你是這世界上我最想要的人。因爲你這輩子再也找不到比我更能令你快活的人。」

又是這一套。說些不切實際的話來敷衍。今天晚上，東尼非要問個水落石出。

「爲什麼？」他問。

那聲音輕柔的嬌笑著。「我比你還了解你啊。安東尼，你不必再硬撐著這麼孤單下去了。」

「如果我就是喜歡孤單呢？把我的孤單說成硬撐未免太不公平了吧？」

「我覺得你不像個快樂的孩子。有些時候，你渴望一個擁抱的心情勝過一切。有些時候，你好像睡不到兩三個小時。安東尼，我可以給你帶來平靜。以前有些女人傷害過你，我們彼此知道。可是我不會。我可以爲你療傷止痛。我可以讓你睡得像個小貝比，你知道的。我全心全意只想讓你快樂。」那聲音如此溫柔，如此安慰。

東尼嘆息。但願……「很難相信。」他支吾著。對話從一開始，一部分的他就想立刻掛斷電話停止這個折磨。可是他心中的那位科學家卻很想聽她的說法，身體裡的那一個傷兵更清楚的知道他的確需要療傷止痛。他提醒自己曾經下過的決定，不許她長驅直入，等時候到了，他才可以不痛不癢的輕鬆走開。

「讓我試試吧。」那聲音如此的自信。她相信她有駕馭他的力量。

「我不是在聽嗎？我並沒有掛電話。」他說，聲調中加了一些造作的熱情。

「那你爲什麼不行動呢？爲什麼不放下這支電話到樓上臥室去接分機呢？我們可以舒舒服服的？」

東尼胸口起了一陣恐懼的寒意。他努力以研究科學的態度對待這個問題。他說的不是：「妳怎麼會知道？」而是：「妳怎麼會以爲我臥室裡有分機？」

短暫的停頓，短到東尼幾乎懷疑是不是自己在妄想。「只是猜啦，」她說，「我太了解你了。你就是那種會在床頭裝電話的人。」

「猜得好，」東尼說，「好。我這就放下這支電話，去臥室裡接。」他掛好話筒衝到書房，按下答錄機的「錄音」功能，再拿起話筒。「哈囉？我接了。」

「我們舒服的坐好了嗎？我要開始了。」性感的淺笑聲再次出現。「今晚我們來點特別的。讓我慢慢的說給你聽。噢，安東尼，」她的聲音低得像耳語。「我不斷在夢裡見到你。幻想著你的手在我身上撫摸，你的手指在我的肌膚上遊走。」

「妳現在穿什麼？」東尼問。這是標準問句，他知道。

「你喜歡我穿什麼？我的衣櫥很大。」

東尼幾乎忍不住要脫口而出，「漁夫長統靴，蓬蓬短裙，透明雨衣。」他用力呑著口水說，

「絲。妳知道我特別喜歡絲的觸感。」

「所以你特別喜歡我的皮膚。我在保養上面花了好多好多工夫。只爲了你。我的皮膚上覆蓋了一些絲綢。我穿了一條黑色絲質的法式窄口短褲，一件很薄的絲質黑色上衣。噢，我好愛絲綢貼著皮膚的那種感覺。噢，安東尼，」她呻吟。「這絲綢在磨著我的乳尖，溫溫柔柔的，就像你的手指。噢，我的乳尖硬得像石頭了，突得高高的，火熱的等著你。」

不自覺的，東尼的興致提起來了。她眞的有一套。他聽過色情電話線上其他的女聲，多半很無趣，她們的反應千篇一律，了無新意。她們的對話最多只能激發他學術研究方面的興趣而已。安潔莉卡不同。最明顯的一點，感覺上她說的話都是出自眞心。

她輕柔的嗯吟著。「喔天，我都濕了，」她在吹氣。「可是你現在還不能碰我，你得等著。先躺下來，這樣才乖。噢，我好喜歡幫你脫衣服。我的手伸到你的襯衫底下，我的手指在你胸口磨蹭，撫摸你，觸碰你，感覺著你的奶頭。喔天啊，你太美妙了。」她嘆息著。

「很好。」東尼享受著她聲音的愛撫。

「這只是開始。現在我要騎在你身上，解開你的襯衫。我在你上面，我的乳尖在絲綢底下刷著你的胸膛。噢，安東尼！」她歡快的呼喊。「其實你眞的很喜歡見到我，對不對？你在我底下硬得像岩石了。噢，我等不及了，我要你進入我。」

她的話語令東尼整個僵住。原本在褲子底下的堅挺忽然像水潭裡的一片雪花，滅了。一切又回復原狀。「看樣子我要令妳失望了。」他啞著嗓子說。

又是性感的笑聲。「不行。你比我的夢想更美。噢，安東尼，摸我。告訴我你要怎麼玩我。」

東尼一句話也說不出來。

「不要害羞，安東尼。你我之間哪有什麼不好說的，哪都能去啊。閉上眼睛，讓感覺發洩出來。摸我的奶，來，吸我的乳頭，吃我，讓我感受到你濕熱的嘴吻遍我的全身。」

東尼呻吟。這次他眞的受不了了，即使是站在研究科學的立場。

現在安潔莉卡的呼吸聲更重了，彷彿她說的那些話對她自己也起了相同的作用。「對對，喔天。安東尼，太棒了太棒了。喔——喔——，」她發出顫抖的嬌喘。「看吧，我告訴你說我都濕了。對對，把你的手指插進我裡面。喔天，你是最好最棒的……讓我……讓我，喔天，讓我抓住你的。」

東尼聽見電話線那頭傳來拉開拉鍊的聲音。「安潔莉卡……」他開口說話。一切又完了，每次都是這樣，就像一隻受傷的鳥只能失控的拚命兜圈子。

「噢，安東尼，你好美。這是我看過最美的棒棒。噢，讓我嚐嚐……」她的話隨著吸吮的聲音漸漸模糊。

一陣怒急攻心，血衝上了東尼的臉，他啪的掛斷電話又立刻再把話筒挪開。天哪，這算什麼男人啊，連個電話都搞不定？這算個什麼科學家，居然沒辦法脫離自己研究的個案？

最糟糕的是，他非常清楚自己的行爲。不知道有多少次他隔著桌子坐在某個連續強暴犯、縱火犯，甚至殺人犯面前，觀察他們到達一個無法再面對自己的停損點。就像他一樣，他們關機，把自己關閉。他們沒有電話可切，他們可以關掉自己。到最後，當然，只要用對了療法，他們還是可以突破心牆，找到問題的原點。這是邁向復元的第一步。東尼心裡有一部分很希望安潔莉卡懂得這套心理學的理論和運用，繼續跟他糾纏，直到他也能突破障礙，看清究竟，爲什麼會養成像他這樣一個感情和性慾雙殘的廢人。

然而另外一部分的他卻又希望她千萬別再來電話。管它什麼「沒有痛苦，就沒有收穫。」他只要沒有痛苦就行了。

約翰·布蘭登用最後一片麵包把餐盤仔細的掃刮乾淨，滿面笑容的看著妻子。「太好吃了，瑪姬。」他說。

「唔嗯。」他的兒子安迪塞了滿嘴的茄子咖哩羊肉表示贊同。

布蘭登在座位上笨拙的挪動身子。「如果沒什麼事，我想再到司卡吉爾街那邊去轉一個鐘頭。看看進度如何。」

「我還以爲你這個階級的警官不需要加班了呢，」瑪姬打趣的說，「你不是說軍隊用不著你在他們脖子上吹氣嗎？」

布蘭登一副順民的表情。「我知道。我只是想去看看那些弟兄們的情況。」

瑪姬搖搖頭，露出認命的笑容。「我寧可你去跑這一趟，省得整個晚上在電視機前面坐立難安。」

凱倫精神大振。「爸，你要是回市區，可不可以順路帶我到羅拉家？我們要一起研究歷史作業？」

安迪哼了一聲。「我看是一起研究怎麼認識克雷．麥克唐納⓫吧。」

「你懂什麼啊，」凱倫氣呼呼的啐他。「好不好嗎，爸？」

布蘭登離開餐桌。「要走就快。我回來的時候再去接妳。」

「啊呀，爸，」凱倫撒嬌的抱怨，「你剛才說只去一個鐘頭。我們哪夠啊，什麼都做不了。」

這次換成瑪姬．布蘭登哈哈大笑了。「妳爸爸要是能在九點半以前回來，我就做蘇格蘭煎餅當晚餐。」

凱倫輪流的看著她的父母親，不知該聽誰是好的尷尬全寫在她十四歲的臉上。「爸？」她說，「你可以九點去接我嗎？」

布蘭登笑開了。「我怎麼覺得好像被整了啊？」

布蘭登抵達福爾摩斯小組已經過了七點半。即使晚到這個時候，每台電腦終端機還是全部都在使用中。手指敲鍵盤的聲音此起彼落，夾雜著少數幾張桌位上輕淺的談話聲。大衛．渥考特巡官坐在一名資彙員旁邊，那人手指著螢幕上的某項資料。布蘭登進來的時候沒有一個人抬頭。

他走到大衛．渥考特身後，等候他跟那名員警結束談話。布蘭登壓抑一聲嘆息，的確該好好考慮退休的問題了。現在不只是這些基層員警看起來太年輕，甚至這些戴了帽階的警官也跟他差了一大截。「繼續跟資料庫方面比對，哈利。」他聽見大衛．渥考特說。敲鍵盤的男生緊盯著螢幕點點頭。

「晚安，大衛。」布蘭登說。

大衛．渥考特在椅子上轉個圈。一看出來客是誰，立刻站起來。「晚安，長官。」

「我正要回家，順便過來看看你們的情況。」布蘭登隨口編了個謊話。

「還在開始的階段。往後幾天我們幾個小組都是二十四小時上工，把早先幾個案子和這次康諾力的全部彙整輸入。同時我也在和諮詢熱線電話小組保持聯繫。多半都是一些平常事故，積怨、報復，還有偏執妄想之類的，不過小隊長拉塞里對於訊息的輕重緩急處理得很好。」

「有查到什麼嗎？」

大衛．渥考特反射性的摸摸頭上的小圓禿，他第二任老婆說問題就從這裡開始。「很零碎。問到幾個傢伙的名字，事件發生的那兩個晚上他們在坦伯菲爾德附近出沒，做了現場模擬。我們也向PNC全國警察電腦網取得了案發前後那段時間出現的一些車牌號碼。很幸運的是，從第二起兇殺案開始，喬登督察就派人對同志村周邊的車號做了記錄。這是長期抗戰，長官，不過我們會成功的。」

這要靠他盯著，布蘭登心想。這回找上福爾摩斯小組就是他的堅持。只是這個兇手不像他過去看過或讀過的案例。這個兇手非常謹慎。

布蘭登對電腦懂得不多。不過有一句話說得好：垃圾進，垃圾出。他只希望這次可別讓這批人手忙的全都是些無意義的清潔工作才好。

⓫ 加拿大冰上曲棍球球員。

卡蘿倏地睜開眼，心臟猛跳。在夢中，一扇地窖的門砰的關閉，留下她一個人待在密不透風的圍牆裡當牢犯。腦袋仍然迷迷糊糊的，過了好一會她才發覺腳上少了一些熟悉的重量，尼森沒趴在那兒。她聽見腳步聲，一把鑰匙扔在桌上的喀答聲。一道細窄的亮光從隙開幾吋的房門穿射進來，這個空隙是爲了方便尼森的進出。她呻吟著翻身去抓鬧鐘。十點十分。寶貴的睡眠時間被麥可回來的噪音硬生生的奪走了二十分鐘。

卡蘿東倒西歪的下了床，穿上厚重的毛巾浴袍。她打開臥室的門走進大房間，這是她跟她弟弟合住的三層樓裡佔地最廣的一間房。六、七盞高度不等的地燈讓整間屋子散發出溫暖優雅的光線。貓咪尼森在廚房門口出現，輕巧的在條木地板上跳著。然後身子一蹲，不甩地心引力似的跳到半空中，再往細高的揚聲器上輕輕一點，就登上了淺黃色的木頭書櫃。牠就這樣高高在上的瞟著卡蘿，好像在說：「我打賭妳絕對做不到。」

這個房間大約四十呎長，二十呎寬。一端是三張罩著拼布套的雙人座沙發，圍著一張低矮的咖啡桌。對面那頭是附著六把椅子的餐桌，餐桌椅都是雷尼．麥金塔⓬的風格。靠近沙發的黑色推車架上是一台三合一式的錄影電視機。背後的牆壁被塞滿書、影帶和CD片的書架佔據了一大半。

牆面刷的是冷色調的鴿子灰，只有最遠的那片牆不是，那是磚塊的結構，牆上有五個高敞的，可以眺望市區的拱形窗口。卡蘿穿過房間走到看得見那條華特弗公爵運河邊緣的位置，從上面看運河就像一條黑色的緞帶。城市的燈光閃亮得有如珠寶商的廉價櫥窗。「麥可？」她喚著。

她弟弟從狹窄的廚房裡探出頭來，表情驚訝。「我不知道妳在家，」他說，「吵醒妳了？」

「反正也該起來了，我還要回去上班。只是偷幾個鐘頭而已。」她一副認命的口氣。「燒開水了？」她走進廚房往高腳凳上一坐，麥可泡了茶，正在用脆皮麵包、牛番茄、黑橄欖、大蔥和鮪魚給自己做一個大三明治。

「要吃嗎？」他問。

「很需要。」卡蘿承認。「倫敦那邊怎麼樣？」

麥可聳聳肩。「他們喜歡我們的東西，可惜我們交貨晚了一天。」

卡蘿扮個鬼臉。「這口氣挺像是崗哨時報對連續殺手事件的評論。你現在到底在忙些什麼？可不可以用最簡單的專業術語說明一下？」

麥可咧著嘴笑。「下一個大目標就是畫質和錄影帶完全相同的冒險電玩遊戲。拍攝眞人實景，再把它數位化，改頭換面的製作成跟電影一樣逼眞的電玩遊戲。不斷的推陳出新。想想看，你明明在打電玩，可是其中所有的角色都是你認得的人物。你就是主角，就是大英雄，不只是幻想哦。」

「你把我搞糊塗了。」卡蘿說。

「好。簡單說就是在電腦上安裝遊戲程式的時候，你可以直接插上掃描器，瀏覽你自己和其他任何你想要他出現在遊戲裡的人物。電腦讀出這個訊息，就會把它轉化成螢幕影像。所以電玩

⑫ 蘇格蘭建築師；作品風格結合了蘇格蘭傳統、新藝術及日本簡約主義。

遊戲《王者之劍》裡的主角不再是原來的柯南，而是換成了卡蘿．喬登。妳可以輸入好朋友或是性幻想對象的照片當妳遊戲中的同伴。妳討厭誰就把誰設定成壞蛋。於是乎，妳就能夠跟梅爾．吉勃遜、丹尼斯．奎德、馬丁．艾米斯一起冒險，打擊海珊、柴契爾夫人或是卜派。」麥可說得眉飛色舞，一面把內餡往麵包裡塞。他把做好的三明治放在盤子裡，兩人一起走回客廳，坐下來邊吃邊看著窗外的運河。

「聽懂了吧？」他問。

「差不多。」卡蘿說。「是不是只要裝上這個軟體，你就可以利用它來達到幻想的目的？就像色情電影那樣？」

麥可皺起眉頭。「理論上啦。像你們這樣的電腦白痴連從哪開始都搞不清楚。你必須先要知道自己在做什麼，同時還需要很昂貴的硬體設備才能從你的電腦裡叫出這些優質的影像。」

「感謝上帝，」卡蘿認眞的說，「我看你遲早會爲那幫勒索敲詐的傢伙和狗仔隊創造出一個化身博士型的大怪物。」

「不可能的，」他說，「反正一切還有待個案研究。來說說妳的吧？你們的案子查得怎麼樣了？」

卡蘿肩膀一聳。「坦白說，我還眞需要幾個超級高手來幫忙呢。」

「那個側寫分析師如何？他有兩下子嗎？」

「東尼．希爾？有。卜派現在的臉孔已經像被踩扁的大頭靴，難看到了極點。我對他抱很大的希望，很可能從他那裡會得到一些建設性的東西。我已經跟他討論了一次，很有見地。人也相當不錯，不囉唆，好相處。」

麥可笑了。「眞難得啊。」

「本來就是。」

「合妳的胃口？」

卡蘿扯下一丁麵包皮扔向麥可。「天哪，你簡直跟我辦公室那票人一樣惡劣。我還沒有找到合胃口的人，就算有了，就算是希爾吧，你知道我絕不會公私混淆。」

「從妳不眠不休工作的這個事實看來，我看妳是獨身主義抱定了。」麥可挖苦的說。「他長得不賴吧？」

「我沒注意。」卡蘿語氣有些僵硬。「我甚至懷疑，他到底有沒有注意到我是個女人。這人簡直是個工作狂。說實在，今天晚上就是因爲他我才要當班的。他想在跟棄屍相近的時間點去現場走一走，也許會得到一些靈感。」

「這眞是太可惜了，」麥可說，「我們有多久晚上沒在一起看電視喝小酒了。我們見面的機會眞是少得可憐，我看我們不如結婚算了。」

卡蘿苦笑。「成功的代價，是吧，老弟？」

「我想也是。」麥可站起來。「既然妳要上班，我乾脆趁睡覺之前也去辦點正事兒吧。」

「在你走之前……我要你幫個忙。」

麥可再度坐下。「只要不是幫妳燙衣服。」

「你對圖像分析了解嗎？」

麥可眉頭一皺。「不多。我在修博士的時候打過一些零工，不過現在的情況我就不知道了。怎麼？妳有需要？」

卡蘿點點頭。「這事還滿嚴重的。」她大略的描述了戴米恩·康諾力身上類似受虐的傷痕。「東尼·希爾有一個想法，這些傷痕可能代表某種訊息。」

「沒問題，我來幫妳查查看。我認識一個傢伙，凡是這方面最新的軟體他幾乎應有盡有。借用他的機器玩耍一下我肯定他不會拒絕。」

「什麼人都不能說，一個字都不能透露。」卡蘿說。

麥可露出不爽的表情。「當然不會。妳把我看成什麼了？聽著，我跟妳一樣，對連續殺手寧可錯估不可放過。我會守口如瓶。明天把資料交給我就是了，我一定盡力，行嗎？」

卡蘿湊上去揉亂她弟弟的一頭金髮。「謝謝你。感恩喔。」

麥可順勢摟她一把。「這個地方真是太變態了，老姐。到外面小心點，嗯？妳知道我可沒辦法一個人負擔這些貸款啊。」

「我一直都很小心，」卡蘿說著，不理會內在的小聲音在警告她不要冒險玩命。「我死不了的。」

摘自3.5磁碟片　標示：備份檔・007

檔名「愛情・006」

「從第一次見面我就想要你，」我溫柔的說，「我想你想了好久了。」

亞當垂著的腦袋微微撐起。錄影機架在三腳架上，我按下遙控錄影鈕。我不要錯失任何一件小事。承受不起氯仿之重的亞當的眼皮，勉強開了一條細縫，記憶回籠了，突然間就睜大起來。他的頭不斷的左右甩動試圖看清自己到底在哪裡，怎麼會這麼受限制。當他發現自己全身赤裸，看見手腕和腳踝上的軟皮銬，明白原來被綁在我的刑架上時，一聲聽起來像是驚恐的呻吟從封著膠帶的嘴巴溜了出來。

我離開他身後的陰影，走到他的視線裡，我抹了油的身體在明亮的燈光下閃閃發光。我脫得只剩下內衣褲，小心刻意的炫耀著我練得一級棒的身材。他看見我的時候，眼睛睜得更大。他很想說話，發出來的卻只是緊張又含糊的咕嚕聲。

「你可是打定主意不要我，對不對？」我帶著強硬責難的語氣。「你背叛了我的愛情。你沒有勇氣選擇這一份讓我們兩個都快活的愛情。沒有，你不理會你眞實的自己，反而去追求一個愚蠢的癟三，那個雜碎。你難道沒發現嗎？我才是這世界上唯一了解，眞正了解你需要的人。我可以給你最大的幸福歡樂，而你卻做了最無趣最平淡的選擇。你根本沒有追求靈肉合一的勇氣，對不對？」

儘管地窖很陰涼，汗水沿著他的太陽穴不斷滴下來。我上前撫摸他的身體，我的手搓著他結實白皙的胸膛，指尖掃過他的鼠蹊。他抽筋似的一縮，深藍色的眼睛在哀求。「你心中明明有我，怎麼可以背叛我？」我嘶吼，我的指甲掐著他恥毛上面軟軟的肉。他被我掐得緊繃起來。這個反應令我興奮又刺激。我抽開手，欣賞著那幾個留在他肌膚上的深紅色月牙。「你知道你是屬於我的。你對我說過。你要我，我們彼此都知道你要的是我。」

膠帶後面又是一聲呻吟。現在汗水漫上了他的胸膛，滴滴的水珠纏在濃密的黑色胸毛裡，慢慢匯成一條細線，從他的腹部流到了下體，那根垂頭喪氣的陽具就像大腿中間的一隻鼻涕蟲。縱使他很明顯的不想要我，他這副無奈的裸露卻激起我無比的衝動。他好美。我感覺血流的速度加快，我在膨脹，我準備要佔領他，我準備要爆發了。我痛恨自己的軟弱，我連忙轉開，不讓他看出他的能耐。

「我只想要好好的愛你，」我靜靜的說，「我不想搞成像現在這個樣子。」我的手遊向肢刑架的手把，撫摸著那光滑的材質。我轉頭盯著亞當漂亮的臉蛋。緩慢的，非常緩慢的，我開始轉動手把。他的身體本來就已經很緊繃了，因爲皮帶的拉扯繃得更緊。他這是白費力氣。捲軸上的齒輪對於作用力有加乘的效果，輕輕鬆鬆就等於好幾個大男人的力量。亞當根本不敵我這套機器。我看見他的臂膀和大腿在鼓脹，他的胸膛因爲吃力的呼吸而起伏。

「現在還來得及，」我說，「我們還可以做情人。你願意嗎？」

他不顧一切的動著他的腦袋。絕對錯不了，那是在點頭。我微微一笑。「這才像話，」我說，「現在你只要把誠意表現出來就行了。」

我一手按著他汗濕的胸膛，再將我的臉貼著他黑色的茸毛。他的恐懼我嗅得到，從他的汗水裡我嚐得到。我把頭埋在他的頸項，又吸又咬，還輕輕的啃他的耳朵。他的身體仍舊緊繃，但我感覺不到底下有一絲一毫的勃起。我挫敗無比的抽離身子。我彎下腰，一把扯掉了封住他嘴巴的膠帶。

「啊喲！」膠帶連著鬍碴一起撕開的時候他痛得大吼。他舔著乾裂的嘴唇，「拜託，放了我吧。」悄聲的說。

我搖頭。「不行，亞當。假如我們眞的是情人那也許……」

「我絕不會告訴任何人，」他暗啞著聲音。「我保證。」

「你背叛過我一次，」我難過的說，「你叫我怎麼能夠相信你？」

「對不起，」他說，「我不知道……眞的對不起。」他眼裡根本沒有悔意，只有絕望和恐懼。這個場面在我腦子裡已經出現好多次了。一部分的我感到很興奮，因爲我料事如神，所有的對白幾乎跟我想像中的劇本一模一樣。一部分的我又覺得有一種難以言喻的傷感，他果然如我所害怕的，軟弱又不可靠。然而還有一部分的我爲了即將來臨的一切激動到幾乎無法控制，不管是愛情或是死亡，或者是兩者。

「現在說什麼話都太遲了，」我說，「現在是行動的時候。你說你要我們兩個成爲情人，你的身體可沒這個意思。也許你在害怕，其實大可不必嘛。我是一個寬大爲懷的人，一個有情人。你可以親身體會啊。我再給你最後一個贖罪的機會。現在我暫時離開你一會兒。等我回來的時候，希望你可以克服害怕，好好表現你對我眞正的感覺。」

我放開他走向錄影機。取出錄製了我們見面時的帶子，換上一捲新的。上到樓梯頂，我回頭。「否則，我就只好對你的背叛施以懲罰了。」

「慢著！」就在我消失蹤影之際，他大叫起來。「回來。」我放下活板門的時候還聽得見他的聲音。我期待他繼續喊叫。可惜聽不見了。我上樓去到桃樂絲姑媽和亨利姑爹的臥室。我把錄影帶送進床尾五斗櫃上的放影機，打開電視，鑽入冷冷的棉被。即使亞當不要我，我還是脫離不了對他的慾望。我的眼睛看著綁在肢刑架上的他，我的手在自摸，我用各種技巧各種我希望於他的招數，幻想著他那根漂亮的棒棒在我口中膨脹。每當我到達高潮的激點時，我就停下來，狠狠的抓緊自己，不准發洩，我要保留給即將上場的好戲。等我把這捲影帶看完第四遍之後，我認爲他考慮的時間應該夠了。

我溜下床，回到樓下。我看著他四仰八叉的攤在刑具上。「求求你，」他說，「放了我吧。你要我做什麼都行，只求你放了我。我求求你。」

我微笑著很溫柔的搖了搖頭。「我一定會帶你回布拉德菲爾德的，亞當。不過首先，派對時間該上場了。」

6.

人們逐漸發現一件精密兇殺案件的構成，內容不只是兩個笨蛋而已，一個殺人，一個被殺，再加上一把刀、一個小皮包、一條暗巷而已。策劃、人物、類別、明暗、質感、情緒，現在都被當作不可或缺的一些元素了。

工作也許不能解決什麼問題，卻是轉移注意力絕佳的辦法。東尼盯緊螢幕，用滑鼠轉動著他從警方的偵查報告蒐集來的各項情資。資料都很有用，他滿意的開啓列表機。趁著機器吱吱嘎嘎在列印的時候，東尼打開另一個卷宗，開始就部分原始資料做出一些初步的結論。隨便忙什麼都行。只要能不再去想到她，什麼都好。

他非常的專心，所以門鈴第一次響起時他根本沒聽見。等到響第二次，他才抬頭，錯愕的看著鐘。十一點過五分。如果來的是卡蘿，那她比他預定的時間來早了。他們約定出巡的時間是在午夜之後。東尼有些不確定的站起來。安潔莉卡知道他的電話號碼，她要找他的住址也不是難事。他走到大門口時，門鈴第三次響起。這時候倒眞是希望門上有個窺視孔，東尼謹愼的打開一條門縫。

卡蘿笑嘻嘻的。「瞧你好像以爲巧手安迪來了。」她說。東尼不答腔，她趕緊又說：「對不起我來早了。我打過電話，可是佔線中。」

「抱歉，」東尼含糊著，「大概是之前不小心沒把電話掛好。請進請進，沒關係。」他擠出一個笑容，帶領卡蘿進入書房。到了書桌邊，他順手把話筒掛上。

卡蘿認爲這個電話沒掛好絕對不是不小心。推論：他不想受到干擾，甚至連答錄機都不要。很可能，像她一樣，他對電話鈴聲無法抗拒。她看著攤在列印台上的紙張。「你顯然忙壞了，」她說，「我猜你是因爲瞌睡才沒趕著來開門吧。」

「妳睡過一會兒了？」東尼問，他注意到她看起來比稍早精神得多。

「四個小時。聊勝於無。喔對，我帶了一些資料過來。」她把在司卡吉爾街得到的消息簡潔的做了說明，只是省略掉湯姆．克勞斯跋扈的部分。

東尼仔細的聽著，在記事本上做了一些筆記。「很有趣，」他說，「我認爲拘提那些性侵犯沒有太大意義。巧手安迪要是有跡可尋，那就像青少年犯的案子，偷竊啦、小暴力事件之類的。不過，我之前也看走眼過。」

「誰沒有呢？喔，我也問了福爾摩斯小組，沒有人懂得圖像分析，所以我找我弟弟看能不能幫上忙。我只給他一組照片呢，還是要試其他別的方式？」

「我想直接看照片最不會出錯。」東尼說。「謝謝妳幫我解決了這個難題。」

「小事情，」卡蘿說，「說句悄悄話，他還挺得意的呢。他老以爲我不把他看在眼裡。你知道，他寫的都是些遊戲軟體，而我辦的是眞材實料的正事。」

「妳是這樣嗎？」東尼問。

「什麼？不把他看在眼裡？當然不會。凡是懂電腦的人我都很尊敬，因爲我不懂。再說，他賺的錢有我兩倍多。光是這點就不得不把他放在眼裡了。」

「這個難說。安德魯．洛伊．韋伯⑬一天的收入比我一個月的還要多，我還是沒把他放在眼裡。」東尼說著站起來。「卡蘿，我放妳十分鐘鴿子，介意嗎？我必須沖個澡保持清醒。」

「沒問題，請便。是我來早了。」

「多謝。妳要不要喝一杯什麼？」

卡蘿搖頭。「不用了，謝謝。外面很冷，這個時間在坦伯菲爾德這一帶給女性方便的地方不多。」

幾乎有些害臊的，東尼把一紮列印出來的文件遞給卡蘿。「我對幾個受害人做了一些資料分析。也許妳可以趁這個空檔先看一看？」

卡蘿急切的接過文件。「好啊。我簡直迫不及待了。」

「這只是初稿，」東尼走向房門口，他的口氣有些緊張。「我是說，我還沒有做出任何結論。正在努力。」

「放輕鬆，東尼，我是站在你這一邊的。」卡蘿說話的時候他已走出房間。她盯著他的背影

⑬ Andre Lloyd Webber, 1948～，英國最著名音樂劇作曲家，作品包括Evita中的Don't Cry For Me, Argentina，Jesus Christ Superstar中的I Don't Know How To Love Him等。

看了一會，不明白他爲什麼那樣的心神不寧。她想著，下午分開的時候，他們的關係還相當輕鬆，彼此『麻吉』得很。可是現在，他顯得毛躁，不專心。是累了嗎？還是因爲她坐在他家裡，他感到不自在？「天哪，這是在幹嘛啊？」她對自己嘀咕。「集中精神，喬登。腦袋放空。」她集中注意力，研究第一份資料。

	亞當 S.	保羅 G.	蓋瑞茲 F.	戴米恩 C.
受害人編號	1	2	3	4
犯案日期	6/7.9.93	1/2.11.93	25/26.12.93	20/21.2.94
布拉德菲爾德居民？	是	是	是	是
性別	男	男	男	男
人種	高加索（白種）	高加索（白種）	高加索（白種）	高加索（白種）
國籍	英國	英國	英國	英國
年齡	28	31	30	27
星座	雙子	巨蟹	天蠍	魔羯
身高	5'10"	5'11"	5'11"	6'
體重	147 磅	136 磅	151 磅	160 磅
體型	中等	瘦	中等	中等
體格	優	普通	普通	極優

髮長	未及衣領	及衣領	未及衣領	未及衣領
髮色	褐色	深褐色	褐色	紅褐色
髮型	波浪	直	直	捲曲
刺青	無	無	無	無
衣著	無	無	無	無
職業	公務員	大學講師	律師	警察
工作地點	城中區	城南區	城中區	南郊區
車型	福特 Escort	雪鐵龍 AX	福特 Escort	奧斯汀經典 Healey
嗜好	設計、釣魚	散步	設計、戲劇、電影	車子、整修
住屋	現代化連棟屋附車庫	愛德華式連棟屋無車庫	半獨立式無車庫	獨棟式花園洋房附車庫
婚姻關係	離婚	單身	單身	單身
目前狀況	獨居 NCP RP	獨居 NCP NRP	獨居 CP NRP	獨居 NCP NRP
遺失私人物件？	婚戒、手錶	手錶	印章戒、手錶	手錶
遺失屋內物件？	答錄機錄音帶	答錄機錄音帶	不詳	不詳
性癖好	異性戀	異性戀	異性戀	不詳
最後目擊者（熟識者）	通車下班回家，下午 6:00左右	下班，下午 5:30左右	在家，下午 7:15	在家，下午 6:00

犯罪前科	無	無	無	無
	亞當S.	保羅G.	蓋瑞茲F.	戴米恩C.
受害人編號	1	2	3	4
犯罪現場聯絡方式	不詳	不詳	不詳	不詳
發現屍體現場	市區	市區	郊區/鄉間	市區
接觸兇手第一現場	不詳	不詳	不詳	不詳
死亡後暴屍地點	不詳有所隱藏導致延誤發現	不詳有所隱藏導致延誤發現	不詳隱匿；由報紙媒體要求警方說明	不詳公開棄屍但未能及時發現
屍體姿勢更動過？	沒有	沒有	沒有	沒有
※屍體清洗過？	是	是	是	是
死亡原因	割喉	割喉	割喉	割喉
※※綑綁位置？	手腕 腳踝	手腕 腳踝	手腕 腳踝	手腕 腳踝
咬痕	無	無	無	無
類似咬痕（即：皮肉移除脫落）	有	有	有	有
位置	頸部(2)胸部(1)	頸部(2)	頸部(3)腹部(4)	頸部(3)胸部(2)鼠蹊(4)
受虐或異常性侵跡象？	有（見A）	有（見B）	有（見C）	有（見D）

※**屍體清洗**：沒有使用任何芳香劑，表示兇手並非以清洗的程序作爲脫罪的方法，相較於此人其他方面謹慎的行事作風。個人以爲清洗是意圖消滅驗證的線索，尤其兇手似乎對於手指甲的清理特別用心。從四名受害人指甲屑顯示，全部只留有無香味的肥皂痕跡。

※※**綑綁位置**：身體上沒有發現，但是驗屍顯示手腕有手銬挫傷，輕微的粘黏痕跡，毛髮少許脫落，以及兩邊腳踝有對稱的瘀傷，經由寬膠帶分別綑綁形成，臉部嘴巴周圍也有粘黏的痕跡。眼睛沒有任何蒙綁的痕跡。

A. 亞當．史考特。腳踝、膝蓋、臀部、肩膀、手肘以及脊椎多處脫臼。長期伸展在拉扯肢體的刑具上。陰莖及睪丸上的刀傷係死亡後的嘗試行爲。

B. 保羅．吉勃司。直腸嚴重撕裂傷，肛門括約肌和部分內臟嚴重毀損。類似某種尖利物件由肛門口重複插入所致。內部也有一些燒灼過的組織，類似電擊或高溫造成。臉部在死亡前遭受重擊：挫傷，顏面骨架和牙齒破碎斷裂。死亡後生殖器多處刀傷，情況比A明顯。

C. 蓋瑞茲．芬尼根。手腳多處不規則穿刺傷口，直徑大約1/2"。左臉頰和鼻子有多處割裂傷，類似由慣用右手的兇犯以玻璃或瓶子敲砸臉部所致。肩膀脫臼。疑似釘十字架刑求？死亡後生殖器多處刀傷，幾乎去勢。

D.戴米恩．康諾力。脫臼情況近似A，但脊椎部位無大損傷，排除肢架刑求的想法。軀幹上有大量星形小灼傷。死亡後陰莖被切斷塞入受害人口中。

疑問：棄屍時間爲什麼都在星期一夜晚／星期二早上？爲什麼星期一會有空？他是上夜班還是星期一休假？他是否已婚？是否因爲星期一晚上妻子跟友人，亦即女性友人外出，他因此得空？或者是否因爲星期一在習慣上不是「外出」夜，以致他確定受害人一定會在家？

卡蘿意識到東尼進了書房，她繼續看報告，只抬起一隻手揮了揮手指表示她知道他來了。等到讀完最後一句，她深深的吁一口氣說：「東尼博士，你很拚哦。」

東尼微笑著聳一聳肩膀，身子從靠著的門框上移開。「我相信這上面寫的東西早就在妳腦子裡歸檔了。」

「確實有的，不過像這樣列出來看得更明白。」

東尼點頭。「他有一種非常特殊的作風。」

「你想現在就討論嗎？」

東尼看著地板。「我看還是先別討論的好。我需要充分了解，我要看完所有目擊者的陳述之後才能做出一個側寫。」

卡蘿難免感到失望。「我了解。」她只簡單的說了一句。

東尼微微一笑。「妳很失望？」

「沒有。」

他的笑容擴大。「一點點都沒有？」

笑有傳染性。卡蘿也笑了。「也許是希望吧。說失望倒也未必。對了，有一件事我不明白。這NCP？CP？NRP？我的意思是，這不會是說什麼國營停車場（national car parks）和共產黨（communist party）吧？」

「現無伴侶（no current partner）。現有伴侶（current partner）。近期無伴侶（no recent partner）。第一個字母的縮寫。這是心理學，社會學這類軟科學戕害我們的一種毛病。總是把不熟悉的東西神秘化。抱歉啦。我一定會儘量不使用這些難懂的行話。」

「你不想再糊弄我們這些笨警察了？」卡蘿揶揄他。

「這多半跟自我保護有關係。我不想再給那些對我持懷疑論的人機會來打擊我。少了這些『糊弄』人的假科學名詞，叫一般人接受我的報告還有讀的價值，眞的很難。」

「我相信你。」卡蘿帶著嘲弄的口氣說。「我們可以走了吧？」

「當然。有件事我想先跟妳商量一下。」東尼忽然恢復嚴肅。「這些受害人。大家都認爲兇手目標鎖定的是男同志。目前布拉德菲爾德有上百，甚至上千名身分公開的男同志。我們現在面對的是倫敦以外全國最大的同志區。可是這幾個受害人的同性戀背景始終不詳。妳對這個有什麼看法？」

「他自己還沒出櫃，所以專找那些也沒出櫃的人？」卡蘿大膽假設。

「也許。但如果他們平時都像來去匆忙的『直男』[14]，他又怎麼會遇上他們？」

卡蘿藉著整理資料給自己一點思考的時間。「交友雜誌？小廣告？聊天電話？網路？」

「好，都有可能。可是根據搜查組的報告，在他們屋裡完全查不出這方面的癖好。一個個案也沒有。」

「你要說的是？」

「我不認爲巧手安迪是受到這些男同志的吸引。我認爲他就是喜歡異性戀者。」

小隊長唐・莫瑞克覺得自己從來沒有這麼煩過。不全是因爲卜派大人在背後全程監督他的新任務，而是現在他一共要伺候三個主子。喬登督察不在場的時候他必須執行她下達的所有指令，同時也要爲凱文・馬修忙戴米恩・康諾力的案子，還有保羅・吉勃司的案子，他明明和喬登已經辦完了，現在又要重新再跟包伯・史丹費聯絡。而最要命的是，他晚上都得在『地獄洞』裡耗著。

照他的看法，再沒有一家夜店的名字像這裡這麼的貼切了。『地獄洞』在同志報刊上自詡爲「統領布拉德菲爾德的夜店。來過一次你就成奴隸。這輩子休想離開地獄洞！」這段話明示暗示都在說『地獄洞』是個『釣』玩伴的地方，只要你是受虐狂，只要你吃性虐待這一套。

唐・莫瑞克覺得自己像是待在酒池肉林裡的白雪公主。他根本不知道應該如何自處。他甚至連自己的裝扮都不知道對不對。他挑了一條破舊的Levi’s牛仔褲，這條褲子平常只有白天在家附近幹粗活的時候才會穿著，一件素白的T恤和騎摩托車時候套的舊皮夾克。後褲袋塞著警用手銬，他希望藉此增加一些自信。放眼這間燈光昏暗的酒吧，莫瑞克發現頹廢的皮夾克和牛仔褲多到舞池裡都快要放求救信號彈了。不過至少他的樣子看起來還像這麼回事，不算突兀。他的眼睛習慣了朦朧之後，他看見幾個同事。他們看起來多半不太自在，跟他一樣。

九點過後他剛進來的時候，店裡空盪盪的。感覺上特別的引人注目。莫瑞克找了個外出理由再回到街上，在坦伯菲爾德附近兜了將近一個鐘頭，還到一間咖啡簡餐店喝了一杯卡布奇諾。他不明白爲什麼有些同志客人投給他異樣的眼光，後來才發現他是唯一穿皮夾克和牛仔褲的顧客。顯然他違反了某種不成文的穿衣密碼。非常不自在的，唐·莫瑞克儘快把滾燙的咖啡喝光轉回到大街上。

他一個人孤單的走在坦伯菲爾德的人行道上，有嚴重受創的感覺。經過的男人，有的落單，有的三三兩兩，所有的人在擦身而過時總是狐疑的上下盯著他看，大部分的眼光都落在他褲襠的位置。他心裡彆扭到了極點，當初眞該挑選一條稍微寬鬆的褲子。有兩個年輕黑人勾肩搭背的走過，他聽見其中一個對另外一個大聲說：「這白鬼的屁屁不賴啊？」唐·莫瑞克只覺得血往臉上衝，已經搞不清楚是憤怒還是尷尬了。在這一刻，他忽然領悟女人在抱怨被男人物化時候的感覺。

⑭ straight，指異性戀者。

回到『地獄洞』，他才鬆了一口氣，現在裡面擠得滿滿的。舞曲的音量大到驚人，唐．莫瑞克感覺那節拍強得幾乎直透他的胸膛。舞池裡，一些穿著皮衣搭佩鎖鏈、拉鍊和尖帽子的男人拚了命的在扭動著，一面炫耀他們練得像鸚鵡螺似的大肌肉，一面把鼠蹊部極度性暗示的不斷向上衝刺。莫瑞克忍住嘆息，努力穿過群衆擠向吧檯。他點了一瓶美國啤酒，對於習慣喝甘醇味美紐卡司爾棕啤的人來說，這簡直淡得離了譜。

回身再度面對舞池，唐．莫瑞克靠著吧檯打量著整個屋子，竭盡所能的不跟任何人對上視線。這樣站了大約十分鐘，他意識到站在他身旁的那個男人似乎並不是爲喝酒來的。莫瑞克瞥了一眼，發現那人的兩隻眼睛定在他身上。那人幾乎與他等高，只是身材更魁更壯。他穿著黑色緊身皮褲，白背心。金黃色的頭髮兩邊修剪得很短，頂上比較長，他的身體黝黑光滑得就像奇彭代爾的舞者[15]。他眉毛一挑說：「嗨，我是伊恩。」

莫瑞克心虛的咧開嘴。「唐。」他提高音量對抗音樂。

「以前沒在這裡見過你，唐。」伊恩靠攏來，他裸露的臂膀挨上了莫瑞克破破的皮衣袖。

「我這是第一次。」唐．莫瑞克說。

「那你是外地來的囉？你口音不像本地人。」

「我從東北部來的。」唐．莫瑞克謹愼的說。

「難怪。從喬地蘭來的美少年啊。」伊恩蹩腳的模仿著唐．莫瑞克的口音。

唐．莫瑞克的笑容有些掛不住了。「你，是這裡的常客？」他問。

「從來不缺席。最好的酒吧最好的人都在這裡。」伊恩眨眨眼。「可以請你喝一杯嗎，唐？」

莫瑞克背上汗水直流，這跟酒吧的熱度毫無關係。「再來一杯同樣的。」他說。

伊恩點個頭，轉身向著吧檯，假借人群推擠的『藉口』硬往唐．莫瑞克身上磨蹭。莫瑞克咬緊牙關，向前看。他注意到兇殺組裡的一名督察正在盯他。這個同事拋給他一個古怪的眼神，拿一根手指戳進另一隻握成拳頭的手裡。唐．莫瑞克別開臉，面對面的看著伊恩，酒已經送上來了。「來吧，美少年，」伊恩說，「怎麼樣，今晚想找點樂子嗎，『喬地仔』？」

「只是來看看場子。」唐．莫瑞克說。

「紐堡那邊的場子如何？」伊恩問。「更活絡？口味多樣，是嗎？」

唐．莫瑞克聳聳肩。「我不知道。我不是紐堡來的。我是在沿岸的一個小村子。在那種地方不大能隨心所欲的做自己。」

「我懂。」伊恩一手搭上唐．莫瑞克的胳臂。「唐，如果你想做自己，那就來對了地方。也找對人了。」

唐．莫瑞克暗中祈禱，千萬別讓倉皇的神色顯露出來啊。「感覺太雜亂了點。」他努力的說。

「我們可以去比較清靜一點的地方，只要你喜歡。後面另外有一間，音樂沒這麼吵。」

「不用了，這裡可以。」唐．莫瑞克飛快的說。「說真的，我還滿喜歡這種音樂。」

---

⑮ 美國拉斯維加斯知名脫衣舞男表演團體。

伊恩向前挪，他的身軀就此整個貼靠在唐．莫瑞克身上。「你喜歡哪樣的，唐？上還是下？」

唐．莫瑞克被一口啤酒嗆到。「對不起？」他大口喘氣。

伊恩哈哈大笑，把唐．莫瑞克的頭髮亂揉一通。他淡藍色的眼睛閃著邪氣的光，牢牢的捉住莫瑞克的視線。「你還真是一個純潔的『幼齒』，啊？我說的是，你偏好什麼？是外掛還是接收？」他的手滑上了莫瑞克的褲管。這名警官以為自己就要開始承受只有他太太才能出手的動作時，伊恩的手轉了向，滑到一邊摸起莫瑞克的屁股來了。

「看情況吧。」唐．莫瑞克嘶啞著聲音。

「看什麼情況？」伊恩挑逗的問，他貼得太緊，唐．莫瑞克可以感覺到腿上明顯有另外一個男人的勃起。

「看我對這個男人的信任度。」唐．莫瑞克回答，他盡力不讓心裡的嫌惡在聲音或是表情上顯露出來。

「喔，我的信任度超高，絕對。你看起來也是很可靠的那類。」

「你們一點都不擔心嗎，像是，這類的陌生人？這附近一帶有連續殺手啊？」莫瑞克問，他趁著把空酒瓶放回吧檯的機會稍微離開伊恩黏巴達似的身體。

伊恩自負的笑著。「擔什麼心？搞那些名堂的傢伙不會來這裡混。所以想當然，這裡不是那個瘋子來釣魚的地方。」

「你怎麼知道？」

「我在報上看過那些照片，沒一個在這個場子裡露過臉。相信我，這裡我熟得很。所以我一眼就知道你是新來的。」伊恩又挨過來，一手插進唐．莫瑞克的後褲袋。他的手指順著手銬的輪廓走。「嘿，有意思。我可以想像你跟我在一起的樣子了。」

莫瑞克擠出一聲笑。「搞不好，我就是那個殺手。」

「那又怎樣？」伊恩自信滿滿的說。「我不是那個瘋子喜歡的菜色。他喜歡躲在櫃子裡的皇后，不是肌肉男。眞要是挑中了我，他會只想要『上我』，不會想殺人了。再說，像你這樣的美男子，根本不需要爲了做愛殺人嘛。」

「哎，也許吧，可是我又怎麼知道你不是殺手呢？」

「好，爲了證明我不是，今晚我讓你在上面。一切都聽你的。我就做戴手銬的那個。」

照這樣的進展絕不會出錯，唐．莫瑞克暗自想著。他探出手使勁地一把抓住伊恩的手腕，把他的手從褲袋裡拽出來。「我不這麼認爲，」他說，「今晚不行。就像你說的，我是新來的。在沒有摸清楚底細之前，我不會跟任何人回家。」他鬆開伊恩的手腕，往後退一步。「很高興跟你聊天，伊恩。謝謝你請的酒。」

伊恩頓時變臉。他兩眼瞇成一線，微笑變成咆哮。「慢著，喬地仔。我不知道你過去習慣混哪些鳥地方，可是在這座城市裡，你如果沒那個意思，就不能隨便跟人勾搭，白吃白喝。」

唐．莫瑞克嘗試離開，但是周圍的人牆叫他寸步難行。「如果有誤會我向你道歉，對不起。」他說。

伊恩胳臂一伸結實的扣住他的二頭肌。這痛眞是無與倫比。唐．莫瑞克想不通到底是什麼樣的人才會把這種痛苦當作性愛樂趣的一部分。伊恩把臉貼得太近，唐．莫瑞克聞得到他的口臭。「這不是誤會，」伊恩說，「今晚你來這裡就是爲了性交。沒有其他任何理由。所以性交就是我們要做的事。」

唐．莫瑞克腳跟一轉，手肘凌厲的頂進伊恩的胸窩。伊恩猛地發出「嘶」的一聲，整個人拗成兩半，他放開莫瑞克的胳臂，反射性的摀住自己的心口。「不對，我們不做那回事。」莫瑞克輕柔的說，而周圍好像變魔術似的，忽然淨空，他走開了。

他穿過場子的時候，另一名臥底的警員走到他的身邊。「漂亮，隊長，」他抿著嘴角說，「你替大夥出了一口氣，我們從一進門就想動手了。」

唐．莫瑞克停下來對那名員警笑笑。「你們應該也是來探底的。要不就跟我跳舞，要不就儘快閃人，等著同志們來搭訕。」

留下那名張嘴結舌的員警，唐．莫瑞克逕自走到舞池最遠的一邊，往牆上一靠。他剛才在吧檯引起的騷動已經平息，伊恩擠過人群，他仍舊摀著肚子，離開夜店的時候還惡狠狠的瞪著莫瑞克。

不多久，唐．莫瑞克又有同伴了。這次，他認出他的同伴是個刑警，當天剛加入另一區兇案組的新兵。這人在厚重的皮衣褲底下滿身是汗，那一身皮夾克和褲子看樣子就是一副標準摩托車騎警的行頭。他貼近莫瑞克，以防萬一舞池周圍有人偷聽，他語氣急迫的說：「隊長，有個傢伙我看應該注意一下。」

「爲什麼？」

「我聽見他在對幾個人膨風說他認識那些死者，吹得厲害。我還聽見他說那殺手，從拖運屍體上面判斷，八成跟他一樣是個健美先生。他說他敢肯定今晚這裡就算有兇手大家也認不出來。反正，大話說個沒完。」

「你爲什麼不主動去找他？」唐．莫瑞克問，這番話確實引起了他的興趣，只是不想搶走這名員警檢舉嫌犯的功勞。

「我試過跟他搭訕，他不甩我。」員警苦笑。「也許我不是他的菜吧，隊長。」

「那你憑什麼認爲我是？」莫瑞克問，他一時也不清楚這算不算是一種侮辱。

「他穿的行頭跟你的完全一樣。」

唐．莫瑞克嘆了口氣。「你指給我看是哪個。」

「先別看，他就站在舞池擴音器旁邊。白種，男性，五呎六，黑短髮，藍眼，臉刮得很乾淨，很重的蘇格蘭腔。穿著像你。喝淡啤。」

唐．莫瑞克背靠著牆，慢慢的掃描全場，第一輪就瞧見了那名嫌疑分子。「有了，」他說，「好，謝啦，孩子。我走開的時候你裝個樣子。」

他離開牆壁，留下員警在那裡猛練鬱卒的眼神。很慢很慢的，莫瑞克轉了一圈最後停在那個男的身邊。那人果然是舉重者的體格，拳擊手的面孔。他全身的裝備幾乎和莫瑞克一模一樣，除了他的夾克更多了一些釦子和拉鍊。「今晚挺熱鬧的。」唐．莫瑞克說。

「是啊，好多新面孔。大概有一半都是條子，」那人說，「像剛才跟你說話的那個？他鐵定是開『熊貓』車來的。你哪時候見過有這麼嚷嚷的？」

「所以我快閃啊。」唐．莫瑞克回答。

「也對，我叫史蒂威，」那人說，「這一晚夠你忙的，老跟一些討厭的貨色周旋。之前你教訓那個渾球我都看見了。幹得好，朋友。」

「謝謝。我叫唐。」

「幸會，唐。你是新來的吧？聽口音，你一定不是本地人。」

「這裡眞的是大家都認識嗎？」唐．莫瑞克似笑非笑的問。

「差不多。這裡是標準的小村子，坦伯菲爾德。尤其這種SM的場子。你要是想讓誰把你，那就得先摸清楚情況。」

「有道理，史蒂威，」唐．莫瑞克由衷的說。「尤其還有個殺手在亂竄的時候。」

「就這個意思。我是說，我認爲被殺的那幾個傢伙當初不會想到自己搞成這副下場。我認識他們，你知道吧，亞當．史考特、保羅．吉勃司、蓋瑞芬尼根和戴米恩．康諾力。全部，說眞的，早知道我就不會叫他們隨便踩這種場子。事實俱在，不是嗎？你永遠猜不透人腦袋瓜裡到底在想些什麼。」

「你怎麼會認識他們的？報上說這些場子都不認識他們。」唐．莫瑞克說。

「我開了一家健身房，」史蒂威得意的說，「亞當和蓋瑞茲都是會員。我們常常一起去喝一杯。那個保羅．吉勃司，我是從一個伴那裡認識的，也是酒友。還有那個條子，康諾力，他是在我們遭小偷之後到健身房來調查的。」

「我相信這附近大概沒幾個人敢說認識這些個倒楣鬼吧。」

「你說對了，朋友。再提醒一句，依我看，那個殺手的心態應該是好玩的成分居多。」

唐．莫瑞克兩道眉毛挑了起來。「你認爲謀殺人是好玩的事？」

史蒂威搖搖頭。「不是，你沒弄懂我的意思。我不認爲他一開始就要殺掉這幾個人。不是，那應該算是意外，懂我的意思吧。他們在玩他們的遊戲，結果玩過了頭，失控了。他鐵定很壯，搬運屍體丟棄在市中心，老天爺。他怎麼可能是個弱不禁風的瘦子，是吧？如果他眞是個健美先生像我這樣，那有可能他不知道自己的力道有多大。誰都會碰上的啦。」他稍微停頓又補上這一句。

「連四次？」唐．莫瑞克大感懷疑。

史蒂威聳聳肩膀。「說不定他們要求那樣。懂我的意思嗎？情趣之類的。而且講明了在危險關頭也不需要解救。我有經驗，唐，我跟你說，有好幾次我都想把那幾個小兔崽給勒死。」

唐．莫瑞克的偵探本性蠢蠢欲動。布拉德菲爾德的警察裡面鑽研連續殺手心理的人不止卡蘿．喬登一個。莫瑞克讀過很多案子，有些兇手就愛玩這種花樣，藉此向第三人誇耀自己的本事。約克郡開膛手就是，他專門向男性暱友們吹噓自己如何「做掉」那些妓女。他一定要叫史蒂威進偵訊室。問題是如何把他弄進去。

唐．莫瑞克清清嗓門。「我看避免出事唯一的辦法，就是在上床之前先好好了解一下對方。」

「就這個意思。想不想出去？去簡餐店喝杯咖啡什麼的？彼此多了解了解？」

唐．莫瑞克點頭。「好啊。」他說，順手把剩下的啤酒擱在鄰近的桌上。「走吧。」等他們到了外面，他只要把無線電轉成「傳送訊號」，其中一個後援小組立刻會上陣逮人。然後，他們就可以在司卡吉爾街測試他的眞假了。

雖然已經過了午夜，『地獄洞』外面的街上可一點都不荒涼。「走這邊。」史蒂威指著左邊。唐·莫瑞克一手滑進夾克，撥動無線電開關。

「我們要去哪？」他問。

「克朗普騰公園那邊有一家二十四小時的簡餐店。」

「太好了。我可以嗑掉一整個培根三明治。」唐·莫瑞克說。

「對你的健康非常糟糕，太油膩了。」史蒂威認眞的說。

他們繞過轉角走入通往廣場的巷道，莫瑞克感覺有人從黑漆漆的一個門口走出來，跟在他後面。他朝腳步聲的方向轉身。

耀眼的亮光忽然在他眼底迸開，就像篝火之夜[16]，這是他最後的意識。

摘自3.5磁碟片　標示：備份檔・007

檔名「愛情・007」

時間撐得不如我預期的久。太意外了，亞當顯然比那隻德國牧羊犬還來得脆弱。他的四肢脫臼之後就陷入了昏迷，再也醒不過來。我等了好幾個小時，怎麼也叫不醒他；弄痛他也沒用，澆冷水也沒用，燙他也沒用。我很失望，我必須承認。他的痛苦相較於我的，不過是個零頭，他受的懲罰遠不及他的背叛嚴重。

午夜時分我就完成了所有該做的事，乾淨又俐落。我把他從肢刑架上拆解下來，先塞進一只結實耐重的園藝麻布包，再裝入布拉德菲爾德市府公用垃圾袋。把一個死人從地窖扛上樓梯推進推車還眞費力氣，好在我的舉重功夫沒有白練。

我恨不得馬上回家開電腦，把這個夜晚用最精采的方式呈現出來。可是在輕鬆快活之前我還有工作要做。我開車到市中心，始終保持在規定時速的邊緣——不是很快，免得因爲超速被攔下，也不太慢，免得被懷疑是酒駕。我開到大學後面的同志漫遊區。坦伯菲爾德原先是學生活動的區域，到處都是平價的小餐館、咖啡屋、商店和酒吧。後來，大約十年前，有兩三家酒吧變成了同志店。市議會左派人士在壓力下提供基金成立了一個男女同志中心，地點遷到一間印度餐館的地下室。這似乎啓動了骨牌效應，一兩年不到，坦伯菲爾德蛻變成了同志漫愛城，非同性戀的

---

⑯ Bonfire Night，11月5日，英國的節慶，又稱營火夜或焰火夜，Cracker Night, Fireworks Night。

學生全都轉移到校區偏遠的格陵荷姆去了。現在，坦伯菲爾德就是同志酒吧、夜店、SM配備專賣店的大本營，沿著運河走還有一間晚間營業的刑具租售店。

星期二的凌晨一點半，街上仍舊不少人潮。我開著車繞了幾次，專注在克朗普騰公園附近一帶。廣場很暗；大部分的路燈因爲『愛愛隱私』都給砸壞了，議會因爲經費不足而無力整修。再說，地方上的商家也沒抱怨；廣場愈暗，地段愈理想，他們的獲利愈大。

我小心謹慎的觀察四周。沒有任何動靜。我使足力氣把袋子頂住，然後半拽半滾的拖到矮牆邊，用力把它翻過矮牆頭，再輕手輕腳的關上後車廂。我從口袋拿出筆刀，趴在牆上，割開袋子，把割裂的袋子從屍身上扯下來，揉成一球。

兩點過沒多久，我把亞當的車在離他家兩條街遠的地方停好，再走回自己的吉普，順路把扯下的那些袋子塞進垃圾桶。三點左右我上床睡覺。儘管工作的慾望熾熱強烈，我整個人已經累垮了。這並不奇怪，想想我花費了多少力氣。燈一關我就睡死了。

醒來的時候，我翻身看鐘，再核對我的手錶。事實俱在不容否認，我睡了十三個半小時。我肯定從來沒睡過這麼長的時間，就算上了痲藥也不曾有過。我對自己太生氣了。本來應該坐在電腦前面，好好的、仔細的，照我自己的意思把我跟亞當的故事編寫出來。現在我卻只剩下洗澡和吃東西的時間了。

上班的路上，我買了一份剛出爐的布拉德菲爾德崗哨晚報。我翻到第二頁：

驚現裸屍

今天清晨在布拉德菲爾德同志村發現一具受到嚴重殘害的裸體男屍。議會清潔工羅比．葛里弗在坦伯菲爾德克朗普騰公園區做例行垃圾清理的工作時，赫然發現裸屍。

該市同志社區開始擔心這可能是同志連續殺手的第一波行動，情況類似最近引起倫敦同性戀者大為恐慌的那名殺手。

屍體在公園一堵牆後的矮樹叢裡發現，這裡是男同志夜晚隨興做愛的著名景點。死者，年齡大約二十七、八歲，目前身分不詳。據警方的描述，白種，五呎十吋，體格健碩，蓄深色波浪型短髮，藍眼睛。沒有胎記或刺青。

一位警方發言人說：「死者的喉嚨被割開，身體多處傷殘。犯案者無疑是一名極端暴力危險的人物。由死者受傷害的情況研判，兇手也可能全身沾滿鮮血。

「我們認為該名男子是在別的地點遭到殺害，屍體於夜間被丟棄在公園內。

「為過濾起見，我們要求凡是昨晚在坦伯菲爾德克朗普騰地區活動的人都能來警局一趟。所有資料列為機密，絕不會公開。」

「羅比．葛里弗，二十八歲，這名發現屍體的議會清潔工說：『我才開始幹活。差不多就在八點半。我拿著鉗子撿垃圾。觸碰到屍體的時候，起初還以為是死貓死狗之類的。等我一撥開樹叢就看到了屍體。

『太嚇人了。我當場嘔吐，然後趕緊跑到最近的公用電話亭。我這輩子從來沒看過這麼嚇人的東西，希望以後千萬別再碰上了。』」

嗯，起碼他們說對了一件事。屍體是在別的地點遭到殺害，再丟棄在克朗普騰公園裡。至於其他……如果這就是警方的辦案技巧。我看我用不著擔心了。不會出問題的。我當然不希望被抓到，因爲我已經選定了亞當的接棒人。保羅，我知道，這次一定會不一樣。這次，不見得會用死亡作爲結局。

7.

凡是相熟的人事後描述他的行爲，都說他的虛僞簡直完美到無懈可擊，比方說，他走在路上……不小心撞到了人，他會……停下來以最溫文儒雅的方式道歉：如惡魔般充滿殺意的心思，居然還能表現謙沖的假慈悲，希望隱藏在他大衣底下的那柄大木鎚，替他完成一個等待了九十分鐘的小心願，讓它毫無痛楚的砸上這個和他偶然相遇的陌生人。

卡蘿離開大街抄捷徑折入克朗普騰公園。「亞當．史考特就在那被發現的。」她指著灌木叢側邊靠中間的位置。

東尼點點頭。「可不可以繞著廣場慢慢開，停在發現屍體的那堵圍牆邊上？」

卡蘿依言照辦。在慢慢繞圈的時候，東尼專注的望著四周，有幾次還扭過頭去再看一次。車子一停好，他搶先下車，不等卡蘿就直接過去人行道，沿著廣場邊緣走動觀察。卡蘿下了車緊跟在他後面，很注意的看他在觀察些什麼。

兇殺事件和冰冷的天氣完全改變不了坦伯菲爾德常客們的習慣。屋子門口和地下室的周圍仍舊是一堆淫聲浪語的男女，同性異性都一樣。有幾個在聽到卡蘿踩在人行道上的高跟鞋聲立刻僵住，但大多數人根本不甩。對喜好偷窺的人來說，這裡可眞是一塊寶地啊，卡蘿挖苦的想著。

到了房舍的盡頭，東尼過街朝著那些店家和酒吧走去。這裡，看不見任何野合的男女。這個城市的犯罪率從加厚的百葉帘和鐵門窗表現得一清二楚。東尼不理會這些，他只注意廣場中央的公園，拿實景跟照片上看到的互相比照。這一邊沒有矮樹叢，只有矮牆。他看到有兩個男人走過，彼此糾纏得就像在參加兩人三腳的綁腿賽跑。不過他現在對什麼人都沒興趣，除了巧手安迪。

「你來了，」他告訴自己，「這裡不會是你湊巧經過的地方，對吧？你走過這條人行道，你看過這些金錢交易的拙劣情慾戲碼。你要的並不是這些，對吧？你要特別一點的，你要更親密一點的，不需要付出什麼代價的東西。」那是屬於巧手安迪式的窺視冒險，會是什麼樣的感覺呢？東尼全神貫注著。

「你從來沒有跟另外一個人有過正常的親密關係，」他想著，「那些娼妓煩不到你。那些出賣靈肉的男孩也不會。你不會殺他們。你對他們不感興趣。讓你心煩的是那些出雙入對的愛侶，對吧？我知道，你看吧，我眞的感同身受。這是一種投射嗎？不見得。我認為你是在找尋兩人世界，一種最完美的親密關係，在這份關係裡你可以自在的做自己，可以有尊嚴的珍愛自己。這就對了。過去的一切都沒有關係。不，其實很有關係，安迪。過去的一切才是最大的關鍵。」

他忽然意識到卡蘿站在他身旁，好奇的看著他。有可能他的嘴唇在唸唸有詞的動著。他得小心，否則她一定也會把他歸類成不正常的「瘋子」。他擔待不起，眼前他還需要有她的陪伴才能達成他的任務。

這一區最後一棟建築是一間通宵營業的簡餐店，窗玻璃上濛著聚結的霧氣。在明亮的燈光下店裡移動的幢幢黑影就像一堆地底的怪物。東尼走上前推開店門。有些人暫停了吃喝聊天盯著他看。東尼退回到大街上，由著店門在他身後自動關上。「你應該不會進去這裡，」他心想著，「你不會希望在這種呼朋引伴的地方叫人家看見你是孤單一個人。」

廣場的第三區涵蓋了兩三條現代化辦公樓層的街道。一票無家可歸的青少年睡在大樓的門口，胡亂的裹著些衣物、報紙和紙板箱。這時，卡蘿已經跟了上來。「對他們做過訪談嗎？」東尼問。

卡蘿扮個鬼臉。「試過了。我爸爸過去喜歡唱民歌。我小時候，他常對我唱一首合唱曲，『啊，我還不如試著去追風。』現在我終於明白它的意思了。」

「這麼厲害？」

他們走向廣場第四區上的住宅，經過轉角碰上一對阻街女郎。「嘿，帥哥！」其中一個高喊，「我會比那個翹屁股騷貨讓你更快活。」

卡蘿輕蔑的大笑。「這下可是上了一課。」她自嘲的說。

東尼不說話。這些字眼進不去他現在的幻夢。他繼續在人行道上慢慢的走著，每隔幾步就停下來為當下的氛圍做一番沉潛。住家雅房裡傳出來各種不同調的音樂聲在夜色裡模糊的交錯著。咖哩的氣味在微風中飄送，風中還夾帶著水溝裡速食保麗龍餐盒的餿味。廣場永遠不會淨空。他注意到了。「你瞧不起他們這種齷齪的生活，對吧？」他在自言自語。「你喜歡乾淨整齊有秩序。這也就是你清洗屍體的部分原因。對你來說它的重要性幾乎跟消滅作案痕跡不相上下。」他轉過最後一個街角，走到卡蘿那輛小車的後面，第一次感到充滿自信的悸動，他終於能夠勾勒出這一個極端複雜又極端扭曲的心態了。

「他很可能在這裡坐了幾分鐘，他要確定沒有被誰看見。」東尼說。「就他使用的車種來看，把屍體移出車廂翻過圍牆的動作應該愈快愈好，不過他要確定周圍沒有任何人在窺看。」

「我們做了挨家挨戶的查詢，沒有一個人說看到有什麼不正常的地方。」卡蘿回答。

「有一個事實必須面對，卡蘿，在妳眼裡認爲這附近一切正常，對一個連續殺手來說卻是充滿變數。好啦，我已經看夠了。我們走吧。」

湯姆．克勞斯蹦進了偵勤組的辦公廳，兩條腿出奇的輕盈，這是胖子常有的舉動，彷彿輕盈的動作可以否定自己的體重似的。「好，那個渾蛋現在哪？」他吼著。就在這時他瞥見了那個倚著牆壁的細瘦身形，這人跟凱文．馬修的談話因爲湯姆．克勞斯的闖入而中斷。

「長官？」湯姆．克勞斯停下腳步。「我沒想到你會來。」他狠狠的白了凱文．馬修一眼。

約翰．布蘭登站直了身子。「當然，督察長，我想也是。」他朝湯姆．克勞斯挪近幾步。「我給主控室下了指示，只要跟連續殺手相關的任何逮捕行動務必立刻向我通報。這個案子一旦進入訴訟，一定備受矚目，湯姆，我希望我們保持最優質的形象。」

疲累加上壓力的凱文臉色蒼白，那些突顯在乳白色皮膚上的雀斑，看起來就像一堆毒瘡。他說：「目前我們掌握到的是，唐．莫瑞克跟一個傢伙剛從『地獄洞』出來。後援小組之一看見他們兩個人。唐打開了無線電傳送，所以他應該是想要把這個傢伙帶回來問話。根據後援弟兄的說法，當時他們正要去克朗普騰公園區一家通宵營業的簡餐店。那裡有一條巷子是通往公園的捷徑，他們就走那裡。緊接下來後援組聽到的是扭打的聲音，趕過去的時候發現唐已經躺在地上，兩個傢伙在互毆。他們當場兩個一起逮捕，現在扣押在小牢房裡。」

「莫瑞克呢？」湯姆．克勞斯問。不管有多少缺點，湯姆．克勞斯還是一流的好警察。他把部下看得幾乎跟他自己的官階一樣重要。

「他在急診室，頭破了在縫針。他坐救護車來的。我派了一個弟兄下去跟他做筆錄。」凱文瞥一眼手錶。「就快上來了。」

「我們現在查得怎麼樣了？」湯姆．克勞斯問，「有沒有逮到什麼嫌犯？」

約翰．布蘭登清清喉嚨。「我想，莫瑞克很可能以為跟他『逗陣』的這個男的值得深談。而那個攻擊他們的男人，大概要等莫瑞克的陳述了。我的建議，馬修督察和他一名組員去跟那個攻擊者談一談，你和我，我們兩個去跟莫瑞克相中的目標做初步的了解。沒問題吧，湯姆？」

湯姆．克勞斯悻悻地點個頭。「是，長官。待會兒等那名弟兄從急診室上來，凱文，馬上來見我。」他走到門口，橫過肩膀用等待的眼光看著約翰．布蘭登。

布蘭登說：「在我們走之前，湯姆，我想必須讓喬登督察和希爾博士過來一趟。」

「得罪了，長官，現在是半夜，我們眞有必要擾人清夢嗎？」

「在聽取希爾博士對於面談該採取什麼方式的建議之前，我不希望跟任何人進行問話。再說，這兩個人現在大概還在出勤。喬登督察預定今天晚上要帶希爾博士去犯罪現場查看。你可以安排嗎，督察長？」

凱文瞥向湯姆．克勞斯，後者微微的點了點頭。「沒有問題，長官。我立刻呼叫喬登督察，我相信她一定非常樂意幫忙。」

布蘭登微微笑著走過湯姆．克勞斯進入長廊。「到時候倒要看看你葫蘆裡能賣些什麼藥。」湯姆．克勞斯假慈悲的搖著頭嘀咕。「居然要一個狗屁心理學家來教你怎麼跟個街頭小癟三問話。」

運河街仍然熱鬧得很，人們進進出出夜店，計程車不停上下載客，雙雙對對的愛侶在街口分享著烤肉串和薯條，阻街的男女望著緩慢的車流人潮，隨時都想抓住難得一現的機會。「很有趣，這些地區該怎麼說呢？」

「你是說這裡屬於公開的社交區，而克朗普騰公園屬於黑暗區？」

「而且兩者互不侵犯，」東尼說，「這裡還眞是愈夜愈美麗啊，星期一晚上會不會比較清靜？」

「稍微，」卡蘿說，「有幾家夜店星期一休息。另外有一家店把星期一定爲淑女之夜。」

「所以路上可能就沒這麼亂。」東尼若有所思的說。他們開著車在大街上繞，推測當時巧手安迪行經的路線。令東尼心驚的是，巧手安迪居然選了這樣一個鬧區處理前兩個死者。他這近乎是在做自我挑戰。此刻，就在通往『影地』側門的巷口，他看著街道沉思。「他一心想要爭第一。」他輕柔的說。

「你說什麼？」

「巧手安迪。他不打安全牌。他的受害人全部是高風險的類型。他棄屍的地點也都不是偏僻隱匿的場所。屍體清洗得乾乾淨淨，不留一點痕跡。他認爲他比我們聰明，所以他必須證明給自己看。我可以大膽假設，下一具屍體會丟棄在一個非常非常顯眼的公共場所。」

卡蘿全身發冷，這跟天氣的冷毫無關係。「別提什麼下一具屍體，好像在那之前我們沒辦法逮到他似的。」她有些賭氣。「這種想法太洩氣了。」

卡蘿帶頭走入一條很短很暗的死巷。「喏，第二具屍體，保羅．吉勃司就在這裡發現的。這裡是影地俱樂部的防火巷。」

「太黑了吧。」東尼絆到一只破裂的紙板箱，抱怨起來。

「我們向經理建議過，最好在這裡裝一盞安全照明燈，免得晚上鎖門的時候遭到搶劫，可是擺明了他根本不當回事。」卡蘿一面回答，一面在提袋裡翻找她的迷你手電筒。打亮手電筒，細窄的光線把東尼的影子投射在一個穿紅衣服的流鶯身上，她正在防火巷口爲一個瞇著眼的生意人口交。

「喂！」那人氣急敗壞的吼。「滾開，你這個偷窺狂！」

卡蘿嘆了口氣。「警察。拉上拉鍊，不然就關進牢房。」她話還沒說完，那流鶯已經站起來飛也似的衝向巷口。既然流鶯跑了，知道再鬧也吵不出什麼名堂，那人便趕緊繫好褲子，一把推開東尼走出巷子。到了轉角，他回過頭衝著她罵了一句：

「沒X眼的爛貨！」

「還好吧？」東尼問，明顯出自內心的關切。

卡蘿聳聳肩。「剛開始的時候被這些傢伙這樣侮辱，我真的很震驚。後來我認清了，有問題的是他們，不是我。」

「理論派。實際上行得通嗎？」

卡蘿扮個鬼臉。「有時晚上回到家，站在蓮蓬頭底下沖了二十分鐘，還是覺得自己很髒。」

「我完全明白妳的意思。我自己內心就老是有一些作梗的東西，搞得我好像沒有辦法再跟其他人正常相處了。」東尼別開臉，不想讓他的臉背叛了他自己。「唔，這就是你們發現保羅的地方？」

卡蘿上前站到他身旁。她拿手電筒照著門口。「他躺在這裡，周圍塞了好幾只垃圾袋，所以沒有立刻被發現。根據丟在附近的一些保險套判斷，那些『上班女郎』很可能就在一具屍體旁邊胡搞瞎搞了一整夜。」

「你們跟這些女孩都談過了？」

「對，全部都帶進去過了。有個被燈光一照逃得像蟑螂似的女孩，幾乎夜夜都在這個地點。她說有一個恩客，時間差不多都在凌晨四點左右。她所以這麼清楚，是因爲這個傢伙固定在那個時候從報紙印刷廠下班。反正，她那天準備帶他過來這裡，可是有輛車子擋著路。」卡蘿嘆息。「當時我們以爲這下發了，因爲車子的廠牌、車型，甚至連車牌號碼她都記得，原來跟她家的門牌號碼完全相同。二－四－九。」

「妳先別說。讓我猜。那是保羅．吉勃司的車子。」

「沒錯。」

呼叫器裡的一串嗶聲切斷了談話，任性得有如嬰兒的哭鬧。「我得去找個電話。」卡蘿說。

「怎麼了？」

「有一點可以肯定，」卡蘿急切的趕出巷子。「絕不會是什麼好消息。」

「喏，我知道的全說給你們聽啦。我在地獄洞遇到這個叫唐的傢伙，我們兩個正準備去喝杯茶，忽然有腳步聲，唐就像撞上了維尼．瓊斯[17]，一下子就被撂倒了，我轉身看見那痞子拿著塊磚頭。立刻用左鉤拳來個公民執法[18]，就在這時候你們的人手圍攻上來，然後我就到了這兒。」史蒂威．麥肯奈兩手向前一攤。「你們應該頒我一個獎，至少三等以上。」

「你以為我們會相信這套……」湯姆．克勞斯翻看著他的筆錄。「這個叫伊恩的攻擊這個叫唐的，就為了當天晚上他拒絕了他？」

「差不多就那樣。喏，這個伊恩，城裡出了名的，是個沒事找碴的瘋子。他嗑藥把腦子嗑壞了，老以為自己是萬能的上帝。這個唐可是給了他當頭一棒，叫他立刻從硬漢變成弱雞，所以這傢伙是為了雪恥報仇。喏，你現在總該放我走了吧？」

敲門聲省了湯姆．克勞斯的回答。約翰．布蘭登離開靠著的牆壁過去開門。他對門外的警員低聲交談幾句再回進屋裡。「上午一點四十七分，談話暫停。」他側身斜過湯姆．克勞斯關掉錄音機。「我們去去就來，麥肯奈先生。」布蘭登做了承諾。

---

[17] Vinnie Jones, 1965～，英國足球明星兼演員。

[18] 根據不成文法，公民發現罪犯時可自行扭捕，移送法院。

到了談話室外面，布蘭登說：「喬登督察和希爾博士在樓上。小隊長唐．莫瑞克也從急診室出來了。他說晚上的事件他可以做扼要說明，沒有問題。」

「好。我們就先來聽聽他的說法再去對付那個沒腦子的傢伙。」湯姆．克勞斯大步上樓進了偵查組，房間裡卡蘿一臉關切的向著莫瑞克。東尼隔著幾呎遠坐著，兩隻腳丫擱在字紙簍的邊沿。

「哇靠，莫瑞克！」湯姆．克勞斯一看到他頭上誇張又戲劇化的包紮就開始狂吼。「你該不會變成他媽的錫克教徒了吧？天哪。我知道把小組送進同志村去臥底很危險，可沒想到居然會變成宗教狂。」

莫瑞克虛脫的笑笑。「我以為這樣一來你就不會再叫我穿制服出操了，長官。」

湯姆．克勞斯回他一個心有不甘的笑容。「我們可得聽聽看，為什麼我們的牢房裡會關了一個蠢斃了的菜鳥？」

站在湯姆．克勞斯後方一兩呎左右的布蘭登岔了進來。「在莫瑞克小隊長陳述這個事件之前，我想先向希爾博士說明，我們在這麼晚的時間把他拽過來的原因。」東尼端正坐好，隨手取了一張紙。「前些天你演講的時候，」布蘭登走過湯姆．克勞斯坐上桌沿，繼續發話。「你提到心理學家往往可以為刑警指點一些問話的方向。不知道可不可以就這個狀況提供一些意見。」

「我盡量。」東尼拉開筆帽。

「你說的問話方向，是什麼意思？」湯姆．克勞斯狐疑的說。

東尼淺笑。「以我自己最近的一個經驗做例子。我負責諮詢的團隊逮到一名犯下兩起強暴案件的嫌犯。他是標準的肌肉男，愛說大話。我建議他們派一個女警跟他會談，最好是個子嬌小，有十足女人味的。這件事從一開始就令他非常生氣，因爲他瞧不起女人，他認爲這對他不夠尊重。在偵訊之前我就向她提示過這人不可能是強暴犯，其實她也不認爲他有這份能耐。最後的結果是，他大發脾氣，爲自己被認定是強暴犯喊冤，同時還抖出另外三樁他們根本不知道的罪行。」

湯姆．克勞斯不吭氣。「莫瑞克小隊長？」布蘭登問。

唐．莫瑞克斷斷續續的把酒店裡的遭遇說給大家聽。敘述完畢，布蘭登和卡蘿滿心期待的看著東尼。「你覺得呢，東尼？這兩個有沒有可能？」布蘭登發問。

「我覺得伊恩．湯姆遜不像。兇手非常謹慎，不可能無聊到像街頭混混那樣高調鬧事。就算唐不是警察，伊恩．湯姆遜也有可能提著磚塊跟上來找麻煩。就算這座城市並不把攻擊同志案件列爲治安第一優先。」他嘲諷的加上最後這句。

湯姆．克勞斯臉一沉。「對待同志和一般老百姓，我們的弟兄一視同仁。」他怒吼。

東尼眞希望自己乖乖閉嘴。目前他最怕的，就是爲布拉德菲爾德警方對同志和黑人的政策跟湯姆．克勞斯正面槓上。他決定不加理會，繼續往下說。「而且，就我們的了解，照兇手的行徑來看，並不是SM型的同性戀者。顯然他不是從同志的活動場所挑選受害人。然而，史蒂威．麥肯奈這個人，就你們的觀點來看，好像很有趣。我們知不知道他是靠什麼吃飯的？」

「他是市中心一家健身房的經理。就是蓋瑞茲．芬尼根去的同一家。」湯姆．克勞斯說。

「之前被偵訊過嗎？」布蘭登問。湯姆．克勞斯聳了聳肩膀。

「馬修督察那一組的一名隊員跟他說過話，」卡蘿插進來說。「我幫東尼博士準備資料的時候看到這份報告，」說完這句，她發現湯姆．克勞斯的臉垮了下來。他可別以爲她是在吃裡扒外的搞破壞啊。「看我這個爛記憶力，」她換個自嘲的方式繼續說，「就我的記憶，那只是一份例行的問卷，調查一下蓋瑞茲．芬尼根在健身房有沒有什麼特定的朋友或接觸的對象。」

「我們清不清楚史蒂威．麥肯奈的家庭狀況？」東尼問。

「他跟兩個同性戀合住一棟屋子，」湯姆．克勞斯說，「據他說那兩個人也是玩健身運動的。怎麼樣，有問題嗎？」

東尼在記事本邊緣胡亂的畫著。「有可能，」他說，「拿到搜索票的機會有幾成？」

「根據我們現有的東西？行不通。沒有立場申請嘛。總不能異想天開的說，一場街頭打架事件讓我們有充分的立場去搜索麥肯奈的屋子，目的在找尋某些跟連續兇殺案相關的證據。」布蘭登說。「我們到底要找什麼？」

「攝錄影機。他拍攝過的任何景點，偏僻的荒廢的，像是老舊的倉庫、工廠、無主的房子、租用的車庫。」東尼一手搔著頭髮。「拍立得照片、性虐待色情片、幾個受害人留下來的紀念品、死者身上遺失的珠寶手飾。」他抬頭迎上湯姆．克勞斯嘲諷的笑容。「還應該檢查檢查冰櫃，說不定有萬分之一的希望，他會把屍體上切除下來的幾塊肉存放在裡面。」看見湯姆．克勞斯的表情從譏笑變成厭惡的時候，他感到一陣得意。

「很迷人。可是首先我們必須弄到一些更具體的東西。有沒有任何建議？」

「派莫瑞克小隊長和喬登督察一起跟他對話。一旦發現他想釣的原來是個警察的時候，他一定心神不寧，這會使他開始不信任自己的直覺。另外他也可能跟女人有心結」

「他跟女人當然有心結，」湯姆．克勞斯插嘴，「他媽的他根本是男同志嘛。」

「並非所有的男同志都討厭女人，」東尼溫和的說，「當然有很多確實是，麥肯奈也許就是其中之一。最最起碼，卡蘿會讓他感受到威脅。全部男性的情況對他有志同道合的親切感，會讓他有機可乘，我們不要給他這樣的機會。」

「那就試試看吧，」布蘭登說，「只要莫瑞克小隊長願意。」

「我願意，長官。」唐．莫瑞克說。

湯姆．克勞斯的表情好像很為難，不知道該揍誰才好，是布蘭登先，還是東尼。「那我不如回家吧。」他氣呼呼的說。

「好主意，湯姆。你已經辛苦一整夜了。我留下，等著看偵訊麥肯奈的結果。」

湯姆．克勞斯踏著重步走出了偵緝室，半路碰上凱文．馬修。因為少了湯姆．克勞斯的干預，這裡的氣氛明顯輕鬆許多。「長官？」凱文說，「伊恩．湯姆遜——看樣子他跟那些兇殺案應該沒有關聯。」

布蘭登皺起眉頭。「我不是告訴過你不要提兇殺案？這個階段，我們只針對伊恩．湯姆遜在街上打架的事。」

「我沒有提兇殺案，長官，」凱文說，「不過在面談過程裡發現，湯姆遜一個星期有三個晚上都在『火石』當DJ。那是利物浦的一家男同志夜店。他的時間排在週一、週二和週四。要查出他在兇案發生那幾個晚上有沒有上班非常容易。」

「好，派個人去了解一下。」布蘭登說。

「就看麥肯奈的說法了。」卡蘿沉思著。

「我們開始吧。」布蘭登說。

「有沒有什麼需要提醒的？」

「不要怕向他示好。儘量放輕鬆，不過立場要站穩，妳是警官，莫瑞克小隊長　你可以玩一點感恩卡的招數。」

「多謝，」卡蘿說。「走吧，唐？」

兩人一起離開了布蘭登和東尼。「進展如何了？」布蘭登站起來伸個懶腰。

東尼聳一聳肩。「對他那幾個受害人開始有一些感覺了。這幾個案子裡面有一種固定的模式。他是一個擅長跟蹤的人，我可以確定。側寫分析的粗稿大概這一兩天就會寫好了。在這個時候扯來一名嫌犯，時機不對。」

「怎麼說時機不對？」

「我明白你要我參與的原因。可是我不喜歡在做側寫之前先認識一堆嫌犯。這樣很危險，我會在下意識裡照著嫌犯量身打造，做出偏頗的分析。」

布蘭登嘆息。他一直認爲，在半夜裡想要樂觀很難。「船到橋頭自然直。到明天這時候，我們的嫌犯很可能只是一個遙遠的記憶了。」

摘自3.5磁碟片　標示：備份檔・007

檔名「愛情・008」

認識保羅要比亞當有趣得多。一部分，我想，是因爲現在我懂得怎麼處理了，如果事情進行得不順利，不如預期的時候。即使保羅不能洞悉我對他的付出可以比任何人都來得多，即使他拒絕了我的愛意，即使他跟亞當一樣過分，一樣的爲了別人背叛我們倆的親密關係，我知道還有另外一個腳本可以給我滿足，它的滿意度幾乎等同於我原來的目標。

但是這次，我有十分的把握可以心想事成。亞當，我現在明白，太不成熟，太軟弱。保羅不是，我一看便知。首先，他不像亞當，他沒有選擇城裡雅痞居住的地點。保羅住在亞斯東黑市的南邊，一個深受大學講師和另類治療師喜愛的林蔭郊區。保羅的房子位在一條很不起眼的街上。跟我家一樣，有陽台，不過他的樓上兩房加樓下兩廳可比我那裡大多了。跟我家不一樣，他屋前有個小花園，後院是前院的兩倍大，散漫的放著一些陶土製的花盆花器，種滿了花朵和矮小的灌木。在夏日黃昏下班以後兩個人坐在這裡喝一杯餐前酒，眞是最理想不過。

拜保羅之賜，我有了住進亞斯東黑的機會，可以欣賞這些安靜的街道，可以一起散步公園，就像其他愛侶一般。他有一份很不錯的工作——在布拉德菲爾德科技學院擔任講師，專攻CAD（computer-aided design電腦輔助設計程式）。我們已經有太多共同點。慚愧的是，我居然一直沒有向他展示我爲亞當所做的成果。

我沒有房貸壓力最主要的一個優勢是，我有全額的薪水供我玩耍。對我同年齡的人來說，那確實是一筆可觀的收入，而且我又不需要撫養親屬。也就是說我負擔得起最先進的電腦系統，定期升級隨時保鮮。就拿單一軟體程式來說，就花掉我將近三千英鎊，好在我周圍沒有想討便宜的人。藉由最新的CD-ROM（光碟唯讀記憶體）、影像數位器和特效軟體，不到一天的時間我就把這些影像帶全部輸入了電腦。只要一切數位化設定完畢，我就可以全盤操控，把這些影像變形再生，隨心所欲的說故事了。要感謝我早先在系統裡已經灌好了一些別的色情影帶，使我甚至可以叫亞當展現在他生前無法達到的勃起。終於，我可以操他、吸他、握住他，看著他以同樣的方式對待我。可惜我的本事再大仍然無法令他起死回生。即使我的電腦，我的想像也不能帶給我眞正的快樂和滿足，如果他肯誠實的面對自己，承認他對我的渴望該有多好。所以，現在他每天都必須一遍又一遍的死去。極致的幻想，不斷的改變，隨時配合著我的每一個情緒和興致。到最後，亞當把所有可以想像出來的東西都玩完了。遺憾的是他無法眞正的分享我的快樂。

當然不夠完美，但至少我得到的樂趣比警方多多了。就我所看到的那些消息，顯然他們毫無頭緒。亞當的死在全國各大傳媒只是點到爲止，甚至連布拉德菲爾德崗哨晚報也在五天之後放棄報導。亞當的屍體在四天後確認，他的同事們在打電話和按門鈴都得不到回應之後，焦慮的向警方報案說他失蹤了。我對他們讚美他的頌詞很感興趣：合群、敬業、人緣好，等等等等……我忽然興起後悔的感覺，他的愚蠢剝奪了我跟他們的友誼。崗哨時報的社會新聞記者甚至還想辦法連絡上亞當的前妻，那是他二十一歲時候犯下的一個錯誤，到他二十五歲生日那天得到解脫。她的評論讓我笑到不行。

亞當·史考特的前妻麗莎·阿諾，二十七歲，強忍住淚水說：「我無法相信亞當會發生這種事。

「他是非常和氣的一個人，很會交際。不過他不是酒鬼。我想不通那個怪胎怎麼會找上他。」

再婚的麗莎，是一位小學教師，她繼續述說：「我完全不知道他去克朗普騰公園做什麼。在我們結婚那段時間，他從來沒有顯示過任何一點同志的傾向。我們的性生活都很正常。頂多只是有些乏味吧。

「我們結婚太早太年輕。亞當的母親撫養他長大，一心指望能娶個太太無微不至的照顧他，我做不到。

「後來我遇上了別人，我跟亞當說要離婚。他真的氣壞了，我認為主要是因為他的自尊心受了傷。

「離婚以後我們沒再見過面，我聽說他一個人生活。我知道過去三年他曾經鬧過幾次緋聞，不過據我所知都不認真。

「到現在我還不能接受他已經死了。我知道我們傷到了彼此，可是他這樣遭人殺害還是令我太震驚了。」

如果麗莎對男人的心理仍舊是這樣的懵懂，我真不敢預測她這第二次的婚姻究竟能維繫多久。乏味？麗莎才是跟亞當做愛乏味的唯一理由。

至於説我是個怪胎！她才是呢，好端端的拋棄了這麼一個英俊，迷人又深愛她的男人，在她不要他之後的三年裡，他還不斷在一些陌生人面前談起她。這些事我最清楚不過了；因爲我就是他的聽眾。如果要説誰是怪胎，就是麗莎。

8.

一個經驗缺缺的藝術家絕對想像不出這麼瘋狂大膽的主意，在一座大城市的市中心，在光天化日之下殺人。完成這件大事的，不是哪個不知名的麵包師傅，各位先生，也不是什麼匿名的掃煙囪工人。我知道是誰。

史蒂威．麥肯奈兩隻手插在頭髮裡，一副絕望無助的姿態。「喏，我到底還要說多少次？我在撒謊唬人。我想要表示自己很行。我想要勾搭，我想要引起人家的興趣。我根本不認識保羅．吉勃司、戴米恩．康諾力。這兩人我這輩子一個也沒見過。」

「我們可以證明你認識蓋瑞茲．芬尼根。」卡蘿冷冷的說。

「好啦，我承認我認識蓋瑞茲。他是健身中心的會員，我沒辦法假裝說我從來沒見過他。可是，大姐，這人是律師。這個城市裡的人他少說也認識上千個啊。」史蒂威．麥肯奈一拳扎實的敲上桌子。

卡蘿絲毫不畏縮。「還有亞當．史考特。」她繼續冷冷的說。

「對啦對啦，」他不耐煩的應著，「亞當．史考特兩年前在健身中心做過一個月的試用會員。他沒有正式加入。我在本地夜店碰見過他兩三次，一起喝過酒，如此而已。我跟太多人喝過酒了，知道吧。我又不是他媽的什麼隱士，眞要是我把一起站過吧檯的人全殺了，你們這票雜碎就算忙到下個世紀都忙不完。」

「我們一定有辦法證明你認識保羅．吉勃司和戴米恩．康諾力。這你很清楚，是吧？」唐．莫瑞克插了進來。

史蒂威．麥肯奈嘆了一聲。他兩手握緊，使得胳臂上的大肌肉更加明顯。「除非造假，因爲你們根本沒法證明是眞是假。你們當然不會對我引用伯明罕六人組的案例⑲。喏，如果我眞是那個瘋子雜碎，你想我還會跟過來幫忙嗎？一看苗頭不對，早閃人了。這才叫合理。」

卡蘿有些煩了，「你當時並不知道莫瑞克隊長是警察，對嗎？你把星期一晚上的不在場證明交代一下。」

史蒂威．麥肯奈往後靠，瞪著天花板。「每逢星期一是我的休假日，」他說，「我說過，跟我合住的那幾個傢伙出去快樂度假，就剩我一個人。我很晚才起床，先去超市看留言，之後去游泳。六點左右開車下高速公路看數位電影，我選了克林伊斯威特的新片。」

突然間，他身子向前一傾。「他們可以作證。我刷了卡，那邊是全電腦化系統作業。他們可以證明我在看電影。」他洋洋得意。

「他們可以證明你買了票。」卡蘿簡單一句。從影城到戴米恩．康諾力的家，走高速公路頂多不到半小時，即便是在交通顚峰時刻。

「我可以把整個劇情都說給你聽，靠。」史蒂威．麥肯奈惱火了。

「你隨時都可以去看的，史蒂威。」唐．莫瑞克溫和的說。「看完了電影之後呢？」

「我回家。給自己煮了牛排和一些蔬菜。」說到這裡史蒂威．麥肯奈頓了一頓，盯著桌子。

「然後我忍不住還是進城了。去跟幾個伴喝一杯。」

卡蘿湊近過來，她感覺到史蒂威語氣中的勉強。「城裡哪裡？」她問。

史蒂威．麥肯奈不說話。

卡蘿湊得更近，她的鼻尖離開他的只有一吋。她的聲音平靜卻冷到極點。「如果我必須把你的臉貼上崗哨時報的頭版，再派一個小組去查遍城裡的每一間酒吧夜店，我一定照做。麥肯奈先生。城裡哪裡？」

麥肯奈重重的呼氣。「紅心皇后，」他吐出一句。

卡蘿滿意的退開，站了起來。「上午三點十七分結束偵訊。」她說著，彎腰關掉錄音機。她看著史蒂威．麥肯奈，「我們會再回來，麥肯奈先生。」

「等一等，」見唐．莫瑞克也站起身，兩人一起往外走的時候，他大聲抗議了。「我什麼時候可以出去啊？你們沒有權力拘留我！」

卡蘿在門口回頭，笑容可掬的說：「喔，我有充分的權力，麥肯奈先生。拘留你的原因是襲警鬧事，可別忘了。在我想清楚該怎麼起訴你之前，我可以有整整二十四小時的時間讓你痛不欲

---

⑲ The Birmingham Six：Hugh Callaghan、Patrick J. Hill、Gerard Hunter、Richard McIlkenny、William Power和John Walker。一九七四年十一月二日伯明罕的夜店發生兩起炸彈事件，死了二十一個人，一九七五年六名嫌犯被判處死刑，一九九一年三月上訴獲得平反。

生。」

唐·莫瑞克落後幾步，臉上帶著抱歉的笑容。「對不起啦，史蒂威，」他說，「這位女士說得沒錯。」

卡蘿叫員警把史蒂威·麥肯奈還押拘留室的時候，他跟了上來。「妳認爲呢，長官？」唐·莫瑞克問。

卡蘿停下來細細的打量唐·莫瑞克。他的臉色蒼白，皮膚黏答答的，兩隻眼睛亢奮得發亮。「我認爲你應該回家睡個覺，唐。我看你快要不行了。」

「別管我。妳覺得麥肯奈怎麼樣，長官？」

「看看布蘭登先生怎麼說吧。」卡蘿往樓上走，唐·莫瑞克緊隨在後。

「妳的看法呢，長官？」

「就表面看，他可能就是我們要的人。星期一晚上他提不出有力的不在場證明，他開健身房，蓋瑞茲·芬尼根曾經是會員，他認識亞當·史考特，他也承認星期一晚上去了紅心皇后。憑他的體格，把屍體扛上扛下不成問題。他已經有『形』了，就算只符合一兩個治安條例和拘留條款。他還涉及SM性虐待。不過這些都是間接證據。我還是不認爲我們可以因此拿到搜索狀。」卡蘿一口氣說完。「你呢，唐？你對這人的感覺？」

他們轉入長廊走向兇殺特勤小組。「我有點喜歡他。」唐·莫瑞克顯得有些爲難。「我無法想像自己怎麼會對一個犯下這麼多起兇案的渾蛋有好感。可是，這應該是一種很瘋很蠢的反應。我的意思是，他不是雙面人，對吧？他接近這些死者必然有他特殊的原因。所以也許眞的就是史蒂威・麥肯奈。」

卡蘿打開小組的門，原本指望布蘭登和東尼會坐在那兒喝咖啡吃三明治。房間裡空無一人。

「副座去哪了？」疲累使得卡蘿的口氣變得很差。

「說不定在詢問台有留話。」唐・莫瑞克說。

「說不定回家睡覺了。我們也到此爲止吧，唐。史蒂威・麥肯奈得熬一陣子。看早上大老闆們怎麼說吧。現在知道麥肯奈去過紅心皇后，也許可以試試申請一張搜索狀。好了，你走吧，快回去睡覺，省得你親愛的珍告我逼人太甚。快去睡覺，中午以前我不想見到你，如果頭還痛，就繼續待床上。這是命令，小隊長。」

唐・莫瑞克咧著嘴笑。「是，長官。明天見。」

卡蘿看著唐・莫瑞克往長廊走去，他遲鈍緩慢的動作令她擔憂不已。「唐？」她出聲叫喚。唐・莫瑞克轉回頭一臉問號的看著她。「叫輛計程車。我特准。我可不希望你抱著街燈柱子，我會良心不安。這也是命令。」唐・莫瑞克咧開嘴點點頭，消失在樓梯口。

卡蘿吁了一口氣，回到自己的臨時辦公室。辦公桌上沒有任何留言。該死的布蘭登，她心想著。還有該死的東尼・希爾。布蘭登最起碼也該等到她詰問完史蒂威・麥肯奈嘛。東尼也應該給一點指示，看他希望哪時候再一起討論他的側寫報告嘛。心裡不斷嘀咕著，卡蘿也只好跟在唐・莫瑞克後面離開了大樓。在她快走到前廳的時候，詢問台的員警喊著：「是喬登督察嗎？」

卡蘿轉身。「我就是。」

「副局長有留話給您，長官。」

卡蘿走向詢問台接過員警遞給她的信封。她撕開來抽出一張紙。「卡蘿，」她看著，「我帶東尼去出個小任務。之後送他回家。請於上午十點到我辦公室。辛苦了，謝謝。約翰．布蘭登。」

「了不起。」卡蘿苦澀的說。她向那名員警疲憊的笑笑。「你大概不知道布蘭登先生和希爾博士要去哪裡吧？」

他搖搖頭。「抱歉，長官。他們沒有講。」

「太妙了。」她低低的刻薄一句。才一個轉身，他們就去玩男人的把戲了。小任務。才怪，卡蘿邊想邊走回她的小車。「三個人玩的把戲。」

東尼翻完最後一本雜誌，把它放回床邊收納袋的檔案匣裡。「SM總是讓我有一點反胃的感覺，」他說，「這些尤其噁心。」

布蘭登同意。史蒂威．麥肯奈收藏的色情刊物大部分都是雜誌，裡面登滿了健美的年輕男性互相折磨和自慰的彩色照片。有些照片更是令人心驚肉跳，照片上的男男組穿戴著一整套的性虐待服飾放肆的交媾。布蘭登記憶當中沒見過比這些更齷齪的例子，即使在掃黃組的那六個月裡也不曾碰過。

他們倆坐在史蒂威．麥肯奈家裡的床上。卡蘿和唐．莫瑞克一離開辦公室去提問嫌犯，布蘭登立刻說：「去看看麥肯奈住的地方對你有幫助嗎？」

東尼再拿起筆在紙上亂塗。「可以讓我看出一些這個人的內心。如果他是兇手，很可能會有一些定罪的證據。我指的不是凶器之類的。我想的是紀念品。照片、剪報，還有之前我提起過的那些東西。不過那都是理論，對吧？你說根本不可能有機會拿到搜索狀。」

布蘭登的苦臉閃出一抹古怪的笑意，幾乎是在奸笑。「當你把一個嫌犯關起來的時候，有些事你就可以違規一下了。敢玩嗎？」

東尼笑開來。「求之不得。」他跟隨布蘭登下樓到拘禁室。負責的警員一把丟開手上史蒂芬金的小說，跳了起來。

「沒關係，」布蘭登說，「我要是守在這裡，也會找本好書來消遣消遣。我想看看史蒂威・麥肯奈的隨身物件。」

那員警打開存物櫃，把一只透明的塑膠袋交給布蘭登。裡面有一個皮夾、一條手帕和一串鑰匙。布蘭登打開袋子取出鑰匙。「你沒看見我，對不對，小隊長？等過兩個小時回來的時候你也沒看見我，是吧？」

那員警咧著嘴。「你不可能來這裡，長官。不然我一定會發現的。」

二十分鐘後，布蘭登把他的休旅車停靠在史蒂威・麥肯奈的屋子外面。「我們運氣不錯，麥肯奈說過跟他合住的那兩傢伙去度假了。」他從車子的置物匣裡拿出一個硬紙盒，另外給東尼一副乳膠手套。「這個你需要，」說著他自己也套上一副。「到時候我們眞有了搜索狀，指紋小組把我跟你當成主要嫌犯那就糗大了。」

「有件事我很好奇。」布蘭登把鑰匙插入鎖孔時東尼說。

「什麼事？」

「這是非法搜索，對不對？」

「對。」布蘭登開了門走進玄關。他摸索到了電燈開關，卻不亮燈。

東尼跟在後面，順手把門帶上。這時布蘭登才開燈。燈光照出鋪了地毯的門廳和樓梯。牆上框著幾張健美先生的海報。「所以就算我們發現任何證據，應該也不能成爲呈堂證物囉？」

「沒錯，」布蘭登說，「不過有變通的辦法。比方說，如果我們在麥肯奈的床底下找到一把沾血的割喉刀，這把刀就會離奇的出現在餐桌上。然後我們上治安法庭做說明，我們去麥肯奈的家裡查證，他說同住的幾個人去度假的事是否屬實，結果剛好從窗口看見了這把刀，我們合理的相信這就是用來殺害亞當．史考特、保羅．吉勃司，蓋瑞茲．芬尼根和戴米恩．康諾力的凶器。」

東尼帶趣的搖著頭。「扭曲事實？我們？不行，你的聲譽啊！」

「扭曲，扭曲又怎樣，」布蘭登強硬的說，「有時候你必須把事情往正確的方向推一把。」

東尼和布蘭登在屋子裡四處走動，一間一間的查看。布蘭登對東尼的做法非常入迷。他走進一間房，站在中央，緩緩的掃視牆壁、家具、地板上的覆蓋物、櫥架。甚至連空氣都要聞。然後，很仔細的打開櫃子和抽屜，掀起坐墊，查看雜誌，檢查書本、CD片、卡帶和錄影帶的名稱，對待每一件看到、接觸到的東西都像考古學家般的細心謹愼。他的心思在那幾秒鐘裡非常的忙，分析所有看到和接觸的，慢慢的慢慢的在他心裡架構出屋裡這幾個人的樣貌，不斷的，像顯影劑底下的照片似的，跟他原先所想像的巧手安迪做著比較。

「你來過這裡嗎，安迪？」他問自己。「這感覺像你嗎？味道像你嗎？你會看這些錄影帶嗎？這些都是你的CD片嗎？裘蒂．迦倫和麗莎．明尼莉[20]？寵物店男孩[21]？我不認為。你並不『娘』。這一點我很清楚。這間屋子不娘也不花俏。這個地方非常的陽剛。客廳裝潢屬於八〇年代簡約主義風格。可是這裡並不是一個『直男』的家，對不對？沒有裸女雜誌，甚至連汽車雜誌也沒有。咖啡桌下面只堆了健身期刊。再看看這牆壁。都是男人的胴體，油光閃亮，一塊塊的肌肉像雕刻出來的木頭。住在這裡的男人清楚自己是誰，知道自己喜歡什麼。我不認為這是你，安迪。你很克制，安迪，但不是這樣的克制。壓抑是一回事，這樣強烈的展現一種特定的形象又是另一回事。我知道，我是專家。如果你真像住在這裡的這些傢伙，喜歡強調自己的身分，你就不會也不必去做那些事了，對不對？

「看看這些書。史蒂芬．金（Stephen King）、狄恩．昆茲（Dean R. Koontz）、史蒂芬．蓋勒格（Stephen Gallagher）、伊恩．班克斯（Iain Banks）、阿諾．史瓦辛格的傳記、兩三本關於黑手黨的小說。沒有一本軟性，沒有一本柔情，不過也沒有荒誕不經就是了。你會看這些書嗎？也許。我以為你應該喜歡連續殺手之類的，這裡一本也沒有。」

東尼慢慢轉向門口，看見布蘭登站在那裡時似乎有些小驚嚇。他太專注於觀察已經完全忘了還有同伴的存在。要小心，東尼，他警告自己。要不動聲色。

兩個人沉默的走向廚房。廚房陳設雖然簡單，倒是樣樣齊全。水槽裡有一只髒兮兮的湯碗和

⑳ Judy Garland and Liza Minnelli，女影星名。

㉑ Pet Shop Boys，英倫著名流行舞曲二人組。

一只剩了半杯冷茶的馬克杯。小架子上的一堆烹飪書顯示這裡的主人很迷信養生飲食。「盡是些放屁的玩意。」東尼打開一個裝滿了豆類罐頭的食物櫃，刻薄了一句。他開開抽屜，看廚房用的刀具。有一把小的蔬菜刀，刀刃因爲過度磨損變得很薄，一把老舊的麵包切刀，刀刃全是凹痕，還有一把廉價的切肉餐刀，刀柄都被洗碗機磨白了。「這些都不是你的工具，安迪，」東尼自言自語著，「你喜歡的是能夠得心應手的刀具。」

不跟布蘭登交換什麼意見，他逕自出了廚房往樓上走。布蘭登看著他在第一間臥房門口只探個頭便略過。布蘭登經過時看了看，那明顯是一間雙人房。他跟隨東尼走進樓梯對面的那扇房門。一踏入史蒂威．麥肯奈的臥房，東尼整個人立刻飄進了一個屬於他的世界。這間房簡單擺著現代化的松木床、五斗櫃和衣櫥。寬深的窗台上擺著一排舉重獎盃。高高的書架上塞滿了通俗科幻小說和小撮的同志小說。小桌几上有一台電腦遊戲機和電視監測器。一大堆電玩遊戲就擺在上方的板架上。東尼瀏覽了眞人快打（Mortal Kombat）、快打旋風II（Street Fighter II）、魔鬼終結者II（Terminator II）、毀滅戰士（Doom）和其他一些以暴力動作爲基調的遊戲項目。

「這就比較像了，」他低聲嘀咕。他站在五斗櫃邊上，準備拉開抽屜。「也許眞的就是你了，」他想著。「也許你是把客廳留給另外那兩個人。假如這裡才是你的地盤？那我想要在這裡發現什麼呢？我想要的是你那些紀念品，安迪。你一定會保留一些東西在身邊，否則記憶很快就會潰散。我們每一個人都需要保留一些有形的東西。她丟棄的香水噴瓶還留著她的芳香，能召喚她活靈活現在我的眼前；我們第一次銷魂的夜晚去看戲留下來的節目單。把美好的回憶保存下來，把壞的統統拋開。你會讓我看到些什麼呢？」

前三只抽屜都沒什麼特別的：內衣褲、T恤、襪子、慢跑運動衫和短褲。直到東尼打開底層的抽屜，這才滿意的吁了一口氣。這個抽屜裡放著麥肯奈全套的SM配備——手銬、皮帶、陽具環、鞭子，還有一堆在布蘭登看來只有在某種實驗室或是精神病院才用得到的東西。東尼從容的把它們拿出來一一的檢查，布蘭登不自主的在哆嗦。

東尼坐在床上四處觀望。很緩慢的，很謹慎的，他試著架構出住在這間房裡的這一個男人的形象。「你喜歡用暴力來體驗權力，」他想著，「你喜歡痛苦並快樂著的性經驗。可是這裡沒有細膩的感覺。完全看不出你是一個對事情規劃很仔細的人。你崇拜自己的身體。對你來說它就是廟堂。你達到了你的要求，你爲這份成就感到驕傲。你不孤僻。你願意跟另外兩個男人同住一棟屋子，你也不會過分的保護隱私，因爲你的房門根本不上鎖。你的性生活沒有問題，你對於從夜店挑個男人來過夜的想法也很自在，這個方式可以讓你有機會對他有一些初步的認識。」

他的建構圖被布蘭登打斷了。「快看這個，東尼！」他興奮的說。這位副局長煞費苦心的翻著一只鞋盒，裡面裝滿著文件，主要都是收據、電費單據、銀行和信用卡的對帳單。那鞋盒幾乎被清空了，就在這時，他遞出一張薄薄的紙。

東尼接過來。那是某種警方使用的表格。他皺起眉頭。「這是什麼？」

「這是你開車沒帶證件被警察攔下來開的罰單。你必須在規定期限內連同罰單一起帶回警局，讓他們查證，確認無誤。你看警員的簽字。」布蘭登催促著。

東尼再看。起初只覺得潦草的幾筆忽然變得很清楚。「康諾力。」

「我認得他的編號，」布蘭登說，「光看簽名很難辨識。」

「要命。」東尼低低的啐一聲。

「戴米恩．康諾力八成是爲了交通小違規把他攔下來，或者只是臨檢，叫他拿出證件。」布蘭登說。

東尼皺眉。「康諾力不是資訊官嗎？他怎麼會開起交通罰單來了？」

布蘭登越過東尼的肩膀看著那張紙。「這大概兩年前了。那時候康諾力顯然還不是資訊員。他當天可能剛好分配到交通違規，要不就是在那個區執勤，恰好逮到史蒂威．麥肯奈做了什麼違規的事。」

「這事你可不可以仔細查一查？」

「沒問題。」布蘭登說。

「這下手到擒來了吧？」

布蘭登一臉錯愕。「你是說……逮著了？就是麥肯奈？」

「不是不是，」東尼急忙的說，「沒這回事。我的意思是你只要循這條線往回追，應該就能夠要到一張搜索狀了，理由是四名死者裡面史蒂威．麥肯奈認識了三名，這可不是一點點巧合而已。」

「對啊，」布蘭登嘆了一口氣。「所以你仍然不認爲麥肯奈是兇手？」

東尼站起來，在地毯上來回的踱著，地毯上灰、紅、黑、白相間，鋸齒狀的幾何圖形使他想起他絕無僅有的一次偏頭痛。「其實在你發現這件事之前，我就下了結論，你們抓錯人了。」他踱了片刻之後說。「我知道目前我還沒有時間坐下來好好的寫出完整的側寫報告，可是對這個兇手的樣貌我已經有了一些感覺。這裡有太多東西都不符合這些影像。不過這件事眞的是太巧合了。這是個大都市。而我們已經確定的是，史蒂威．麥肯奈居然認識，或者說至少遇見四個受害人當中的三個。有多少人會有這樣的機遇？」

「不多。」布蘭登硬邦邦的說。

「我仍然不相信麥肯奈是兇手，只是很可能這個兇手是他認識的一個人，這個人透過他而遇上了亞當．史考特和蓋瑞茲．芬尼根。」東尼說，「甚至在他被開罰單的時候這個人說不定就跟他在一起，或者這個人是因爲他的指點才知道戴米恩的。這是常有的事：『喏，就是那個渾球開我單子告我超速。』」

「你眞的不認爲是他，對吧？」布蘭登平板的聲調裡有明顯的失望。「確實也太薄弱了些。畢竟，這個屋子裡看不出絲毫跟兇案相關的證據，」他謹愼的說。「不過之前你說過，他很可能是在其他地方殺的人。或許他的紀念品都存放在那裡。」

「這不單是少了紀念品的問題，」東尼說。「講白了，約翰，連續殺手殺人是爲了把自己的幻想變成眞實。一般最典型的是，他們會把幻想發展到比他們周圍的世界更眞實的一個境界。麥肯奈完全沒有這類型的個性特徵。當然，他有一大堆的色情雜誌。像他這個年齡層的單身漢多半也都有，不管性向如何。他有很多暴力的電玩帶，許多青少年和成年男性也都會有。而且還有很多的證據顯示史蒂威．麥肯奈不是一個反社會分子。你看看四周圍，約翰。這整間屋子都散發著很正常的味道。廚房的行事曆上記載著朋友來吃飯的日期。再看看他書架上成堆的聖誕卡片。少說也有五十張吧。還有這些外出度假的照片。很明顯的，他有一個交往四、五年以上的伴侶，根據地點和髮型上的變化來看。感覺上史蒂威・麥肯奈的人際關係沒什麼大問題。

「對，他似乎很少跟家人有聯繫，很多同志在出櫃之後也都不跟家人來往了。這並不表示因爲他的家人不正常，而導致他發展成爲一個連續殺手。很抱歉，約翰。一開始我還不太確定，但是愈看我愈覺得這個人不對味。」

布蘭登起身仔細的把那張紙歸回原位。「雖然心有不甘，不過我想你是對的。稍早我偵訊他的時候，就覺得他不像我們要找的人，太鎮定了。」

東尼搖了搖頭。「別讓這一點誤導你。有可能你明明抓對了人，他也照樣很鎮定。別忘了，這可是他計畫周密的一件大事。縱使他認爲自己是最高竿的，他還是要有各種應變的計畫。他料到遲早會被帶進來接受審訊。他做足了準備。他會表現得通情達理，愉快討喜。他絕不會看起來就像個罪犯。他會很溫和，很配合，他不會驚動你們，引起你們的警覺。他的不在場證明根本不成立。很可能他會說他跟個男妓在一起，或者一個人跑去外地看足球賽。問到最後你們會把他淘汰掉，因爲其他的嫌犯遠比他有『料』得多。」

布蘭登擺出一副比他平常更加鬱卒的表情。「感謝，東尼。你眞是令我振奮啊。那現在你的建議是？」

東尼聳聳肩膀。「我說過了，有可能他認識這個兇手。甚至連他自己也有幾分嫌疑。我要多盯他盯一陣子，從他身上榨出一些他知道的人和事。我不會撤銷跟監小組。先把搜索狀弄到手，正正當當的做一次搜查，地板底下，閣樓裡面。你永遠不知道會冒出些什麼東西。千萬要記住，我很可能全盤皆錯。」

布蘭登看手錶。「好吧。我得趕在拘留所員警換班之前把這些鑰匙送回去。順路送你一程。」

做完最後一次檢查，確定沒有帶走任何東西之後，布蘭登和東尼便離開了麥肯奈的屋子。就在他們倆接近休旅車的時候，有個聲音從暗處說話了，「早啊，兩位。你們被逮捕了。」卡蘿上前一步踩進了街燈的亮光裡。「東尼．希爾博士、約翰．布蘭登副局長，我依擅自闖入民宅的罪名逮捕你們。你們可以保持緘默……」說到這裡，笑聲取代了一切。

布蘭登還眞被她開頭的兩句話給嚇到，一顆心幾乎跳上喉嚨口。「哎呀，卡蘿，」他抗議，「我年紀太大了吃不消這種玩笑啊。」

「我看這可不能算是玩笑。」卡蘿一本正經的說，拇指朝著史蒂威．麥肯奈的屋子一比。「未經批准的搜索，還外帶一名老百姓？無妨啦，我已經下班了，長官。」

布蘭登勉強笑笑。「那妳又爲什麼在嫌犯的家附近閒晃？」

「我是督察，長官。我以爲也許會在這裡找到你和希爾博士。有什麼好玩的？」

「希爾博士認爲沒有。你們的偵訊怎麼樣？」布蘭登問。

「你的建議非常管用，東尼。麥肯奈對於戴米恩．康諾力遭殺害那晚拿不出具體的不在場證明，他說的時間晚了一個小時，那時候戴米恩早就已經死了。長官，他當時正在棄屍地點的酒店裡喝酒。」

東尼兩道眉毛往上挑，他使勁的大吸一口氣。布蘭登轉向他。「怎麼樣？」

「這正是巧手安迪會耍的下流招數。你們最好派個人去查一查，看他是否是那裡的常客。如果不是，那就有意思了。」東尼說得很慢很慢。下一句話還沒出口，他先打了一個驚人的大哈欠。「對不起，」他邊呵欠邊說，「我不是夜貓子。」

「我開車送你回去，」卡蘿說，「我想副局長也想回去打個盹吧。」

布蘭登看看手錶。「很好。那就改成十一點，不要十點了，卡蘿。」

「謝謝你，長官。」卡蘿出自內心的說，她爲東尼開了車門。他一頭栽進客座，沒辦法控制的哈欠多到幾乎將他吞沒。

「眞的很抱歉，」他咬緊牙關努力迸出這一句話。「我實在忍不住。」

「你發現了什麼值回票價的東西沒有？」卡蘿的語氣要比她這句問話有同情心多了。

「兩年前戴米恩．康諾力逮過他，爲了交通違規。」東尼悶悶的說。

卡蘿吹起口哨。「這下可逮著你了！我們逮著他雙重說謊，東尼！麥肯奈最初告訴唐．莫瑞克說他是在健身房發生一次偷竊案之後認識了康諾力。後來，在偵訊的時候他又完全否認見過他。他說撒謊是爲了表示自己很行。現在證明他眞的見過他！大突破啊！」

「除非妳相信他就是兇手，」他說，「很抱歉，恐怕我要潑妳冷水了，卡蘿，我不認爲他是。現在我實在太累沒辦法詳細說明，等我擬好了側寫報告我們再好好研究，到時候妳就明白我不看好史蒂威．麥肯奈的理由了。」他一手托著腦袋，又開始猛打哈欠。

「我們哪時候可以開始？」卡蘿按捺不住的想要挖個究竟。

「聽著，今天給我一天休息的時間，明天上午我就給妳草稿，怎麼樣？」

「好。這中間你還需要些什麼嗎？」

東尼沒吭聲。卡蘿飛快的瞥他一眼，發現他睡著了。先休息一下也好，她心想著。她強迫自己集中精神開往東尼的家，一幢半獨立式的百年老宅，位在一條很安靜，離大學只有兩站路的大街上。卡蘿停在屋子外面。車子緩緩的滑行到停止完全沒有驚動東尼，他的鼻息清楚可聞。

卡蘿鬆開安全帶，側身輕輕的搖他。東尼的腦袋猛地豎直，兩隻眼睛睜得好大。他莫名其妙的瞪著卡蘿。「沒事，」她說，「你到家了。你睡得很熟。」

東尼舉起拳頭揉眼睛，嘴裡含糊的不知在嘟囔些什麼。他兩眼無神的看著卡蘿，連笑容都有著濃濃的睡意。「感謝送我回家。」

「沒事，」卡蘿仍然扭著身子，強烈的意識到跟他的貼近。「今天下午我會給你電話，我們再敲定明天見面的時間。」

終於清醒的東尼感覺到一陣幽閉的恐懼。「再次感謝。」他急速的向後退，打開車門幾乎翻滾到人行道上，好在可以用慌張和睡意當藉口掩飾困窘。

「眞不敢相信我居然希望他會吻我，」卡蘿自言自語的看著東尼打開大門走上小徑。「天哪，我是怎麼啦？先是像母雞帶小雞似的對待唐，之後又對這個專家學者心存幻想。」看到前門開了之後，她才放上一捲卡帶開車離去。「我現在最需要的，」她衝著主唱艾維斯．柯斯太羅㉒說，「是休假。」

「妳調情，妳賣俏，妳把綠襯衫上的每顆鈕釦擦得閃亮亮。」他用唱的回她。

㉒ Elvis Costello, 1954～，英國著名歌手兼詞曲創作。

「昨晚，我們都快準備開香檳了。現在又來說要放人？」湯姆・克勞斯氣得直搖頭。「怎麼忽然全部翻盤啦？他的不在場證明夠硬是嗎？他跟艾德華王子和他的保鏢朋友在一起快樂是嗎？」

「我不是說現在馬上放他走。我們還要仔細盤問他交友的情況，調查他是否介紹過什麼人給蓋瑞茲・芬尼根和亞當・史考特認識。問完了這些，我們就得放人。沒有實證啊，湯姆。」布蘭登不耐煩的說。缺乏睡眠使他的臉像戴了一張灰色的面具，像極了恐怖片裡的角色，可是另一方面，他的神情語氣卻又像個睡了一覺之後活蹦亂跳的小娃。

「那天晚上他在紅心皇后。照我們的認知，當時戴米恩・康諾力的屍體就藏在他的車廂裡，他在等打烊的時間。單憑這點就該徹底搜查他的窩。」

「等我們有足夠的證據拿到了搜索狀，就會去查。」布蘭登說，他哪能招認自己先斬後奏的踏出了這一步。稍早，他還叫巡佐克萊兒・邦納去查之前戴米恩・康諾力開列過的交通罰單，希望能從中逮到跟麥肯奈相關的事證，可惜到目前為止，她並沒有挖到有利的資訊。

「我看這都是那位神童的主意，」湯姆・克勞斯語氣帶酸的說，「這位心理專家八成是說麥肯奈的童年過得還不賴。」

卡蘿咬著舌頭。最要命的就是，在這種兩霸相殘的情況下作一隻壁上觀的小蒼蠅，又不能提醒任何一方說她正在現場觀戰。

布蘭登眉頭緊蹙。「我是跟希爾博士討論過，沒錯，他確實覺得以目前查到的東西來看，麥肯奈可能並不是我們要找的人。不過這並不是我要放掉他的主要原因。對我來說，缺乏證據才是最嚴重的。」

「對我來說也是。所以我們需要時間做更多的蒐證。星期一晚上跟他一起喝酒的那票傢伙都需要做個了解。麥肯奈的床墊底下也需要查個明白。」湯姆·克勞斯強硬的說。「我們拘留他還不到十二小時。把他關到半夜毫無問題。然後我們可以控告他傷害罪，叫治安法庭開一張看守列管單，這一來又多出三天的時間。我要的就是這個。到那時候我一定可以釘死他。這事你不能說不，長官。你會惹火這些弟兄們。」

錯，卡蘿心裡想著。前面說的都對，可是最後這一招情緒威脅就全毀了。

布蘭登的兩隻耳朵漲得通紅。「我希望沒有人有這種想法，哪裡會因為偵訊某某人就表示結案了。」他的口氣已經到了危險邊緣。

「他們很賣命，長官，為了這個案子他們忙了這麼久始終沒一點突破。」

布蘭登別開臉，凝視著窗外的這個城市。他的直覺說應該放史蒂威·麥肯奈走，等到他們盡力挖掘出他身邊的交往接觸之後，可是，不必湯姆·克勞斯的笨蛋意見他也知道，能逮住一個嫌疑犯至少給兇殺組打了一劑強心針。就在他做出決定之前，敲門聲響起。「進來。」布蘭登大聲應著，順勢轉過身一屁股坐入他的位子。

凱文·馬修的一頭紅蘿蔔色捲毛在門口出現。他的表情就像一個準備去迪士尼樂園的小孩。「長官，」他說，「抱歉打擾了，長官，我們剛剛接獲鑑識組的一份報告，有關戴米恩·康諾力的兇殺案。」

「快進來說吧。」湯姆．克勞斯愉悅的說。

凱文帶著一臉歉意的笑容，細瘦的身子輕飄飄的滑了進來。「SOCO（重案組現場偵查員）在大門的一枚釘子上找到一小片扯裂的皮革，」他說，「那裡是閒人勿進的地點，一般民衆不可能走進去，所以我們認爲這也許是重大的發現。很明顯的，我們必須把酒館的工作人員排除，還有運送垃圾的司機。總之，那個院子剛粉刷過，後門也一個月前才油漆過，所以我們沒必要擴大追查。結果是，沒有一個人承認誰有那種質料的皮衣，所以我們就把它送去化驗組，請他們以最急件處理。報告剛剛送來。」他把報告呈遞給布蘭登，那神情興奮得像個小童子軍。

重要段落都以黃色做重點標示，那些字句鮮明的跳進布蘭登的眼裡。「該深褐色皮革碎片的材質非常特別。一開始，它看起來像是鹿皮。値得注意的是，分析顯示它是用海水浸泡熟成，而不是使用專門的化學熟成藥劑。據我所知這種皮革只有一個產地：前蘇聯。因爲正確的化學藥劑很難取得，許多製革工人仍舊採用古老的方法，用海水泡製。我猜想這個碎片來自一件皮夾克，它的原產地是蘇俄。像這樣的皮件並非到處都能買到，因爲它不符合西方經銷商所要求的銷售品質。」布蘭登一字一句讀完了，朝著湯姆．克勞斯的方向往桌上一拋。

「哇靠！」湯姆．克勞斯說，「你的意思我們要找一個俄國佬？」

摘自3.5磁碟片　標示：備份檔・007

檔名「愛情・009」

我不知道在哪裡看過兇殺案的偵查行動一個月要耗費一百萬英鎊。就在保羅表現出跟亞當完全一樣的愚蠢和不忠時，我忽然發覺我這些逼不得已的手段對於地方的稅收可能造成相當重大的影響。倒不是我在乎一年多繳那麼一點超額的稅；這也算是爲我在處置他們背信忘義的大收穫之外付出的一點小代價吧。

保羅的背叛令我元氣大傷。我正準備爲我們倆的愛情大肆慶祝之際，他卻掉頭而去選擇了別人。他第一次出軌的那一夜，我簡直不知道自己是怎麼回到家。路上的情形我一件都不記得。我坐在農莊外面的吉普車裡，氣他的膚淺，氣他的白痴，居然不知道我才是他的眞愛。我氣到連整個身體的協調功能都不對了。我幾乎從駕駛座滾下來，像個醉鬼似的跌跌撞撞栽進我的避風地牢。

我爬上石椅，用膝蓋護著胸口，不熟悉的淚水滾滾落下，濺在石板上蔭成了黑色，就像亞當的血跡。他們究竟怎麼了？我最清楚他們眞正想要的是什麼，他們爲什麼不肯讓自己擁有呢？

我擦乾眼淚。爲了我們兩個，我要竭盡所能的把這次的經驗做到最完美。該來點新玩意了。亞當只是彩排。保羅才是首演。

發不動車子的那一招對亞當很管用，所以我也同樣拿它來對付保羅。那效果好得沒話說。甚至在我剛踏進玄關等候道路救援人員的當口，他就過來邀我喝一杯了。我沒有中他的圈套；之前他很有機會的，現在要我放棄預定的計畫太遲了。

等他清醒過來的時候，他早已經被五花大綁的坐上猶大椅[23]了。造這把椅子花掉我好幾天的時間，因爲一切要從頭做起。這個猶大椅是我在聖吉米安諾之旅的另一項大發現。我看書上的參考資料很有限，沒有一本對於椅子的結構有完整清楚的說明。不過在博物館裡有非常眞實具體的樣本。我拍了兩三張照片，利用博物館展覽目錄裡的一張圖示加以放大，就靠著這些，我在電腦上完成了實際的設計圖。

這種刑具一般審判庭用得不多，我不太清楚是什麼原因。聖吉米安諾博物館所提出的說法基本上我覺得很荒謬。綜合卡片上的一些描述，更讓我相信這套白痴論調是出自某個短視又妄想的女性主義之手。論調如下：在女性身上動用一些刑具是被許可的，諸如撕裂子宮頸和陰道的機械梨，糜爛陰唇的「貞操帶」，鋒利如雪茄切刀的切乳刃之類，因爲女性和審判官既是不同的人種，又大都屬於妖魔鬼怪之流。然而在另一方面，這套白痴論調接著說，使用在男性身上的酷刑刑具則以不直接傷害到性器官爲準，柔軟的周邊部分不提，原因是——好戲來了——在下意識裡施刑人對受刑人的痛苦感同身受，因此在生殖器上的任何刑傷都不列入考量。很明顯，爲聖吉米安諾寫說明書的撰稿員程度和功力遠不及德國人厲害。

我的猶大椅，不是我在自誇，確實是個極品。它由一個四角各有一條腿柱的正方形框架組成。兩邊有可以支撐手臂的扶手，和一塊用來當椅背的厚木板。很像早期的木雕椅，只是少了座板。而在原來應該是座板的地方，改用一枚有倒鉤的尖錐代替，尖錐的底盤固定在交叉附著在四條腿柱的硬木樁上。這鐵錐是利用一個大型的棉紗紡錘做成的。這種紡錘在那些傳統工業紀念品店裡都能買到。我先以柔軟有彈性的薄銅片將它裹住，再在外層盤上一圈帶刺的細鐵絲網。我利用酷刑博物館的範本加上自己的創意：我的鐵錐接了電線，經由電阻器可以通電，方便我隨意調整電擊的強度。爲了防患萬一，整個物件都拴死在地板上。

趁保羅仍然不省人事的時候，我拿一條很結實的皮帶從他腋下穿過，把他撐在鐵錐的上方，綁靠在椅背上。再把他兩個膝蓋在前面兩條椅腿固定好。等我一鬆開這條皮帶，他就得靠自己的能耐了，他必須仰賴小腿和肩膀的肌肉避開那個要命的鐵錐，因爲那錐尖就端端正正的杵在他的肛門底下。又因爲椅子太高，他最多只能夠腳尖觸地，只怕支撐不了太久。

他驚慌的眼神一如之前我在亞當眼裡看到的。落得如此下場是他自作自受。這在我還沒扯掉他嘴上的膠帶之前就告訴他了。

「我根本不知道，根本一點都不知道，」他急促又含糊的說著，「對不起，眞的對不起。你一定要讓我好好補償你。放我下來，我保證我們可以從頭開始。」

我搖頭。「羅勃．麥斯威爾[24]說對一件事。他說信任就像童貞；你只能失去一次。你有背叛的靈魂，保羅。叫我怎麼能相信你？」

---

[23] Judas chair：西班牙刑具之一，金字塔形的座椅，犯人坐在金字塔頂端，塔尖插入肛門或私處，極端殘酷。

[24] Robert Maxwell, 1923~1991，英國下院議員。

他的牙齒開始打顫，應該不是冷的緣故，我猜。「我犯了錯，」他咬著牙關說，「我知道。人人都會犯錯啊。求求你，我只要求一個改過的機會。我一定會改過，我保證。」

「那就表現給我看，」我說，「表現你說話算話。表現你眞的要我。」我盯著他龜縮的陰莖，連同蛋蛋一起懸空的晃盪著，下面就是那個寶座。我期待美景，可是他同樣令我失望。

「不——不要在這裡，不要像這個樣子。我不行！」他發出令人討厭的哭腔。

「就是在這裡，就是這個樣子。」我對他說。「順便提醒，怕你還弄不清楚，你現在是綁在猶大椅上。」很仔細很認眞的，我把椅子的功能做了一番說明。我要他做好心理準備。我解說的時候，他的膚色因爲恐懼而轉成了濕濕黏黏的灰色。當我說到通電的情形，他整個昏了。尿尿直接從「那裡」滴下來，直接灑在他身子底下的地板上。一股溫熱的尿騷味害我嗆到。

我狠摑他的臉，他的腦袋在猶大椅背上撞得劈啪山響。他哭喊，淚水湧入他的眼眶。「你這個骯髒下流的小人，」我衝著他吼，「你不配接受我的愛。看看你，又哭又尿的像個小女生。你根本不是男人。」

聽見我母親罵人的字眼從我的嘴裡衝出來的時候，我的克制力完全失控。我不斷的揍他，他的鼻梁骨在我的拳頭底下碎裂的聲音更叫我百聽不厭。我的怒氣已經不可收拾。他愚弄我，他讓我誤以爲他是塊好料，我以爲保羅很強很勇，既聰明又感性。結果他只是一頭愚蠢、懦弱、淫蕩的豬，一個討厭乏味到極點的男人。我怎麼會讓自己把他幻想成一個登對的伴侶？他甚至連反抗都不會，只是坐在那裡像隻小貓似的喵叫，由著我不斷的狠揍。

生氣加上費力，我喘到不行，最後只好住手。我退後一步輕蔑的瞪著他，看著他的眼淚把臉上的血污刷出一條條的水線。「是你自己招惹來的。」我嘶吼著。我的精心策劃全部泡了湯。

現在，我不想像對亞當那樣給他第二次機會。我不想要保羅的愛了，不管是哪種情況。他不值得。我繞到椅子背後，抓住皮帶頭。「不要，」他嗚咽著，「求求你，不要。」

「我給過你機會，」我氣憤的說，「給你機會你把它搞砸了，怪誰啊，來這裡尿了一地，簡直像個沒法控制自己的奶娃。」我先扯緊皮帶，讓它脫離開搭扣，然後徹底的放鬆。

保羅全身的肌肉頓時繃緊，他硬生生的把自己撐住，離鐵錐不到半吋。我轉進他的視線範圍，慢慢的脫光衣服，撫摸自己的身體，想像著他的手在我身上的感覺。因爲用力支撐的關係，他兩隻眼睛暴凸著。我坐下來，很慢的，很津津有味的揉弄著自己，我被他努力避開鐵錐的鬥志激出了『性』致。

「你早該這麼做了，」我訕笑著，他顫動的腿胯和小腿肚更加的引動我的情慾。「你早該把力氣用來做愛，何苦浪費在撐你那張屁股上啊。」

如果他能達到亞當的效果，這份快活必定可以持續更久。如此這般的，他痛苦的尖叫混合著我痛快的呻吟。我高潮來得就像火藥迸發，火花四射的穿過我的全身，爆發的高潮猛到令我站都站不直了。

他努力想要掙脫，可是愈掙扎，刺網扎進他柔軟的肉裡就愈深。我靠在椅子上，回味著高潮之後通體舒暢的歡愉，保羅的哀嚎跟我的滿足眞是最極致奢侈的對照。

隨著時間的流逝，他在鐵錐上坐得更低了，他的尖叫漸漸變成抽噎的呻吟。令我吃驚的是，我的性慾又上來了。有了第一回合的淋漓痛快，我希望這次能再掀起高潮。我搆向電路控制盒，按下電鈕。電流其實不算太高，保羅的身體已經抽搐得彎成了弓形，幾乎脫離鐵錐，一道血線噴到地上，起碼有幾呎遠。

我配合著我們兩個身體的律動，我們彼此間激動的速度和強度配合得完美到了極點。我的手在抽送的時候，我覺得自己的肌肉抖得簡直跟他一個樣。我的高潮來了，我跟他更同時弓起身子，我的喘息聲回應著他在失去知覺之前最後一次痛苦的呼叫聲。

我必須承認，我眞沒想到自己對於懲罰保羅這件事居然這麼享受。或許因爲他比亞當更該當受罰，或許因爲一開始我對他的期望過高，也或許只是因爲我熟能生巧，愈來愈順手了。不管是哪種理由，我這第二次的謀殺之旅讓我終於有了眞正度假的感覺。

9.

我們掉完眼淚，然後……發現一件事情，以道德的眼光來看，拿品味的原則來審判，應該是驚世駭俗，完全站不住腳的一件壞事，到最後卻證明是一場絕妙的演出。

「好啦，安迪，好戲上場了。」東尼對著空白的電腦螢幕說。卡蘿讓他下車之後，他蹣跚的上了樓梯，踢掉鞋子，任由那件棒球外套躺在樓梯間。停下來撒了泡尿，便鑽進棉被沉入幾個月來沒有過的熟睡中。他醒來的時候，已經過了中午，卻是絕無僅有的一次，他對於該做的一切毫無罪惡感。他覺得神清氣爽，甚至有些得意洋洋。搜查史蒂威．麥肯奈的屋子給了他全新的確認，他實實在在的摸清楚了對方的底細。他百分百的確定，巧手安迪不是那樣的生活方式。雖然他還不能對側寫圈子以外的人透露，他知道自己已經探進了巧手安迪的腦袋，可以透過這人獨特有如迷宮機關似的邏輯畫出一張闖關的地圖。現在的問題就是找出那把開門的鑰匙。

東尼在辦公室裡快速的查看著剩餘的一些文件檔案，邊看邊做筆記。然後他拉上窗簾並且吩咐秘書不接聽任何電話。他把座椅移到桌後，面對著客人的座位。再把錄音機擺在桌子的一側，暫時還未開機。他走向房門，背靠在門上，注視著整個房間，腦子裡重複著過去讀過的一首詩。內容大致說的是一條路在樹林裡分叉了，選擇人跡稀少的那一條才重要。回想起來，他被吸引的就是一條人跡罕至的路。那是他的病患們走的路，是深入樹叢的黑暗小路，遠離了陽光燦爛的大道。「我一定要了解你爲什麼要選擇那條路，安迪，」東尼嘟囔著，「這是我的專長，安迪。我知道自己選上這條路的原因。但是我不像你。我隨時可以回頭，只要我願意。我可以選擇陽光大道。我不必非要待在那裡。我現在做的一切只是在研判你的腳步。或者至少，這是我對外界的說法。

「其實我們都很清楚，對吧？你沒辦法躲著我的，安迪，」他輕柔的說，「我跟你很像，你明白吧。我是你的鏡子。我是從狩獵場的看門人轉型成狩獵人。唯有靠獵捕你才能避免讓我變成你。我在這裡，等著你。旅途的終點。」他繼續站了一會兒，細細品味著自己的入場聲明。

最後，他坐入自己的座椅，傾身向前，手肘搭在膝蓋上，兩手隨意的握著。「好了，安迪，」他說，「現在只有我和你。我們省了那些俗套吧；不必在口頭上你來我往的角力之後才決定跟我對談。我們乾脆直話直說吧。首先，我要說我眞的太佩服了。我從沒見過這樣乾淨的犯罪。我指的不是屍體，我指的是整件事。你做得太漂亮了。一個證人也沒有。讓我換個方式來說：在那些人看見的或聽見的裡面沒有任何一件事有具體的意義，因爲一定會有一些看見什麼或聽見什麼的人，但是找不到任何關聯。你怎麼能做到如此徹底的隱形？」他按下了『錄音』鈕，站起來，走向對面的座椅。

東尼深呼吸，全身慢慢的放鬆。他利用呼吸技巧使自己進入淺層的催眠狀態。導引自己放掉意識中的自我，直接存取他所知道的那一個巧手安迪，以『他』的身分回答問題。再開口說話時，他甚至連聲音都變了。音質變得比較粗，語氣也比較深沉。「我集合各種手法。我很小心。

我從觀察當中學習。」

東尼再次交換座位。「你眞的表現很棒，」他說，「你怎麼挑選他們的？」

又回到安迪的椅子。「我喜歡他們。跟他們在一起感覺很特別。我希望跟他們一樣。他們都有很好的工作，很好的生活。我的學習力很強，我可以有樣學樣。我可以過他們的生活。」

「那爲什麼要殺他們？」

「人都很蠢。他們不了解我。我一直是他們取笑的對象，現在他們要學會怕我了。我不喜歡被人家取笑，我也厭倦了老是被人家提防，好像我是一隻張牙舞爪的動物。我給他們機會，可是他們完全不給我留餘地。我非殺他們不可。」

東尼埋進自己的座椅。「食髓知味，經驗過一次之後，你發現那是世界上最美妙的事情。」

「我覺得很棒。我有了掌控的感覺。我知道事情會怎麼發生怎麼進行。那全部是我的策劃，而且大成功！」東尼表現出來的熱忱連他自己都大吃一驚。他等了一會兒，似乎不再有下文。

他再回到自己的位子。「持續不了太久，對嗎？那種快活？那種掌控的感覺？」

在安迪的椅子上，他首度有了失落感。通常，角色扮演能夠放鬆他的思維，讓他的想法天馬行空，自由釋放。但是現在好像有什麼東西卡住了。這個東西明顯是問題的核心。東尼再回自己的座位，思考。「連續殺手喜歡把幻想帶進犯罪的行爲。犯罪行爲本身永遠無法終結幻想，所以它的力量有限。其中的枝枝節節又併入了幻想，於是在第二次，或者更多次的殺人儀式中實現，再實現。但隨著時間，這些幻想所產生的力量持久性愈來愈差。謀殺的間距就不得不愈來愈短，這樣才能保持幻想的馬力。你卻沒有縮短殺人的間隔期，安迪，爲什麼？」

他移動位置，心中不抱太大的希望。他把心思放空，讓意識漫遊，希望能捕捉到一個令自己滿意的答案。過了片刻，東尼感覺他好像脫離了自我意識。忽然，似乎從很遠很遠的地方，一陣低沉的笑聲穿透了他的全身。「這正是我想知道，要由你去發現的問題。」他自己的聲音在嘲弄他。

東尼一顆腦袋搖得就像浮出水面的潛水夫。有些恍惚的，他站起來啪的拉開百葉窗簾。另類的手法進行到此爲止。其中最有趣的就是他的頭腦忽然卡住的這一段。這也是巧手安迪之所以獨特的因素之一。間隔的距離始終不變。甚至還能想到用攝影機，眞是一絕。

連串的思考使得東尼精神大振，他決定走一趟大學圖書館裡的媒體研究部，調出過期的布拉德菲爾德哨晚報查閱一些正確的日期。仔細檢查社會娛樂版，有問題的那四天裡面幾乎沒有出現任何一則像樣的消息，當然，除非是像當地電影院每逢星期一固定上演英國經典的黑白喜劇片那樣，才有可能一成不變。再說，他也無法想像在《通往平利可的護照》[25]這樣的喜劇片怎麼可能灌上性愛和兇殺的劇情。最後，在七點零一秒，他著手打側寫報告。

他以一般的警示語作爲開場白。

以下關於罪犯側寫分析只做參考，不可視爲嫌犯面像特寫。罪犯未必符合側寫中的各項細節，雖然我很期待以下所做的人格分析和眞實狀況能有高度的一致性。側寫中所有的陳述是表達各種可能性和機率，並非鐵證。

一名連續殺人犯在犯罪行爲當中，自然會產生某些訊號和指標。他的所作所爲，無論自覺或不自覺，都屬於預謀模式中的一部分。揭開潛藏的模式便揭露了殺手的邏輯。他的邏輯在我們也許很不合理，但對他極爲重要。因爲他的邏輯非常獨特，一般的陷阱抓不到他。既然他是獨一無二，因此逮捕他的方式，審問他的方式以及重建他的行爲模式，也必須與眾不同。

東尼繼續爲四個死者做了一份詳細的側寫分析。分析中囊括了他看過警方所有的相關報告，他們的居住環境、雇用紀錄、朋友同事的評價、習慣、健康狀況、個性、家庭關係、嗜好和社交行爲。其次，他也爲他們個別寫了一份簡單的病歷表、傷口的性質以及犯罪現場的描述。接著他開始最重要的步驟，把資訊整合成爲有意義的模式以便下結論。

四名死者無一人有同性戀史，就目前的確認。〈我們並不排除有秘密同性/雙性性向的可能，但四個案例均查無實證。〉然而每一具屍體都被棄置在以同志圈聞名的地段。尤其，棄屍地點又都是出了名的隨興做愛區。這個殺手的心態是什麼？

1. 他是一個對自己的性生活缺乏安全感的人。他刻意選擇一些沒有公開同志性向的男人。也可能他曾經向這些受害人求歡，但遭到拒絕。殺手幾乎可以肯定還未出櫃；很可能他在壓抑性趣方面付出相當的代價。他可能生長在一個標榜男子氣概，排斥同性

㉕ Passport To Pimlico，一九四九年出品，英國喜劇片。

戀的環境裡，也許因爲宗教的緣故。即使他有性／家庭方面的關係，也應該是跟一名女性。而且這份關係幾乎肯定有問題，多半屬於性能力方面。

東尼兩眼發直的瞪著電腦螢幕，在工作上不斷被迫面對自己的問題有時候眞的令他覺得很煩。他自己的性缺陷是否意味著他是眞的迷上那條沒人走的小路了？會不會也有這麼一個夜晚，在某個女人太超過時，在她決心要用女性的論點來譯解他的問題時，逼他走上絕路？對東尼來說，這只是一個生動逼眞的假設。所以安潔莉卡安全無虞。她把他逼到抓狂的時候，他可以甩掉電話，而不是甩她巴掌；或者更糟。所以，他想，最好別去惹事。別去想卡蘿．喬登。你已經在她眼裡看到了，她對你的興趣不只是你的頭腦而已。連想都別想，混帳東西。快回去辦正事吧。

2. 他輕視那些公然表現同性傾向的人。在他選擇棄屍地點的動機裡，至少有一部分在表現對他們的不屑和恐嚇。同時也在宣示他的優越；「看我，我可以在你們中間來去自如，而你們誰也認不出我。我可以褻瀆你們的地盤，而你們全都拿我沒轍。」

3. 他熟悉同志社交和勾搭的地區。也許他的工作促使他一再進出坦伯菲爾德，也許是快遞或是提供某些商業服務。他對同志文化極爲著迷，因此找上同志最愛遊蕩的卡爾登公園區。

4. 他具有高度的自制力。他開車進入一個人多擁擠的地區丟棄屍體，卻沒有表現出引人側目的舉止。

「說得好，」東尼苦澀的說，他站起來，從窗戶踱到門口。「我就是最佳範例。」自從那些鴨霸盯上他的那天開始，盯上他這個不論在街頭還是班上都是最小咖的小鬼，他就學會了最艱難的一課，自我控制。「千萬不要露出受傷的樣子，那只會助長他們的氣焰。千萬不要讓他們看出擊中了要害，那只會暴露你的弱點。學做他們的同類。學他們的辭彙，學他們的肢體語言，養成他們的態度。把這一切合併起來，看你得到什麼？你得到的是一個完全不知道自己是誰的人。你得到一個演技一流的演員，一個超級大騙子，可以把一些平常的顏色變成一隻變色龍。」最神奇的就是這一招唬得住人。布蘭登很明顯的認爲他是個好人。卡蘿・喬登很明顯的愛慕他。克萊兒，他的秘書，認爲他是史上最好的老闆。他已經有了公信力。唯一騙不了的是他的母親，她仍舊以她一貫若隱若現的，瞧不起的態度對待他。這也難怪，根據她的看法，他的缺點都是他父親留下來的。要不是因爲她藉此仰賴她的父母，錢包的拉鍊由他們在控制，她早就把他扔進兒童收容所了。等到她終於能說服母親照顧小東尼的時候，她立刻投入了職場。他照著外婆的訓示，盡力做個乖孩子，但做起來實在很不容易。她並不是個壞女人，只是從小接受的教養使她深信，對待小孩應該叫他們聽話而不是聽他們說話。他外公對付家庭專制的辦法，就是躲到賽馬場、滾球場和榮民團體。東尼由痛苦的親身體驗中很快學會了自我控制。安迪是否也有這樣的過去？他用手揉眼睛，才驚覺竟然是濕的，東尼一屁股坐回椅子，開始猛敲鍵盤。

5. 星期一晚上是他的空檔，公私兩方面都沒問題，再者他不希望在坦伯菲爾德區碰上熟人。這拋出幾種可能性：他特別選中星期一晚上有可能因爲這一天不用當班，或者因爲他的妻子／女友固定在星期一晚上外出；也有可能他選擇星期一是因爲他第一次做案是在某個星期一，結果很順利，這個時間對他有了迷信的力量；或者有可能他希望利用固定的作案時間混淆偵查的方向。他無疑非常精明，這樣細心的策劃在他不無可能。

東尼停頓下來思索，一面翻看打好的幾頁筆記。他的思路還不像巧手安迪，不過難捉摸的心思卻愈來愈貼近了。他再次感到疑惑，不知道他跟那些殺手歪曲的邏輯糾纏是不是一種角色代替，這也是阻止他成爲他們其中一分子的唯一法寶。天曉得，不知有多少次，他都差一點被他們腦子裡澎湃的思想吸引過去。更有多少次，他感覺到心中那股逼人的殺氣，雖然最後傷害的是自己，而不是對付與他同床共枕的人。「夠了。」東尼大叫出聲，再度回轉到光亮的螢幕。

罪犯是一個很講求條理的連續殺手，他始終維持八個星期的作案間隔。這個一貫性的本身就非常的獨特，照正常的模式，當殺人的力量不再滿足殺手的幻想時，謀殺與謀殺中間的區隔就會縮短。能保持間隔不變的原因，也許是在下手之前他需要花費相當長的時間跟蹤被害人。如此一來，期待的樂趣，合併對前幾次做案技巧的回味，保持間隔等於是中場休息。同時我也相信，殺手用攝影機錄下整個做案過程，這在殺人的間隔期裡對他的幻想也有刺激和加分的作用。

東尼停下來思考自己寫的東西。問題重重。他的分析或許可以唬唬外行人，但是他自己覺得離滿意還差得很遠。問題是他的腦子和資料似乎已經榨乾了，再沒辦法做出更好的說明。嘆了一口氣，他再繼續。

他最初的殺意是什麼呢？有幾項犯罪意圖我們可以排除，諸如持械搶劫或偷竊。我們也可以排除情緒性的、自私的或特殊原因性的殺人行爲，譬如自衛、同情、暗殺或家務糾紛。這個案例可定位爲性犯罪類型。

被挑中的被害人都屬於低風險類。換言之，他們都有正當職業和正常的生活方式。相對於此，兇手在獵捕和殺害他們時，勢必要冒極高的風險。由此兇手透露了什麼？

1. 他是在極高的壓力之下做案。

2. 他對於做案的計畫非常小心。他無法承受失誤，只要一個失誤，他的受害人會逃走，他就陷入險境，人身和法律兩方面都是。幾乎可以確定的，他是一個跟蹤高手。他謹慎選擇受害人，仔細研究他們的生活細節。有趣的是，到目前爲止他出手的夜晚從沒有出過包。這是由於周密的計畫，完善的事前準備，或純粹只是運氣？我們知道第三個受害人，蓋瑞茲．芬尼根，曾告訴他女友說那晚他有一個男生的聚會，但他的男性友人或同事對這個聚會似乎毫無所悉，而且也不清楚他究竟是在家裡被挾持，或是在某個約定的地點遭到不測。有可能兇手都做了事前的安排，不是在死者的家中就是在其他地點。甚至有可能假裝保險推銷員或其他類似的角色，雖然我認爲他不見得有專門吃這行飯的人的能耐。

3. 他喜歡走在鋼索上那種特別的刺激感。他需要那種刺激的得意。

4. 他在情緒管理上一定有過人之處，才能使他在這樣緊張的狀態下把持得宜。或許這也是造就他不同於一般連續殺手習慣的做案模式。

大部分連續殺手做案都會有逐步加速的趨勢，這表示殺手需要更多的刺激，更好的手法實現他的幻想。就像雲霄飛車，每一個爬升的高度都大過前一個，爲彌補前一個的不足……

東尼抬起頭，心中一驚。什麼聲音？好像是通往外間大辦公室的門，這麼晚的時間，這層樓應該不會有人啊。他緊張的推離電腦桌，連人帶椅從地毯上安靜無聲的退到辦公桌後面，退出電腦旁邊的光圈。他屏住呼吸仔細聽。沒有半點聲音。緊張慢慢開始消退。突然間，一道光線在他辦公室門縫底下出現。

生硬的恐懼感緊緊扣住了東尼。手邊最近的防衛武器就是桌上用來當紙鎮的一大塊瑪瑙。他一把抓起來悄悄的離開座椅。

卡蘿打開門發現東尼正向著她走過來，手裡還舉著一塊石頭，著實嚇了一大跳。「是我。」她大聲叫喊。

東尼兩條胳臂垂了下來。「哎呀眞是。」他說。

卡蘿笑著。「你以爲是誰？小偷？記者？妖怪？」

東尼放鬆了。「抱歉，」他說，「一整天都在鑽那個怪咖的想法，連自己也變得像他一樣偏執了。」

「怪咖，」卡蘿唸著，「這不會又是你們心理學家的專用術語吧？」

「只限於在這四面牆裡使用，」東尼說著走回辦公桌，把瑪瑙石放回原位。「我怎麼有這份榮幸？」

「因爲英國電信沒辦法讓我們連線，我只好親自跑一趟。」卡蘿邊說邊拉開椅子。「今天早上我在你答錄機裡留話，我以爲你已經來了，結果你也不在這裡。四點左右我再試，你的分機還是沒回應。至少我想通了，爲什麼總機每次說『我爲你轉接』之後都不了了之。當然，現在總機都下班回家了，而我又從沒問起過你的專線電話。」

「妳還是個刑警。」東尼打趣的說。

「那都是我的藉口啦。實在是因爲我在司卡吉爾街那邊待不住，連一分鐘都待不住。」

「說來聽聽吧？」

「得等我塞飽肚子才行，」卡蘿說，「我好餓。可以去吃個咖哩簡餐嗎？」

東尼看看電腦螢幕，再把視線回到卡蘿沒精打采的臉。他喜歡她，縱然不想跟她太接近，他還是很需要她的陪伴。「讓我先存個檔。待會兒回來再收尾。」

二十分鐘後，兩人就在格陵荷姆一家亞洲小吃店裡大嚼洋蔥圈和炸雞塊。其餘的顧客都是學生和一些不識時務，搞不清現實的理想派。「這裡上不了美食指南，不過便宜、舒服，服務也還好。」東尼帶著歉意說。

「不錯啊。我是土司加蛋就行，不必非要一艾戈．羅內[26]的品味。我弟弟有美食基因，他是我們家裡的賞味大師。」卡蘿說。她很快的朝四周掃了一眼。他們的兩人桌位離隔壁桌距離不到一呎。「你是刻意帶我來這裡，可以不談公事？心理學家讓我恢復精神的獨門秘笈？」

東尼瞪大眼睛。「我連想都沒想到這個。不過，妳說得沒錯，這裡確實沒辦法談公事。」

笑意使卡蘿的眼神亮了起來。「你不知道這讓我有多高興。」

兩人靜默了一會兒。東尼率先打破沉默。這樣一來，就可以由他主控話題。「妳是怎麼決定當警察的？」

卡蘿眉毛一挑。「因爲我喜歡壓榨社會下層，喜歡向少數族群找麻煩吧？」她用力作答。

東尼微笑。「我看不是。」

她挪動餐盤嘆了一聲。「年輕的理想，」她說，「我有很瘋的想法，認爲警察應該負起服務和保衛的責任，使社會免於無法無天無政府。」

「這個想法並不算瘋。相信我，假如妳對付的是我經常接觸的那群人，那妳一定會慶幸好在他們沒上街。」

「唉，理論很不錯。只是實際落差很大。這要從我在曼徹斯特讀社會學開始說起。我主修社會組織，所有跟我同年齡的人都瞧不起警界，認爲那是一個徇私舞弊、種族歧視、性別歧視的組織，它唯一的角色扮演就是提供中產階級一些保護作用的安慰劑。在某種程度上，我同意他們的看法。不同的地方是他們希望從外面攻擊這些體系，而我始終相信如果想要做根本的改變，就該由內部做起。」

東尼笑開了。「妳這個小危險分子啊，妳！」

「是啊，我想我大概也不知道自己到底做到了什麼。如果拿大衛殺死巨人哥利亞㉗的故事跟改變整個警界的工程比較起來，那簡直不夠看。」

「說得好，」東尼有感而發的說，「這支國家特訓團隊可以徹底改革重大犯罪的破案率，可是對那些資深幹部的陋習，搞不好妳還以為我是在替原來有戀童癖的傢伙解套，讓他們升格成了兒童觀護人呢。」

卡蘿笑出聲來。「你是說，你寧願回去病房跟那些怪咖關在一起？」

「卡蘿，有時候我覺得自己從來沒離開過那裡。因為跟妳和約翰·布蘭登這樣的人合作會產生什麼新鮮變化，根本毫無概念。」

卡蘿還沒來得及答話，侍者端上了主菜。舀了一些菠菜羊肉、脆皮雞塊和印度炒飯之後，卡蘿說：「你的工作也會出現我們警界相同的問題嗎，會影響到個人的私生活嗎？」

東尼立刻武裝起來，他用問題回答問題，「妳這話怎麼說？」

「就像你之前說的，你對一份工作著了魔。一天到晚都跟些白痴和禽獸在打交道——」

「那些只是妳的同事。」東尼岔斷她的話。

「對，沒錯。你跟那些支離破碎的屍體和扭曲變態的人生攪和了一整天，晚上回到家怎麼可

㉖ Egon Ronay，英國五〇年代著名美食評論家。

㉗ 舊約聖經中，年輕的大衛以彈弓擊倒巨人哥利亞。

能馬上坐下來看肥皂劇，像一般正常人樣的過日子。」

「妳不能是因為妳的腦袋裡還塞著白天的那些恐怖，」東尼下結論，「這是妳無法抽離自己的工作所產生的後遺症。」

「正確。那，你有沒有相同的問題？」

她是出於無聊的好奇，還是拐彎抹角在刺探他的私人生活？有些時候東尼真希望他能夠關掉腦子裡凡事都愛分析的這個部分，不要再對每句話，每個姿態，每種肢體語言都去分析，而能夠專心一意的享受跟一個對他有好感的人共進晚餐。他忽然驚覺在問與答之間，他停頓得太久了。東尼說：「我可能比妳的情況更糟。一般來說，男人比女人更容易上癮。我的意思是，妳知道有多少女性喜歡收集火車號碼、收集郵票，或是瘋足球的嗎？」

「那會妨礙到你一些個人的親密關係嗎？」卡蘿不肯罷休。

「到目前為止還沒有跟誰走到那種親密的程度。」東尼努力保持輕快的口吻。

「我不知道是因為我的工作，還是針對我個人。她們在離開我家門口時，衝著我吼的好像不是什麼『你跟你那票該死的怪咖』，所以我猜應該是針對我個人。那妳呢？妳是如何處理這些問題的？」

卡蘿的叉子繼續著來去嘴巴的旅程，她先吞下一大口咖哩再回答。「我發現男人不太有同理心，除非他們也有相同的處境。你知道，他們要趕著去打網球的時候，眼裡根本沒妳這個人了。要他們明白為什麼妳老想著工作，有什麼壓力，那更是比登天還難。實習醫生、其他的警察人員、打火弟兄、救護車駕駛。在我的經驗裡，他們大都不願意跟職位對等的人維持親密關係。我想是因爲工作上心力交瘁到沒有什麼餘力應付其他了。我最後交往的是個醫生，他在工作之外唯一想要的，就是睡覺、做愛和派對。」

「妳想要的更多？」

「我想要隨興的談心，甚至偶爾看場電影或是戲劇表演。可是我都能容忍，因爲我愛他。」

「最後妳怎麼結束這段情？」

卡蘿垂眼看著餐盤。「多謝恭維，不是我。我調到這裡之後，他認爲上下高速公路太浪費時間，所以決定甩掉我去找小護士了。現在只剩下我和我的貓。他不太在乎我顛三倒四的工作時間。」

「喔。」東尼應著。他聽得出隱在話裡面的痛，而這也是第一次，他的專業技巧完全派不上用場。

「你呢？你有跟誰交往過嗎？」卡蘿問。

東尼搖搖頭，繼續吃飯。

「像你這麼好的人，我還以爲你早就死會了。」卡蘿說，她揶揄的口氣似乎掩飾了一些什麼，東尼希望那是純屬想像。

「妳大概只看到美好的一面吧。月圓的時候，我兩隻手掌就會長毛，對著月亮狼嚎。」東尼誇張的斜眼瞟著卡蘿。「我可不是外表這副樣子喔，小姐。」他低低的咆哮著。

「啊，老奶奶，你的牙齒好大呀！」卡蘿尖著聲音說。

「方便我吃咖哩快餐啊。」東尼哈哈大笑。他知道這就是增進彼此關係的『點』，但是他的保護層包得太久了，不可能這麼輕易的卸下心防。再說，他告訴自己，他沒有必要跟她發展什麼關係。他有安潔莉卡，痛苦的經驗告訴他，他的能力也只能到此為止。

「那你怎麼會投入這種摧毀靈魂的行業裡呢？」卡蘿問。

「我發現我在認眞當哲學博士的那段期間，非常討厭老是站在那裡對一群觀衆講話，有一種學非所用的感覺。所以投入了臨床作業。」東尼說，他工作上的起承轉合就這麼簡單自然的溜了出來。他覺得輕鬆多了，就像一個人走在結冰的湖面上，發現自己終於又踏上陸地的感覺。

剩下的用餐時間裡，他們的對話都繞著職場打轉，服務生過來清理桌面時，卡蘿向他要帳單。「我來埋單，好嗎？這跟女性主義扯不上關係；這屬於合法的特支費，可以報公帳。」卡蘿說。

在回東尼辦公室的路上，他說：「言歸正傳，說說妳這一天的經過吧。」

這不著痕跡的一個轉彎，從私人的交情跳回到偵辦的案情，讓卡蘿不得不正經的面對東尼。她從沒見過有人在軟語溫存的時候居然撤退得這麼快。這的確令人困惑，尤其是她明明感受到他很喜歡她。而她對自己吸引異性的能力也有信心。不過跟他聯手追蹤巧手安迪最起碼給了她搭橋互動的空間和時間。「今天早上我們有一些些小突破。至少，這是大家的希望。」

東尼猛地停住腳步，轉過頭面對卡蘿。「什麼小突破？」他問。

「放心，不會忽略掉你的。」卡蘿說。「這樣東西在一般調查裡可能只是無關緊要的一個細節，可是目前實在太沒進展了，所以這也使得大家很振奮。是一小片撕破的皮革，鉤在紅心皇后後門的一枚釘子上面。鑑識組火速鑑定結果，發現它非常特別。是鹿皮，產地是俄羅斯。」

「我的天哪！」東尼輕輕的說。他轉身走了幾步。「妳先別說，讓我猜。這種皮件這裡買不到，很可能要找人去蘇俄買才行，非常稀奇。我猜得對不對？」

「你怎麼會知道？」卡蘿邊問邊趕上來拽住他的袖子。

「我就在等這樣的東西。」他簡單的說。

「哪樣的？」

「一條煙燻青魚的味道就把整個警力搞得像無頭蒼蠅似的團團轉。」

「你認爲這是一條煙燻青魚，一個煙幕彈？」卡蘿幾乎用喊的。「爲什麼？」

東尼用手抹了把臉，再往頭髮裡一插。「卡蘿，這個傢伙小心謹慎到了極點。他對於不留下任何線索這件事幾乎到了走火入魔的地步。連續殺手最典型的一個特點就是高EQ，巧手安迪絕對是我碰見過高手中的高手，不管是個人還是整個文獻記載。這會兒忽然莫名其妙的跑出了這麼一條線索，一條怪異到只有極少數的人才有可能留下來的線索。而妳還眞把它當回事的在說？這正是他希望達到的效果。我相信現在你們很多人一定整天都像蒼蠅似的，拚命調查這一小塊稀奇的蘇俄皮從哪裡來，對吧？好，再讓我來猜吧。我相信現在一整個兇案組正在追查史蒂威·麥肯奈的生活，想盡辦法的要查出他到底從哪裡弄來的這種皮件。」

卡蘿瞪著他。經他這麼一解釋事情似乎眞的很白目。然而確實沒有一個人疑心過這塊碎皮革的正當性。

「我說對了嗎？」東尼問她，這次他的口氣更溫柔。

卡蘿扮個怪臉。「沒有一整個兇案組啦。只有我和唐·莫瑞克還有幾個刑事。我今天大部分時間都在跟舉重和健身中心的人員講電話，想要查出史蒂威．麥肯奈過去有沒有隨團去蘇俄參加過全國或是地區性的健美比賽。唐和另外幾個弟兄去旅行社調查，看他是否有去那裡度假的紀錄。」

「我的媽呀，」東尼唉叫著，「結果呢？」

「五年前，他是西北區舉重代表隊隊員，當時曾經到列寧格勒參加過賽事。」

東尼用力吁了一口氣。「可憐的倒楣鬼，」他說，「我並沒有預設立場說這是故意栽贓。」他再做補充。「我沒有高人一等的意思。我知道你們拚命想要逮住這個渾蛋的心情。我只是希望在發生重大情況之前，能夠及早通知我。」

「今天早上我眞的打過電話，」卡蘿說，「你還是沒有說出你人在哪裡。」

東尼舉起雙手。「抱歉，我反應過度了。我在睡覺，睡得很沉，電話全部關機。昨天晚上之後我簡直累垮了，我知道如果再不睡，根本沒法集中精神寫分析報告。我應該起床先看答錄機。對不起，是我的不是。」

卡蘿咧嘴笑了。「這次饒了你。等到我們逮到巧手安迪的時候再算總帳吧？」

東尼扮起鬼臉。「是不是應該加個『假如』？」

他一副可憐又無辜的樣子，肩膀垮著，頭低著，卡蘿情生意動，想要裝酷已經來不及了。她上前兩步，緊緊的抱住了東尼。「假如有誰能做到，那一定就是你。」她耳語著，她側著頭輕輕掃著他的下巴，像一隻貓在標示牠的地盤。

布蘭登盯著湯姆．克勞斯，他的臉活脫是一張恐怖面具。「你做了什麼？」他問。

「我去搜了麥肯奈的屋子。」湯姆．克勞斯強悍的說。

「我不是很明確的說過我們無權進去搜查嗎？沒有哪個法官會接受隨便抓到街頭鬧事的人，就有充分理由當成殺人嫌犯來處理。」

湯姆．克勞斯微微笑。這副笑容絕對能把最凶悍的洛威拿[28]給惹毛了。「不過，長官，此一時彼一時。喬登督察已經查出史蒂威．麥肯奈曾經去過蘇俄，情勢就改觀啦。畢竟，能買到這種蘇俄特級皮夾克的人沒幾個。這下他跑不掉了。何況欠我人情的地方治安官還不止一個。」

「你應該先知會我，」布蘭登說，「我最後下的指令是不得搜索。」

「我試過，長官，可是你正在跟局長開會啊。」湯姆．克勞斯膩著聲音說。「我以爲打鐵就該趁熱，省得我們這樣毫無名目的關著他。」

「所以你就浪費一堆的時間去搜麥肯奈的家，」布蘭登冷冷的說，「你難道不覺得你和你的人手還有很多正事要辦嗎？」

「我還沒把我們的發現向你做報告。」湯姆．克勞斯說。

布蘭登胸口一緊。他不喜歡預感這一套，現在，不祥的預感千眞萬確的緊咬著他。「要想清楚了再說話啊，督察長。」他謹愼的說。

湯姆．克勞斯眉頭一蹙，臉上閃過一絲困惑，只是他有一肚子的消息要說，已經顧不得咀嚼

[28] Rottweiler，德國大型警衛犬。

副局長話裡的意思。「我們可逮住他了，長官，」他說，「一切合法。我們在麥肯奈的臥室裡找到蓋瑞茲・芬尼根公司業務用的聖誕卡，還有一件毛衣，亞當・史考特的馬子說原來同色同款的那件不見了。加上一張上面有戴米恩・康諾力徽號的交通罰單。連帶俄國的這一件，我認爲該是對這個兔崽子提出告訴的時候了。」

摘自3.5磁碟片　標示：備份檔・007

檔名「愛情・010」

當然啦，研究發現一個人確實會有某種與生俱來的偏好，這並不表示一個人就該不顧一切的爲了這種偏好盲目追求。在處理保羅的屍體時，這次選在坦伯菲爾德區一條暗巷內的某個門口，我已經決定好了下一個目標。即使跟保羅一起分享的經驗是如此的美好，我卻無意如法炮製的跟蓋瑞茲再來一次。

這將會是幸運如意的第三次。蓋瑞茲，我早就認識了，一個滿腦子都是性愛幻想的男人。眞要感謝蓋瑞茲；因爲在我把保羅無趣乏味的演出做數位編輯的時候，我還兀自悲傷著，以爲自己滿腹的才華就到此爲止，再沒有精進的機會。我巧妙的運用手邊的資源，製作出這些個人風格強烈的電影。絕對的極品。如果可以上市銷售，肯定可以大撈一票。我知道一定有銷路。多的是人願意花錢觀賞保羅在猶大椅上全身痙攣猛操我的模樣。至於我跟亞當的那一場……像那樣69體位的口交更是沒人見識過。

算是對自己的犒賞吧，我去到前幾星期亞當下葬的墓地。他的葬禮在本地電視新聞裡還做了特別報導，我錄影下來仔細的研究過，很清楚墓地的位置。天黑之後，我穿梭在墳墓堆裡，二十分鐘不到就找到了亞當的。我打開帶來的一罐紅色噴漆，在灰色花崗石的一邊噴上「笨蛋」，另外一邊噴上「同志」。這應該可以讓警察大員們亂上好一陣子了。

第二天晚上，爲了等候蓋瑞茲從他上班的律師事務所出來，我閒閒的翻著布拉德菲爾德崗哨晚報打發時間。這次，我上了頭版。

同志殺手再度逞兇？

今晨在布拉德菲爾德同志村發現一具支離破碎的全裸男屍。慘遭殺害的死者被丟棄在同志夜店影地俱樂部的逃生門口，就在坦伯菲爾德區運河街附近的一條巷子裡。

這是兩個月來在同志遊蕩的地區所發現的第二具裸男屍體。地方上對此感到恐懼，害怕有某個變態的連續殺手專門在市內同志群聚的社區跟蹤出沒。

今天的恐怖現場是由該店店主，三十七歲的丹尼．沙提斯所發現，他當時來店裡跟會計開會。

他說：「我習慣走側邊的逃生門進去，把車停在巷子裡。今天上午，門口被一件裹著幾只黑色垃圾袋的東西堵住了。我拽著袋子想要把它拖開，袋子散了開來，我看見底下有個屍體。這人全身是傷，可怕到了極點，哪還有活命的機會啊。我這輩子惡夢作到底了。」

沙提斯先生說他今天凌晨三點鎖門時，門口還很乾淨。

死者研判大約三十出頭，身分未明。據警方描述，屬白種男性，身高五呎十一吋，體型略瘦，深褐色頭髮，及頸的長度，眼睛淡褐色。身上有一處切除盲腸的舊疤痕。

警方一名發言人說：「我們相信死者是在別的地方遭到殺害，棄屍在巷子裡的時間是在上午三點到八點之間。

「凡是昨天晚上曾在坦伯菲爾德地區待過的人務必前來警局舉證說明。所有資訊都會嚴格保密。

「根據初步調查，這次的殺人事件與兩個月前的亞當·史考特兇案並無任何實際的關聯。」

布拉德菲爾德男女同志中心的全職員工，卡爾·法羅今天表示，「警方一直說他們不認爲這兩件兇殺案有任何關聯。不知道爲什麼我特別替男同志圈擔心——老是想著外面有一個專門殺害男同志的瘋子，或者搞不好還是兩個人。」

我眞不知道該哭還是該笑。有一件事倒是很明顯，警方爲了掩飾辦案的牛步眞是大費周章。顯然我隱匿行蹤的功夫一流。

我摺好報紙，喝光了卡布奇諾，埋單結帳。從現在起，蓋瑞茲隨時都會從辦公大樓出來，穿過擁擠的街道去搭地鐵。我要隨時待命。今晚我爲他做了非常特別的規劃，我要確定他一個人在家快活享受。

10.

一般來說，各位先生，這個世界是非常殘忍的；普通人看兇殺案只是一樁流血事件；著眼點只要血腥熱鬧就夠了。對於行家，那就在看門道了。

潘妮．柏格思從冰箱取出酒瓶，斟滿一大杯加州白酒，走回客廳剛好趕上BBC英國國家廣播網報告地方重大新聞。沒什麼了不得的新鮮事，她放心的想著。一樁銀行搶案明天一早去追還來得及。警方仍舊在偵訊一名與同志連續殺人事件相關的男子，目前還沒有起訴的動作。潘妮啜一口酒，點起一枝菸。

應該很快就會有了，她想。明天早上，不是對他提出告訴，就該放人。到目前爲止，沒有誰嗅出一絲嫌犯的身分，眞是了不起。全部的新聞就靠他們跟幾個熟識的員警接觸，不過這一次，消息確實保密到家，完全做到滴水不漏。潘妮決定明天一早先上治安法庭去看看表單。有一種少見的可能是，警方掌握到的東西還不足以起訴嫌犯，只好先把人扣著不放，一直等到他們搜出足以使連續殺人罪名正式成立的證據爲止。

新聞轉成氣象報告的時候，電話響了。潘妮搆向沙發邊的小茶几，一把抓起話筒。「哈囉？」

「潘妮？我是凱文。」

哈利路亞。潘妮心想著，她立刻坐直熄了香菸。不過，她的回應卻只是，「啊，凱文，我的好人，最近如何？」她一面在手提袋裡摸索鉛筆和記事本。

「有樣東西妳可能感興趣。」這位督察謹慎的說。

「這又不是第一次了。」潘妮在『帶動唱』。她跟已婚的凱文．馬修之間偶爾爲之的『交情』，使她在布拉德菲爾德市警局裡得到的不只是一條內線而已。他算得上是她交往過的最佳人選之一。她只求他能夠克服他的天主教罪惡感，別經常發作就好了。

「我是說正經的。」凱文抗議。

「我也是啊，超人。」

「聽著，妳到底要不要這個消息？」

「當然。尤其，如果是酷兒兇案被扣押著的那個傢伙的姓名。」

她聽見尖銳的吸氣聲。「妳明知道我不能說那個。有限度的。」

潘妮嘆息。這就跟他們的關係一樣。「好啦，你要說什麼？」

「卜派被停職了。」

「他不辦這個案子？」潘妮問，她的心跳加快。湯姆．克勞斯？停職？

「失職，潘妮。違紀處分被送回老家了。」

「被誰？」天哪，這眞是大新聞。卜派這次到底搞了什麼飛機？她忽然一陣恐慌。萬一是他把嫌犯的姓名給了她的競爭對手？她險些漏聽了凱文的回答。

「約翰．布蘭登。」

「究竟爲了什麼啊？」

「沒聽說，」凱文說，「不過他見布蘭登之前最後做的一件事，是去搜索我們那位嫌犯的屋子。」

「是合法搜索嗎？」潘妮追問。

「就我所知他是依據PACE[29]條例來的。」凱文謹慎作答。

「那是怎麼回事，凱文？卜派栽贓證據，還是怎麼的？」

「我也不知道，潘妮，」凱文喪氣的說，「哦，我得走了。如果再聽到什麼，我就叩妳，好嗎？」

「好。謝了，凱文。你是最好的好人。」

「是啊。那就再說吧。」

線路掛斷了。潘妮擱好電話，立刻從椅子上跳起來。她一面衝進臥室，一面扯掉身上的睡袍。五分鐘後，她跑下兩層樓梯進入了地下室的停車庫。在車上，她先查看按英文字母順序排列的人名地址簿，立刻出發，腦子裡不停演練著待會兒上門要說的話。

率先脫離擁抱的是東尼。他整個人幾乎是以爆彈的方式一下子退開八呎遠。

爲了掩飾兩個人之間的尷尬，卡蘿故作輕鬆的說：「對不起啦，你剛才就是一副需要抱抱的樣子。」

「沒什麼，那沒什麼不對，」東尼僵硬的說，「我們團體治療的時候常常做的。」

兩人站了一會，眼神不太敢交會。卡蘿移到東尼旁邊，一手溜進他直挺挺的臂彎，帶領他穿過大學園區。「我什麼時候可以看側寫報告？」

對話再度回到了安全範圍，只是卡蘿還是靠得太近。東尼感覺得出自己內在的緊張，就好像有隻冰冷的手緊緊掐著他的胸口。他強迫自己用平靜、正常的口吻說話。「大概還要兩三個小時吧，明天上午再加把勁。中午以後就可以把初稿給妳了。三點鐘如何？」

「好。呃，你工作的時候介不介意我在場？反正我可以把那些資料再看一次，現在叫我回司卡吉爾街那邊，眞是受不了。」

東尼顯得有些疑惑。「這個……」

「我保證不會騷擾你，希爾博士。」卡蘿逗他。

「都被妳看穿了。」東尼假裝失望的咬著手指。你看看你，他在心裡挖苦自己。只要是人，誰不知道這些路數。「其實，當然不是這個原因。我猶豫是因爲我不習慣工作的時候旁邊有人。」

「你根本不會感覺到我在場。」

「本人對此深表懷疑。」東尼說。她或許把這話當成一句恭維，但只有他最清楚事實。

㉙ Police and Criminal Evidence Act，一九八四年英國警察與刑事證據法。

潘妮按了門鈴，這是位在布拉德菲爾德南邊幾條高檔街道上一幢仿都鐸式的大房子。就算以督察長的薪水，對湯姆・克勞斯來說還是有些太奢華了。不過卜派的運氣出了名的好，幾年前他在投機彩金上贏了高達五位數的獎金。後續的發展成了警界的神話。現在，他似乎已經把幸運精靈掉落在大馬路上，好運玩完了。

玄關亮起燈光，有個人慢吞吞的走近門，毛玻璃上映出好大一塊凹凹凸凸的身影。「十三號星期五碰上恐怖萬聖節。」潘妮在鼻子裡嘟囔，她聽見門鎖在轉動。門帶著狐疑的隙開了幾吋。潘妮歪著頭面帶微笑的看著門後的那個身影。

「克勞斯督察長，」她呼吸間的霧氣和門裡散出來的煙氣會合在一起。「潘妮・柏格思，崗哨時報。」

「我知道妳是誰，」湯姆・克勞斯酒氣沖天的咆哮著。「妳在搞什麼，半夜三更的跑來這裡？」

「我聽說你工作上出了一點麻煩？」

「妳聽說錯了，小姐。好了，請便。」

「慢著，這事明天就會上遍各大媒體。到時候你會被圍剿，躲不掉的。崗哨時報一直以來都很支持你，克勞斯先生。這個案子的調查過程裡我們始終站在你這邊。我又不是什麼倫敦來的空降部隊，搞不清楚狀況還落井下石。如果你真是被排擠出局，我們的讀者也有權聽聽你這邊的說法。」門仍舊開著。只要他沒在她說這些話的時候當面把門甩上，那她想從他那裡探出一些口風的機會就大增。

「妳憑什麼認為我出局？」湯姆．克勞斯挑釁的問。

「我聽說你被停職。我不知道為什麼，所以要來聽聽你的說法，趕在官方提出聲明之前。」湯姆．克勞斯繃著臉，兩隻金魚眼爆凸得更加厲害。「我無話可說。」他每一個音節都在咬牙切齒。

「私下也不說？你為團隊盡心盡力的做了那麼多，甘願讓他們這樣糟蹋你的名聲嗎？」湯姆．克勞斯把門開大，看了看車道和街上。「就妳一個人？」他問。

「連新聞部都不知道我來這裡。我剛剛才聽見消息。」

「進來說吧。」

潘妮跨過門檻進入一個像蘿拉．艾胥莉樣品型錄[30]的大廳。廳堂盡頭，有扇門半開著，即使隔得這麼遠，裡面電視機的聲響一清二楚。湯姆．克勞斯帶領她走相反的方向，進了一間長型的客廳。他打開燈，潘妮立刻被過多的花色圖案整得眼花撩亂。那些窗簾、大地毯、小地毯、壁紙、四散的坐墊靠墊，它們唯一的共同點，全部都是綠色和米色的系列。「好可愛的房間。」她結結巴巴的說。

「是嗎？我覺得可怕到了極點。老婆說這是最省錢的買法，俗又大碗，這也是我聽過最奇怪的哭窮法。」湯姆．克勞斯一面發牢騷，一面走向酒櫃。他拿起玻璃瓶為自己斟了一杯烈酒，然後，忽然想起似的說：「妳不喝吧，還要開車。」

[30] 英國著名家飾品牌，以英國鄉村風格著稱。

「對，不喝。」潘妮竭力表現溫暖的語氣。「怕在路上碰到你的手下。」

「妳想要知道那票沒膽的傢伙爲什麼排除我是嗎？」他狠勁十足的說，一顆腦袋往前撐得就像隻飢餓的烏龜。

潘妮點點頭，一時還不敢拿出記事本。

「因爲他們聽信一個娘腔娘調的臭博士，寧可放棄一個正當正派的警察，就爲這個。」

如果潘妮是條狗，她的耳朵早豎了起來。可是現在，她只是很客氣的抬了抬眉毛。「一個博士？」她重複。

「上面弄了這麼個痞子心理醫生進來攪和。他硬說我們扣押的歹徒是無辜的，什麼證據都白搭。我可是當了二十年的警察，我信任我的直覺。我們已經逮住這個渾蛋了，我絕對敢說。我做的一切都爲了繼續扣留他，等我們把那些有的沒的東西整個串聯起來。」湯姆．克勞斯灌光了酒，把平底杯砰的壓在酒櫃上。「他們居然敢停我的職！」

那就是假造證據。潘妮非常想多了解一些關於那名神秘的博士，可是她知道現在最好先讓湯姆．克勞斯吐一吐怨氣。「他們是怎麼說你的？」她問。

「我根本沒做錯，」他再從瓶子裡倒了一大杯酒。「問題在布蘭登，他離開這個位子太久，已經忘了該怎麼做事。直覺，就這麼簡單。直覺和拚命。不是靠一個滿腦子胡思亂想，像個社工似的精神科醫生。」

「這人究竟是誰？」潘妮問。

「東尼．希爾他媽的博士。從內政部來的。坐在他的象牙塔裡教我們怎麼抓強盜。他對警察這一行還不如我對他媽的核子物理懂得多呢。我們這位了不起的博士說，放了那個同性戀傢伙，那布蘭登就成了只會說『是，先生』的應聲蟲。結果就因爲我不同意，我就該滾蛋。」湯姆．克勞斯又灌下一杯威士忌，怒氣加酒氣，他的臉漲得通紅。「有誰會以爲我們在對付一個不得了的大內高手，頂多是個走狗屎運的兔崽子而已。抓這麼個人渣不需要一個名字前面冠上他媽的博士頭銜的痞子。只要把殺人犯關在牢裡發夢就行了。」

「換句話說，你不贊同現在的偵查方式？」潘妮問。

湯姆．克勞斯冷哼一聲。「可以這麼說。妳記住我的話，如果他們把這個小兔崽子放了，我們就等著看下一具屍體吧。」

令東尼大感驚訝的是，卡蘿眞的說到做到。他在電腦上作業的時候，她坐在他的辦公桌旁，仔細看著那一大疊的資料。他發覺她非但沒有讓他分心，反而有一種奇特的安定感。他絲毫不費力的就接上了稍早未完成的分析報告。

像雲霄飛車，每個新高都需要高過前一個，彌補前一個的不足，因爲前面的高度無可避免的嫌矮了。在這個案例中，一共有三個主要的漸進徵兆。喉嚨上的傷口加重加深。性傷害從原本生殖器外部幾處試探性的割傷，發展到徹底的切除。刮除的咬痕數量也變多變深。但對於湮滅線索方面仍舊控制得宜。

很難評估他在刑求的程度上是否也在加重，因爲每個案例似乎都使用不同的刑罰方式。事實上，他需要以這些不同方式達到刺激的目的，也算是一種漸進的形式。

根據病理師驗證報告，這些事件似乎都有一套順序：

1. 捕捉，用手銬和綁腳踝的繩索。

2. 折磨，包括以性爲出發點的行爲，諸如咬、吸。

3. 喉嚨上的致命傷。

4. 死後對生殖器的毀傷。

關於兇手，就上述幾點，提示了我們什麼？

1. 他經驗老到，想像力豐富，這透過他折磨人的手段可資印證。

2. 他有一個殺人的場地。他做案所產生的血漬和體液不可能從一般住家環境裡完全清除；因爲他做案的方式再謹愼也很難通過這一關。幾乎可以肯定有場地和設備供他在殺人之後做好徹底清除的工作，而且還有電力供應，方便打燈光和錄影。我們應該朝出租用車庫、有水電的託管建築物等地點找尋。也有可能是在一個偏僻的位置，避免受害人喊叫時被人聽見。

（他在折磨受害人時，肯定把塞住嘴巴的東西全部移除；他要聽見他們的喊叫和哀求。）

3. 他對酷刑近乎著魔，顯然有足夠的參考資料供他打造出屬於他自己的刑求工具。根據之前切割喉嚨和生殖器上的拙劣刀法判斷，他應該沒有醫藥或屠宰的技巧。

東尼把視線從電腦螢幕上移開，轉向卡蘿。她全神投入的在閱讀，兩眼之間出現熟悉自然的皺紋。對於她釋出的善意，他是不是拚命在躲避？這是他涉入最深的一個案例，她當然了解他工作上的壓力，鑽進一個反社會分子的腦袋瓜裡隨之而來的各種現象，好壞都有。她聰慧敏感，如果，她對男女感情的處理，也像對待她的職業生涯那樣，那她應該能夠跟他一起挺過難關，她應該能夠幫他解決難題，而不是利用它來作爲攻擊他的把柄。

忽然察覺到了他的眼神，卡蘿抬起頭露出一個疲憊的笑容。就在那一瞬間，東尼下了決定。不行。對付這個傢伙，就算現在沒有其他不相干的人，他都已經忙不過來了。卡蘿太敏銳，不能讓她靠得太近。「還順利嗎？」她問。

「我開始有他的感覺了。」東尼坦白的說。

「感覺一定不好受。」卡蘿說。

「沒錯，不過這本來就是我該付出的代價。」

卡蘿點頭。「有些得意？很興奮？」

東尼似笑非笑。「可以這麼說。有時候我真懷疑自己是不是也不正常了。」

卡蘿哈哈大笑。「我和你，我們兩個都是。他們說最厲害的探員就是真正能夠進入罪犯思想裡的人。所以如果我要在這一行裡出人頭地，我就必須要有這些罪犯的想法。當然並不表示我要有他們的做法。」

她這一番話果然令他很受用，東尼繼續回到電腦螢幕上。

兇手跟受害人相處的時間也提供了一些暗示。其中三起兇案，兇手與死者接觸的時間都在黃昏入夜的時分，而棄屍的時間則在第二天的凌晨。有趣的是，第三個案例，他與這名死者相處的時間特別長，顯然讓他繼續存活了將近兩天的時間。這起命案發生在聖誕節。

也許在正常的情況，由於生活上一些其他因素，使他不能夠和死者相處很長的時間，而聖誕節改變了原來的一些因素。這些因素屬於工作上的可能性大於私人的瑣事，雖然也有可能是因爲他的親密伴侶利用聖誕假期獨自返鄉去跟家人團聚，給了他跟死者充分相處的時間。再一種可能是，他拿延長跟蓋瑞茲．芬尼根相處的時間，當作送給自己的一份聖誕大禮，一份獎賞，以資獎勵他之前的「工作」表現。

就殺人和棄屍之間短暫的空檔看來，他在用刑和兇殺的時間裡，並沒有過量飲酒或服用藥物的情形。他不想因爲酒駕之類的狀況被警察攔下；他車廂裡載了人，不管是死是活，他都不願意冒這個險。再者，他偶爾會使用受害人的車。很明顯的，他自己也有一輛車，而且很可能是性能極好的新車，因爲他不想冒隨時被交通警察攔下來臨檢的危險。

東尼點下「儲存」鍵，帶著滿意的笑容往椅背上一靠。在這裡告一個段落正合適。明天上午，他就可以完成巧手安迪性格特徵的列舉明細，並且爲警方的偵查作業勾勒出一個大概的方向。

「寫好了？」卡蘿問。

他轉身看見她靠在椅子上，她翻閱的卷宗已經闔攏。「我不知道妳已經看完了。」他說。

「十分鐘前。我不想打擾那十根飛舞的手指頭。」

東尼討厭別人以他的方式在研判他。害他冷汗直冒的惡夢之一就是，想到自己變成了接受探索的病人。「今晚到此爲止。」他把檔案存入硬碟然後收進口袋。

「我送你回家吧。」卡蘿說。

「謝謝，」東尼站起來。「我始終懶得開車進城。說實在，我不大喜歡開車。」

「這也怪不得你。市區裡交通確實太塞。」

卡蘿把車停在東尼家門口之後，她說：「可以喝杯茶嗎？順便方便一下？」

東尼燒水的時候，卡蘿溜上樓去上洗手間。下樓時聽見答錄機裡自己的聲音。她停在樓梯腳，看著他趴在桌上，手裡握著紙和筆，用心的聽著留言。她喜歡看他的臉和身體的線條，她享受這份愈來愈熟悉的感覺。她的留言播放完了，答錄機響起嗶一聲。「嗨，我是彼得，」又有一個聲音，「下星期四我要來布拉德菲爾德。星期三晚上有沒有床位和啤酒啊？啊對了，恭喜閣下加入了酷兒殺手的偵查行列。希望你逮住那個渾蛋。」嗶。「安東尼，我的達令啊，你上哪去啦？我躺在這兒，想你。我們的正事還沒辦完呢，小情人。」

一聽到這個聲音，東尼猛地直起身體，回頭盯著答錄機。那聲音沙啞、性感、親暱。「別以爲你可以——」東尼手一伸切斷了那個聲音。

還說沒有跟任何人有感情糾葛，卡蘿苦澀的想著。她走到門口。「我看茶就免了吧。明天再見。」她的語氣冷硬得就像寒冬結了冰的水潭。

東尼倏地轉過身，一副驚慌失措的眼神。「事情不是這樣的。」他毫不考慮的脫口而出。

「這個女人我連面都沒見過！」

卡蘿離開房門口走到玄關，摸索著該怎麼打開門鎖的時候，東尼冷淡的開腔了。「我說的是實話，卡蘿。即便這根本不干妳的事。」

她半回轉身，勉強的笑了笑，「你說得一點沒錯。這確實不干我的事。明天見，東尼。」

關門的聲響在東尼的腦子裡震動得有如一把電鑽。「感謝主啊，虧你還是一個心理學家，」他重重的靠在牆上苦澀的想著。「隨便一個外行人就能把事情給搞砸了。你眞以爲自己很行嗎，希爾？」

摘自3.5磁碟片　標示：備份檔・007

檔名「愛情・011」

蓋瑞茲在捷運上半帶著笑意看著我的時候，我確信我的美夢就要成眞了。由於工作上出了一些突發的狀況，在所難免的必須加班，我已經有一個多星期不能好好的跟蹤他。

一天工作了那麼多個小時之後，全靠他的影像才能使我安然入睡，我耳朵裡悸動著的也全都是他的聲音，但是這些還不夠，我需要看到有血有肉，眞眞實實的他。我調好鬧鐘，讓我有足夠的時間在他上班之前守在他家外面，可惜我太累了，完全睡過了頭。等我驚醒時，發現我唯一的機會只能以過站上車的方式追趕他。

地鐵進站了，我奔上月台急切的查看第一節車廂，沒瞧見他。焦慮像黃膽汁似的湧上來。然後，我看見他油光閃亮的頭，就坐在第二節車廂的門邊。我擠過人群設法貼近他，我的膝蓋刷著他的。在這樣肢體碰觸的當口，他抬起頭，灰色的眼睛眨了眨，嘴角閃起一抹微笑。我回報他一個微笑。「對不起。」

「沒關係，」他說，「這班車愈來愈擠了。」

我好想繼續交談下去，一時卻想不出話題。他低頭繼續讀他的衛報，我假裝看窗外的風景，藉著眼角的餘光窺視他。進展不多，我知道，但總是一個開始。他認識我了；他知道有我的存在。現在，只剩下時間的問題。

莎士比亞說得好：「我們的第一要務，先幹掉所有的律師。」這樣一來起碼外面少了一些撒謊的騙子。甚至連這兩字的英文發音都很雷同：lawyer（律師）、liar（騙子）。對於這種一會兒幫原告說話，一會兒又替被告說話的男人我哪能相信什麼呢。

我把車就停在蓋瑞茲家的轉角，從這裡我可以看見他回家，他卻看不見我，這都拜我這輛吉普車的染色玻璃所賜。他的屋子沒有樹籬，所以從這個利多的位置可以直接看見他的客廳。

我現在已經很清楚他的習慣。他習慣在六點回家，進廚房拿一罐荷蘭啤酒，再回客廳邊喝啤酒邊看電視。二十分鐘後，他再進廚房拿一些吃的——披薩、標準電視餐、烘烤洋芋。正規的烹飪顯然不是他的強項。等我們在一起了，這部分的責任就得有我一肩扛起了。

看完新聞，他離開客廳，大概是去另外的房間做什麼事吧。在我想像中，那些松木書架上一定排滿了法律書籍。然後，那一個晚上他不是回到電視機前面，就是走到轉角的小酒店喝上兩杯。

蓋瑞茲需要有個人作伴，共享人生，我在等待他回家的時候想著。我就是這個人選。蓋瑞茲將是我送給自己的聖誕禮物。

五點一刻，一輛白色的福斯Golf滑進了蓋瑞茲住家外的停車格，一個女人下車走出來，又再趴回車子裡拎出一只塞滿卷宗的公事包和一只女用肩袋。她走上人行道，我覺得有些眼熟。很嬌小，淺褐色的頭髮朝後綁了一條粗粗的辮子。一副玳瑁框的大眼鏡，黑色套裝，白上衣，頸子上有一圈蕾絲花邊。

她竟然轉向蓋瑞茲家的大門，這怎麼可能？我簡直不敢相信。她花不到幾秒鐘就走到了門口。我告訴自己這大概是他的房屋經紀人、保險經紀人，或者順便幫他帶文件公事回來的同事。都有可能，都有可能。

這時她掀開手提袋取出鑰匙插入鎖孔，自在的走了進去。客廳門打開，她把公事包往沙發邊一扔，人又跑不見了。十分鐘後，她回轉來，裹著蓋瑞茲寬大的白色毛巾浴袍。

坦白說，我始終支持莎士比亞的說法。

這是歡樂的節慶假期，所以我強迫自己不許讓失望污染了我的情緒。我開始集中精神研究我的下一個計畫。我要來點應景的東西，一種古老野蠻的聖誕象徵。光是一個馬槽和兩件嬰兒的衣服成不了大事，我決定開闊自己的藝術格局，追求人生的另一個境界。

以十字架作爲懲罰的形式，最早應該是羅馬人從迦太基人那裡學來的。（很有趣吧，羅馬人老是想盡辦法參考人家的方式學做野蠻人……）羅馬人採用這一招大約是在布匿克戰爭[31]的時候，最初，只限於用在奴隸身上。這個招數非常適合，因爲眼前我認爲這是蓋瑞茲最合適的一個角色。後來羅馬帝國就把它變成了一個全民普及的刑罰，專門對付那些違規叛逆的地方百姓，這當然是在羅馬人恩典駕臨，征服他們——對不起，應該說教化——他們之後。

依傳統，重罪犯在受完鞭刑之後，必須扛著橫木遊街示眾走到指定的地點，在那裡事先已經豎好了一根高高的木樁。這時先把犯人釘在橫木上，再用滑輪連人帶木的舉起來。他兩隻腳或釘

[31] Punic Wars，或譯布匿戰爭，古羅馬帝國對迦太基人的三次戰爭，當時羅馬人稱迦太基爲布匿克。

或綁的，被固定在木樁上。偶爾，在這樣生不如死的時候，行刑的士兵會出手幫忙，把受刑人的雙腿打斷，慈悲的讓他失去知覺。就我來說，我決定選擇X形的聖安德魯十字架。一個理由是，它能使蓋瑞茲全身的肌肉產生更有趣的緊張壓力。另外一個理由，如果要把他豎起來，也比十字型方便許多。

很有趣的是，釘十字架的刑求從來不使用在士兵的身上，除非犯下擅離職守，逃兵的罪行。看樣子羅馬人確實有些道理。

11.

與此同時這個死者是誰？他又是趕往誰的住處呢？

他總不至於像搭郵輪似的，在船上隨便找個人下手吧？啊，不可能的：之前的死者是他自己中意的，換言之，是一個非常親密的老朋友。

布蘭登陰沉的瞪著打字機上的那張紙。湯姆．克勞斯或許離副局長理想中的完美警察差距很遠，但無疑是一個很好的「捕快」。像今天晚上這樣誇張的表現只是爲他整個的生涯掛上了一個問號。這些年來湯姆．克勞斯栽過多少人的贓，結果有誰要得過他？要不是布蘭登這次自作主張帶了東尼先去進行了一次違法搜索，任誰對於湯姆．克勞斯提出的「證據」都不會有疑處。除了史蒂威．麥肯奈，只有史蒂威本人才知道湯姆．克勞斯三項「發現」中的兩項都是他隨身帶來的。單就這個後果就足夠使布蘭登嚇出一身冷汗。

湯姆．克勞斯讓布蘭登沒有選擇的餘地，只有叫他停職一條路可走。紀律懲戒聽證會當然免不了，而且鐵定很痛苦，不過布蘭登不太在意這個。他最擔心的是對整個兇案組的士氣影響。唯一對槓的方法就是由他直接負起全部的調查責任。現在，第一要務就是如何叫局長相信他是對的。布蘭登嘆了一口氣，把打字機上原有的那張紙抽出來再塞入另外一頁。

他交給局長的備忘錄簡明扼要。這也是他回家睡覺之前的一件大事。布蘭登長吁短嘆的看看鐘。再半小時就是午夜了。他推開打字機，開始在他專用的公文稿上下筆。「致：督察凱文．馬修。發文：約翰．布蘭登副局長。事由：史蒂威．麥肯奈。茲因克勞斯督察長停職，將由本人直接負起兇案組的指揮事宜。關於麥肯奈起訴案件除街頭鬥毆一項外不得再有其他。麥肯奈應按照法庭裁定予以交保後釋放，保釋後一週內須返回司卡吉爾分局報到，若有新證據產生時，得以做進一步的偵訊。基於他拒絕提供相關接觸人等的資訊，或曾向蓋瑞茲．芬尼根和亞當．史考特引介過的人物姓名，因此他的任何相關接觸都應徹底追究。同時應取得電話竊聽核准，此鑑於他與史考特及芬尼根二人的聯繫，以及目前獲知他與戴米恩．康諾力也有公務方面的接洽。對於這四件具有關聯性的兇殺案，我們應繼續做全方位的調查，我個人建議，在麥肯奈獲得保釋之後，我們對他仍須保持嚴密的跟監。明日中午就本案召開高階警官會議。」他簽上名字封入信封。如何交朋友如何影響他人，下樓去找執勤員警的路上他不斷的想著。布蘭登暗自祈禱，但願東尼．希爾對史蒂威．麥肯奈的看法正確。如果正確的是湯姆．克勞斯的直覺，那麼，出紕漏的就不只是整個CID（刑事偵緝部）的士氣而已了。

卡蘿趴倒在餐桌上，下巴搭在交疊的手臂上，一隻手輕輕搔著尼森的肚皮。「你覺得呢，兒子？他會不會又是一個愛說謊的傢伙？」

「喵——」貓咪抬高了音調，兩隻眼睛瞇成了一線。

「我想也是。我同意，我知道怎麼看人。」卡蘿嘆一聲。「你說得對，我應該保持距離。在跑壘的時候一定會碰上這類的狀況。這些狀況通常都不是從左外野飛過來的。不過也好，至少現在我知道他爲什麼老是退縮。別想他了，尼森。多一事不如少一事，生活已經夠煩的了。」

「咪嗚——」尼森完全贊成。

「他八成以爲我是腦死的白痴，居然想要我相信一個完全不認得的陌生人會在他的答錄機裡留那種言。」

「哇嗚——」尼森抱怨著就地翻了個身，用爪子拍打她的手指。

「對啊，你也覺得很可笑吧。可是這人是個心理學家。就算要找藉口搪塞，總該找個像樣的，至少也要比這種可笑的電話來得高明些。他只要說跟某某人已經不來往，對方不死心就行了。」卡蘿揉揉眼睛，打個哈欠，有氣無力的站了起來。

麥可用來當書房的儲藏室房門開了，他站在門口。「我好像聽見說話的聲音。妳有話可以跟我說，起碼我有回應。」

卡蘿拋出一個疲累的笑容。「尼森也有。那不是牠的錯，不干貓的事。我只是不想打擾你；知道你還在忙。」

麥可走去酒櫃爲自己倒了一小杯威士忌。「我只是在試載其他的軟體，想辦法改進目前我們自己的缺點。小事。妳今天如何？」

「別提了。上面要我們搬到司卡吉爾街。那簡直比地獄都不如。想想看，現在再叫你回頭打算盤做算術的樣子，你就知道我現在的工作環境了。那氣氛之爛，東尼．希爾還幫腔說話。除此以外，一切都太神奇了。」卡蘿有樣學樣，也爲自己倒了一杯酒。

「要不要說來聽聽？」他坐上沙發的扶手。

「謝了。」卡蘿一口乾了酒，精神一振的抖了抖身子說，「啊對了，我幫你帶了一組照片。哪時候可以看看？」

「等明天晚上我跟軟體告個假。行嗎？」

卡蘿環著麥可，給他一個擁抱。「謝啦，小弟。」她說。

「我的榮幸，」他回擁著她說，「妳知道我最愛的就是挑戰。」

「我要去睡了，」她說，「睡得很熟很熟。」

卡蘿才關燈就感覺到一個熟悉的重量，尼森已經落到了她的床腳跟。有牠的溫暖貼在腿上的感覺眞好，雖然比不上今晚稍早時候內心遐想的那一個「身體」。果不其然，她的腦袋一觸著枕頭，睡意立刻打消。疲累的感覺還在，心思卻在奔跑。上帝啊，但願到明天下午，她和東尼之間的尷尬已經煙消雲散。儘管那份羞辱的痛楚仍舊揮不走，她可是一個有專業素養的成年人。現在她知道了他的底限，她不會再爲難他，現在他既然知道她都知道了，也許他反而因此比較輕鬆。總而言之，現在側寫分析成了他們之間最不受污染的地帶。她迫不及待的想要看看他提出的推論。

在這個沉睡都市的另一邊，東尼也躺在床上，瞪著天花板，沿著灰泥周邊的隙縫走著幻想中的地圖。他很清楚不必關床頭燈了。睡眠一定跟他絕緣，在黑暗中，令人窒息的幽閉恐懼症也一定會慢慢的向他逼近。數羊毫無用處；在這一個時刻，東尼．希爾變成了他自己的治療師。「妳爲什麼要今天晚上來電話？」他嘀咕著。「我喜歡卡蘿．喬登。我知道我並不想她走進我的生活，可是我也不想傷害她。我才剛說了生活中沒有其他人，就聽見妳在答錄機上曖昧的甜言蜜語，對她來說無疑是當面摑了一巴掌。

「以一個局外人的看法，可能會認爲我們彼此認識不多，今天晚上發生的一切未免反應過度。問題是局外人不了解這份牽絆，當兩個人爲了同一個案子密切合作的時候，當時間的鐘擺又要帶走一條人命的時候，那份親密感就會突如其來的迸出來了。」

他嘆息。好在他還沒脫口說出可以讓卡蘿相信他沒有說謊的那件事，那個他一直小心守護的眞相。他是怎麼對他那些病人說的？「說出來。不管什麼，說出來就是拿掉痛苦的第一步。」

「眞是一堆屁話，」他尖酸的說，「那只是我魔法袋子裡的一個戲法而已，純粹是爲我的好色邪念合法化而已，所有的招數都是爲那些心理有病的人，找個合法宣洩的管道而已。如果我把事實告訴了卡蘿，照我自己的說法，非但不能拿掉我的痛苦，只會更覺得自己是豬狗不如。老男人性無能不算什麼。像我這樣年紀的男人不能勃起就是笑話了。」

電話鈴聲令他一驚。他翻身抓起話筒。「喂？」他的語氣緊繃。

「安東尼，你終於在了。噢，我好想你啊！」

聽見這沙啞緩慢的聲音他陡升的怒氣忽然熄滅了。何苦生她的氣呢？問題不在她。是他自己的問題。「妳的留言我聽到了。」他說。惹毛卡蘿的人並不是她；如果他沒有難言之隱，根本就不會有這樣尷尬的場面。跟正常的好女人交往，想都別想了吧。他和卡蘿的關係鐵定會搞砸，就像之前的那些女人，只要一有親密接觸就玩完。所以他最佳的選擇是色情電話。至少這個方式可以產生一種平衡感；它讓男人假裝的不只是高潮，還有勃起的雄風。

安潔莉卡咯咯的笑著。「我特別給你留了些好東西等你回來享用。我希望你不會太累，還有力氣來玩一點餘興節目。」

「玩妳的餘興節目我永遠不會累。」東尼硬生生的把噁心的感覺吞回去。把它當作治療吧，他告訴自己。東尼躺平了，讓電話裡的聲音在他身上竄流，他的手從胸口一路往下，遊向了他的腿胯。

電梯上到布拉德菲爾德崗哨晚報三樓的辦公室，潘妮走了出來，幾個清潔工正在電梯口閒聊。她走進新聞編輯部，一路走一路開燈，嘴裡還哼著不成調的曲子。她把包包往桌上一擱，打開電腦，點入圖書資料庫，再按「搜尋」鍵。出現五個選擇：一、主旨；二、姓名；三、簽署；四、日期；五、圖片。潘妮點擊「二」。在「姓氏」欄打上「希爾」。

在「名字」欄鍵入「東尼」，在「頭銜」欄輸入「博士」。然後她靠在椅子上等待電腦從它超大容量的記憶庫裡自動搜尋。潘妮彈開菸盒，抽出這天的第一枝菸。才抽不到兩口，電腦螢幕就閃起了「好手氣〈六項〉」。

潘妮點選全部，叫出這六個項目。它們按照日期由後往前逆向顯示。第一項是兩個月前崗哨時報的剪報。文章是報社一名新聞記者寫的。雖然她當時看過，但早已經忘得一乾二淨。這次再看，潘妮忍不住輕輕的吹起口哨。

殺手的心態

由內政部遴選，目前擔任獵捕連續殺手先導的這位人士今天針對最近震驚同志圈的殺戮事件發表談話。

犯罪心理學家東尼．希爾，參與政府提撥基金成立的一個研究部門已有一年的時間，該部門以犯罪心理側寫爲主要任務，類似電影《沉默的羔羊》中FBI的特別小組。

希爾博士，三十四歲，之前在布萊梅醫院任臨床心理學主任，這是最高安全層級的一個心理單位，裡面住著英國最危險瘋狂的人犯。包括有殺人狂大衛．哈尼和渾號公路狂人的連續殺手，基斯．龐德。

希爾博士表態説：「我還沒有接到警方的徵召討論這些案子，我知道的跟你們的讀者一樣多。」

要不是東尼．希爾博士欺騙了她的同事，就該是在訪問之後他才正式介入這個案子。果眞如此，她的主編可要心花怒放了。她已經可以看見斗大的標題寫著：「高人帶路緝兇，警方跟著走」。她很快瀏覽剩下的文字。多半都是她已經知道的東西，唯獨對於希爾博士根據第三次兇案中一些差異推測可能有兩名兇手一節，頗感興趣。這個看法似乎完全被忽略了。下次倒要在電話裡向凱文問個清楚明白。

第二則剪報來自衛報，內容在説內政部發展了一個針對連續殺手的研究部門。這個方案起源於布拉德菲爾德大學。這篇文章讓她對希爾博士的背景更多了一份了解，她隨手抄寫在記事本上。大有來頭啊，這傢伙。她可得小心應付。她拿筆敲著牙齒，想不通崗哨時報爲什麼沒有對這位希爾博士做一篇專訪。也許試過，被打了回票。她得去問問「人物專訪」組裡的同事。

其餘兩份剪報是來自一份公營的小報，連續兩篇關於連續殺手的系列報導，恰好配合電影《沉默的羔羊》上片的時間。兩篇文章裡都引用了希爾博士的談話，談的也都是心理側寫分析師方面的相關常識。

最後兩則報導的是他最出名的病患之一，基斯．龐德，渾號公路狂人。龐德在高速公路休息區誘拐五名婦女，加以強暴並殺害。在受審期間，總共只找到兩具屍體。但是經過希爾博士的延伸治療之後，龐德終於透露了其他三具屍體的下落。希爾博士還被其中一名死者的家人讚譽爲奇蹟工作者。其中一篇報導試圖爲希爾博士做人物簡介，可惜資料太少，那位記者同樣也寫不出什麼名堂。

東尼．希爾，沒有婚姻紀錄，專心致力於工作。一位他過去的同事說：「東尼是個工作狂。他已經跟他的工作結婚了。

「他全部的心思都放在了解病人的心理上面。全國大概找不到第二個像他這樣有本事深入了解那些人扭曲怪異的心態，和行爲動機的心理學家。

「我有時候甚至認爲，他跟那些殺人狂的關係比跟正常人相處還來得密切。」近乎隱世的希爾博士一個人獨居，出了名的不與同事交際來往。

除了研究連續殺手的心態之外，唯一的嗜好就是爬山。週末假期，他固定開車前往湖區或是約克郡谷地踏青。

「眞是搞笑。」潘妮一面大聲的說著，一面在記事本上猛記筆記。她再返回首頁，點選第五個項目。再次打上東尼的姓名搜尋他的相片。資料庫顯示只有一張檔案照。潘妮把它叫出來，她盯著螢幕上出現的那張臉孔。「原來如此啊！」之前她跟他有過一面之緣，現在終於知道卡蘿・喬登的親密戰友是誰了。

潘妮靠在座位上，抽著她的第三枝菸，編輯部眼看就要熱鬧起來。撥完這通電話她就可以上福利餐廳去享受火腿蛋了。她撥通凱文・馬修家裡的號碼。第二聲鈴響他接起電話。「刑事督察馬修。」帶著睡意的聲音。

「嗨，凱文，我是潘妮，」她玩味著報上名字之後突然出現的靜默。「抱歉打擾你，可是我想這些問題你在辦公室比較不方便說。」

「什——什麼？」他先是結巴，然後含糊的說：「噢，是公事。去睡吧，親愛的。」

「東尼・希爾博士在組裡多久了？」

「妳哪裡聽來的？搞什麼，這是最高機密啊！」他開始發作，焦慮自動轉換成火氣。

「嘖嘖，凱文，你吼成這樣，你老婆哪裡睡得著啊。別管我怎麼知道的，只管放心絕對不是從你傳出來的就是了。多久了，凱文？」

他清清嗓子。「幾天而已。」

「是布蘭登的主意？」

「沒錯。妳聽著，我眞的不能多談這件事。這事不能公開。」

「他負責側寫分析，是嗎？」

「妳說呢？」

「跟卡蘿．喬登合作？布蘭登相中的那個藍眼睛女生，對嗎？」

「她是連絡官。哎聽著，我非掛斷不可了。待會兒再跟妳說，行嗎？」凱文試圖耍狠，可惜沒成功。

潘妮笑著慢慢的呼出一口煙。「謝啦，凱文。這次算我欠你一份大人情。」她擱下話筒，清除螢幕，開啓文字檔。

「獨家。文：潘妮．柏格思。」她開始打字。早餐暫緩。現在她有更有趣的事情要做。

八點半，東尼回到電腦螢幕前面。這次，他不但沒有爲自己的色情遊戲感到罪惡，反而覺得精神百倍。縱容自己利用安潔莉卡『調劑』一下，多少獲得了一些紓解和放鬆。只是他還是感到很驚訝，在她透過那種煽情的、純想像式的情色交談當中，他居然眞的能夠激發出情慾。其實他並不能持續堅挺到高潮，好在沒有誰在場分享他的失敗，所以這也無關緊要了。也許他需要的只不過是安潔莉卡的幾通電話，藉此稍微解除他在現實中的自卑感吧。

但是工作絕不能受影響。現在他需要絕對的平靜。他已經交代秘書不接任何電話，他連專線電話也關了。現在不會再有任何人任何事打斷他的思緒。他保持得意的好心情接上了前一天的進度。現在他就要下筆爲巧手安迪做結論了。東尼拿起保溫瓶爲自己倒了杯咖啡，做一次深呼吸。

我們面對的是一個連續殺手，在被逮捕之前，他當然會再度殺人。下一次做案時間將會出現在戴米恩．康諾力死亡之後的第八個星期一，除非有其他刺激因素促使這個時間加速提前。而這個誘因很可能是某個突發的狀況，導致他失去了原來可以令他滿足的那些幻想。譬如，他有錄影的習慣，所以影帶的損毀或遺失就有可能引發失控。另一種可能的情形是，有某個無辜的人以這些殺人事件的罪名遭到起訴。這在他是莫大的侮辱，導致他可能會提前下一次做案的時間。

我相信他應該已經選定了下一個受害人，而且對於這個受害人作息和生活型態也已經很熟悉。有可能同志圈裡並不知道這個人，或許，他根本是個不折不扣的異性戀。

最後一名死者是警官這件事確實令人不安。有高度的可能，這是經過選擇的決定，絕對不是出於意外或巧合。兇手在向警方傳遞一個訊息。他要求我們注意他，他要求我們看重他。同時也在告訴我們他是最好的；他抓得到我們，我們卻抓不到他。在理論上這種行爲叫做引誘逮捕，但我個人認爲這個論點並不適用於本案。

他的下一個目標有可能也是一名警官，或許甚至就是負責辦案的人員。同樣的，這並非兇手選定目標的唯一考量；這個人選必定也充分符合他的理想，達到他做案的標準尺度。在此我強烈建議，凡是與被害人形象接近的警方人員隨時都要保持警戒，隨時注意住家附近有無停靠任何可疑的車輛，在工作或社交場合隨時查看有無被跟蹤的跡象。

對兇手來說，跟蹤有兩個主要的目的：減低做案時各項潛在的意外因素，同時刺激幻想，這也是兇手生活當中最重要的一環。

這名兇手很可能是白種男性，年齡介於25到35之間。身高至少五呎十吋，體力佳，上半身健碩有力。然而，他對自己的體型可能很不滿意。他也許會去健身房練身，但如果能力許可，他寧願在家中自備健身器材。他慣用右手。

他看起來不像一個騙子。他的外觀平常普通到了極點。他的行為舉止不會啓人疑竇。他是那種你不會再看第二眼的人，當然更不可能被懷疑是個連續殺手。他也許有刺青，以及/或者還有自己造成的一些疤痕，不過都很隱密。

他對布拉德菲爾德很熟悉，他對坦伯菲爾德區的認知顯然很潮流；意味著這是一個居住並有可能在這個城市工作的人。我不認為他是偶然出現的一名觀光者，也不會是純粹為了殺人而回來的原住民。在住家和工作場所方面，幾個受害人並無明顯的地緣關係，除了很合理的，都鄰近地鐵的行經路線。第一個死者的家很可能與兇手的住處或工作地點非常靠近。就這幾名死者的一般背景和作風看來，原則上他偏好熟悉的環境，我懷疑兇手住的應該不是租屋，而是自己私人的房產，是有樓層的住宅而不是平房，位在郊區，跟那些死者的住處很近似。而且那些死者的房屋可能都比兇手的住宅來得好；在某種程度上這些人就是他羨慕的對象。

他的智商可能在水準以上，但我不認為他有大學的教育程度。

他的學業成績很不穩定，出席率不高，分數落差大。他絕對不會發揮自己的所長或是遵循別人對他的期望。連續殺人犯的雇傭紀錄大多很差，不斷的轉換工作，遭解雇的情形多過自動辭職。然而這人在殺人犯案的時候卻出奇的冷靜，因此我個人以爲，他應該有能力保有一份穩定的工作，甚至還能獨當一面，負責企劃之類。不過，我不認爲他的職務有需要和其他同事多做接觸，因爲他與其他人的關係會因爲本質上的不正常顯得格格不入。幾個受害人清一色是白領階級，唯一例外只有戴米恩．康諾力，這給我的提示是，他可能也在類似的工作環境裡任職。甚至有可能在專業技術的領域，譬如電腦。在這個領域裡工作的人，不必太多的人際互動也可以保有很好的職位。凡是社交關係不佳的人，在電腦軟體設計的奇異世界裡都可以來者不拒的完全接受；事實上，他們也因爲無可取代而備受推崇。我不敢說兇手是電腦軟體界的創意翹楚，若說他是系統管理或是程式測試，我絕不意外。他很可能跟上司都處不好，原因是不聽話又好爭辯。

從他的職業、志向、衣著、居家研判，他應該是中產階級，當然或許也有勞動階級的背景。他的手上功夫很了得，就這幾件兇殺案裡高水準的策劃可以看出端倪，可是我認爲他應該不是從事手作方面的行業。

在社交上，他有疏離感。不見得很孤獨，但是不會主動與人連繫。感覺上像是一個局外人。他或許有一些淺薄的社交技巧，只是表現不當；總是笑得太大聲，把別人的敵意當成玩笑，經常像遊魂似的作他自己的白日夢。他沒有一個眞正的朋友，在團體裡從來不會單獨與某個人特別要好。他不在乎自己的不擅社交，他寧願與自己的幻想爲伍，太多人的社交活動，促使他對周遭的情況無法完全掌控。

他很有可能不是獨居。而同居人以女性的成分爲大。他的迷戀男性是一個無法被接受的事實，在任何情況下他都不能跟一個男人同居，甚至連柏拉圖式的關係都不能存在。他和女人會有親密的性關係，但他不會是個火熱有勁的好情人。他的表現頂多稱職而已，而且經常會發生不舉或／和舉而不堅方面的問題。然而，他在犯案過程當中不會有這方面的問題，甚至幾乎能跟他的受害人一起圓滿達成某種形式的性行爲。

東尼停頓下來望著窗外。有時候感覺就像雞和蛋的問題。他同情那些病患是不是一種移情作用，因爲他也知道性無能的挫折和憤怒，或者，是不是因爲他自己日趨加重的病情反而對他的工作有利？「這有關係嗎？」他不耐煩起來，一手順著頭髮，再度專心的回到螢幕上。

如果他跟某人同居，理所當然，對方不太會懷疑她的同居伴侶是個殺人兇手。她心中既然有了這樣的認定，她的第一直覺很可能就是袒護他，爲他找脫罪的藉口。所以，單就嫌犯的女友或妻子的證詞不足以作爲排除任何罪嫌的理由。

他是開車族，有自己的車，車子性能很好〈見前頁〉。每個星期一晚上，他都可以毫無牽掛的外出漫遊。

他有強烈的建構式人格特質，標準的操控狂。這種人往往會因爲女友忘記買他愛吃的玉米片而暴怒。他相信自己絕對合情合理：他以爲他的犯罪行爲只是在表現其他人原本想做而不敢做的事情。他怨天尤人，極端好鬥，總覺得整個世界都跟他作對；以他的聰明才智，經管整個公司綽綽有餘，怎麼會只屈居這個小職位？以他的超凡魅力，怎麼會沒有超級名模作伴？答案是，全世界都在跟他過不去。他的自我中心觀念就像一個被寵壞的小孩，從來不知反省自己的行爲對別人造成的影響。他只看到外界對他的影響。

他是永遠的幻想家，異想天開的白日夢者。他的幻想都經過精心設計，這些幻想對他來說比現實更有意義。在做抉擇的時候，在面臨日常生活中任何挫折阻礙的時候，他的幻想世界就是他退避的出路。這些奇特的幻想可能牽涉到暴力和性，也可能是戀物癖。這些異想不會原地踏步的維持不變；它們的力量會消失，必須不斷的研發、翻新。

他有十足的把握，沒有任何人能阻擋他實現這些暴力的異想。他有超強的自信，相信自己比警方聰明。他從沒有做過會被逮到的規劃。他認爲自己不會有這麼一天。對於抹除相關的鑑識痕跡他做得非常仔細徹底，這也是我認定第四個兇案現場所遺留的那一小片蘇俄鹿皮只是煙幕彈的原因，關於這一項我已經向喬登督察做了說明。可以確定的是，他一直在密切注意著警方的偵查行動，而且毫無疑問的，在我們爲那片皮革跑斷腿的來源時，他肯定笑翻了天。就算警方眞的追出來源，我懷疑在逮住兇手的那天，我們會發現他所有的物件裡獨缺這一件。

他即使有前科，頂多屬於青少年犯罪級。可能的罪狀包括：破壞公物、輕微縱火、偷竊、虐待兒童或動物、攻擊師長。總之，在某個時間點上，這名兇手已經學會了高度的自制力，他應該不會有成年的犯罪紀錄。

他會竭盡所能的隨時了解辦案的情況，也熱中於媒體的報導，只要報導當中有他所渴求的榮耀和推崇。有趣的是，亞當・史考特的墳墓在第二件兇案過後不久遭到褻瀆。這或許是他提高犯罪姿態的一種企圖。他有可能和一些員警有所接觸，若果眞如此，他必定利用這個管道取得辦案的偵查進度。任何員警感覺有諸如此類的試探時，應該敦促其向兇案組高層報告。

東尼儲存好檔案，再把全文重看一遍。和他一起共事的心理學家之中，有些人喜歡大量採集殺人犯的童年背景，甚至拿來當作殺人犯成年後的行爲參考。東尼不是。他是有了適合偵訊的嫌犯，再慢慢釐清這方面的資訊。東尼從來不忘記他是在跟一群警察打交道。像湯姆・克勞斯這類的人，哪裡會在乎一個嫌犯承受過什麼樣醜陋不堪的童年。

想到湯姆・克勞斯，東尼眼神一凜。這份分析報告到他手上肯定是一場惡夢。

第一刷布拉德菲爾德崗哨晚報在中午時分登場。急著找房子、工作和特價品的人們連第一頁的標題也沒看，就急著從街頭攤販手裡搶下了報份。大家打開報紙，直接翻到小廣告欄尋找合乎自己的需要，反倒是把報頭和報尾白白讓給路過的行人看個痛快。隨便一個好奇的人就能瞥見第一頁上斗大的標題，「**緝兇老大被甩出局**。獨家，文：刑案特派記者，潘妮・柏格思。」再往下，靠近右手最下方佔了大約四分之一的是一張東尼的照片，寫著，「**高人帶路，警察跟著走**。獨家，記者：潘妮・柏格思。」如果有人因爲這份好奇而買下這份報紙，他就會看到副標題這樣寫著，「頂級心理大師加入酷兒殺手獵捕行動，詳見第三版。」

在布拉德菲爾德熙來攘往的大街上一棟高聳的辦公樓層裡，有個兇手懷著無比興奮的心情在看報。一切進行得太完美了。這彷彿就是警方主動在替兇手執行他的幻想，讓美夢全部成眞。

摘自3.5磁碟片　標示：備份檔・007
檔名「愛情・012」

市區裡的大街小巷是另外一個世界，買完了聖誕禮物又要忙復活節，一票笨蛋。我在我的地牢裡，今年肯定會有一個難忘的聖誕節。雖然這是蓋瑞茲在人世間的最後一個聖誕，我確信每一個細節都會印刻在他的記憶當中，清晰得就像我錄製的影帶一般。

爲了安排我們的會面我眞是費盡心機。那個賤女人的出現意味著我不能再像對待亞當和保羅那樣，去他家裡擄人。我必須改變計畫。

我寄了一份邀請卡給他。依我的推想聖誕夜一定不可行，那天晚上他就算不是跟家人團聚也會被那個賤貨給霸佔，所以我選擇十二月二十三日。我用了一些他既沒有辦法婉拒，也絕不敢帶著賤貨一起亮相的措辭。最後一句寫的是：「入場以邀請卡爲準。」這招聰明。這表示他必須隨身攜帶我們之間聯絡的唯一證據。

方便他事先參考查閱起見，邀請卡的背面附有說明，聚會地點位在布拉德菲爾德與約克郡戴爾斯谷地之間，沼原上面的一棟假日別墅；剛巧就在史塔特坡地農場和我那間地牢的正對面。我預期這個別墅在聖誕節的時候會對外出租。不過，我當然不會讓蓋瑞茲走到那一步。

這是個標準樣板式的聖誕夜晚；慘白的彎月，閃爍的星光有如豪華腕錶上的鑽石晶片，草地和樹籬上都積著厚重的霜。我把車停在通往假日別墅和幾間農舍的窄路邊上。遠方，直通布拉德菲爾德的雙線大道像一條綴滿彩燈的緞帶穿過朋寧山脈。

我開亮警示燈，下了吉普車，打開引擎蓋。我把必需的配備放在手邊，然後靠著車頭等待。天好冷，但我不在乎。我算得很準，只等了五分鐘左右，就聽見車子引擎爬坡的聲音。車燈掃到我下方的彎道，我走出來，拚命的揮手，一副又冷又急的樣子。

蓋瑞茲的老爺福特猛地煞在吉普車前面。我遲疑的朝他走了幾步，他打開車門走出來。「車子出毛病了？」他問，「可惜我對車子實在一竅不通，要不，讓我順路載你一程……？」

我微笑。「謝謝你。」我說。他靠近的時候臉上看不出一絲認識我的表情。光是這一點就令我恨他。

我走回吉普車，指著車頭。「其實問題不大，」我說，「只是，我得需要三隻手才行。你只要幫我抓穩了，我就可以用螺絲起子……」我指著引擎。蓋瑞茲趴向引擎蓋。我舉起螺絲起子就給了他一記。

五分鐘不到，他已經被綁得像隻火雞似的塞在他那輛車子的後車廂裡。我拿了他的車鑰匙、皮夾，還有我寄給他的邀請卡。我開下山穿過市區到達農莊，我把失去知覺的他胡亂扔下地窖的樓梯。我現在沒有時間管這些事，我還得趕回去取走我自己的吉普車。

我把蓋瑞茲的車子開到布拉德菲爾德市中心，停在坦伯菲爾德克朗普騰公園區一條後巷裡。沒人注意到我；大家都在忙著開派對。只要十分鐘就可以走到火車站。

二十分鐘車程，十五分鐘的腳程，輕鬆回到了我的吉普車。我小心翼翼的走近車子。沒有任何動靜，也沒有遭人窺探的跡象。我駕車駛回史塔特坡地農莊，一路吹著〈聆聽天使報佳音〉。

我一開亮地窖的燈，蓋瑞茲的一對灰眼珠就在那裡怒氣衝天的瞪著我。這個我喜歡。經過亞當和保羅一副嚇得要死的討厭相之後，能看見一個比較帶種的男人令人耳目一新。從他封著膠帶的嘴裡發出來的聲音不像是討饒，倒像是生氣的嘟囔。

我彎下腰，把他額上的頭髮往後撥。剛開始他還閃躲，之後就變得很平靜，不閃不躲，只有眼神在打轉。「這樣才對啊，」我說，「沒必要鬥，沒必要反抗。」

他點點頭，又咕嚕了幾聲，用眼神朝著嘴巴上的膠帶示意。我跪在他身邊，拎起那片手術膠帶的一小角，抓緊了，飛快的一把把它拽掉。這總比慢慢撕慢慢扯來得仁慈多了。

蓋瑞茲活動一下下顎，舔舔發乾的嘴唇，對我怒目而視。「這是哪門子派對？」他咆哮，聲音有些顫抖。

「這是你應得的。」我說。

「虧你怎麼想得出來？」他說。

「你明明跟我在一起。卻找了那個爛貨，還想要保密。」

他的眼神一亮，似乎開竅了。「你是……」他驚呼。

「沒錯，」我打斷他的話。「現在你知道你爲什麼在這裡了。」我的口氣冷得就像地上的石板。我猛然站起身，走向放置工具的長椅。

蓋瑞茲又開始說話，這次我要封住他的嘴，不許他再出聲。我知道律師的口才有多厲害，我可不想被一堆花言巧語誤了我的正事。我打開拉鍊袋，取出氯仿布墊。我回到蓋瑞茲身邊，一手揪起他的頭髮一手拿麻醉墊搗住他的口鼻。他發狠的掙扎，他終於失去知覺的時候，他的頭髮居然被我連根拔起了一大撮。好在我戴著乳膠手套，否則他的髮絲非把我割傷不可。而我最不想要的就是我的血和他的血混在一起。

他整個昏迷之後，我剪光他的衣服，從猶大椅上抽一條皮帶從他腋下繞到胸前，緊緊綁牢。我安裝了一個基本款的滑輪，吊在天花板的橫梁上，我把滑輪的掛鉤扣住皮帶。蓋瑞茲的身體就利用滑輪往上提，一直提高到他整個人晃得像風中的槲寄生。到達這個高度，就該是解開手銬，把他紮上聖誕樹的時候了。

我按照聖安德魯十字架的形狀在牆上拴了兩條木板，木板上鋪滿厚厚的挪威刺藍杉的樹枝。我把捆繞在他手腕和腳踝上的皮帶全部固定在X形十字架的兩邊。我掰開蓋瑞茲緊握著的拳頭，把他兩手貼牢在十字架上。最後，我移開掛鉤，讓綁著手腕的皮帶承受全部的重量。他的身體危險的往下墜，一時間我真擔心皮帶的強度不夠。木頭上的皮帶短暫的嘎吱了一兩聲之後就安靜了。他像一個掛在地牢牆壁上的受難使徒。

我先把早就選定的大木槌和銳利的鐵鑿排列好。從現在到聖誕夜，我們倆都會在一起。我要好好享受我們這四十八小時裡的每一分鐘。

12.

幾乎沒有人會為了仁慈或愛國的原則犯下兇殺案……就絕大多數的殺人者而言，他們的人格大有問題。

四位探員臉色難看的坐在原本是湯姆．克勞斯的辦公室裡，約翰．布蘭登正式宣布了督察長的停職處分書。有些時候，布蘭登眞希望自己再成為這些基層弟兄，可以隨便發表意見，不必擔心有損職位的風險。「目前我們必須先把這件事放下，繼續辦案要緊。」他說得飛快。「好，麥肯奈情況如何？」

凱文．馬修在座位上坐直了身子。「我都遵照你的指示去做了，長官。就在午夜之前他剛剛離開拘留所，我已經派了一個小組跟監。到目前為止還沒有什麼異常的行動。他直接回家之後就睡覺了，從燈光來研判。今天早上八點起床，然後上班。我在健身房安排了一個人手，冒充新進會員的身分，另外一個負責外面。」

「要盯緊了，凱文。其他呢？大衛，電腦上有沒有出現什麼有趣的東西？」

「我們追蹤了許多車號和之前曾經跟同志有過節的一些人，攻擊和猥褻兩方面都追。我們也把唐．莫瑞克從旅行社調出來的一批預定前往俄羅斯的旅客名單，做了交叉比對確認。只要一拿到側寫分析，或許可以篩檢出一些嫌犯，不過以目前看來，還言之過早，長官。」

卡蘿及時插播。「有幾家舉重社團說，他們願意提供曾經去過俄羅斯和在那邊參加過比賽的隊員名單。」

大衛·渥考特扮了個鬼臉。「好傢伙，又一堆名單。」他說。

「我在皮件業有個熟人，」包伯·史丹費說，「英國最大的進口商。我問了那小塊皮革的事，他說是鹿皮，這種貨色可不是一般勞動階級穿的皮夾克。他說有可能屬於一個有點勢力，又不是很有權力的人。就好比督察啦，」他咧著嘴笑，「或者，正在往上爬升的市府店員、副站長、船上的二副之類的。」

大衛·渥考特也笑開了。「我會叫福爾摩斯小組特別留意那幫前**KGB**（前蘇聯國安會）的人員。」

布蘭登正要開口，被一陣電話鈴聲打斷了。他接起電話說：「布蘭登……」他的臉上忽然失去了所有的表情，呆滯得就像棺材板似的。「是，長官。我立刻過去。」他輕輕放下電話站了起來。「局長對於今天晚報上的消息很感興趣。」他走到辦公室門口停住，一手搭在門把上。「我相信在柏格思小姐的水槽裡洗我們髒衣服的這個人，現在一定很希望我能想出一個不對他開鍘的理由。」他朝卡蘿投出一個冰冷的笑容。

「或者，也有可能是女字邊的『她』。」

東尼鎖上辦公室的門，笑容可掬的向他的秘書揮揮手。「我出去吃個午飯，克萊兒。可能會去坦伯菲爾德的季諾快餐。喬登督察約好三點到，我會趕在之前回來。好嗎？」

「你確定不要先回一通這些記者的電話？」克萊兒在後面喊。

東尼轉個身，繼續倒退著走出辦公室。「什麼記者？」他問。

「第一通，崗哨時報的潘妮．柏格思。從我進來到現在，她每隔半小時打一次。最後這一個小時裡面，全國四面八方來的都有，還有布拉德菲爾德電台。」

東尼皺起眉頭，糊塗了。「為什麼？」他問，「他們有說什麼事嗎？」

克萊兒舉起她偷溜去校園報攤買來的崗哨時報。「我不是心理學家，東尼，可是我想大概跟這個有關係。」

東尼停下腳步。即使隔了一段距離，他也看得見那個標題，還有登在頭版上他自己的大照片。像被一塊磁鐵吸過去的公文鐵夾，東尼不斷走近，走近到能清楚看見兩篇報導上潘妮．柏格思的名字。「借看一下。」他啞著聲音，伸出手。

克萊兒把報紙遞過去，一面注意他的反應。她很喜歡這位上司，可是好奇他對晚報上曝光的反應也是人之常情。東尼唰的攤開報紙，搜尋自己的相關報導。帶著節節高升的恐懼感，他往下看：

希爾博士整裝待發，進入酷兒殺手的變態心理。除了擁有兩個大學學位，和與一些危害社會的重刑犯直接接觸的豐富經驗外，希爾博士更有堅持到底，不達目的不罷休的美譽。

他的一位同事說：「他已經跟工作結婚了。工作就是他生活的目的。要說有誰能逮到酷兒殺手，那非東尼．希爾莫屬。

「我相信現在只是時間的問題。東尼超有韌性。在逮住那個傢伙之前，他絕對不會放手。

「說眞的，東尼的腦袋一級棒。這些連續殺手也許算是高智商，可是一旦出了看守所，就聰明不起來了。」

「我的天哪！」東尼唉唉叫苦。這篇文章除了悖離事實，根本不會有哪個同事說出這種不倫不類的言論之外，簡直就是向巧手安迪開火；怎麼看都像在挑戰。他肯定巧手安迪這下一定會有所回應。東尼把報紙扔到桌上，氣惱的瞪著它。

「有點過分了。」他的秘書表示同情的說。

「不只是過分，簡直是不負責任。」東尼發飆。「去他的。我的午飯照吃。局長要是來電話，就說我請假。」他再次往門口走。

「那喬登督察呢？如果是她打來？」

「妳就說我出國了。」開了門，他又停住。「只是開玩笑。就告訴她說我會回來開會。」

東尼在等電梯的時候，心想著跟兇手正面交手這可是頭一遭，他壓根沒有這樣的心理準備。這下他眞的只能硬著頭皮蠻幹了。

凱文．馬修乾了杯子裡的酒，朝女服務生晃了晃空酒杯。「就算那片皮革只是一條轉移注意力的煙燻青魚，第一時間他還是非辦不可啊，對不對？」他倔強的問卡蘿和唐．莫瑞克。「再一杯？」

唐．莫瑞克點點頭。「我喝咖啡，凱文，」卡蘿說，「把菜單拿過來好嗎？我有預感，待會兒要跟博士長期抗戰，他老是有忘記吃飯的習慣。」

凱文點了飲料再轉向卡蘿，拚著他賴以升級的那份堅持，繼續說：「可是我的話沒錯，對吧？那塊皮就算是故意安排的，他也有追查的權力，更何況他又知道這不是平常的皮貨。」

「同意。」卡蘿說。

「所以追究它的來源就不算是浪費時間，對不對？」

「我從來沒說不對。」卡蘿耐心的說。「喏，你現在是要讓我了解湯姆．克勞斯的情況，還是要我學兇手那套，動用刑具？」

凱文一五一十的說著，唐．莫瑞克的注意力卻飄開了。這些事他實在聽太多次了。他靠著吧檯，打量著周圍的顧客。『沙克威的家徽』離司卡吉爾街分局不算太近，可是這裡有賣兩種散裝的好酒，約克夏特立和曼徹斯特伯丁罕。這間小酒館在坦伯菲爾德區的外圍，之前司卡吉爾街分局還在開張營業的時候，這裡是員警們的最愛。這個地點還有另一層意義，一些妓女和小流氓可以在這裡不著痕跡的向警方通風報信。然而，在司卡吉爾分局停止營運的幾個月裡，小酒館起了微妙的變化。固定來店裡的常客把這裡視爲他們的地盤，警察和其他的顧客自然有了明顯的區隔。打算從這些社會下層裡徵召新線民的員警全踢到了鐵板。即使眼前有個連續殺手在外面晃，也沒有人願意理會。

唐．莫瑞克以他警察的眼光慢慢掃視整個場子，把這些酒客一一分類：妓女、毒品販子、小男妓、皮條客、有錢人、窮光蛋、要飯的、窩囊廢。忽然卡蘿的聲音打斷了他的觀察。「你覺得呢，唐？」他聽到這一問。

「對不起，長官，恍神了。我覺得什麼？」

「現在我們應該自己開發一些報馬仔，不能再靠掃黃組那幫小妞了。她們在這附近已經轉了太多次，既然人家說下雨了，我也該出去瞧個究竟吧。」

「別管這些小妓女，」唐．莫瑞克說，「我們現在最需要知道的是同志圈裡面運作的情形。我指的不是出櫃的和在『地獄洞』的那些人。我指的是那些不曝光的，躲躲藏藏的人。他們有可能遇見過這個傢伙。我的意思是，就我所看過的關於連續殺手方面的記載，有時候他們並不是第一次就眞想殺人，他們只是嘗試。譬如約克郡開膛手就是。所以也許只是一個還沒出櫃的傢伙，在受驚嚇的時候一時失手。這說不定是一條突破的路線。」

「老天爺，我們多需要突破啊，」凱文說，「問題是我們不知道如何搭上線，該怎麼個聯絡法？」

卡蘿若有所思。「有疑慮時，求教警察。」

「怎麼說？」凱文問。

「警界有不少同志員警。他們一定懂得保持低調，謹愼行事。由他們來告訴我們該怎麼辦。」

「這沒有回答問題嘛，」凱文固執的抗議，「如果他們這麼低調，我們又怎麼知道他們是誰？」

「倫敦警局有一個男女同志員警的協會。何不跟他們聯絡一下，秘密的進行，請求支援？其中一定有布拉德菲爾德的會員。」

唐．莫瑞克佩服的望著卡蘿，凱文一臉挫折，兩個人都默默的在想，卡蘿．喬登怎麼永遠給得出答案。

湯姆．克勞斯瞥著崗哨時報的頭版頭條，得意的上下抖動著他的香菸。潘妮．柏格思八成以爲她已經操控了他們前一晚的不速之約，湯姆．克勞斯卻有不同的盤算。他在扮蜘蛛抓蒼蠅的遊戲，而她這隻蒼蠅果然不負他的期望。不對，該誇獎的時候絕不可吝嗇；她比他的期望好得太多。崗哨時報這麼一寫，到時候發現那個希爾大博士不過是個唬爛，那警方就有得瞧了。

今天布拉德菲爾德警局裡火大的人想必不少。這是湯姆．克勞斯跟潘妮．柏格思玩的復仇遊戲。不過，火大的還有另外一個人。看了今天的晚報，這位殺手可不只是一點點的不爽而已。

湯姆．克勞斯捻熄了菸，大聲的喝著他的大杯茶。他把報紙摺好，擱在面前的桌几上，望著簡餐店的窗外，再點上一枝菸。他蓄意激怒酷兒殺手。被激怒的情況下，人會疏忽，會犯錯。只要史蒂威．麥肯奈一出招，湯姆．克勞斯就在旁邊等著。他要表現給那些不是東西的領導看看，如何捉拿兇手。

兩點五十分，東尼回進辦公室。即便如此，他還是比卡蘿晚了一步。「喬登督察到了，」他才推開外間辦公室的門，克萊兒就朝他的辦公室點點頭。「她在裡面等。我跟她說你一會兒就到。」

東尼回應的笑容有些緊繃。他握住門把，閉上眼睛深呼吸。努力堆著滿臉的笑意，東尼打開門踏進了辦公室。聽見開門聲，卡蘿從窗口轉身，酷酷的眼神在打量著他。東尼帶上門順勢往上一靠。

「你看起來好像剛剛踩到了一個高過鞋面的大水潭。」卡蘿下評語。

「有進步。」東尼明顯在說反話。「通常我踩到的水潭好像都高過我的腦袋。」

卡蘿上前一步。她已經預習好了要說的話。「用不著那樣對我。昨晚……呃，你根本沒有表白什麼，是我會錯了意。可不可以把它忘了，專心辦我們的正事？」

「妳指的是？」東尼儘量擺出一副治療師的超然語氣，他這一問不像在交談，倒像是在交手。

「合作緝兇。」

東尼離開那扇門走回自己的座位，小心翼翼的讓彼此隔著一張辦公桌的安全距離。「太好了。」他乾笑著。「的確，我比較習慣職業上的合作關係，處理其他方面的都很差。總覺得溜之大吉。」

卡蘿繞到辦公桌的對面，拉過一把椅子，疊起兩條穿長褲的腿，兩隻手往腿上一擱。「我們來看側寫報告吧。」

「我們不必表現得像是陌生人啊，」東尼安靜的說，「我尊敬妳，我也佩服妳在工作上學習新觀念的態度。呃，在……在昨晚以前，我們除了工作上，私下的交情也不錯。眞有那麼嚴重嗎？我們不能言歸於好嗎？」

卡蘿聳聳肩。「在暴露了那樣的弱點之後再要成爲朋友很難。」

「我不認爲向一個人表白仰慕之情算是什麼弱點。」

「我覺得很蠢。」卡蘿說，連她自己都不明白怎麼會用這樣的開場白。「我哪有權利要求你什麼。我在氣我自己。」

「也包括我吧。」東尼說。這證明受創傷的程度不如想像中的嚴重。他的諮商技巧並沒有因爲疏於練習而荒廢，他暗自放寬了心。

「主要是對我自己，」卡蘿說，「不過還好啦。對我來說眼前最重要的，就是把公事辦完。」

「我也是。對我來說，能找到一個懂得我在做什麼的警官才是最珍貴的。」他拿起桌上的報紙。「卡蘿……其實，這件事不是妳的問題。是在於我。我自己有一些問題需要解決。」

卡蘿冷峻的看了他半晌。東尼心頭一凜，他發現自己無法體會她的眼神。他完全不知道她在想什麼。「我聽見了。」她答話的聲音冰冷。「說到問題，」她補上一句，「我們不是該辦正事了嗎？」

卡蘿獨自坐在東尼的辦公室裡看他的側寫分析。他趁這個空檔去隔壁房間跟秘書一起處理來往的信件，布蘭登只不過操了他短短幾天，公文信函已經堆積如山。在卡蘿的生涯記憶裡，她從來沒有看到過如此精采迷人的一份報告。如果這就是警界的未來趨勢，她絕對願意參與其中。終於，她看到正文的結尾，轉到自成一格的下一頁。

後續追蹤要點：

1. 受害人中是否有提到某個朋友/親戚曾經遭受同性戀者的侵犯？如果有，時間、地點，以及被什麼人？

2. 兇手是跟蹤高手。他在做案之前可能與死者有相當長時間的偶遇——不是幾天而是幾個星期。他在哪裡碰見他們？也許都是去一些很平常的地方，諸如取回乾洗的衣物、修理鞋跟、買幾個三明治、更換車胎或是排氣管。鑑於幾名被害人都居住在緊鄰地鐵行經的路線，我個人以爲我們應該調查死者是否有固定搭乘地鐵上下班，或是夜間外出的習慣。個人建議，應做深入徹底的背景調查，銀行帳户、信用卡帳款繳付情形，同事、女友及家人對他的口碑。這或許有助於嫌犯浮出檯面。

3. 幾名被害人在案發當晚有無任何特殊的原定計畫？譬如，蓋瑞兹．芬尼根瞞了他的女友——其他人如何？

4. 他在哪裡殺人？不太可能在他自己家裡，因爲他會考慮到被逮捕的可能性，而且必須大費周章以避免留下痕跡。同時這個地點必須夠大，才能如我們所假設的，裝設那些做案的刑具。也許是一個獨立的租用車庫，或是某個工業區裡夜間無人管理的一個單位。需要謹記的是，他幾乎可以確定是居住在布拉德菲爾德，很可能在他這附近有一個與外界隔絕，方便自由出入的鄉村宅院。

5. 他必定在哪裡看到過這些刑求的工具，所以才能架構出屬於他自己的一套刑具。不妨查查書店和圖書館，看他們的顧客群中是否有人詢問或是訂購過相關的書籍。

卡蘿轉回前幾頁，再讀一次幾個令她印象特別深刻的段落。她發現東尼對於她給的那一大堆檔案消化吸收的速度簡直快到了離譜的地步。不僅如此，他更從中點出了許多關鍵，讓卡蘿的心裡首度對於獵捕的對象，儘管模糊，卻有了一幅畫面。

這份報告也令她產生了一些疑問。至少其中有一個疑問是東尼沒有想到的。她懷疑他不提的原因，是否故意略過。不管是與否，她一定要知道。現在她得想想該怎麼個問法才不像是在攻擊他。

摘自3.5磁碟片　標示：備份檔・007
檔名「愛情・013」

我實在不喜歡讓蓋瑞茲一直掛在上面，可是又不得不扔下他出去辦點小事。我在他車上發現幾張寄給優良顧客的公司聖誕卡，股東的名字全都簽好了。我拿鋼筆、印台和蓋瑞茲的鮮血，在一張卡片上以大寫字母寫著：「祝賀所有的讀者聖誕快樂；最獨特的一樣聖誕禮物，就在卡爾登公園露天音樂台後面的矮樹林裡等著您。聖誕老怪敬贈。」沾血寫字眞不容易；血會不斷的凝結在筆尖上，每寫幾個字就得清理一下。所幸，墨水的分量足夠。

我用加套墊的大信封寫上布拉德菲爾德崗哨時報編輯組收，卡片裝在信封套裡，附帶一捲幾個星期前製作的錄影帶，那時候才剛開始規劃這個行動。之後我對做案的手法做了些微的變更。因爲現在坦伯菲爾德這一帶鐵定很危險；就算『姊妹們』反應遲鈍，只管買醉，警方可是卯足了勁，絕不是蜻蜓點水似的臨檢而已。不過卡爾登公園矮樹林觀景步道區倒是一個出了名的三不管『休息區』。

就在一個下雨的星期天清晨，周遭沒半個人影，我駕著車，帶著我的錄影機，來到了卡爾登公園。我從鍛鐵焊接的演奏台邊上開始錄影。我繞著演奏台拍下每一個角度。要不了多久時間相關單位就應該會認出這個地標了。畢竟，卡爾登公園也算是市區內最大的一座公園，從四月到九月，每個星期天都有一場銅管樂團的演奏會。我刻意把錄影機保持在胸部的高度而不是肩膀的位置；我這是參照一些實際的範例來的，正確的高度預估取決於照片拍攝時的角度。假如鑑識學家想要從這個錄影帶做出什麼結論，我敢篤定那都是錯的。

離開音樂演奏台，我由觀景步道走向矮樹林，對這個預定棄屍的地點做定點拍攝，取完全景立刻收工。轉回吉普車的路上一個人也沒撞見。也虧得如此，因爲我一想到新聞編輯在收到聖誕卡時候的那副呆樣，我笑到嘴巴都快裂開了。

這張卡片同時有兩個作用。一個是縮短確認屍體的時間，換言之，媒體宣傳機器在這一段所謂的空窗期可以有料可報。其次是可以讓警方白費力氣，拚命去查什麼人能取得這些聖誕卡。警方甚至會以爲，有可能是某個在工作上和蓋瑞茲有往來的人想把他幹掉，而來個『模仿犯』式的殺人手法，有樣學樣，把屍體丟棄在同志活動區。一個抓狂又錯亂的客户就會幹這種事。如果我的運氣再好一點，說不定他們連那個賤貨也不會放過呢。

我開進市區上郵局寄包裹。多的是趕最後一分鐘寄禮物的人，所以我根本不會引起注意。回程中，我在一家有營業執照的酒鋪買了一瓶香檳。我在工作的時候一般都不喝酒的，這次可是一個特別的日子。

我回來的時候，蓋瑞茲還在半昏半醒的狀態，嘴裡含混的唸唸有詞。「聖誕老人來啦。」我走下樓梯愉快的說。我拔開香檳塞，斟了兩杯酒，一杯拿去給蓋瑞茲，我踮著腳，溫柔的托起他垂著的腦袋。我把酒杯舉到他的唇邊，微微傾斜。「你一定喜歡，」我說，「這是香檳王（Dom Pérignon）。」

他的眼睛倏地睜開，一時間似乎有些迷糊，然後他記起來了，投給我一個充滿恨意的眼光。只是他太渴了，無法抗拒這杯香檳。他猴急的呑著，完全沒有細細的品嘗。喝了香檳他朝我臉上打了個嗝，眼裡居然有一抹奇特的滿足感。

「太糟蹋了，」我生氣的說，「就像你對人生一樣，白白糟蹋了那麼多美好的東西。」我退後，把玻璃杯往他臉上砸。杯子砸中他的鼻梁四分五裂，把他的臉頰劃開好多道口子。我眞高興桃樂絲姑姑不想再回來這裡。這六個一組的水晶杯是她的銀婚賀禮，她從沒用過，就怕不小心被誰給砸破了。她的擔心不是沒道理。

蓋瑞茲甩著頭。「你這個惡魔，」他口齒不清的說，「惡魔。」

「不，我不是，」我溫柔的說，「我很公平。記得公平這兩個字嗎？你應該最清楚才對啊。」

「變態，混帳東西。」他回答我。

我眞不敢相信他還有這種虛張聲勢的力氣。得給他一點顏色讓他知道誰才是眞正的老大。他兩隻手早已經被我用冰鑿釘牢在十字架上，流出來的血也已經凝固成又黑又硬的一圈。現在輪到他的兩隻腳了。

看見我往工作台上取工具的時候，他終於屈服了。「拜託，放了我吧。他們絕對找不到你。我根本不知道我們在哪裡。我不知道你是誰，家住哪裡，做什麼工作。你可以離開布拉德菲爾德，誰也找不到你。」

我走近一步。淚水溢出了他的眼眶，順著他臉頰上的血線流下來。一定很痛，他居然毫無感覺。「求求你，」他小小聲的說，「現在還來得及。就算你殺了其他那幾個人。那幾個人是你殺的嗎？」

他有夠聰明。我不得不稱讚一句。可惜聰明過了頭，他爲自己爭取到的只是更多的痛苦折磨。我轉身，把冰鑿和槌子放回工作台。就讓他以爲我改變了主意吧。這一晚就讓他以爲我動了慈悲心吧。這樣一來，聖誕節就更美好了。

我關起地窖的門，上樓睡覺，帶著我的錄影帶和大半瓶香檳。這是我這輩子過得最棒的一個聖誕節。想起過去那些極度失望的歲月，每年都在祈禱，希望我能夠像其他的小孩那樣，得到母親買給我的禮物。可是年年她都令我失望。現在我才明白，唯一眞正能給我禮物的人就是我自己：我終於清楚的知道，我可以有所期盼，我也可以過一個跟別人一樣的聖誕節了，充滿著驚喜、滿足和性的歡愉。

13.

循著他遺留下的蛛絲馬跡研判他的行爲，警方察覺他應該已經賦閒了好一陣子。而左右他整體行爲的理由更是驚人：因爲它擺明了——謀殺這件事在他來說，不僅是達到目的的一種手段，同時謀殺的本身就是一個目的。

市中心的『銀行幫』是凱文·馬修心目中少數幾個跟潘妮·柏格思會面的安全地點之一。很有趣的一間酒館，有刺耳的饒舌音樂和仿照肥皀劇裡的裝潢擺設——浪人廂房、羊毛包飯館、維多利亞聯誼廳、乾杯啤酒吧——幾乎不可能在這裡碰見其他員警或是潘妮以外的記者。

凱文的味蕾一接觸到那苦到不行的咖啡，立刻扮了個鬼臉，潛在泡沫底下的不像卡布奇諾，倒像是工業廢水。她究竟在哪裡啊？他第二十次看著手錶。她說最晚四點會到，現在已經過了十分鐘。他推開喝掉一半的咖啡杯，從旁邊的椅背上抓起他的時髦風衣。就在他準備起身時，酒館的旋轉門吱的一聲，潘妮出現了。她揮個手筆直朝著他的桌位走過來。

「妳說四點。」凱文招呼她。

「哎呀，凱文，你眞是得了老人焦慮症。」潘妮一面抱怨，一面親了親他的臉，朝他身邊的位置坐下。「給我來一杯加味礦泉水吧，野莓果的味道，是情人的味道。」她故意嗲聲說。

凱文端著一只已經在冒汗的玻璃杯回來，潘妮立刻一手搭上他的腿胯。「唔，多謝。」她啜著飲料說。「什麼大事？幹嘛緊急召見啊？」

「今天的報紙，」他平平板板的說，「事情大條了。」

「好耶，」潘妮說，「說不定這下可以產生一些積極的強制作用。譬如搜出證據抓個嫌疑犯之類的。」

「妳不懂。他們是在清查內奸。今天早上布蘭登被局長叫去訓話，重點是內務部設了一個內部維安調查站。潘妮，妳一定要挺我啊。」凱文著急的說。潘妮慢條斯理的點起一枝菸。「妳在聽我說話嗎？」凱文問。

「當然在聽啊，寶貝。」潘妮不假思索的應著，她心裡卻已經在盤算後續的報導。「我只是不明白你幹嘛這麼激動。你知道一個優秀的新聞記者絕對不會透露消息來源的。怎麼？你認為我還不夠好是嗎？」潘妮強迫自己用心聽凱文的回答，暫時不去理會腦袋裡打轉的大標題。

「不是我不信任妳，」凱文不耐煩的說，「我擔心的是內部的問題。大家都迫不及待的要撇清，所以只要有誰知道了我們的事，鐵定會去打小報告。這要是眞的讓上頭知道了，那，妳明白吧？那就完蛋，我就完蛋。」

「並沒有誰知道我們的事。或者說絕不會從我這裡知道，不可能的。」潘妮神色自若的說。

「我本來也這麼認為。後來卡蘿．喬登的一句話讓我覺得她好像知道什麼。」

「你以為卡蘿會向內務部告發？」潘妮說，她不讓心裡抱持的懷疑表露出來。

她跟這位刑事部門最具魅力的警官沒有太多的交集，但是就她的了解，她不認為這位督察會扮演告密的角色。

「妳不了解她。她是完全不講情面的。一心只想往上爬，這個人，只要她認爲踩著我可以爬上去，絕對不會手軟。」

潘妮不以爲然的搖著頭。「你反應過度了。就算卡蘿．喬登神通廣大，發現我們私下有往來，我相信她現在忙著管她跟希爾博士之間的私情都來不及，哪有時間去打你的小報告。再說，理智的想一想，搞了個告密者的名號對她有什麼好處。」

凱文狐疑的搖搖頭。「我不知道。潘妮，妳不明白辦這件案子的情形。我們每天工作十八個小時，而且毫無頭緒。」

潘妮撫摸著他的腿胯。「寶貝，你壓力太大了。這樣吧。如果上面眞的有人點名告你，內務部就會來盯我們。他們一定會追究查證。如果眞是那樣，我就反咬卡蘿．喬登是我的消息來源，如何？搞它個天下大亂。」

凱文的笑容眞是光鮮亮麗啊，她想。這件大事，再加上其他一兩件小事，都吃了定心丸之後，他站起來說：「謝謝妳，潘妮。現在我得趕去一個地方，我會儘快給妳電話再約見面，好嗎？」他湊近來重重的吻了她。

「有消息就要通知我啊，小情人。」潘妮嬌柔的說。他甚至還沒走到店門口，她準備的開場序言已經成形。沒錯，它就在眼前。

布拉德菲爾德警方對連續犯下四起殺人案的連續殺手展開新的搜捕方向，警方精銳盡出，操得人仰馬翻。

但是有一些特別人員並不參與酷兒殺手的搜捕行動。他們的任務是抓自己人，警察抓警察。

部署高層對於崗哨時報精確報導兇案的消息極爲震驚，因此著手做全面性的清除內奸，揪出消息外洩的源頭。這批捕頭現在抓的不是兇手，而是自己的同事，那些好意讓受驚嚇的社會大眾知道事實眞相的『自己人』。

卡蘿打開通往外間辦公室的門說：「我看完了。我們可以談一談嗎？」

東尼心不在焉的從電腦螢幕上抬頭，舉起一根手指說：「當然可以，一分鐘就好。」一邊忙著收尾的工作。

卡蘿退開做一次深呼吸。不管她有多麼專業，對於這個男人的吸引力硬是一點辦法都沒有。不把它當回事，說起來容易做到很難。幾分鐘後，東尼進來找她。他坐在桌角，因爲剛才太過專注，一頭頭髮被他抓到像『淘氣阿丹』一樣，根根直豎。「說吧，」他說，「有什麼高見？」

「很棒，」她說，「鉅細靡遺。不過還有一兩件事。」

「只有一兩件？」東尼反問，尾音夾帶著淘氣的笑聲。

「你不斷提到說他如何強壯，如何制服和搬動那幾個死者。同時，你也推測他如何在第一時間就讓他們處於弱勢的位置。我在想會不會有兩個人。」

「繼續。」東尼沒有半點不悅的語氣。

「我指的不是兩個男人。我指的是一個男人，和另外一個比較柔弱的人。也許是一個青少年，或者，更有可能，是個女人。我不知道，甚至說不定是個坐輪椅的人。一個共犯；就像殺人魔情侶檔，米拉．韓德利和伊安．布萊迪[32]。」卡蘿按照順序把文件報告排整齊了，東尼依舊不發一語。她對著他面無表情的臉孔看了一會，又補上一句，「你大概早已經想到過了，我只覺得這或許也是應該注意的一個可能性。」

「抱歉，我不是有心不理妳。」東尼急著解釋。「我在愼重考慮這個想法，拿它跟我的側寫分析對照。我當初考慮到的第一件事就是，究竟是不是一個人的獨角戲。從各種可能來評估，我斷定是的。類似沼澤兇殺事件，由兩個人聯手連續殺人的情形非常罕見，算是個例外。同時，我也從方法論和病理學上查證兩人涉案時的差異性；很難相信的是，他們兩人的幻想情境居然完全一致。不過，妳會想到這一點確實很有趣。在某方面來說妳是對的。如果他是跟一個女人合作，那就說明了他爲什麼可以輕輕鬆鬆的接近這些受害人，完全沒有任何的抗拒。」東尼筆直的盯著前方，揪著濃眉陷入沉思。

卡蘿動也不動的坐著。最後終於，東尼轉過頭看著她說：「我還是堅持我的獨角論。妳的觀點很有趣，可是我實在找不到可以叫我改變看法的具體證據。」

「好，接受。」卡蘿語氣平靜。「繼續下一個，你有沒有考慮過變裝的可能性？就像你剛才說的，一個女人可以輕輕鬆鬆的接近受害人。那有沒有男扮女裝的可能呢？會不會也有相同的效

[32] Myra Hindley和Ian Brady, 1942～2002，兩人於1963-1964年間在英國沼澤區連續殺死四名孩童。

果？」

東尼一陣錯愕。「也許妳應該考慮申請加入側寫分析團隊才對。」他囁嚅的說。

卡蘿咧嘴笑了。「拍馬屁沒用的。」

「我說的是實話。我認為妳已經抓到了其中的精髓。看到了沒，我不是絕對不出錯的，我真的沒有考慮過變裝的部分。哎，我怎麼會忽略了這一個可能？」他邊想邊說，「一定是有什麼潛在的理由，不然我不會連想都不曾想過這一點……」卡蘿正要開口，他卻搶著說：「等等，拜託，讓我想一下。」他兩隻手又鑽進頭髮，再次折騰起那一頭黑色的髮錐。

她消沉下來，他跟其他人沒有什麼不同，傲慢自大，不能夠接受可能會犯的失誤。別傻了，她斷然的告訴自己，別自己騙自己以為他與眾不同了。

「對，」東尼說，得意的口氣溢於言表。「我們現在是跟一個性虐待狂在打交道，同意吧？」

「同意。」

「性虐待是戀物癖的衍伸，藉由控制別人的身體達到壯大自己的目的。變裝癖恰恰相反。有扮裝癖的人希望扮演女人是弱者的角色，這是社會上一般對於女人的看法。這些變裝者相信女人其實有一種很微妙很不可思議的力量，也就是性別上的力量。這就像性虐待狂所追求的殘忍痛苦和暴力一樣，是無可取代的。性虐狂所渴求的那種幻想在變裝癖裡是不存在的。要讓被害人相信他們接觸的是一個女人，而不是變裝的男人，那這個兇手的易容術鐵定了得。不過，一個人同時具有變裝癖和性虐狂，這在我臨床心理學的經驗裡可說是絕無僅有。這兩者走不到一塊。」東尼的解說堅決有力。「變性人也一樣。事實上，更不可能，因爲在接受變性之前他們得經過很長一段時間的心理輔導。」

「所以你排除這項可能了？」卡蘿感到沒來由的氣惱。

「我從來不排除任何可能。妳這樣說是不對的。我只覺得如果把這個加入側寫分析，很可能會把大家推往錯誤的方向。不過這絕對值得關注。妳的思考路線並沒有錯。」他微微笑著，出人意表的，話鋒一轉。「我一開始不就說了嗎，卡蘿，我們聯手一定可以破案。」

「你還是認定那不是個女的？」她問。

「心理學其實大有問題。以最明顯的一點來說，這個兇手是標準的強迫症，這種症狀常見於男性。妳看過有多少女人會在大雨天穿上雨衣守在月台數火車？」

「可是有一種症候，叫什麼來著，有些人因爲對某人迷戀過度，把對方搞得痛不欲生？我認爲得那種病的主要都是女人啊？」

「情愛妄想症㉝。」東尼說。「沒錯，得這個症狀的多半是女人。不過她們只聚焦在一個人身上，而最後死掉的那個人往往就是病患本身，而且多半是自殺身亡。重點在於，女人的迷戀強迫症不同於男人。男人的妄想強迫是在控制；他們蒐集郵票加以分類，他們蒐集每一個跟他們上過床的女人內褲。他們需要戰利品。女人的強迫症是在屈服；譬如飲食失序，換言之，她們是要讓這種著魔的方式主宰她們，操縱她們。一個患有情愛妄想症的病人只要能跟她迷戀的人結

㉝ Erotomanic Type或稱De Clerambault's症候群。

婚，很有可能成為沙豬派大男人心目中最完美的嬌妻。這類型的患者並不符合我們這位兇手的條件。」

「我明白你的意思了。」卡蘿很不甘願的說，她原本以為自己對側寫分析會有所貢獻，結果希望落空。

「再說體力的問題，」東尼看出了她的勉強。「妳的條件很合適。以妳的身高來說妳算是很有力道的。我只高過你兩三公分。可是妳可以把我拖到多遠？妳要費多少時間把我從車廂拉出來扔過圍牆？妳有辦法把我扛在肩膀上一路穿過卡爾登公園走到矮樹叢那裡嗎？別忘了，這幾個被害人的身高體重全都超過我。」

卡蘿苦笑。「好啦，算你贏。我無話可說。不過還有一件事。」

「妳說。」

「讀你的分析，感覺上你對於推算做案間隔時間的理由似乎很牽強。」她試探著說。

「妳也注意到這一點了，」他有些無奈。「我也這麼覺得。我實在想不出其他更好的理由。這種情況我真的沒碰過，文獻記載也沒有。就我所知，所有的連續殺人犯都是採取逐步加快的做案方式。」

「我倒是有一個觀點，或許派得上用場。」卡蘿說。

東尼傾身向前，表情專注。「快告訴我，卡蘿。」他說。

卡蘿感覺自己像一條缸裡的金魚，她深深的吸一口氣。她一直希望得到他的注意，現在得到了，她卻不知道自己到底喜不喜歡。「我記得前兩天你對我說過間隔距離的事。」她閉上眼睛複習。「對於絕大多數的連續殺手來說，殺人的間隔時間有很戲劇性的遞減現象。不管他們對做案過程怎麼精打細算，主要的觸機都是靠幻想。只是收穫愈多，他們的感覺反而愈遲鈍，愈需要靠殺人得到性的快感。於是做案的次數就必須更加的頻繁。莎士比亞說：『胃口是愈餵愈大的。』對不對？」

「太棒了，」東尼輕呼，「妳這是看到的，還是純粹聽來的？」

卡蘿惱火的一抬眼。「純粹聽來的。我是看你的側寫分析提到兇手可能使用電腦做案，忽然間想到的。有一個疑問你並沒有眞正說出來，但很明顯的困擾著你，那就是，他怎麼不會隨著時間加速對那些錄影帶失去原有的興趣？」

東尼點頭。她一針見血的提到了重點，困擾他的正是這個。他急著想找出一個令彼此都滿意的答案。他一面想一面說：「這樣假設吧，第一捲錄影帶大約能讓他安定十二個星期。在這段時間裡他已經在火車上準備捕捉第二個受害人，而這個機遇又恰巧趕在他強迫性的再度做案之前出現。這麼完美的配合簡直令他無法抗拒。之後，他發覺兩次殺人的區隔都是八個星期，於是決定八個星期就是他的固定模式。到目前爲止，錄影帶的賞味期好像還能繼續維持一段時間。說不定現在開始就要起變化了。」

卡蘿搖搖頭。「聽起來很有道理，可是我不信。」

東尼笑了。「說得好。我也不信。一定還有更好的解釋，只是我想不出來。」

「你對電腦懂得多少？」她問。

「我懂得開關鈕，我懂得使用工作上需要的軟體。其他方面，我是標準白痴。」

「太好了，我們兩個一樣。我弟弟可是一個電腦神童。他是一家電玩軟體公司的合夥人。他那些玩意屬於尖端科技。他和另一位合夥人正在研發一套平價系統，可以讓玩家把自己的影像投射在電玩遊戲裡面。換句話說，在魔鬼終結者Ⅱ裡，打擊壞蛋的人不再是阿諾，而是東尼．希爾。或者是卡蘿．喬登。重點是，現在市面上已經有這類掃描影帶和輸入影像的軟硬體了。他們好像把它叫做數位化影像。反正，只要把它灌入電腦，你就能隨心所欲的操縱。你可以合成普通的照片，或是其他影帶上的畫面。你可以讓影像重疊。大概在六個月前他們有了第一套原版硬體。麥可拿他自己合成出來的東西秀給我看。他錄了幾場保守黨開會的場景，再輸入一捲性愛錄影帶。他把那些政府首長在發言時候的臉孔全部圈選出來，再套到性愛錄影帶上面，」說到這裡，卡蘿愈想愈好笑。「看起來有點怪，不過，你哪時候看過梅爾和柴契爾夫人如此和睦相處過！這可是給『樣板』這個名詞下了最新的註解呢！」

東尼呆呆的瞪著卡蘿。「妳在說笑吧。」他說。

「為什麼那些錄影帶能夠克制他的衝動，這應該是最完美的解釋了。」

「該不會他也是一個專家，就像妳弟弟一樣？」

「我不認為，」卡蘿說，「就我的了解，這方面技術的操作其實很簡單。問題是軟體和周邊設備太昂貴了。一片軟體就要兩三千英鎊。所以他要嘛就是在電腦公司上班，隨手都能拿到和組合這類的配件，要不就是多金的電腦玩家。」

「再不就是小偷。」東尼半開玩笑的補上一句。

「再不就是小偷。」卡蘿同意。

「不知道，」東尼帶著懷疑的口吻。「這確實是一個說法，可是太離譜。」

「巧手安迪難道不是？」卡蘿很不服氣。

「噢，他很離譜，沒錯，可是這些東西全部湊在一起，我不太敢確定。」

「刑具都是他自己造的。這要是有電腦設計程式可就方便多了。東尼，他一定有什麼東西在維持他間隔八個禮拜的穩定週期。這有什麼不對？」

「這是一種可能，卡蘿，現階段來說頂多就是這樣。喏，妳何不做一些初步的調查，看看這些假設的可行性？」

「你不打算把這個列入側寫分析？」卡蘿相當失望。

「這個階段我不希望被一些查無實證的東西亂了頭緒。妳自己也說這只是有感而發，因爲看了側寫分析裡的某一個點而想到的，純屬推測。不要誤解我的意思，我不是排斥這個看法。我認爲它非常棒。但就整體的側寫分析來說，我們得下足工夫克服可能出現的排拒和阻力。就算大多數人對這個觀點表示支持，也不表示它就沒有爭議的地方。所以我們不要給他們任何方便的藉口。我們要追根究底，把它包裹得扎扎實實的交給他們，叫那些個狙擊手根本無從下手。好嗎？」

「好吧。」她心裡明白他是對的。她拿起紙和筆。「檢查布拉德菲爾德境內軟體製造廠商及顧問公司，」她邊唸邊寫，「跟麥可一起調查相關軟硬體製造　查詢銷售紀錄。調查最近一段期間的竊盜犯。」

「電腦俱樂部。」東尼加插一句。

「對耶，多謝。」卡蘿立刻把這一項加入她的名單。「還有告示欄。哇塞，這下我在福爾摩斯小組大大的出名了。」她站起來。「我現在就把這個帶去司卡吉爾街給布蘭登先生。到時候還需要你跑一趟，做個說明。」

「沒問題。」東尼說。

「很高興終於聽到了這三個字。」

東尼望著車窗外，看著城市的燈火消逝在濛濛細雨中。亮白的車廂有一種蠶繭似的感覺。沒有任何塗鴉，溫暖、乾淨；似乎是很安全的一個地方。接近號誌燈的時候，駕駛拉響喇叭。聽起來很像他小時候熟悉的卡通火車發出嗚嗚的汽笛聲。

他移開視線，有意無意的轉向車廂裡另外幾個乘客。他交出側寫報告之後，好像老是想找些什麼彌補一下心裡那種奇怪的空虛感。事實上他跟這件案子的關係並沒有就此結束。布蘭登已經交代卡蘿，要她每天向他做簡報。

他也希望他能因爲她的那番電腦理論而歡欣鼓舞，只是常年的訓練和經驗養成了小心謹慎的習慣。她的想法的確很厲害。只要她做好一些符合實際的研究調查，他絕對願意爲她背書。然而爲了維護他這份側寫報告的公信力，他必須跟這些會引起一般員警斥爲科幻小說的觀點保持距離。

那天晚上警方到底有什麼動作，他不得而知。卡蘿來電話說小組要去坦伯菲爾德出勤，定點撒網，驗證一下側寫分析上的說法。如果運氣好，說不定可以得到幾個名字，和電腦上的資料做一番比照，無論是從前科紀錄或是從登記有案的車號都行。

「下一站是班克谷站。班克谷站接近。」擴音器響起電腦語音。東尼這才驚覺電車已經遠離市中心，從卡爾登公園的另外一邊穿了出來，離他的家不到一哩路，班克谷站到了又過了，東尼在座位上轉個身，隨時準備下車，就等擴音器播報下一個站名。

他輕快的走在整潔的街道上，經過一些學校的操場，繞過一小塊林地，這是僅剩的一丁點符合伍德賽[34]這個地名的人造林。東尼朝這片樹林瞥了一眼，忽然興起奇怪的念頭，這條斜向穿過樹林的小徑眞的是荒僻到了極點。最早是一些單獨回家的婦女不敢走這條小徑。之後是孩童，因爲做父母親的很不放心。現在，害怕擔心出人命的，是布拉德菲爾德的男人。

東尼折入他住的那條街道，享受著巷弄裡特有的寧靜。一個屬於他自己的夜晚。也許開車去超市買一些做雞肉燴飯的食材。選一支影帶。看一些書，做什麼都行。

鑰匙剛剛插入鎖孔，電話就響了。東尼放下公事包，用腳踢上房門，奔過去接電話，他還沒開口應聲，她的聲音已經像溫熱又止痛的橄欖油淌進了他的耳朵。「安東尼，親愛的，聽你的聲音好像在爲我喘息呢。」

一路上他雖然努力的不去想這件事，他知道，這正是他心中的渴望。

就在電話鈴聲響起不到一分鐘之前，布蘭登才關掉床頭的燈。「算得還眞準。」瑪姬嘀咕

---

[34] 原文爲Woodside，意指樹林邊緣。

著，他勉強離開她溫軟的暖香，搆向話筒。

「布蘭登。」他咆哮。

「長官，我是凱文．馬修督察，」那疲倦的聲音說，「幾個弟兄剛逮住史蒂威．麥肯奈。就在塞福德的渡船口。他正要登上一艘開往鹿特丹的船。」

布蘭登連人帶被坐了起來，不理會瑪姬的連聲抗議。「他們搞什麼？」

「他們也是沒辦法，他在保釋期間，不可以任意違規。」

「人扣留了？」布蘭登下床探向放內衣褲的抽屜。

「是的。現在扣押在港警所裡。」

「怎麼回事？」

「襲警。」不知怎麼的，凱文的聲音叫人聯想到笑臉貓的怪相。「他們來電話問我下一步該怎麼辦，因爲你對這件案子非常關心，我想應該先問問你才對。」

少來這套，布蘭登發狠的想。不過，他避重就輕，只說了一句，「很簡單，依妨害司法罪名把他帶回布拉德菲爾德就是了。」他使勁套上一條鬆緊帶內褲，再拎起椅背上的長褲。

「我看這次我們乾脆把他交給治安法官請他們拒絕交保吧？」凱文的聲音甜到牙齒都要掉光了。

「只要理由充分我們一般都這麼辦，督察，謝謝你通知我。」

「還有一件事，長官。」凱文一副油腔滑調的口吻。

「什麼事？」布蘭登怒吼。

「弟兄們另外又抓了一個人。」

「另外抓了人？還有什麼人非抓不可的？」

「克勞斯督察長。很明顯的，他意圖強制阻止麥肯奈登上渡輪。」

布蘭登閉上眼睛數到十。「麥肯奈受傷了嗎？」

「明顯沒有，長官，只是受到一些驚嚇。倒是督察長多了個黑眼圈。」

「好。叫他們放克勞斯回家去吧。交代一下，要他明天給我個電話，聽清楚了嗎，督察？」

布蘭登擱下話筒，挨過去親了親他的妻子，她已經拽起鴨絨被把自己裹得像隻冬眠的睡鼠。

「唔，」瑪姬咕噥著，「你確定要去嗎？」

「我真的不想，相信我，他們把這個犯人帶進來我不能不去一下。搞不好他會從樓梯栽下來的。」

「他的平衡有問題嗎？」

布蘭登嚴肅的搖一搖頭。「不是他的平衡。是其他一些人有點不平衡。今天晚上我們已經出了一頭不聽話的『牛』了。我不能再大意。我去去就回來。」

十五分鐘後，布蘭登走進兇案組的辦公室。凱文．馬修趴在最遠的一張桌子上。布蘭登靠近的時候聽得見凱文輕微的鼾聲。他很懷疑整個小組究竟有多久沒好好睡過一晚上的覺了。而往往就是在員警過勞和焦慮的時刻最容易犯錯。十年來布蘭登一直小心翼翼不讓自己冠上審判不公的惡名，他不遺餘力的堅守著這個原則。唯獨一個問題，他邊想邊在凱文對面坐下。爲了充分掌握和了解偵查狀況，現在他不得不在這種最容易產生誤判的時間出來幹活。《第二十二條軍規》

（*Catch 22*）。幾年前他看過這本書，當時瑪姬決定要去讀夜校，拿她在求學時候從來沒拿到過的A等成績。她說這本書很棒，很有趣，很猛，超級諷刺。他看了卻覺得很痛苦，很不舒服，那使他強烈的聯想到自己的工作。尤其像今天晚上這樣的時間，當這些原本頭腦清楚冷靜的人全都變成了不講理的亡命之徒時。

電話響了。凱文動了動身子，沒醒過來。布蘭登扮了個同情的臉色，伸手接起電話。「偵緝組。布蘭登。」

對方一陣狐疑的沉默。然後一個緊張的聲音說：「長官？我是莫瑞克小隊長。長官，我們又發現了一具屍體。」

摘自3.5磁碟片　標示：備份檔・007

檔名「愛情・014」

把蓋瑞茲運到卡爾登公園不如我想像中的容易。我以爲我事先已經做足了功課，我以爲我可以從園丁常走的路開進去。我沒算到的是聖誕節放長假。這條路上嵌了兩個金屬路障，還用超重的掛鎖固定著。其實我大可以從旁邊擠過去，吉普車要擺平路邊的小樹叢絕對不成問題。這樣一來就會留下車胎的痕跡，搞不好還會留下一些油漆印。我可不想讓我的自由毀在蓋瑞茲的身上，所以這個選擇我放棄。

我把吉普車停在公園管理區存放工具的小棧房後面。至少這裡從大路和公園兩邊都不會被人看見。聖誕節第二天的凌晨兩點，附近也不可能有什麼人，不過成功的代價相當痛苦。

我下了車四處觀察。棧房位置很偏僻；設有防盜鈴。好在上帝很眷顧我，在棧房的周邊，有一台低矮的木頭推車，就是從前車站月台上推運行李的腳夫們用的那種手推車。園丁大概用它來載運園內的植物。我把推車推向吉普，再把蓋瑞茲赤裸的屍體翻上推車。我在屍體四周塞了幾只黑色的垃圾袋，在車軸上噴了些潤滑油，免得發出吱嘎的怪聲，然後偷偷摸摸的朝著灌木叢前進。

又一次，我的運氣超好。一個人也沒碰見。我推著推車繞過露天音樂台背後，那裡的矮樹叢剛好擋住後面的斜坡。沿著小路，我把推車從草地邊上推到矮樹叢的邊緣。爲了謹慎起見，不想在軟泥地上留下腳印，我特地爬上推車把蓋瑞茲的屍體推下來滾入樹叢。我再稍微退後一步跳下車，拉起推車走在前面。樹叢看起來有一些些壓壞，不過完全看不見蓋瑞茲。運氣好的話，在郵差把我的聖誕消息送到崗哨時報新聞部之前，他都不會被人發現。

十分鐘後，推車回歸原位，小心翼翼的，我從公園後方的入口駛進墓地對面一條僻靜的小巷裡。縱使被瞧見的機率微乎其微，我仍舊等到幹道近在眼前時才打開大燈。這裡不像坦伯菲爾德，一輛陌生的車子在這麼早的時間出沒，說不準還是會被睡不著覺又愛管閒事的人給盯上。

我開車回家足足睡了十二小時，醒來時居然還來得及趕在上班之前在電腦前消磨了兩三個鐘頭的歡樂時光。所幸那是個忙碌的夜晚，我有太多的公事要辦，已經無暇去想第二天的崗哨時報了。

他們的表現確實令我感到驕傲，儘管時間那麼急促。他們顯然立刻通報了警方，並要求警方嚴陣以待。他們把頭版頭條統統給了我，還附帶完整的聖誕卡照片，雖然查不出卡片究竟是誰寄的。

殺手示警，崗時接招！

崗哨時報接獲一封怪函後不久，市區公園裡隨即發現了另一具慘遭變態殺手殺害的裸屍。

署名『聖誕老怪』的兇手在一封駭人的聖誕賀函裡透露，他已經將一具屍體扔棄在卡爾登公園裡面。

這份聲明似乎是以鮮血寫成。潦草的塗寫在本市某知名律師事務所的業務聖誕卡上。

同時還附帶一捲棄屍體位置的家庭錄影帶，報社同仁從公園坡地的露天音樂台立刻辨認出確切的地點。

經由本報記者的通知，警方已派出一組員警及便衣人員前往聖誕卡上所提示的園區。

果然符合錄影帶上的提示，在露天音樂台附近的自然步道區稍作搜尋，員警便發現了一名男子的屍體。

根據警方的說法，屍體全身赤裸。該名男子喉嚨被割開，身體支離破碎。

一般相信男子在死前曾遭凌虐。

雖然卡爾登公園的這一區被公認爲是同性戀者從事隨機性交易的地方，警方卻無意將這次的殺人事件，與今年稍早遭丟棄在坦伯菲爾德區『同志村』的另兩名年輕男屍相提並論。

屍體身分不詳，警方尚未發布死者的形貌，一般相信他的年齡應該是在二十七、八或三十出頭。

至於今天上午送達崗哨時報社的包裹，證實是在聖誕夜從布拉德菲爾德寄出，收件人指名新聞總編，麥特·司密威。

司密威先生說：「當時我的第一個想法，肯定有人在惡作劇，尤其我又認識這家公司裡的一位律師。

「後來我發覺我那位朋友出國去滑雪度假了，所以這個包裹不可能是他寄的。

「我立刻打電話給警方，所幸他們對這件事相當認眞。」

我想也是。我這一生從來沒有這麼認眞過。不管警方怎麼說，他們肯定已經把蓋瑞茲列爲連續事件中的第三個受害人。這當然也逃不過記者們的法眼，他們已經拿最新的一些發現作爲藉口，重新調整對於殺害亞當和保羅兩起事件的說法了。等到最後截稿上報的時候，他們甚至還引用了一大段專家學者的話。

殺手的心態

由內政部遴選，目前擔任獵捕連續殺手先導的這位人士今天針對最近震驚同志圈的殺戮事件發表談話。

犯罪心理學家東尼．希爾，參與政府提撥基金成立的一個研究部門已有一年的時間，該部門以犯罪心理側寫爲主要任務，類似電影《沉默的羔羊》中FBI的特別小組。

希爾博士，三十四歲，之前在布萊梅醫院擔任臨床心理學主任，這是最高安全層級的一個心理單位，裡面住著英國最危險瘋狂的人犯。包括有殺人狂大衛．哈尼和連續殺手，公路狂人基斯．龐德。

希爾博士表態說：「我還沒有接到警方的徵召討論這些案子，目前我知道的跟你們的讀者一樣多。

「我不願意妄下斷論，如果逼不得已，我只能說有可能，亞當．史考特和保羅．吉勃司的兇殺事件很有可能出自同一個人之手。

「就表面看來，這起最新的兇案似乎很類似，然而卻有明顯的不同。首先，屍體出現的地點完全不同。即使卡爾登公園也是出名的同志遊獵區，實際上卻和都會型的坦伯菲爾德區風格迥異。

「而且，寄發消息給崗哨時報也是一個最爲明顯的改變。這些事在之前的幾個案子都沒有發生過，兇手對於先前的殺人事件也隻字未提。

「這使我傾向於認爲我們所面對的，也許至少有兩個人。」

等等諸如此類的東西，全部都是一些空話，完全不切實際。「我們還是毫無頭緒。」我想這個東尼．希爾博士不至於會讓我擔心到夜夜失眠的地步。我決定應該給這些有力的高層人士好好的上幾堂難忘的課了。

14.

一個人碰上一個兇手的時候，當然不會把眼睛、耳朵和注意力繼續擱置在自己的褲袋裡。只要他不是在完全失智的狀態，我相信他一定看得出，謀殺這件事，就品味來說，還是有分好壞的。謀殺各有巧妙不同，跟雕塑、圖畫、清唱、貝殼工藝、玉石雕刻之類的東西一樣。

東尼四腳朝天的躺在浴缸裡，手裡緊握著一杯白蘭地。放空，放鬆，徹底的筋疲力盡，他不記得自己有多久沒有這種舒服、樂觀的感覺。他跟安潔莉卡在電話上的美妙經驗，加上側寫分析的成就感，給了他全新的希望。也許他不必再畫地自限了。也許他可以融入外面的世界了，融入那些站在掌控位置的人，照他們自己的意思建構世界的那些人。「我可以改變我的人生。」他宣示。

無線電話響了。很慢很愜意的，東尼接起電話，沒有一點恐懼的感覺。很奇怪，現在他對安潔莉卡的來電居然歡喜的成分多過了害怕。「哈囉。」他輕快的說。

「東尼，約翰．布蘭登。我派車來接你。又出現一個。」

東尼倏地坐直，遽升又急降的洗澡水就像在海洋實驗室裡做某項實驗似的。「你確定？」

「卡蘿．喬登和唐．莫瑞克已經在獲報的五分鐘之內趕到了現場。」

東尼緊閉雙眼。「天哪，」他呻吟，「在哪裡？」

「克里夫登街的公共廁所。坦伯菲爾德區。」

東尼站起來跨出浴缸。「我馬上過來。」他沉重的說。

「好，東尼。車子五分鐘左右就到。」

「沒問題。」東尼切了線走出浴室，邊走邊擦乾身子，腦子一刻不停的在打轉。他穿上了牛仔褲、T恤、襯衫、毛衣、皮夾克，再多套上一雙襪子，他記得之前的那個晚上有多冷。就在他繫鞋帶的時候門鈴響了。

在警車裡，緊張的氣氛打敗了所有的思緒，車子飛快的在暗夜的街道上穿梭，藍色的警燈跟橘色的街燈對閃。他的護衛隊，一對孔武有力的交警，擺著一副打死不說話的姿態。進入克里夫登街，車胎一陣怪叫，司機看見街中心拉起的封條立刻緊急煞車。

封條解除之後，東尼走向街心，一堆警車和一台救護車毫無章法的停在那裡。再走近，他看見了公廁的標示，在陰森黑暗的建築物上亮著。救護車旁邊，從頭上的綁帶他很快認出唐．莫瑞克醒目的身形。不理會那些亂哄哄的員警，東尼逕自走向正在講手機的唐．莫瑞克。唐對東尼揮個手表示看到他了，一面結束對話，「好好，謝謝，抱歉打擾了。」

「小隊長，」東尼說，「我找布蘭登先生。或者喬登督察也行。」

唐．莫瑞克點點頭。「他們兩個都在裡面。你也要進去看一下吧。」

「屍體誰發現的？」

「一個拉客的妓女。她說女廁全滿了，所以她進了殘障專用的那一間。喏，我肯定她帶了個恩客一起。他鐵定是一看苗頭不對就先開溜了。」

從眼角的餘光，東尼看見卡蘿從公廁出來。她直接走向他們兩個。「謝謝你的蒞臨。」她說，這時唐．莫瑞克已轉開去繼續講電話。

「如果我說我怎麼能錯過這種事，有人一定會做錯誤的解讀。」東尼語帶挖苦的回她。「你們憑什麼認爲是巧手安迪？」

「死者全裸，喉嚨切開。他顯然是用輪椅推過來，然後翻到地上。身體上面攤著一張昨天頭版的崗哨晚報。」卡蘿的聲音緊繃，兩眼無神。「我們刺激到他了，對不對？」

「我們沒有。是報紙，不是我們。」東尼冷峻的說。「不過，我沒想到他的反應會這麼快。」

唐．莫瑞克又走回來，語氣輕快的說：「我大概追蹤到輪椅的下落了。今天晚上稍早有個人從婦幼醫院的接待室出來。運氣好的話，應該會有人看見。」

「太好了，唐，」卡蘿說，「我們進去看看吧？」她轉問東尼。他點頭跟隨她穿過忙成一團的員警往公廁的入口走。東尼慢慢的走進去，一面打量一面默記周遭的環境，他注意到鋪黑膠板的地面，灰黑相間，胡亂排列的瓷磚牆面，大膽的塗鴉，陰冷潮濕的空氣，遮掩尿騷臭的消毒水味。入口一進去，廁所分開兩邊，男左，女右。殘障專用在右手，靠近女廁的入口處。布蘭登和凱文．馬修站在門邊，從寬闊的門口往裡探。東尼走上前加入他們沉默凝重的交流儀式。一名攝影師在進門口的地方拍照，如果這次能讓布蘭登的人手順利的交出巧手安迪，這個畫面足夠令陪審團大感震懾。每隔幾秒，白花花的閃光就把現場的影像強烈的印刻在這些觀察員的視網膜上。

東尼專注的盯著攤在地上的屍體。誠如卡蘿說的，屍身全裸，但並不乾淨。膝蓋、手肘和一隻腳踝都有某種黑色的油性物質。身體上也有許多血跡。喉嚨的切口很寬，卻不夠深，在東尼看來，並不足以致命。以目測來說，性器官沒有損傷，只是這人的直腸、肛門和周邊的軟肉都被蠻橫的用利刃割除了，傷口很深。一股寬慰的暖流穿過他的全身，他終於確認了剛才一直拒絕去想的一個問題。就像卡蘿，他也害怕，害怕因爲他的大動作而刺激到巧手安迪，導致『他』打破原來的週期再度出擊。打從接到布蘭登的電話開始，這份恐懼就像隻狠毒的食肉鳥，緊緊的巴在他的肩膀上。

東尼轉向布蘭登，衝口而出。「不是他。你們出現『模仿犯』了。」

克里夫登街尾的陰影裡，湯姆．克勞斯豎起衣領，彷彿從人行道底下自動蹦出來似的，加入了這票啃屍魔的行列，監看著這一場熟悉的，兇案現場大搜密的儀式之舞。他的嘴唇抿出一個緊繃的微笑，整個人更往陰影裡退。他從內袋取出記事本，撕下一頁。藉著昏暗的街燈，他寫著：

「親愛的凱文；我跟你賭一先令，這一個不是酷兒殺手幹的。祝順心如意，湯姆。」

塞福德港是個不堪回首的地方，可是湯姆．克勞斯不是一個允許羞辱擋住一切出路的人。他把便條對折再對折，然後寫上：「刑事督察凱文．馬修收，內詳。」他擠過人群，看見封條後面的一名員警。「你知道我是誰吧，小兄弟？」湯姆．克勞斯問。

那員警遲疑的點了點頭，飛快的朝左右一瞥，看是否有誰注意到他碰上了這一個目前最不受歡迎的人物。

湯姆·克勞斯遞過便條。「務必把這個交給馬修督察。」

「是，長官。」員警機伶的說，戴手套的拳頭握緊了那張便條，心裡不免懷疑究竟是誰敢在這位卜派克勞斯太歲頭上動土。

「等我重新歸位的時候，我一定會記得你的。」湯姆·克勞斯一面擠過那批看熱鬧的人，一面偏過頭說。

湯姆·克勞斯穿過小巷回到自己的『富豪』車上，車子就停在一家夜店的消防拴前面。這一天過得很無趣，早上更是乏善可陳。但寫給凱文·馬修的那條消息卻讓湯姆·克勞斯頗為得意。

「驗屍報告會支持我的說法，」東尼固執的說，「不管殺人的是誰，絕對不是我們那位連續殺手。」

包伯·史丹費一臉不悅。「我不明白你為什麼這麼肯定，就因為那一點點油污。」

「不只是屍體不乾淨。」東尼扳著手指說。「他的年齡層也不對。這人只有二十來歲。他非但出櫃，而且在緝毒掃黃組裡赫赫有名。今天凌晨三點你們就已經確認他的身分了。」

凱文·馬修點頭。「在色情業這行裡很出名。察茲柯林斯。之前在一間酒吧上過班，喜歡搞暴力性愛。」

「一點沒錯，」東尼說，「再者，他的陰莖和睪丸上面都沒有記號，我們那位殺手最愛虐待的就是這兩個器官。因為目前所有的新聞報導都說死者遭到暴力的性侵害。我們並沒有說明方式和部位。這個兇手做了自我解讀，乾脆把整個肛門的部位統統割除。我懷疑他是先姦後殺，所以不想讓鑑識人員取得任何精液。」東尼停下來整理思緒，一面從餐車的咖啡壺裡再倒了一杯咖啡，這是約翰．布蘭登特地爲他們的晨會叫餐飲部送上來的早點。

「輪椅，」卡蘿說，「他冒了很大的風險從婦幼醫院偷出來的。我認爲這很不符合一直以來這名連續殺手的謹愼作風。」

「而且他沒有遭受酷刑折磨，」凱文塞了一嘴的香腸蛋捲補上一句。「或者至少是不明顯。」他口袋裡的一張字條更讓他的發言有恃無恐。『卜派』克勞斯不在位子上，凱文願意代他出征，捍衛他的主張。

包伯．史丹費不肯罷休。「如果他是刻意用不同的手法讓我們以爲是一個『模仿犯』做的案子呢？如果他是故意想要混淆視聽呢？別忘了，還有攤在地上的那張報紙。再說希爾博士的側寫分析也提醒過我們，錯誤的新聞報導會造成壓力，改變他的做案模式。」

東尼很仔細的在爲自己做一個培根蛋捲。他在蛋黃四周噴上一圈褐色的調味醬汁，蓋上蛋皮，把蛋黃壓碎之後才說：「就理論來說完全合理。他很可能是在炫技。這次有別於以往，所以他挑選的受害人也非常的不同。但是潛在的基本模式應該相同才對。」

「沒錯啊，」包伯．史丹費堅持到底。「這小伙子喉嚨被割開了，跟其他幾個相同啊。那渾蛋簡直把他整得一塌糊塗，看看他那個屁股，你怎麼能說他沒受折磨？」

「如果我賭性堅強，一定下一百比一跟你賭，這個察茲柯林斯絕對不是因爲割喉而死。我敢斷定他是被人用手掐死在先，後來割開喉嚨是爲了讓他看起來也像連續殺手的一個受害人而已。我認爲這件案子很可能是暴力性愛失手致死的情況。察茲在被雞姦的時候可能有掙扎，他的性伴侶掐住他的喉嚨口想平靜他的情緒。到達高潮的時候，他掐得太用力，結果就出了人命。他以爲脫罪的唯一機會就是把它弄成好像連續殺手的傑作，他還怕萬一我們看不懂，於是再把昨天的晚報扔在屍體上。」

「有道理。」布蘭登從口袋取出面紙包，仔細的擦拭著油膩的手指。

「東尼說得很對，」卡蘿果斷的說，「我的第一個反應也認爲這一定是第五個受害人，可是愈想就愈覺得不對勁。你們知道是哪裡讓我覺得不對勁嗎？」四雙眼睛帶著問號瞪著她。她感受的壓力之大就像坐在證人席上。「昨天晚上不是星期一。」

東尼咧著嘴笑了。包伯．史丹費兩眼往上翻，凱文勉強點頭，布蘭登開口說：「妳認爲星期幾的選擇對他很重要？」

卡蘿點頭。「顯然有某種非常強烈的理由，他特別喜歡星期一，不管是因爲實際還是迷信。總之，這個對他非常重要。我想他不會只因爲要氣我們而破這個例。」

「我贊成卡蘿的說法，」凱文插話，「不只因爲星期幾。還有別的問題。」

包伯．史丹費一臉驚訝。「我還眞是高票落選啊。」他爲自己打圓場的說。「既然是個案，現在該由誰來負責？」

布蘭登嘆了口氣。「我跟總局的夏普督察長說一聲。這個案子如果不該我們管，就由他們那邊派督察處理吧。」

「他請病假。」凱文隨口提醒。

「是嗎？那，就看今天早上哪個督察比較倒楣吧。喔，昨晚的事件剝奪了我們聽取東尼博士側寫報告的時間，我想我們應該——」敲門聲切斷了布蘭登的說話。

「進來。」他儘量忍住不耐的說。

勤務警拿著幾個信封走進來。「這些文件剛剛送到，長官。一份是鑑識組的，一份是病理檢驗組的。」他把信封一放上布蘭登面前的辦公桌便立刻離開。

布蘭登拿起一疊化驗報告粗略的看著，其餘的人在一旁耐著性子等待。「『親愛的約翰』，」他開始朗讀，「『我知道你們對這一個案子寄予厚望，就表面上來看，似乎那位連續殺手終於留下了一些證據。壞消息是，我不認爲它是出自那位仁兄之手。受害人在喉嚨被割開之前已經死於窒息。很可能是用手掐死的。同時，我認爲割喉的刀也不同於前幾個死者。從傷口來看，這次的刀刃長而厚，比較像是廚師用的菜刀。而之前幾個，我覺得用的都是切肉刀。死亡時間應該是昨天晚上八點到十點之間。我會儘快給你完整的報告……』等等等等。唔，看樣子你說對了，東尼。」

「所幸我及時改變主意，否則就成了標準白痴。」包伯．史丹費說著向東尼伸出手。「有一套，博士。」卡蘿在一旁偷笑。謝天謝地，組裡其餘的成員終於接受東尼的看法了。眞的很奇妙，湯姆．克勞斯走了之後氣氛大不同。

凱文在座位上不自在的挪動身子說：「鑑識組怎麼說？有沒有提到我們這幾個案子？還是全部都是察茲柯林斯的一些初步化驗報告嗎？」

布蘭登快速翻著其他幾份文件。「初步顯示……初步……初步……」他猛地吸氣。「搞什麼嘛。」他一副嫌惡的口氣。

「怎麼了，長官？」卡蘿問。

布蘭登一手抹著他的長臉，盯著那張紙再看一遍，彷彿在檢查剛才自己是不是看錯了似的。「他們一直在研究戴米恩．康諾力屍體上的灼傷。想查出一個究竟。」

東尼停止了所有的動作，連送到嘴邊的最後一口三明治都停在手上。「那結論呢？」包伯．史丹費鈍鈍的問。

「這簡直就是瘋狂，」布蘭登說，「鑑識組唯一拿得出來的答案只是一些無關痛癢的糖霜而已。」

「當然，」東尼出神的吸口氣，眼裡閃著一絲恍惚的笑意。「繁星百樣。沒有經過指點哪裡會彰顯。」忽然間他意識到其餘四個人都在瞪他。只有卡蘿是出於關切。其餘幾張臉上，都是他以前曾經看見過的表情。猜疑、反感、厭惡、不解。

「純度99.9%的神經病。」包伯．史丹費尖酸的說。誰也弄不清楚他指的究竟是兇手還是東尼。

潘妮．柏格思在搶下布拉德菲爾德崗哨晚報社會新聞版的這天，她確定自己已經佔了上風，硬是把那些男性的前輩們給比了下去。她很清楚以男性爲主的共濟會和聯誼社對她還是一個不得其門而入的世界，然而她確信那已經沒什麼了不得的了。

一點也不意外，那天早上六、七點之間她的住宅電話一連響了兩次。兩次都是警方打來的，通知她先前因為酷兒殺手事件遭扣押審問的那個人試圖偷渡出國的事。不具名，不負責，但是那個匿名嫌犯將會在當天上午因為妨害司法公正罪名出庭應訊。再加上出現第五名屍體的緣故，潘妮忙到凌晨兩點才能就寢，這樣的熱線聯繫不言而喻。

潘妮對著她的第二杯伯爵濃茶夢幻的笑著。今晚的頭版頭條又有了。只要主編和律師有膽量承擔就好。她把茶杯和麥片碗往水槽一扔，拎起外套。不管怎樣，今天將會是一個非常有趣的日子。

卡蘿忙著為出庭的事做準備。包伯．史丹費和凱文．馬修有一堆例行的調查作業要做，東尼去里茲赴一個許久之前定好的約，和一位前來參加會議的加拿大理論心理學家見面。東尼說，他們需要討論與側寫工作小組相關的一些專題。「概念圖像。」結束會報後他抓住幾分鐘的空檔告訴她說。

他乾脆說「量子力學」算了，在登上法院階梯的時候她自嘲的想著，她豎起衣領，這陣東風準定會在晚飯前帶來一陣凍雨。如果想要別人真正認同她適合加入側寫工作小組，她知道自己非得加緊學習才行，這一點非常明顯。

只是在她完成安全檢測，一轉進治安法庭的長廊，所有關於工作小組的想法隨即消失無蹤。不像平時常見的那票一臉不屑的罪犯和那些神情鬱卒的家人，今天面對的竟是一群亂推亂擠的新聞記者。她從來沒在星期六早晨的庭訊見過這麼大的媒體陣仗，通常這是一週當中最『安靜』的時間。在擁擠的人群當中，她看見唐．莫瑞克背抵著法庭的門，一副很煩的表情。

卡蘿立刻掉轉頭，可惜還是晚了一步。她不但被盯上，甚至被一名只要有大消息，全國聯播網必派的記者給認了出來。她才轉到角落，他們就追在後面猛拍。除了潘妮．柏格思，她靠著牆，投給唐．莫瑞克一個疲憊的笑容。

「原來妳不是今天早上唯一接到電話的人喔。」他揶揄的說。

「確實如此，隊長。不過這些傢伙對你上司的興趣大過你很多喔。」

「因爲她長得好看吧。」唐．莫瑞克說。

「啊，我可沒這麼說。」

「我聽見了。」唐．莫瑞克幽她一默。

潘妮兩道柳眉挑了起來。「哪時候讓我請你喝一杯吧，唐。到時候你就知道人家怎麼說的了。」

唐．莫瑞克搖搖頭。「我看不必了，寶貝。我老婆會不高興。」

潘妮笑了。「還有那位上司。好啦，唐，現在一大票人都去追喬登督察了，你是不是要讓我演練一下我應得的民主權利啊？」

唐．莫瑞克挪開位置，招呼她進去。「請進，」他說，「只要記住，柏格思女士，所說一切確屬事實。我們都不希望隨便誣賴好人，是吧？」

「你的意思是，像酷兒殺手的這種行徑？」潘妮嬌滴滴的問著，從他身邊滑進了法庭。

布蘭登不相信的瞪著湯姆．克勞斯。他臉上有著十分的得意，那兩個五顏六色的眼袋卻是整幅得意畫面上唯一的敗筆。「就我和你，我們兩個，約翰，」他說，「你必須承認我對麥肯奈的看法沒錯。昨晚的屍體——根本不是酷兒殺手幹的，對吧？因爲照你把我那個痞子扣押在樓下的情形看來，應該不會是他。」不理會副局長的辦公室裡沒有菸灰缸，湯姆．克勞斯照樣點起香菸，噴出一口快活無比的煙圈。

布蘭登挖空心思，卻找不到一句好詞。他第一次無言以對。

湯姆．克勞斯四處張望，似乎在找可以彈菸灰的地方，最後落到地板上，他用鞋尖把它捻進地毯裡。「你什麼時候要我歸位啊？」他問。

布蘭登往椅背上一靠，望著天花板。「如果照我的意思，你永遠不會再在這裡出現。」他一派輕鬆。

湯姆．克勞斯嗆了一口煙。布蘭登兀自得意的垂下眼。「靠，你自以爲很幽默啊，約翰。」湯姆．克勞斯惱火了。

「我這輩子從來沒這麼正經過。」布蘭登冷冷的說。「今天早上我通知你來是警告你別亂來。昨天你對史蒂威．麥肯奈的動作已經構成人身攻擊。案底還在，督察長。假如你再接近相關的偵查作業，我會毫不猶豫的控告你。坦白說，這是求之不得。我絕不容許這個小組被任何去職或是停職的官員壞了名聲。」布蘭登的話聲一落，湯姆．克勞斯又羞又怒，臉色由白翻黑。布蘭登站起來。「現在馬上離開我的辦公室，我的單位。」

湯姆．克勞斯像發生腦震盪似的站起身。「你會後悔的，布蘭登。」他氣到結巴。

「別逼我走到這一步，湯姆。你千萬別逼我走到這一步。」

卡蘿靈機一動，乾脆帶著這批記者繞到律師專用餐廳外面的小會客室。「好好好，」她試圖爲他們爭先恐後的大動作降溫。「各位，只要給我兩分鐘，我立刻回來回答大家的問題，如何？」

大夥有些拿不定主意的樣子，後排有一兩個人回頭轉往法庭的方向。「大家聽著，」她按著牙床說，「我現在很不舒服。牙痛得非常厲害，如果我不在十點以前撥電話給我的牙醫，那今天就沒辦法看牙了。所以拜託，給我一點點時間好不好？之後我就全是你們的了，絕對保證！」卡蘿努力擠出一個痛苦的微笑，隨即溜進了餐廳。牆角有一支電話，她拎起話筒，一面好整以暇的拿出記事本翻開其中一頁，撥著熟悉的號碼。「請接一號法庭。」等到接通之後，她對那名書記說：「我是喬登督察。我可以跟皇家檢察署（CPS）的辯護律師說話嗎？」

幾分鐘後，她和刑事庭公設律師對上話了。「艾迪？我是卡蘿．喬登。我這邊差不多有三十幾個傢伙在等史蒂威．麥肯奈出庭。他們只想提早亂下結論，你不如趁我支開他們去開臨時記者會的時間把他帶上來。你可以跟書記官打個商量嗎？」她等待，律師在跟那名書記官低聲交談。

「沒問題，卡蘿，」他說，「謝了。」

卡蘿放下電話，在記事本裡記了一些東西。然後用力吸口氣，回頭向那一群人走去。

摘自3.5磁碟片　標示：備份檔・007

檔名「愛情・015」

戴米恩．康諾力，電腦小組的菁英。我尋尋覓覓，正愁找不到一個足以教訓警方的最佳人選。不料這人就近在眼前，就在我個人的十大首選名單上。他比其他幾個人難跟蹤，因爲他的當班時間老是跟我的強碰。不過，誠如我祖母常說的，容易到手的沒好貨。

我還是用我的老招數。「很抱歉打擾你，我的車拋錨了，我不知道最近的電話亭在哪裡。可不可以借用你的電話呼叫道路救援？」這招眞管用，輕輕鬆鬆就跨進了這些人家的門檻。三個人死了，他們還是連最基本的警覺心都沒有。我對戴米恩幾乎有些抱歉，因爲在這幾個人裡，他是唯一沒有背叛我的一個。可是我必須利用他作證，讓警方知道他們無用到什麼地步。我覺得挺尷尬的是，發現自己居然跟所謂的「同志圈」意見一致，不過有一個說法確實百分之百的正確，他們說如果被殺的是一般的同性戀者，警方根本不會有什麼動作。被殺的是一個自己人那他們就不能坐視不管了。終於，他們不得不對我另眼相看，非要給我應有的尊重不可了。

爲求表現，我決定給戴米恩來點特別的。這是一種很獨特的懲罰方式，偶爾拿它來作爲『殺雞儆猴』之用。這種方式多半用在叛國大罪上，好比密謀刺殺國王之類。我個人以爲很恰當。戴米恩不正是屬於那一個想要撂倒我的團隊嗎？當然，如果他們眞有這份能耐。

這個刑罰在英國最早的紀錄是一二三八年，當時有一個三流貴族闖進了位在胡士托的一間行館試圖刺殺正在打獵的亨利三世。爲了制止其他有類似企圖的叛徒，遂將該名男子處以五馬分屍的極刑，以儆效尤。

另外在十八世紀也有一次刺殺皇族未遂的行動，結果遭到相同的命運。那個殺手的名字成了一個惡兆。法蘭克．戴米恩（François Damiens）在凡爾賽行刺國王路易十五。他的判決書上寫著：「用火鉗燒炙他的胸膛、手臂、大腿和小腿；他用來握刀行刺的那隻右手，要以硫磺燒灼；要以熱油、鎔鉛和攙著松香和蠟的硫磺倒入他的傷口；之後再由四匹馬拉扯肢解他的身體。」

根據行刑紀錄，戴米恩一頭深褐色的頭髮在刑求期間全部變白。卡薩諾瓦，又是一位大情聖，他在回憶錄中記載：「我目睹這個可怕的場景長達四個小時，但是在他半個身體被撕裂開來時，有好幾次我都不得不別開臉，摀住耳朵不敢聽他淒厲的叫聲。」

當然，我不可能弄一組馬匹進到地窖裡，所以得自己想辦法。我拿繩索和滑輪加上遊艇上用的絞盤機，打造出一套可以附著在地板和天花板上的系統。每條繩索的尾端有一副鋼質的腳鐐手銬。長度和鬆緊都由繩索做調整，我把戴米恩吊在半空中，四肢儘量撐開成一個人形的X，那根可憐的陽具在中間晃啊晃的，就像豬肉舖裡掛的那些東西。

氯仿的藥力在他身上比其他幾個人來得糟。他一清醒過來就大吐特吐，吊掛在離地四呎高的地方做這件事可不容易。幸好我摘除了他的口銜，否則鐵定會被他自己的嘔吐物給噎死，那懲罰他的樂趣就此沒了。

他整個人迷迷糊糊，完全不知道自己在哪裡。「我選中了你，」我告訴他，「算你運氣背，選錯了行。現在我要照你審問嫌犯的方式來審問你了。」

我在桃樂絲姑媽的廚房裡胡亂的搜尋用得上手的工具時，看見她有一套蛋糕裝飾模具。我記得那套模子。每年，她的聖誕蛋糕絕對是一個藝術奇蹟，布拉德菲爾德任何一個烘焙師的手藝都沒法跟她比美。有一次，她在做大蛋糕的時候被亨利姑爹叫出去辦事，我拿起糖霜袋子自作主張的動手幫忙。當時我還不到六歲。

她忙完討厭的農事趕回家看見我的成績簡直氣瘋了。她一把抓起亨利磨刮鬍刀用的厚皮帶狠狠的抽我，連我的襯衫都撕爛了。之後她把我鎖進房間，不給我吃晚飯，大半天的時間除了一只尿桶什麼也不給。我明白了我得摸清楚正確的用法才能動她那套寶貝組件。

地窖裡有一支噴筒，過去我常用它來吹熱蛋糕上的裝飾，現在剛好派上用場，替戴米恩烙上我的記號，就像兩百四十年前劊子手對待那位同名戴米恩君的招數。當火熱的噴口接觸到他蒼白的肌膚，皮開肉綻的亮起大紅色的光芒，那景象眞是美呆了。不只是美，它的效果更是驚人。他把所有我想知道的，不想也沒興趣知道的事全部抖了出來。眞可惜他沒有直接參與我前幾個作品的調查作業。憑這點我就知道警方是多麼的無助和抓狂。

我決定把殘骸再次寄放在坦伯菲爾德，這裡是從蓋瑞茲那次開始啓用的，爲了尋找一個更安全的地點展示我的極品手藝。紅心皇后的後院眞是最合適不過了；晚上偏僻隱蔽。一到白天就又生氣蓬勃的活了，所以戴米恩絕對不會在冷風裡待得太久。

換新遊戲的時機已經成熟。爲了預做準備，在亞當之後不久，我就上閣樓去打開了那只皮箱，那裡面裝著屬於我的一些過去。在我保留的紀念品當中有一件皮夾克，那是一艘俄羅斯漁船上一名工程師送我的，作爲他那晚匆忙卻難忘的夜渡資。這件夾克的外觀和觸感都不同於我們這裡的產品。我把袖子上的皮一丁一點的扯下來，一直扯到合適用來鉤在鐵釘上的大小爲止。我把這小塊皮料收進抽屜，再把夾克剩餘的部分全部剁碎，塞入垃圾袋，跟一堆的蛋殼和蔬菜果皮混在一起，然後開車進城，扔進垃圾車裡。等我派這一小塊『煙幕彈』上陣的時候，那件夾克的殘骸早已經葬在哪個不知名的垃圾掩埋場裡了。

只要一想到警方爲了窮追這一小塊怪皮料的出處，要浪費掉多少人力和時間的時候，就令我興奮到不行，反正他們怎麼也追不到我頭上。更何況，布拉德菲爾德沒有任何一個人看見我穿過這件夾克。

這次，媒體公開表揚我的成績。總算，警方承認這四起殺人事件是同一個人的精心傑作。終於，他們發現非重視我不可了。

處理完戴米恩，我還有一個人要對付，在找到這個自以爲配得上我，自以爲可以分享我人生的同道之前，我不可能定下心來回復原來的計畫，我要先擺平這個公開蔑視我，對我叫陣的人。

東尼．希爾博士，這個連蓋瑞茲．芬尼根是不是我做掉的人選都搞不清楚的蠢貨，就是我的目標。他已經侮辱了我。他瞧不起我，拒絕承認我的才華。他根本不知道他面對的是怎樣的天才。他必須爲他的傲慢付出代價。

我非幹掉他不可，這當然是一項挑戰。試問有誰不這麼認爲呢？

15.

他們就不能遵守傳統正宗的割喉法嗎，幹嘛來這些噁心的怪招……？

卡蘿帶上大門，迎接她的是沸騰的人聲。麥可趴在沙發上，兩眼緊盯著電視上的橄欖球賽。

「嗨，老姐，」他說，「緊張時刻。再十分鐘，我就全聽妳的。」

卡蘿瞥一眼電視，一堆穿著英格蘭和蘇格蘭球衣的大泥人趴在球場上拚命爭球。「眞是高科技，」她嘀咕一句，「我要去洗澡了。」

十五分鐘後，姐弟倆開了一瓶卡瓦甜酒慶祝。「我給妳列印了一些東西，」麥可說。

卡蘿精神一振。「有重要的發現了？」

麥可聳聳肩。「我不知道妳說的重要是指什麼。你們的殺手一共用了五種不同的形狀做記號。我把它們解析成五個分離的圖案。有心形的，還有一些字母的基本款，A、D、G和P。這對妳有意義嗎？」

卡蘿不由自主的打個寒顫。「有啊。很有意義。列印的東西都帶來了？」

麥可點頭。「就在我公事包裡。」

「過一會兒我就去看。順便，再借用一下你的腦袋行嗎？」

麥可把酒乾了再斟滿一杯。「不知道。看妳開什麼條件？」

「隨便你挑哪家鄉村旅館住宿一晚，附帶晚餐和早點，時間就在我休假的第一個週末。」卡蘿提出好康的條件。

麥可扮個怪臉。「這種條件，我看到我領退休金的時候都等不到吧。乾脆幫我燙一個月的衣服如何？」

「兩星期。」

「三個禮拜。」

「一言爲定。」她伸出手，麥可握住。

「喏，妳現在想知道什麼呢，老姐？」

卡蘿把她對兇手操作電腦製作影帶的那套論點簡單陳述一遍。「你認爲呢？」她熱切的問。

「行得通，」他說，「理論上沒有問題。就技術面來說可行，軟體的運用並不困難。我隨便都會。可是妳說的全是花錢的事。一張視訊捕捉卡三百塊，一張眞相魔法影音卡四百，另外數位化影像編輯卡要三到五百，再加上最先進的掃描器少說也要一千。喏，眞正的兇手成了軟體。只有一套東西能夠使妳的夢想成眞。3D模擬視訊指令（Vicom 3D Commander）。我們就有，這套東西花掉我們將近四千塊，那是六個月之前的事了。最後一次更新又要了我們八百。光說明書厚得跟磚塊似的。」

「所以這不是一般人會有的軟體？」

麥可哼一聲。「當然不是。那是非常專業的配備。必須像我們這種專家，或是專業的錄影棚，還有那些非常認眞專業的玩家才有這個資格。」

「有現成的軟體嗎？你有沒有辦法買到？」

「不大容易。我們都是直接跟模維公司（Vicom）交易，因爲在付款之前我們要他們先提出完整的樣品。當然，一定有一些特殊的管道，不過絕對不會是量販，多半是郵購。電腦配備很多都是這樣的。」

「你提到的另外那些東西——是不是很多人都有？」卡蘿問。

「那些東西不算不普遍。大概的估計，在錄影元件裡面有百分之二到三的市場佔有率，掃描器大概是百分之十五左右。不過如果妳想追蹤要找的人，我可以從模維公司下手。」麥可建議。

「你爲什麼認爲對方肯讓我們查看銷售紀錄？」

麥可扮個鬼臉。「眞被妳料中了。你們不是競爭者，再說這是一樁兇案的調查。搞不好他們還很高興合作呢。萬一這個傢伙眞的用了他們的產品，不合作的話對公司的公關宣傳傷害就太大了。我有辦法查出跟我們來往的那傢伙的名字。他是他們的業務主任。蘇格蘭人。看他們的名字妳根本分不清楚哪個才是教名。什麼格蘭．坎麥隆，坎貝爾伊利歐……簡直就……」

趁麥可在通訊錄裡搜尋的時候，卡蘿又再斟滿一杯酒，讓味蕾快樂的享受氣泡的刺激。這一陣子，快樂似乎缺貨得厲害。但只要她的推論有理，所有的一切可能就會改觀。

「有了！」麥可大叫。「弗瑞瑟．鄧肯。星期一上午給他打個電話，只要提我的名字就行了。妳的機會到啦，老姐。」

「你說對了，」卡蘿由衷的說，「相信我。我值得的。」

凱文．馬修攤在皺巴巴的特大號雙人床上，笑看著跨騎在他身上的女人。「嗯，」他咕噥著，「眞不錯。」

「要比家常便飯好多了。」潘妮．柏格思的手指在凱文濃密捲曲的胸毛裡遊走。

凱文咯咯發笑。「是嘛。」他探手端起稍早潘妮為他倒的大杯可樂加伏特加。

「想不到你今天晚上走得開。」潘妮慵懶的匍伏向前，乳尖刷著他的胸脯。

「最近幾乎都在加班，她已經對我的回家不抱任何希望，我能回去睡個覺就算不錯了。」

潘妮把整個身體重重的落在凱文身上，幾乎把他壓到喘不過氣來。「我指的不是你老婆，」她說，「我是指工作。」

凱文抓住她的手腕作勢把她推開。兩個人鬧了一會兒，終於肩並肩的並排躺下，邊笑邊喘，他說：「坦白講，沒什麼事情可做。」

潘妮不相信的哼著。「眞的？昨天晚上卡蘿．喬登才發現第五號屍體，那名嫌犯不是因為準備偷渡出境還被捕了嗎，你居然說沒什麼事情可做？少來了，凱文，你現在是在跟我說話呀。」

「妳全搞錯了，親愛的，」凱文自負的說，「妳和妳那些媒體朋友全錯啦。」難得有機會指正潘妮，他當然全力以赴。

「你什麼意思？」潘妮一手支起身子，不自覺的拉起鴨絨被遮住身體。現在可不能鬧著玩；這是正事。

「第一，卡蘿昨天晚上發現的屍體並不是連續殺手的受害人之一。那是『模仿犯』的抄襲手法。驗屍已經明確的證實了，那只是一樁不入流的姦殺事件。總局過幾天在掃黃組的協助下就會釐清整個案情。」凱文一副得意至極的語氣。

潘妮當然不肯放過，她嗲著聲音說：「然後呢？」

「然後什麼，親愛的？」

「這是第一，那一定還有第二囉。」

凱文得意非凡的笑著，潘妮知道現在只要她問得巧，他一定肯爆料。「有道理。第二，史蒂威．麥肯奈不是兇手。」

這眞的是第一次，潘妮啞口無言。這個消息本身就是一個震撼。更令人震撼的是，凱文明明知道，卻什麼也不說。他始終保持沉默，讓她像個大白痴似的在報紙上大放厥詞，胡寫一通。

「眞的？」她說，姿態之高是她決定離開住宿學校爲市井小民發聲以來從未有過的。

「沒錯。在他落跑之前我們就知道了。」凱文往枕頭上一靠，完全沒發覺潘妮投給他恨之入骨的一個笑容。

「那今天早上在法院演出的那場默劇是幹什麼的？」她說話的腔調絕對令她教演講的老師滿意得不得了。

凱文嘻嘻笑。「唔，其實我們很多人早就認爲麥肯奈不是我們要抓的人。可是布蘭登仍舊派人盯著他，所以他想開溜的時候，我們還是得擺個樣子把他抓回來。其實當時，已經很確定麥肯奈不是酷兒殺手了。再說，他也不符合東尼．希爾所做的側寫分析。」

「我不相信你現在說的這些。」潘妮厲聲的說。

凱文終於發覺氣氛不對。「什麼？妳怎麼了，親愛的？」

「沒怎樣。」潘妮一個字一個字的說。「你的意思是你們不僅把一個無辜的人還押再審，還讓所有的媒體都對外宣布說這人有可能就是酷兒殺手。」

凱文坐了起來，一面大口喝酒，一面伸手揉弄潘妮的秀髮。她立刻閃開。「這沒什麼，」他以長官安撫屬下的口氣說，「絕對不會有誰糾衆去包圍他的住家。我們用這一招說不定還可以引出眞正的兇手跟我們聯繫，因爲他要讓我們知道他還在外面逍遙。」

「你是說你們要逼他再度出手殺人？」潘妮音量升高。

「當然不是，」凱文惱火的說，「我說的是聯繫。就像他在殺死蓋瑞茲．芬尼根之後的動作。」

「天哪！」潘妮驚呼，「凱文，你怎麼能夠像個沒事人似的坐在那裡對我說，史蒂威．麥肯奈關在牢裡的這段時間啥事也沒有？」

就在潘妮．柏格思和凱文．馬修爲史蒂威．麥肯奈冤枉還押的事情爭辯之際，巴雷監獄C側，有三個男人輪流在向史蒂威．麥肯奈示範什麼叫做監獄性侵害。在樓梯間的盡頭，一名獄卒事不關己的站著，就像關掉助聽器的聾子，對於史蒂威的哀嚎懇求充耳不聞。同時，在布拉德菲爾德的沼原上，一個殘忍無情的殺手剛剛完成他製作刑具的最後幾個步驟，藉此向全世界宣告，在獄中的那個人跟前面四起完美無瑕的連續懲戒殺人案毫無關係。

福爾摩斯小組的辦公室裡瀰漫著沉靜卻忙碌的氣氛，操作員們個個緊盯著螢幕不停的敲著鍵盤。卡蘿發現大衛．渥考特坐在自己的辦公室裡，無精打采的扒著炸魚和薯條。看見她進來，他抬起頭勉強擠出一絲笑容。「我以爲妳今天晚上休假。」他說。

「是啊。我弟弟說只要我能在影片放映前趕到電影院，他願意買整桶爆米花讓我獨享。我只是順路帶這些東西過來給你。」她把兩個塑膠袋往大衛的辦公桌上一擱。一堆亮面的電腦雜誌從袋子裡灑了出來。

「我有個想法，」她說，「唔，應該說一種直覺。」於是第三次，卡蘿把自己對於兇手如何輸入影帶，再如何把影帶移花接木製作成他幻想的版本。

大衛用心的聽，一面聽一面點頭。「我喜歡，」他直率的說，「那份側寫報告我看了兩三遍，我就是不能接受希爾博士說的，藉由殺人錄影的方法來保持穩定的做案間隔。那完全沒道理。妳的看法很有道理。說吧，需要我怎麼效勞？」

「麥可認爲如果我們假設正確，那麼追蹤『3D模擬軟體王』的買主或許可以追到他。我不太敢確定。兇手服務的那家公司很可能有這個軟體，他也有可能在擔任主管操控的工作。不過爲了安全起見，這些掃描和數位化的作業他必須全部在家裡完成。所以我覺得從數位化影音和影像捕捉卡的供應商那裡下手追查應該不錯。我們可以從這些雜誌的廣告頁上找供應商，因爲電腦配備差不多都採用郵購的方式。同時，我們也應該接觸本地的一些電腦俱樂部。換言之，就要看你有沒有辦法調派人手了。」

大衛嘆了口氣。「想得美哦，卡蘿。」他拿起一本雜誌翻了幾頁。「今天晚上到明天這段時間我先列出一份名單，星期一上午我們優先派幾個刑警出去做一次巡訪。至於我那些作業員什麼時候能輸入所有的資料，很難說，不過我一定會盯場到底就是了。如何？」

卡蘿笑開了。「你真是個大好人，大衛。」

「我真是個該死的烈士，我最小的孩子都長兩顆牙了，我都還沒看到呢。」

「我可以留下來幫忙你查名單。」卡蘿說得很勉強。

「哎呀算了，妳去開心一下吧。你們去看哪部電影？」

卡蘿扮個鬼臉。「是星期六兩場特映的優待票——獵兇記和沉默的羔羊。」

大衛的笑聲一路伴著她回到車上。

長長的狼嚎似乎發自他的心窩。高潮就像一列奔跑的火車竄過他的全身，東尼感受到了極致的放鬆。「噢，天啊！」他呻吟。

「噢，對，對，」安潔莉卡喘著，「我來了，我又來了，噢，東尼，東尼……」她的聲音褪成了抽播的啜泣。

東尼癱在床上，胸膛劇烈的起伏著，汗水和激情後的氣味重重的包圍著他。他感覺自己彷彿突然間放下了背負很久，已經忘記它有多重的一個擔子。這是否就是痊癒的感覺，這份輕鬆和精采，把過去像煤炭似的一袋袋全扔進了煤槽裡？這是否就是他父母當年把他們的爛攤子扔給他的感覺？

耳邊，他還可以聽見她粗啞的呼吸聲。過了好幾分鐘之後，她說：「哇。真是哇哇哇。簡直太棒了。我就是喜歡你像這樣的愛我。」

「我也覺得很棒。」東尼由衷的說。這是從他們開始這份奇特的，綜合了治療和色情的遊戲以來的第一次，他毫無障礙的勃起。從一開始，他就堅硬得像岩石。不萎，不縮，不羞。多少年來第一次，眞眞實實的出現無障礙的激情發洩。沒錯，安潔莉卡並沒有眞的在他房裡，在身邊陪著他，但這無疑是邁出了一大步，朝著正確的方向。

「我們太合拍了，」安潔莉卡說，「從來沒有人讓我這麼來勁過。」

「妳常常做嗎？」東尼癱軟的問。

安潔莉卡咯咯的笑起來，一種暗啞又性感的笑聲。「你不是第一個。」

「看得出來。妳太厲害了。」東尼的讚美倒是眞心的。對他來說她確實是一百分的治療師，毫無疑問。

「我很挑人的，」安潔莉卡說，「不是每個人都喜歡我的方式。」她補上一句。

「那是那些人太奇怪了。我喜歡。」

「我很高興，安東尼。你不知道我有多麼的高興。現在我得走了。」她的語氣忽然就變成了公事化的口吻，談話時間就此結束。「今天晚上眞的太特別了。我們下次再聊。」

線路掛斷了。東尼關掉話機，舒坦的睡下。今晚，因爲安潔莉卡的關係，有生以來的第一次，東尼感覺自己有了保護層，不必再憑藉任何其他的外力。他的祖母，在理智上他知道他的祖母愛他關心他，只是表現感情的方式很不健全，她的愛太霸道，只顧滿足她的需要，完全不顧及他的感受。過去所有接觸過的女人，他現在發現，在感情上都脫離不了她的影子。感謝安潔莉卡，他終於有希望打破那個既定的模式，破除那長久以來的痛楚了。

他的性生活開始的時間遠遠落後許多同年紀的人，一部分因爲他的身體發育遲緩。一直到十七歲那年，他還是班上個子最小的一個男孩，頂多只能約會一些十三、四歲，比他還不解人事的小女生。然後，很突然的，他拔高了五吋。就在上大學之後，在一張單人床上他胡亂又笨拙的失去了他的童貞，那張滿是燭芯的床單磨得他全身是傷，害他痛了好多天。他的女友，在拋掉處女的包袱之後，不到幾天就把他給甩了。

在大學裡因爲太內向太用功的緣故，這方面的進展不多。開始攻讀博士學位的時候，他神魂顛倒的愛上了學校裡一位年輕的哲學講師。他的聰明有趣很快擄獲了她的好感。派翠西亞絲毫不隱瞞她是一個女中豪傑，正如同她絲毫不隱瞞她要結束他們的關係是因爲他床上的表現太差。「面對事實，親愛的，」她說，「你的腦子或許是博士的料，可是你的炒飯功夫該吃鴨蛋。」

從那以後每況愈下。最後幾個交往的女人都認爲他是個不折不扣的紳士，從來不會強迫她們上床。等到她們採取主動之後，才發現他這方面很差。他早就發現很難讓一個女人相信他的不舉跟她毫無關係的這套說辭。「她們受不了自尊遭受踐踏的感覺。」他大聲的說。

也許，現在他終於找到一條面對過去勇往直前的路了。再來幾次像今晚跟安潔莉卡這樣的感覺，也許，只是也許，他可以眞槍實彈的上陣了。他不知道她是否提供『出場』服務。或者他應該動腦筋想幾個暗示的點子了吧。

布蘭登揉著惺忪的睡眼，讀著辦公桌上的文件。他和大衛．渥考特整晚都在審閱這一大落由福爾摩斯小組列印過來的報告。不管兩個人怎麼努力的搜尋，硬是找不到任何一點可以令兇手破功的蛛絲馬跡。

「說不定卡蘿的看法還眞管用呢。」大衛打著哈欠說。

「我們什麼都試了，」布蘭登的口氣跟他的臉色一樣鬱卒。「再多一個也無傷。」

「她確實不賴，」大衛說，「總有一天她會當家作主的。」他的語氣中沒有半點刻薄，只有帶著幾分疲憊的欽佩。又是一個大哈欠在他臉上裂開。

「回去吧，大衛。你最後一次看見妙麗醒著是哪時候的事了？」

大衛唉聲嘆氣。「別提啦，長官。我收工了，暫時也忙不出個所以然。明天我會把這些電腦資料全部整理好。」

「好，用不著太早，聽見嗎？陪陪家人，一起吃個早餐。」話說得好，布蘭登自己卻做不到，他還要再看一遍證人的供詞和警方的說法，他不相信這麼多資料裡會追不出一丁點的突破。複審到將近一半的時候，他發覺自己幾乎已沒有再繼續下去的動力。想要跟瑪姬溫存的念頭排山倒海而來。

布蘭登嘆口氣，集中精神研究下一份文件。他的專注被一陣頑強的電話鈴聲打斷。「布蘭登。」他嘆著氣說。

「我是詢問台的莫瑞。抱歉打擾你，長官，因爲現在其他的警官都不在。是這樣的，這裡有一位先生你或許願意跟他談一談。他是戴米恩·康諾力的鄰居。」

布蘭登已經離開座位。「我馬上過來。」他說。

詢問台邊的男人坐在靠牆的長板凳上，垂著頭，下巴上盡是濃密的鬍碴。布蘭登從櫃檯後面一走出來，那人便抬起頭。約摸二十七、八歲的年紀，布蘭登估量著。日光浴曬出來的好膚色，很深的黑眼圈。大概是生意人，根據他低調奢華的西裝和歪斜在襯衫領口下的眞絲領帶判斷。標準一個長期漂泊在外，已經搞不清楚時間地點的遊子，眼睛充血，精神恍惚。看到有人比自己更疲倦似乎爲布蘭登注入了新的元氣。「哈丁先生嗎？」他輕快的說。「我是約翰．布蘭登，副局長，負責戴米恩．康諾力死亡事件的偵查任務。」

那人點點頭。「太瑞．哈丁。我住的地方離戴米恩家只隔兩三家。」

「聽員警說你好像有一些情報。」

「沒錯，」太瑞．哈丁說，他的聲音充滿了疲憊感。「在戴米恩遇害的那晚，我看見一個陌生人從他家的車庫開車出來。」

摘自3.5磁碟片　標示：備份檔・007

檔名「愛情・016」

其實在做掉戴米恩・康諾力之前我已經在注意東尼・希爾博士。這似乎是一種因果循環，就像戴米恩一樣，他的名字早就以潛在搭檔的身分存在我的名單上了。說白了，我想藉著懲罰他來證明我所做的一切都是對的，就這麼回事。

所以，我當然知道他家住哪裡，在哪工作，長相如何。我知道他上午幾點離開家門，搭哪班車上班，窩在那所大學的小辦公室裡待多久。

我以爲所有的一切都進行得順利，直到現在，情況忽然演變成了我不喜歡的狀況外。我犯了大錯，我太低估警方的愚蠢度。我從來不認爲布拉德菲爾德這裡的警官有什麼頭腦，最近的發展更是叫我嚇到傻。他們居然抓錯了人！

他們缺乏智商和觀察力的程度，跟那些像跟屁羊似的媒體眞是絕配。當我在崗哨晚報上看到警方羈押了一個人犯，爲我做的案子接受偵訊時，我簡直不敢相信。這人因爲牽扯到跟一個警官在街頭鬥毆而遭到逮捕。他們有沒有腦子啊，像我這樣謹愼小心的人怎麼會在坦伯菲爾德的大街上鬧事？他們眞以爲我只是一個情緒失控的街頭小混混嗎？

我一讀再讀那篇報導，實在不能原諒他們的愚蠢。我怒火中燒，全身脹氣，像得了消化不良，五臟六腑痛得揪成一團。我要做一件邪惡又誇張的大事，一件證明他們大錯特錯的大事。

我拚命的舉啞鈴，舉到肌肉發抖，衣服全部濕透，這份怒氣還是消不掉。我衝上樓從電腦裡叫出戴米恩的那些帶子重新改造。等到全部完工之後，畫面上我們兩個彷彿在表演超級性感的運動特技，就連俄國國家體操代表隊看了都要爲之驚豔。可是我得不到半點滿足。我的怒氣半點都消不掉。

還好，我不像他們那麼蠢。我知道失控對我的危險有多大。我一定要克制我的怒氣，我要化解它，把它變成我的助力。我強迫自己把忿怒導入富有建設性的方向。我精心計畫捕捉東尼博士的每一個細節，包括在抓到他之後該怎麼做。說白了——我要他天天『提心吊膽』。

吊刑。西班牙宗教審判庭最懂得怎樣切中要害了。他們利用的是這個星球上最簡單最強勁的力量，地心引力。你只需要一個絞盤，一個滑輪，幾根繩索和一塊石頭就夠了。先把受害人的兩手綁在背後，從滑輪拉條繩子穿過去，再把他的兩腳綁在石頭上。

一七七〇年，約翰．馬強特（John Marchant）在他出版的《恐怖殘忍的審判》一書中（*The Horrid Cruelties of the Inquisition*），對這個刑罰有最精采詳實的描述：

> 他被高高吊起，一直吊到他的頭頂到滑輪爲止。他維持這個姿勢很長一段時間，由於雙腳承受的力量太重，他的四肢和全身關節都伸展到可怕的極限，然後繩子一鬆，他突然的往下墜，但並沒有完全著地，經過這樣劇烈的震盪，他的手臂和兩腿全部脫臼，眞所謂痛徹心腑；在下墜的中途猛然停住的驚嚇，加上兩腿的拉力使得他整個身體被扯得愈發的緊繃痛苦。

而德國人做的一些改進更令我心儀。他們在受害人的背後放置了一個帶刺的滾筒，如此一來，在他往下墜的時候，那滾筒就會一路的剝掉他背上的皮，他的身體成了一團模糊的血肉。我考慮重現這個效果，經過一再的組合設計，始終不能在電腦上獲得一個合意又應手的作品，除非我把他的雙手銬在前面，那又減弱了吊刑原來的效果。簡單最好，這是我的座右銘。

在計畫製作的同時，我也加緊了對希爾博士撒網的動作。他以爲他可以鑽進我的腦子，他想得太美啦。

我已經等不及了，我開始計時。

16.

「喏，R小姐，如果我半夜出現在妳的床邊，手裡拿著一把尖刀，妳會怎麼說？」那位胸無城府的小姐回答：「喔，威廉先生，如果是別人，我應該會很害怕。可是一聽出你的聲音，我就平靜了。」可憐的姑娘；假如她能看清威廉先生的底細，從他那張死人樣的臉孔，和陰氣沉沉的聲音裡探出端倪，只怕她永生永世都無法平靜了。

電話響了，卡蘿第一個反應就是生氣。星期天早上八點十分代表的意思只有一個：工作。她吐出好長一口怨氣，尼森忍不住豎起了耳朵。卡蘿把胳臂伸出被子，往床頭櫃上摸索，接起電話含糊的咕噥一句「喬登。」

「這是妳的起床號。」這聲音樂得太離譜了吧，卡蘿直覺的認爲，她終於聽出對方是誰。

「凱文，」她說，「要好康的我才聽。」

「比好康的更好。有人親眼看見兇手從戴米恩家開車出來，妳覺得如何？」

「再說一遍？」她口齒不清。凱文把剛才的話重複一遍。這一次，凱文的聲音讓卡蘿從臥姿彈成了坐姿，她一屁股坐到床沿。「什麼時候？」她問。

「那傢伙昨天晚上很晚進來的。他去外地出差。布蘭登跟他做過訪談了，九點要開會。」凱文興奮得像個過聖誕節的孩子。

「凱文，你這個混球，應該早點來電話……」

他笑出了聲。「我以爲妳要睡美容覺啊。」

「鬼個美容覺……」

「好啦，我也才剛到五分鐘。妳可以帶那位博士過來嗎？我剛才打過電話，沒回應。」

「可以，我去轉一轉，看能不能把他叫起來。他好像有關機的習慣，自以爲這樣就能高枕無憂的睡個好覺。一看就知道不是幹警察的料。」她追加了一句。

卡蘿掛上電話進浴室沖澡。她認爲東尼關機的原因，一定是跟答錄機裡留話的那個女人在一起。這個想法搞得她胃痛。「笨蛋。」她衝著噴灑的水線暗罵自己。

八點四十，她按了東尼的門鈴。幾分鐘後，門開了。東尼探出頭來，努力的繫著睡袍上的腰帶，睡眼惺忪的盯著她。「卡蘿？」

「抱歉吵醒你了，」她一本正經的說，「你一直沒接電話。布蘭登先生要我過來接你。九點要開會。我們有了目擊證人。」

東尼揉揉眼睛，一臉迷糊。「妳先進來吧。」他逕自往玄關走，由著卡蘿負責關門。「對不起沒接電話。我很晚才睡，所以關機了。」他甩甩頭。「妳可以等我梳洗一下嗎？不然，我就自己趕過去。我不希望妳因爲我遲到。」

「我等。」卡蘿從椅墊上拿起報告翻看著，她背靠著牆，隨時處在會有第三者出現的警覺狀態。聽不見任何動靜，她竟莫名其妙的開心起來。明知自己的反應太孩子氣，卻怎麼也止不住。

她一定要學會掩飾，因爲這些反應遲早會因爲東尼的『冷感』而徹底消逝。

十分鐘後，東尼穿著牛仔褲和寬大的襯衫出現了，濕濕的頭髮梳得很整齊。「抱歉，」他說，「洗完澡我的腦子才清醒。哦，這目擊證人是怎麼回事？」

走向停車位的路上，卡蘿就她所知的全部告訴了他。

「這眞是大消息，」東尼起勁的說，「第一個大突破，是吧？」

卡蘿聳聳肩。「這要看他爆多少料。如果這傢伙開的是紅色福特Escort，那就快不到哪裡去了。我們需要的是一些可以實際交相比對的東西。譬如像電腦角度之類的東西。」

「啊對，電腦推論。進行得怎麼樣了？」

「我跟我弟弟討論過。他認爲行得通。」卡蘿冷冷的回道，有被侵犯的感覺。

「太好了！」東尼大力讚賞。「我眞的希望它行得通。妳知道，我並不是有意要潑妳冷水，我的分析必須做可能性上的比對，妳的說法恰巧超出了這個界線。但是這正是這個工作團隊在偵查作業上最需要的腦力激盪。我眞的覺得妳應該認眞考慮這次事件結束以後簽個約加入我們。」

「我不覺得這次以後你還想跟我合作。」卡蘿兩眼盯著路面。

東尼重重的吸一口氣。「我從來沒有碰過這麼想合作的一位警察。」

「即使我侵犯了你的私人空間？」她沒好氣的問，心裡暗恨自己怎麼像個存心找碴的無賴。

東尼嘆息。「我還以爲我們彼此都覺得可以做個朋友？我知道我……」

「好啦，」她打斷他的話，她眞不該開啓這個話題。「我們當然可以做朋友。這次的維多利亞盃，你認爲布拉德菲爾德有多少勝算？」

來。

東尼錯愕的轉身瞪著卡蘿。他看見了她嘴角牽動的笑意。忽然間，兩個人同時哈哈大笑起來。

最近政府部門對監獄品管開鍘，意味著巴雷監獄裡的官員們要一切照規矩來了。換言之，囚犯們每隔二十四小時就要操上二十三小時。史蒂威．麥肯奈側躺在牢房裡的舖位上。那場攻擊帶給他的後果是兩隻熊貓眼，幾根斷裂的肋骨，數也數不清的瘀青，外加性傷害造成坐立難安的痛楚，他提出要求獲准單獨監禁。

不管他怎麼抗議，一再表明自己不是酷兒殺手。沒人理會，連甩都不甩。他發現那些獄卒也跟他同牢房的那些囚犯一樣，對他輕蔑到了極點。他明明聽見沖洗馬桶的聲音，可就是沒有人過來打開他的牢門，讓他出清角落裡那只臭氣熏天的馬桶，那氣味簡直比史蒂威在外頭打野食時候的公廁更臭更噁心。

照目前的情況，他知道前途無亮。他被關起來是一個不爭的事實，這在大多數人眼裡就等於定了罪。很可能全世界都相信酷兒殺手已經殺完最後一名死者，因爲史蒂威．麥肯奈已經被關起來了。在第一次審訊終結獲得釋放之後，他痛心的發覺所有的員工、同事、客戶全部離他遠遠的，甚至拒絕正眼瞧他。就連之前經常去喝一杯的酒吧，那裡的同志也聯合起來排擠他。警方和新聞界把他看作是他們的頭號精神病患。總之，在抓到眞正的酷兒殺手之前，布拉德菲爾德對史蒂威．麥肯奈來說不再是一個親切友善的好地方。這段時間不如先離開這裡去阿姆斯特丹避避風頭，他前一任的情人在那裡開了家健身中心，這應該是個不錯的主意。萬萬沒想到他們一直在跟蹤他。

最諷刺的是，這一切的一切都因爲他多管閒事，爲一個並無眞心對他的警官打抱不平。他酸苦的哈哈大笑。那個北英格蘭的大個子刑警有可能還在暗自慶幸，就算被那個傢伙海扁一頓，也好過變成酷兒殺手的下一個受害人。實際上史蒂威·麥肯奈才是當晚唯一的受害人。而且情況愈來愈糟。根據律師的說法，他飽受驚嚇的家人根本不想了解這檔事。

躺在那裡思前想後，他做出了一個決定。忍著滿身的痛，史蒂威滾下床鋪，脫掉襯衫，肋骨痛得他臉面都在抽搐。他用牙齒和指甲，非常小心的把襯衫接縫的縫線一條條的拆下來，再撕開彈簧床墊底端邊緣的布料，扯成細條編成辮子加強拉力。他將這條替代繩繞到自己的脖子上套緊，然後爬到上鋪，把短繩的另一頭綁在鋪尾的橫檔上。

於是，在一個陽光燦爛的星期天上午，九點十七分，他讓自己頭下腳上的掛在床鋪的邊緣。

就好像快要倒閉的公司忽然得到了一大筆救命善款，司卡吉爾街分局裡鬧哄哄的生氣活絡起來。分局的中心點是福爾摩斯小組的房間，裡面每個人都緊盯著螢幕，忙不迭的鍵入新的情資，評估新的對比。

布蘭登在他的辦公室裡開戰略會議，與會的是他手下的四位督察和東尼·希爾，六個人手上都緊握著布蘭登和泰瑞·哈丁訪談的紀錄影本。這位副局長總共只睡了五小時，但是訪談的結果給他添了元氣，唯有凹陷發黑的眼眶露了餡。「重點說明，」布蘭登說，「戴米恩·康諾力被害當晚七點一刻左右，一個男人開了輛深色，四輪傳動大型吉普從康諾力家的車庫出來。那人下車關車庫的門，就在這個時候我們的目擊證人清楚的看到了他。我們得到的描述是白種男性，身高五呎十或六呎，年紀在二十到四十五歲之間，可能因爲他紮了馬尾頭的關係。穿著白色運動衫、牛仔褲和防水長外套。福爾摩斯小組徹夜查對坦伯菲爾德區外觀相符的車種。這些車子的駕駛大多數早已經做過訪談，不過現在有了泰瑞．哈丁的指證，我們當然持續追蹤，做深入的審訊。包伯，由你負責這一塊，同時追查不在場證明。」

「好的，長官。」包伯．史丹費果斷的彈掉手上的菸灰說。

「喔還有，包伯，你可以派個人去查一查嗎，看看那位哈丁是不是眞的一整個星期都在日本出差？我要確定這整件事滴水不露。」包伯．史丹費點頭答應。

「我派了車十一點過去接哈丁。」布蘭登繼續，一面查看早上七點在廚房裡列的明細。「卡蘿，由妳去做訪談。查清楚經常接送哈丁去機場的是哪家計程車行；看能不能更縮短時間。東尼，你負責對內。說不定可以幫忙我們擬定一些能強化他記憶的策略，讓我們對這個人有更清楚的概念。」

「我盡量，」他說，「至少我大概會分辨出哪些是他眞實的記得，哪些是他以爲的記得。」

布蘭登怪怪的看他一眼，沒說什麼。「凱文，你安排一組人手去新車展示場，盡可能的把四輪傳動吉普的型號海報全部抱回來，要哈丁先生指認，看他能不能給我們一個肯定的答案。」

「沒問題，長官。要不要我們再回去前幾個案子的那些鄰居查訪一下，看有沒有誰見過同類型的車子？」凱文熱切的問。

布蘭登考慮著。「先看看今天的情形再說。」過了好一會兒他說：「重新再走一遍得耗掉很多人力和時間，或許沒這個必要。不過，對康諾力那條街上其他的住戶做一些盤查倒是可行的。現在我們總算有比較實際的目標了。好主意，凱文。哦，大衛。你呢？」

大衛．渥考特把福爾摩斯小組進行中的一些行動資料做了扼要的報告。「因爲星期天的關係，在縮小查對車輛的範圍之前我暫時不跟史溫西那邊接觸。給他們的資料愈多，我們要對付的難題就愈少。如果那位哈丁能夠把車種、型號和年份說清楚，或者最起碼先過濾掉一些型號，我們就可以請DVLA（監理處）提供一份英國各地的車型明細，查訪這些有照的車主，從布拉德菲爾德開始向外延伸。這可是不得了的大工程，不過該做的還是跑不掉。」

布蘭登點頭稱是。「各位還有什麼意見？」

東尼舉手。「既然要盤查附近的鄰居，不如把它查得更徹底一些。」所有的眼睛都盯上了他，他卻只看到卡蘿的眼睛。他們之間互動的狀況更叫他一心想要成爲逮捕巧手安迪的大功臣。「這個傢伙是跟蹤高手，相信大家都不會質疑。我認爲他跟蹤戴米恩．康諾力已經有一段時間了。現在正値冬季，這個天氣不適合長時間站在戶外，所以他的監看行動可能大部分待在車子裡。而且不會太靠近，因爲在那麼短一條街上，太容易惹人注目。據我猜想他應該停在街尾，又不會妨礙視線的一個定點。說不定就有人看見這麼一輛陌生的車子經常停在附近。」

「有道理，」布蘭登說，「凱文，這事交給你辦，行嗎？」

「沒問題，長官。我派幾個弟兄去盯著。」

「女士有話要說，」卡蘿甜甜的說，「也許，我們應該叫大家別太專注在四輪傳動的車子上面。如果這傢伙眞如我們想像的那麼謹愼，他很可能只是利用那輛吉普當作載運的工具，在跟蹤期間他可能開別的車，以防萬一被哪個愛管閒事的街坊鄰居給盯上。」

「你覺得呢，東尼？」布蘭登問。

「不意外，」他說，「我們千萬別忘記，這個殺手有多麼高竿。搞不好他還利用租車呢。」

大衛·渥考特唉聲嘆氣。「天哪，可別來這招。」

包伯·史丹費從記事本上抬起頭，他正在草擬小組的名單。「我看希爾博士提出的其他建議事項得往後挪了？」

布蘭登嚴肅的努起嘴。簡報時的振奮忽然冷卻下來。擺在前面的工作量似乎重到難以承擔，兇手在哪裡，現在這個想法跟泰瑞·哈丁走進分局之前已經沒差，仍舊遙不可及。「對。沒有任何不尊重的意思，東尼，你的那些建議都屬於假設，我們現在是第一次掌握到實際的證據。」

「沒問題，」東尼說，「證據永遠擺第一。」

「那卡蘿提的關於電腦方面的建議呢？我們還要不要做？」大衛·渥考特問。

「比照處理，」布蘭登說，「那也是一種假設，不是事實，所以，同樣暫緩。」

「有意見，長官，」卡蘿忽然插話，她不想就此被擱置。「就算泰瑞·哈丁給了確實的車種和型號，我們可能照舊沒有任何進展。在縮小偵辦範圍之前，我們還是需要選取一些次要的因素。如果我的假設是對的，我們只要做一個小小的比對就可以得到最大的效益。」

布蘭登考慮一會之後說：「說得好，卡蘿。好，我們繼續做，大衛，不過不屬於第一優先。等主要的調查作業忙完之後。好了，大家都清楚自己的職責了吧？」

他殷切的看著他們，幾個人一致的點頭。「現在，各位，」布蘭登的語氣鏗鏘有力，「咱們開工。」

「但願部屬與妳同在。」走出門的時候凱文細聲細氣的對卡蘿說。

「部屬總比媒體好多了。」她背轉身酷酷的說。「東尼，我們可不可以找個安靜的角落，規劃一下這次訪談的內容？」

「要想從他那兒挖出更多的東西，唯一的辦法就是催眠。」兩人和泰瑞．哈丁做完一小時的訪談之後，東尼在走廊上對卡蘿說。

「你會？」卡蘿問。

「基本的技巧我會。從他眼睛的轉動和肢體語言看起來，他說的確實是實話，並沒有加油添醋的捏造，所以用催眠可能會說出更多，尤其在我們拿圖片給他看的情況下。」

十分鐘後，卡蘿拿了一堆車子的簡介型錄回來，這是凱文那一個小組從市區經銷商那裡搜括來的。「這些行嗎？」

東尼點點頭。「太好了。妳確定要我試？」

「試試無妨啊。」卡蘿說。

他們倆回進訪談室，泰瑞．哈丁剛喝完一杯咖啡。「我可以走了嗎？」他無奈的問。「我明天要飛布魯塞爾，連行李都還沒打包。」

「要不了多久時間的，先生。」卡蘿說著在桌子一邊坐下。「希爾博士想再做一個測試。」

東尼一臉鼓勵的笑容。「我們帶了一些照片，就是你看見從戴米恩車庫裡開出來的吉普車型。現在，如果你同意，我要讓你進入淺層的催眠狀態，再請你仔細的看這些照片。」

哈丁皺眉。「爲什麼不能現在清醒著看呢？」

「經過催眠可能辨識得更加清楚。」東尼和緩的解釋著。「哈丁先生，你是非常忙碌的生意人。當初你看到事件之後，就去國外開一連串重要的商務會議，很可能長時間的睡眠不足。這些情況代表你的意識和你上星期天所看到的實際情節已經脫節了。利用催眠，我能幫助你找回那些資料。」

哈丁半信半疑。「我不知道。我總覺得我會受你的控制，你要我說什麼我就說什麼。」

「很遺憾，不是那麼回事。如果眞是那樣，那催眠師全都成了百萬富翁了。」東尼玩笑的說。「誠如我剛才說的，它的用意只在解放你埋藏起來的東西，一些原本對你並不重要的東西。」

「那我該怎麼做？」哈丁狐疑的問。

「你只要聽我的聲音，照我說的做就行了。」東尼說。「你會覺得有一點奇怪，有一點恍惚，不過放心，全程都在安全的控制之中。我用的方法叫做神經語言程式學（**Neuro-linguist programming**，簡稱**NLP**）。非常輕鬆的，我向你保證。」

「我要躺下嗎？」

「用不著。我要拿一只掛錶在你面前晃盪。你願意試試看嗎？」

卡蘿屛住氣，眼看著哈丁一臉五味雜陳的表情。最後終於，他點了點頭。「我還是懷疑你會控制我，」他說，「我是一個頭腦很清楚的人。不過我願意試一試。」

「好，」東尼說，「我要你放鬆。很舒服的閉起眼睛。現在，我要你深入你的內心……」

東尼和卡蘿得意的蹦進兇案組的辦公室。包伯．史丹費靠窗戶站著，望著下方雨濕的街道，垮著肩膀，手上的菸由著它在燒。他隨意的四處張望，卡蘿大聲的叫喊：

「開心一點，難得啊。」

包伯．史丹費轉過身苦澀的說：「你們顯然還沒聽見消息。」

「什麼消息？」卡蘿走向他。

「史蒂威．麥肯奈自殺了。」

卡蘿腳跟一拐撞到辦公桌。她的耳朵裡嗡嗡作響，她感覺自己就要昏倒了。本能的，東尼趕緊上前扶她坐進椅子。「深呼吸，卡蘿。慢慢的深呼吸。」他溫柔的俯下身來，專注的看著她發白的臉孔。

她閉上眼，指甲用力摳著掌心，聽話的慢慢深呼吸。「抱歉，」包伯．史丹費說，「其實我也嚇了一大跳。」

卡蘿抬起頭，撩開黏在額頭上的髮絲。「怎麼回事？」

「看樣子他昨天挨了一頓狠打。根據各方說法，性侵害方面尤其嚴重。今天早上他把襯衫撕開上吊身亡。那票該死的獄卒事前完全沒留意，說是一切照規矩走，根本存心擺爛。」他發飆。

「可憐的傢伙。」卡蘿說。

「這下有得瞧了，」包伯．史丹費預言，「眞是運氣，全讓我給碰上了。還好這把火不會先燒我的屁股。我的意思是，布蘭登有防彈衣罩著，所以不知道該哪個倒楣的督察要揹黑鍋啦。」

卡蘿看著他的眼神像要揍人。「包伯，有時候你眞的很過分，」她冷冷的說，「布蘭登在哪？」

「在福爾摩斯那邊，大概在躲局長吧。」

他們發現布蘭登和大衛．渥考特兩個關在這位督察的小辦公室裡密談。「長官，車型確定，」卡蘿原先的精神已被包伯．史丹費的那條消息整個毀了。「我們已經知道他開什麼車。」

潘妮．柏格思從幹道轉上林務局的產業道路。她的目標是林地中心野餐區的停車場。這是她最愛的景點之一，從這裡穿過樹林登上光禿禿的岩塊，那裡的風可以把一週來累積的雜碎怨氣全部吹走。她當然需要，尤其在經過前幾天的諸事不順，睡眠不足的情況下。

收音機裡播完一段音樂之後，播音員說：「現在播報整點頭條新聞。」接下來換成一個嘹亮的女聲，她的聲音跟她播報的內容顯得很不搭調。「北部之聲整點新聞。被布拉德菲爾德警局審訊，涉及連續殺人事件的一名男子，今天早晨被發現死在巴雷監獄的牢房中。」

這個驚嚇非同小可，潘妮踩油門的腳一鬆，車子熄火了，她整個人往前衝。「哇靠！」她邊喊邊把音量開大。

「史蒂威．麥肯奈被初步認定是用自己身上的衣物做了一個繩套上吊身亡。麥肯奈是本市一家健身房的經理，上星期他在同志村的街上鬧事鬥毆，並且牽涉到一名臥底警探而遭到逮捕。」新聞主播繼續報著，她的語氣完全像在播報星光大道歌唱比賽的結果。「他之前獲得假釋，後來因為企圖潛逃出國又被逮捕。內政部一名發言人表示，警方將對他的死亡做深入的追查。

「經濟景氣仍未見好轉，首相今天說……」潘妮轉動車鑰匙再度發動引擎，等不及催油門倒車就先來一個一百八十度掉頭的急轉彎。幸虧，她心想著，幸虧她已經決定甩掉凱文。她寫完這篇報導之後，相信他絕對不會再想跟她見面了。

東尼的手指在計程車的椅背上敲打著，一種奇怪的躁動籠罩著他。離開司卡吉爾街心裡並不舒坦，他當然知道警方在為那一點證據忙碌的時候他根本插不上手。更何況，這整場丟人現眼的大混亂裡，他們現在最不想見的人就是他，有誰願意坐在那裡聽他的數落，他早說過史蒂威．麥肯奈不是他們要找的人。

好在他很確定今晚安潔莉卡會來電話，這是唯一的慰藉。計程車吱嚓的駛過潮濕空曠的街道，東尼重複演練著兩個人的對話。他信心滿滿，今晚篤定不會出問題，感謝她的情色治療，他終於把心魔收服了。他要親口告訴她，她的電話對他的意義有多大。他要告訴她，她對他的幫助大到超乎她的想像。一切都在掌控之中，東尼滿足的嘆了一口氣，不再懸念巧手安迪。

潘妮．柏格思掰開軒尼詩的易開罐，點起一枝菸，打開電腦。打完幾通電話確認收音機裡的消息無誤之後，一股自以為是的，只有政客、記者和神棍們為了利害關係才有的義憤在她心底燃燒。

她吸足一大口煙，思考片刻，開始敲打鍵盤。

昨天（星期日）正當布拉德菲爾德的連續殺手宣布第五名死者之際，同志健身教練史蒂威．麥肯奈在獄中自殺了。

警方曾經暗示麥肯奈就是酷兒殺手，想藉此逼真正的兇嫌出手。但是他們的如意算盤卻以悲劇收場，三十二歲的麥肯奈拿自己的襯衫代替繩子上吊身亡。這條繩索就綁在巴雷監獄隔離禁閉室的上層舖位上，他翻過床沿，勒死了自己。

昨晚，一位偵辦酷兒殺手案的警官坦承：「我們在好幾天前就知道史蒂威．麥肯奈不是兇手。」

前一天麥肯奈在遭受同室囚犯的野蠻攻擊之後，主動請求獄方將他隔離禁閉。

據巴雷監獄內部某消息人士說：「他被打得很慘。他進來的時候有風聲說他就是酷兒殺手，只是警方還沒有足夠的證據起訴。

「囚犯們都討厭性侵殺人的兇手，他們表現反感的方式很強烈。麥肯奈受到了殘暴無比的修理。他被痛揍之外，還遭到嚴重的性侵。」

據說那些獄警當時對於麥肯奈遭受的凌虐視而不見。昨天（星期日）是公定的例假日，因此不聞不問的讓他長時間一個人待在牢房裡結束了自己的性命。內政部一位發言人說將會深入追究這件意外。

麥肯奈在市區開設健身中心，兇手的第三名被害人，律師蓋瑞茲．芬尼根就是其中的會員。

麥肯奈遭指控的只是輕微的鬥毆事件，原因是援救一位在坦伯菲爾德同志村遭人攻擊的便衣警探。

之後他在假釋期間試圖潛逃出境。他準備搭上開往荷蘭的渡輪，警方適時將他再度逮捕，同時徵得地方法院的同意回押入監。

一位警界人士透露，「我們就是要讓大家以爲麥肯奈是兇手，就是這個目的。

「這些連續殺手很自負的。我們以爲兇手會因爲警方抓錯人而激怒進而主動跟我們接觸。

「結果搞砸了。」

麥肯奈的一位友人昨晚說：「布拉德菲爾德的警方就是兇手。在我看來，是他們殺了史蒂威。

「警方確實爲了連續殺人事件不斷的審問他。他們給他太多的壓力。

「即使後來把他放了出來，那污名已經洗不掉了。工作不順，同志酒吧也不歡迎他。

「所以他才決定跑路。這是個悲劇。更糟的是，還是個毫無意義的悲劇。

「警方並沒有因此在找尋兇手方面得分，一分也沒有。」

潘妮再點起一枝菸，把打好的稿子讀一遍。「嘔死你吧，凱文。」她輕輕的說著，一面按鍵儲存，一面傳送到辦公室的電腦。接著她又打了幾行字做補充：

此致新聞部

發稿人潘妮．柏格思，編輯部社會版

明天（星期一）請准予休假一日，以補足上週及今天的逾時加班。

希望不致造成太大的影響！

「路寶休旅車Discovery，金屬灰或者深藍？」大衛．渥考特邊做確認邊記筆記。

「沒錯，那個人是這麼說的。」卡蘿認同的說。

「好。今天是星期天，我大概沒辦法從史溫西那邊調出這個車款的全部資料。」大衛．渥考特說。

「我們還是可以派一個小組去大咖的代理商那邊轉一轉，要求他們提供買主的紀錄。」凱文建議。他跟大家一樣，高昂的情緒被巴雷監獄傳來的壞消息稍微沖淡了一些。

「不，」布蘭登說，「那是浪費時間和人力。誰也不敢掛保證兇手的車子是在本地買的。等明天早上再行動吧。」

明知布蘭登說的是實情，大夥還是一臉的失望。「既然這樣，長官，」卡蘿說，「我想跟大衛一起蒐集一些電腦軟硬體廠商的名單，只要誰有空檔就循線先打幾個電話探聽一下。」

布蘭登點了點頭。「好主意，卡蘿。好了，其餘的人何不趁現在回去看看自己的家變成什麼樣子了？」

東尼攤在沙發上，正在強迫自己享受這奢華的看電視時間，門鈴響了。這有如及時雨的鈴聲拯救了他的心浮氣躁，他從沙發上彈起來衝到玄關，打開門，笑容已經在他臉上漾開。

笑容綻到一半就打住，他發現自己沒那麼好的運氣。站在門外的確是個女人，不過不是他的朋友也不是同事。她很高，骨架很大，五官平平，下顎方正有力。她撥開拂到臉上的黑色長髮，「很抱歉打擾你，我的車子拋錨了，我不清楚這附近哪裡有公用電話。不知道可不可以借用你的電話叫道路救援？我當然會付電話費的……」她留下一個話尾，很靦腆的笑著。

摘自3.5磁碟片　標示：備份檔・007
檔名「愛情・017」

在『沙克威的家徽』碰見莫瑞克警探的時候，我眞的快嚇昏了。我因爲知道司卡爾吉分局裡的刑警常時往那兒跑。我很想去聽聽兇殺組裡在聊些什麼八卦。我想聽他們怎麼說我和我的成就。萬萬沒料到會在那兒看到一張熟到不能再熟的臉孔瞪著我。

我毫不起眼的坐在角落裡，瞧見莫瑞克走了進來。我猶豫著是否該離開，最後決定不要，那樣反而會引起注意。我可不想讓他認出我，跟蹤我，不管是什麼理由。再說，我幹嘛讓一個警察壞了我的午餐時間？

但是我的胃已經翻得七上八下，就怕萬一他看見了我走過來跟我說話。我並不是怕他，我只是不想招搖。所幸他跟兩個同事一起，他們三個忙著討論事情——很可能就是在說我——沒注意到其他人。我從報紙上認得那個女的。刑事督察卡蘿・喬登。她本人比照片好看，或許因爲她的金髮很亮眼。另外一個男的我沒見過，先記住他的臉再說。胡蘿蔔色的頭髮，白皮膚，雀斑，很孩子氣的長相。當然還有莫瑞克，頭和肩膀都高過另外兩個人，他頭上好像做了一些包紮，不知道怎麼回事。

我對莫瑞克的感覺還好，不像其他那些人那麼討厭，其實他扣留過我好幾次。他不像其他人那樣瞧不起我，逮捕我的時候從來不會冷嘲熱諷。不過看得出來他還是把我當成一個目標，一個不值得尊敬的角色。他根本不了解我之所以對那些水手出賣身體是有目的的。不管當時做了什麼現在都不相干了。現在的我不一樣了，現在的我已經脫胎換骨。之前在塞福德港的種種感覺上就像在看電影，跟我離得很遠，沒有任何關係。

奇特的是，能出現在這幾個拚命想追蹤我的警官面前還眞叫人興奮。我離我的獵戶不過幾呎遠，而他們居然沒有感覺。甚至連一點第六感都沒有，感應不到任何的異樣，就連卡蘿．喬登也一樣。女人的直覺不過如此。我把這當成是一種測試，測試我蒙騙這些『追捕手』的能力。他們就憑這樣也想要抓到我，太可笑了，眞是想都別想。

這次的巧遇更讓我有如虎添翼的感覺，第二天的報紙卻像個大沙袋似的狠狠的敲了我一記。當時我正走在主電腦室裡，一份剛出爐的崗哨時報就攤在某個小工程師的桌上。**驚爆酷兒殺手第五名屍體**幾個大字怵目驚心的跳進我的眼簾。

我要狂吼大叫，我要把所有的東西都從窗口扔出去。他們怎麼敢？我的親手作品個人風格那麼強烈。他們怎麼能夠把一個三腳模仿犯做掉的屍體算在我的名下？

我走回自己的辦公室，氣得全身發抖。我想叫工程師把他那份報紙拿給我看，又怕自己語無倫次。我想立刻衝到最近的經銷商去抓一份報紙。那又暴露了我不可原諒的軟弱。成功的秘訣，我告誡自己，在於舉止正常。絕對不做令同事起疑的事，絕不讓他們覺得我的生活起了什麼變化。

「忍耐，」我對自己說，「是最基本的美德。」於是我坐下來，胡亂的弄著一份需要重寫的軟體，我的心思根本不在這上面，我知道那天下午還有薪資的問題要處理。到了四點，我再也按捺不住，抓起電話直撥布拉德菲爾德之聲的客服專線。

新聞快報的大頭條當然不可以亂寫。「警方在下午透露，今天清晨在坦伯菲爾德區發現的一名男屍，不是引起布拉德菲爾德同志圈驚恐的連續殺手所爲，並不是兇手的第五名受害人。」播報員一報出了這條新聞，我的怒火忽然就滅了，內在的空洞再度塡滿，完整而踏實。

我二話不說，立刻放下電話。他們終於做對了一件事，卻害苦了我。爲了他們的錯誤，我整整被折磨了四個小時。這每一個小時的折磨我都要加倍的從東尼．希爾博士身上討回來。我發誓。

因爲布拉德菲爾德警方犯了不可原諒的終極錯誤。這個東尼．希爾博士，連我的罪行別無分號都看不出來的蠢貨，竟然被派來擔任警方偵辦連續殺手案的顧問。這批可憐又可恨的笨蛋白痴。如果這是他們最大的希望，那就眞的毫無指望了。

17.

一樁追求純快感的兇殺案，其實很無趣，既不會有除之爲快的目擊證人，也不會得到什麼額外的好處，更不會有報仇雪恨的得意，所以萬萬急不得，一急絕對出事。

痛苦是如此的強烈，東尼眞希望相信這只是一場惡夢。過去他從來不了解痛苦還會分那麼多種。他的腦袋隱隱的抽痛；他的喉嚨乾裂的刺痛；他的肩膀被拆解開的撕裂痛；外加上整條腿從上到下痛到不停痙攣。起初，這些疼痛阻絕了他所有其他的感覺。他的眼睛瞇得死緊，他只知道這些痛逼得他額頭上直冒汗。

慢慢的，慢慢的，他試著接受這些痛楚，他發覺只要把身體的重量放在兩隻腳上，抽搐的痛感就會慢慢消退，肩膀上難以忍受的撕裂感也會逐漸減輕。等到痛苦愈發可以忍耐的時候，他出現強烈反胃的感覺，胃裡面的東西似乎隨時會噴出來。天曉得他到底被吊掛了多久。

很慢很慢的，極度害怕的，他張開眼抬起頭，只是這樣一個動作又引得他的脖子肩膀一陣劇痛。東尼朝四周張望。立刻，他發現不如不看得好。他立刻知道自己在哪裡了。屋子裡燈火通明，天花板和牆壁上的聚光燈照著一間刷得粉白的房間，粗糙的石板地上都是深色的污漬，他不想也知道這是之前留下來的血跡。面對著他的是架在三腳架上的攝影機鏡頭，一側的紅燈顯示正在錄影當中，他的一舉一動都做了紀錄。稍遠的牆面上安著一條磁帶，上面整齊的掛著一套上好的刀具。房間的一個角落，他看到了那一個絕對不會錯認的刑具。一個刑求用的支架；很像椅子的怪東西，一時間他還叫不出它的名字。是宗教方面的嗎？好像跟基督教有點關係？相當的殘忍危險，叫什麼來著？猶大椅，對了。牆上好大一個X形的木頭十字架，很像某種恐怖邪教的聖物。一陣呻吟從他乾裂的嘴唇中間輕輕溜了出來。

現在最糟的來了，他開始評估自己所處的位置。他全身赤裸，因爲地窖裡的寒氣使得皮膚全部起了雞皮疙瘩。他兩隻手被綁在背後；從手銬嵌進手腕的程度判斷，顯然是由固定在天花板上的一條繩索或鍊子之類的東西拉扯著。繩索繃得非常緊，逼得他上半身不得不向前傾，因此他的人從腰部對折過來。東尼想辦法利用腳趾的力量將身體側轉。從眼角，他看見一條很堅韌的尼龍繩從他背後穿過一個滑輪，沿著天花板牽引下來，再穿過另外一個扣在絞盤上的滑輪。

「我的天哪！」他啞著聲音叫。他實在不敢看自己的腳，生怕自己會嚇死，但他還是強迫自己看了。正如他所害怕的，兩隻腳踝各箍著一條皮帶。兩條皮帶一先一後的附著在盛著很重一塊石板的繩籃裡。他全身不由自主的打起了寒顫，這顫抖的動作更加深了肌肉的痛楚。他對刑罰很熟悉；爲了治療病人他必須研讀變態施虐狂的歷史。就算在他最糟最難熬的時刻，他也從沒想過自己會遭遇這樣不堪的命運。

他的心思已經向前飛跑。他知道自己會被吊上去，一直吊到天花板上。他的肌肉會扭曲撕裂，他的關節會繃到最大的極限。然後絞盤放鬆，在踩煞車之前讓他往下墜落幾呎。而石板塊的拉力仍舊在，以每秒三十二呎的加速度往下拉扯，他的關節會全部分家，四肢移位，整個人歪七扭八的掛在那裡晃盪。如果運氣好，這極度的驚嚇和劇痛會令他失去知覺。吊刑，西班牙宗教審判庭把它視爲刑罰的精緻藝術。殘酷的刑求根本不需要高科技。

爲了逃避心理的驚恐，他努力回想整件事情的來龍去脈。門口的女人，事情就從這裡開始。讓她進入屋子的那一刻，東尼忽然有一種說不出所以然的熟悉感。他確定曾經在哪裡看過她，最令他想不透的是，長得這麼難看特別的一個女人應該過目不忘才對，怎麼會想不起來。他走在她前面，帶領她從玄關走進書房。接著，一陣很輕微的化學藥品的氣味，一隻手偷偷繞上他的脖子，一塊冰冷噁心的棉墊搗上了他的臉。他的膝蓋彎被踢了一腳，他兩腿一軟人往下跪。他掙扎，可是她整個人的重量壓著他，不過幾秒鐘的時間他已完全不省人事。

然後他一直在忽明忽滅的幻境裡飄進飄出，唯一有感覺的是，每當他掙扎著恢復意識的時候，那塊棉墊總是及時把他悶昏。最後終於，在巧手安迪的刑求密室裡清醒了。不知怎麼的，他忽然想到了這一句話，「聽我的準沒錯，先生，一個人在知道自己再兩個禮拜就要被吊死的時候，那腦子會特別的清楚專注。」冥冥之中，他似乎知道有這麼一條絕處逢生的線索。只要他用心去找。

他的側寫分析完全錯了嗎？綁架他的這個女人會是巧手安迪？會是她？或者她只是誘餌，是甘願供她主子擺佈的共犯？他再次讓回憶倒帶重播。他再次叫出這個女人的映像。先是衣著，碧琪牌的風衣，歐式風格，跟卡蘿穿的一樣，飛開的前襟裡面是一件白襯衫，襯衫鈕子好幾顆沒扣，露出豐滿的胸部和很深的乳溝。牛仔褲，帽T。帽T，剪裁樣式跟他穿的一模一樣。這些都不重要，東尼告訴自己。這些只是巧手安迪避免被抓包的外在符號。選擇女裝的原因是，萬一留下任何線頭纖維之類的東西也不打緊，頂多以爲是來自卡蘿或是他的衣物。卡蘿經常到他家，留下一些衣屑也是理所當然。

他對這女人的臉孔沒有特別的印象。以女人來說，她個頭很高很魁梧，至少五呎十吋。相信就連她的老媽都不會認爲她長得好看，國字臉，酒糟鼻，闊嘴巴，兩隻眼睛的距離寬到離譜。儘管她的妝很濃，畫得很技巧，但先天條件很難改變。他十分確定他們兩個絕對沒有在同一間屋子裡相處過，不過不排除在街上、車站或是校園裡碰過面。

帽T。不知道爲什麼，他不斷轉回到連帽外套上面。只要痛苦的感覺可以暫停一會，他的思緒就能更專注。東尼把兩條腿併攏撐直，試著舒緩一些肩膀上緊繃的壓力。這一丁點的鬆弛哪裡會夠，內心深處的恐懼又再度抓緊了他，眨眨眼他擠掉一滴淚水。

帽T怎麼回事？東尼集中每一盎司的注意力，又再一次叫出這個女人的形貌。他倒抽一口氣，終於想通了。那雙腳太大。就算以她過人的身高，那雙腳還是嫌太大。一抓到這個重點，他接著想起了那雙手，手指又粗又壯。帶他到這裡來的這個人不是一個天生自然的女人。

卡蘿再按一次門鈴。他到底去哪裡了？燈開著，窗簾垂著。說不定跑出去買塊披薩，寄封信，帶瓶酒，租一支影帶？她沮喪的嘆口氣，回過身走到街底，轉入了東尼家那條街和後面幾間屋子中間的小巷。她走到他的後院，前屋主把原先有的一堵牆打掉鋪上水泥改成了停車位，東尼對她說過他習慣把車子停在這裡。

車子好端端的停在那裡。「搞什麼啊？」卡蘿咕噥了一句。側過車子，她走近屋子從廚房的窗戶往裡頭張望。燈光透過開著的門口照到玄關，整間屋子都染著淡淡的亮光。沒有半點人氣。沒有骯髒的碗盤，沒有空瓶子。

不抱太大的希望，卡蘿推了推後門。果然令她失望。「這些男人眞是。」她嘀咕著走回自己的車子。「再五分鐘，老兄，我就閃人。」她往駕駛座上一倒。十分鐘過去，沒人出現。

卡蘿發動引擎開車上路。在街尾，她瞥見大馬路另一邊的小酒店。不妨試試，她想，進去煙霧騰騰人擠人的店裡查看東尼的人影，前後不到三分鐘，『戰地春夢』裡沒有他。

星期天晚上的九點，有哪些地方只要走幾步路就到得了的呢？「任何地方，」她對自己說，「這世界上妳不可能是他唯一的朋友。他又沒在等妳；妳只是順道過來討論明天的會議嘛。」

想來想去，卡蘿決定回家。家裡空盪盪的，她才想起麥可跟一個商展認識的女人出去吃晚餐了。她乾脆上床睡覺算了。不過她還是先得在東尼的答錄機上留個言。要是她連著兩個早上無預警的出現，他很可能會抓狂。鈴聲響了幾聲之後答錄機開了，沒有主人留言，只有一串咯咯的聲音。「嗨，東尼，」她說，「不知道你的答錄機是不是壞了，所以我也不知道你會不會聽到我的留言。現在是九點二十，我今天睡得特別早。明天一到辦公室我要忙電腦的事。布蘭登先生約明天下午三點開會。如果你想在三點之前先見個面，就給我一個電話。我不是在特勤組就是在福爾摩斯小組那邊。」

卡蘿坐下來，尼森窩在她的腿上，一旁擱著一杯烈酒，心裡檢視著待辦的公事。銷售電腦配件和硬體的商家名單長得嚇人。她叮囑大衛．渥考特先別動作，一定要等她有機會查詢過軟體公司之後。一方面他們的名單比較短，再者可以跟路寶Discovery車行方面做交叉比對。除非最後都沒有具體結果，她才會把自己辛苦一整晚蒐集來的資料拱手交給大衛的那一個小組。「沒問題的，尼森，」她對貓說，「絕對不會做白工。」

高跟鞋敲在石頭上的聲音就像一根電線穿過乳酪，帶來要命的痛。這每日一聲出現的位置成了威嚇的代名詞。他完全不知道到底是白天還是黑夜，也不知道從俘虜到現在已經有多長的時間。高跟鞋的聲音從後方接近了，東尼強迫自己全神戒備。她在下樓梯。下到最後一階，鞋跟叩叩的聲音停住。他聽見低低的笑聲。很慢很慢的，一次一步的，腳步聲在他身後打轉。他感覺得到自己在接受『全身檢查』。

她不慌不忙，繞著他被捆得像粽子似的身體慢慢的轉，到最後終於轉入了他的視線。東尼頓時被她那極致的好身材驚倒。從脖子以下，她絕對可以當色情雜誌上的模特兒。她岔開腿站著，兩手叉著腰，身上穿著紅色絲質的和服，前襬敞著露出裡面一件鮮紅色，開了乳孔和褲襠的緊身皮衣。黑色的長襪裹著兩條豐潤結實的腿，腳上踩著一雙黑色細高跟鞋。即使穿著和服，他也能清楚看見和服底下肌肉發達的胳膊和肩膀。從他吊著的位置看來，她肉慾得就像一具色情泥偶。

「想通了嗎，安東尼？」她拉長了聲音，音調裡明顯有著強忍的笑意。

安東尼這三個字是他記憶魔術方塊裡的最後一個輪轉。他的思緒立刻狂奔，東尼說：「我的普拿疼大概吃不到了吧，安潔莉卡？」

輕笑聲又出現。「很高興你還沒失去幽默感。」

「哦沒有，只是失去尊嚴罷了。我沒想到會這樣，安潔莉卡。我怎麼也想不到我們的電話交談會是這樣的下場。」

「你根本不知道我是誰，對吧？」安潔莉卡的語氣驕傲透頂。

「也對也不對。我不知道殺掉那些男人的就是妳。可是我知道妳就是我要的那種女人。」

安潔莉卡眉頭一皺，似乎不知道該怎麼回應。她轉過身去檢查錄影機。「你實在玩得太久了。你知道你甩了我多少次電話嗎？」她的口氣是憤怒，不是受傷。

東尼感受到了危險，他改用一些比較緩和的字眼。「那是因爲我自己有問題，不是因爲妳。」

「你確實跟我有問題。」她說著走向擺在牆邊的石椅。她拿起一捲新的帶子走回錄影機。

東尼不肯放棄，繼續嘗試。「剛好相反，」他說，「我跟女人的親密關係一直很糟糕。所以一開始我不知道該怎麼對待妳。現在好太多了。妳很清楚才對。妳知道我們非常的契合。眞的要謝謝妳。現在我覺得我那些問題全部都解決了。」他希望她沒聽出他的話中有話。

安潔莉卡可不是笨蛋。「確實如此，安東尼。」她皮笑肉不笑的說。

「妳比我聰明多了。我一直以爲兇手是個男人。我早就該想到了。」

安潔莉卡背向著他換卡帶。換完帶子她轉過身說：「你怎麼都抓不到我的。你玩完了，其他人也一樣。」

不理會這個恐嚇，東尼繼續『閒聊』，儘量把語氣放輕鬆。「我早該發覺『你』是個女的，對於細節顧得那麼周全，善後的處理做得那麼仔細。我眞是蠢蛋，怎麼沒想到這些心思都是標準女人的特徵，不是男人的啊。」

安潔莉卡假笑著。「你們都一個樣，你們這些搞心理學的，」她像罵髒話似的吐出這一句。「你們毫無想像力。」

「我不像他們，安潔莉卡。對，我的確犯了一個嚴重的大錯，可是我敢說我懂妳的程度超過他們任何一個。因爲妳把妳的內心世界都攤給我看了。不只透過這些殺人事件哦。妳讓我看到的是一個眞女人，一個了解眞愛的女人。我猜他們都不懂妳，對吧？他們不相信妳，妳告訴他們說在妳這一副男人的軀殼裡鎖著一個眞女人的靈魂，他們不會相信的。啊，我猜他們也許會假裝相信，我猜他們跟妳交易，以恩客自居。等到事情辦完就把妳當怪物似的甩掉了，是吧？相信我，我絕對不會幹這種事。」到結尾的時候東尼的聲音分了叉，恐懼加上氯仿的味道，他的嘴乾到了極點。所幸血管裡奔竄的腎上腺素頗有止痛的作用。

「你懂我什麼？」她粗暴的問，她臉上痛楚的表情跟她妖嬈的姿態形成了一個奇怪的反差。

「如果我們要繼續聊天，我得喝些水才行。」東尼說，他在賭，賭她的自戀一定會來湊熱鬧，分享她的成就，渴望聽見他口中的她是怎樣的版本。如果他想取得任何活命的機會，就必須跟她建立關係。一杯飲料是牆上的第一塊磚。他只要能讓她把他當一個平等的『人』來看，而不是一個無足輕重的符號，他的機會就會大大的提高。

安潔莉卡狐疑的沉著臉。然後，她頭一扭，長髮一甩，走到靠牆的水槽，打開水龍頭，一面找可以盛水的容器。「我去拿杯子。」她嘀咕著走過他，再次上樓。

東尼對於他的小勝利大感安慰。安潔莉卡來回不到三十秒，她拿著一只白色的大馬克杯。廚房就在上層，東尼揣想著。她走回水槽，她很會穿高跟鞋，節奏感十足，很女性化。這眞的很有趣，因爲在綁人殺人的壓力出現時，她顯然又回復了孔武有力的男兒本色。這也是唯一可以解釋泰瑞．哈丁認定從戴米恩．康諾力家開車出來是個男人的理由。

安潔莉卡注滿了一杯水，謹愼的走近東尼。她揪住他的頭髮，蠻橫的把他的腦袋往後扳，冰冷的水直接灌進他嘴裡。這一灌好像連下巴也跟著灌進了喉嚨，不過無論如何舒服多了。「謝謝。」她收手的時候他說。

「應該的，這是待客之道。」她嘲諷的回道。

「說得好，我希望有時間能把它記下來，」東尼說，「妳知道，我眞的很佩服妳，妳很有風格。」

她再次皺眉。「少來這套，安東尼。你別想用這些屁話來糊弄我。」

「這不是屁話，」他抗議，「我花費那麼多的白天黑夜在鑽研妳的成就。我深入妳的腦子。我怎麼能夠不佩服妳？我怎麼能夠不被感動？其他那些被妳帶到這裡來的人，他們根本不知道妳是誰，妳有多大的能耐。」

「這倒是眞的，我同意你的說法。他們一個個都像奶娃，受了驚嚇的笨奶娃，」安潔莉卡不屑的說，「他們完全不能體會我這樣的女人可以爲他們做多少事。一票背叛又好色的蠢貨。」

「那是因爲他們不像我這麼懂妳。」

「你老是說這句話，證明一下吧。證明一下你到底懂我多少。」

這次鐵手套眞的放下來了，東尼心想著。先別高興得太早，救自己的命要緊。這倒是一個做實驗的好地方，正好利用這個場地驗證他那套心理學究竟是科學，還是個屁。

「弗瑞瑟·鄧肯嗎?我是布拉德菲爾德警局的刑事督察卡蘿·喬登。」她說。卡蘿始終不習慣完整的報出自己的官銜。她總覺得,好像,隨時有人蹦出來大喊大叫,「不是,妳才不是!這次終於讓我們逮著啦。」運氣不錯,今天並沒有發生這個狀況。

「是?」那聲音十分謹慎,單一的音階畫出明顯的問號。

「其實,應該說是我弟弟,麥可喬登,是他推薦說你對於我手邊這個案子可能幫得上忙。」

「啊,是?」這次的問號友善多了。「麥可好嗎?他喜歡那個軟體嗎?」

「我看那絕對是他最愛的玩具了。」卡蘿回答。

弗瑞瑟·鄧肯哈哈大笑。「最貴的玩具,督察。說吧,有什麼需要效勞的?」

「我想跟你討論的是3D模擬視訊指令(Vicom 3D Commander)。屬於高度機密。我們在偵辦一件大案子,我目前研判的一個重點是,這名兇手有可能使用你們的軟體編輯他的影帶,甚至有可能還輸入了其他的素材。有這種可能性,對不對?」

「不只是可能性。根本就是。」

「那,顧客的資料你們都有紀錄嗎?」卡蘿問。

「有。當然啦,我們不直接銷售套裝軟體,凡是購買視訊指令的人應該都有登記,這樣才能登錄免費顧客服務,並且隨時獲得更新。」鄧肯談出了興頭,開始主動提問。「妳需要我搜尋顧客資料庫嗎,督察?」

「非常需要。這是一件兇殺案,這份情資對我們非常重要。可不可以容我再強調一次?這屬於絕對機密。我以人格擔保，等我們一完成作業立刻會將你提供的資料從我們的系統上全部移除。」卡蘿儘量不讓自己顯出乞求的口氣。

「我不知道，」鄧肯語帶遲疑，「我不太能夠接受這樣侵門入戶查看我們客戶的做法。」

「不是這樣的，鄧肯先生。不是的。我們只是把名單輸入我們大型重要問訊作業系統（HOLMES），跟現有的一些資料做交叉比對。只針對已經存在檔案裡的一些特定人士做進一步的追究。」

「你們追的是不是那個連續殺手？」鄧肯衝口而出。

他到底想探聽什麼，卡蘿愣了一下。「是的。」她決定賭一賭。

「我再打給妳，督察。沒什麼，只是對妳的身分先做個確認。」

「沒問題。」她給了警局的總機號碼。「請他們轉接到司卡吉爾街福爾摩斯辦公室找我就行。」

接下來的五分鐘如坐針氈。電話鈴聲才一響，卡蘿已經把話筒壓上了耳朵。「喬登督察？」

「妳欠了我一份大人情啊，老姐。」

「麥可！」

「我剛剛可是在弗瑞瑟．鄧肯面前大力的誇妳，我說不管他聽了多少關於警察方面的閒話，妳絕對是一股清流，是他可以信任的人。」

「我愛你，小弟。快掛斷吧，人家要打電話進來！」

感謝大衛．渥考特和現代科技的奇蹟，不到一個小時，視訊的資料已進入了福爾摩斯的網站。卡蘿在彼此達成資料使用規則上的協議之後，就讓大衛·渥考特跟弗瑞瑟·鄧肯直接通話，她從大衛的言談裡聽到了一些完全聽不懂的術語，包括像「頻寬[35]」之類。

大衛忙著處理終端機的時候，卡蘿坐在他旁邊。「好了，」他說，「現在凡是在布拉德菲爾德方圓二十哩地之內擁有路寶Discovery休旅車款的名單全部到齊。另外購買3D視訊軟體的名冊也有了。我敲下這個鍵，把功能表送入選項，登入萬用字元，我們就舒舒服服的坐在這裡讓機器自己說話吧。」

時間一分一秒的熬過去，什麼也沒出現。然後電腦螢幕忽然清晰起來，閃出一則訊息。「符合條件的有〔2〕。名單條件符合？」大衛敲下『y』字鍵，螢幕上出現了兩個名字和地址。

1. 菲力浦·克羅西，布若登·克雷，霞飛路23號，布拉德菲爾德**BX4 6JB**
2. 克里斯多夫·索普，〔準據1〕／安潔莉卡·索普〔準據2〕。沼坡地，格萊高利街，布拉德菲爾德**BX6 4LR**

「這是什麼意思？」卡蘿指著第二個選項問。

「這輛休旅車登記的是克里斯多夫·索普的名字，軟體是由安潔莉卡買的。」大衛渥考特解釋。「使用萬用字元選取的意思就是，電腦會同時按照地址和姓名做分類。喏，卡蘿，無論如

[35] baud rate 或稱鮑率，即每秒傳輸線上訊號變化的速率。

何，妳有收穫了。至於它到底重不重要，我們等著瞧吧。」

潘妮．柏格思走在摩拉漢台地粗糙有裂痕的石灰岩上。天空是早春的湛藍，高沼地上的野草也由黃轉綠了。不時還有雲雀飛過，把好聽的歌聲送進她的耳朵。有兩個情況可以讓潘妮眞正的活起來。一個就是追蹤大事件，另外一個就是登上約克郡山谷和得比郡峰區的高沼原。在這個空曠的野外，她覺得自己像雲雀般的自由自在，所有的壓力都不見了。沒有死催活催的新聞稿，不必找門路拉關係，也用不著擔心對手的進度搶先自己。只有天空、沼原、出色的石灰岩景，和她自己。

不知怎麼的，史蒂威．麥肯奈突然跳進她的思維裡。他從此再也看不見天空，再也不能散步在這片沼原欣賞季節的變換。感謝上帝，她還有發聲的力量，讓那一個失職官員爲這喪盡天良的事件付出應有的代價。

菲力普克羅西的房子是一幢狹窄的，有陽台的三層樓現代連棟式住宅，車庫佔了一樓的大部分。卡蘿坐在車子裡，上下打量著這間屋子。「我們要進去嗎，督察？」駕駛座上的年輕刑警問她。

卡蘿想了一會。如果訪談的對象是一個由電腦丟出來的人，這時候最好能有東尼陪著她。她撥過他家裡的電話，沒有回應。克萊兒說他並沒有進辦公室，這點令她很訝異，因爲九點半有個會議。卡蘿還沿著他的家兜了幾個圈子，看起來情況跟前一晚完全一個樣。跟他的女性友人外出找樂子去了，她一口咬定。要是因此失去了跟巧手安迪交手的機會，那是他活該，她惡毒的想著，但緊接著，她就爲自己的幼稚後悔不已。撇開東尼，她的第二人選是唐．莫瑞克。可惜他外出調查Discovery休旅車相關的認證工作去了。現在沒有要務在身的，只有這位暫調到刑事調查部門剛滿兩個月的員警毛利斯。

「他如果在家我們就進去看看，」卡蘿說，「很可能去上班了。」

兩人走上步道，卡蘿用心看著修剪整齊的草坪和漂亮時髦的油漆工。這棟房子很不符合東尼的側寫分析。這裡倒像是那些被害人的住家，不管從外觀或價值，怎麼看都不像一個窮光蛋住的地方。卡蘿按了門鈴，退後幾步。就在他們準備放棄，回頭上車的時候，卡蘿聽見趕下樓的腳步聲。門開了，顯出一個矮壯的黑人，穿著灰色排汗運動褲和鮮紅色的T恤，光著兩隻腳。他跟泰瑞．哈丁的描述簡直差了十萬八千里。卡蘿的心立刻往下沉，她努力提醒自己，菲力浦．克羅西並不是購買軟體和Discovery休旅車的唯一人選。他還是值得做一個訪談。「哎？」他說。

「克羅西先生嗎？」

「哎，對。有何貴幹？」他的語氣一派輕鬆，濃濃的布拉德菲爾德腔。

卡蘿出示她的證件做簡單的自我介紹。「我們可不可以進去說幾句話，先生？」

「什麼事？」

「你的名字出現在一般性的勤務作業裡，爲了銷案起見，我需要向你請教幾個問題。」

克羅西眉頭一皺。「哪一類的案子？」

「我們可不可以進屋裡再說，先生？」

「不行，等等，到底怎麼回事？我正在忙。」

毛利斯走到卡蘿身邊。「你沒必要這麼爲難我們，先生，只不過例行公事嘛。」

「克羅西先生並沒有爲難我們，」卡蘿冷冷的說，「我完全能體會你的立場，先生。你的車型牽涉到一起車禍意外。我們同時也在向其他一些相關人士查詢。要不了多少時間的。」

「好吧，」克羅西嘆口氣說，「進來吧。」

他們倆跟隨他踏上鋪了止滑墊的樓梯，進入一個客廳加廚房的開放式空間。整個裝潢屬於低調的奢華風格。他招呼他們坐上兩張木框皮椅，他自己往擱在地板上的一個眞皮豆袋包上一靠。

毛利斯抽出筆記本，很誇張的翻到一頁空白頁。

「你都在家工作？」卡蘿問。

「哎，對。我是自由業，動漫畫家。」

「卡通？」卡蘿說。

「我多半畫科學動漫。如果你們空中大學的課程需要展示原子如何碰撞爆炸之類的，找我就對了。現在到底怎麼回事？」

「你開的是不是一輛路寶Discovery休旅車？」

「哎，對。就在車庫裡。」

「可不可以告訴我，你上星期一晚上有開車出去嗎？」卡蘿問出口才驚覺，天哪，原來只是一個星期前的事？

「可以。我沒有。那時我人在麻州的波士頓。」

她繼續問了一些例行的問題，了解克羅西去那裡做什麼，以及可以向誰去查證。然後她站起來。到了關鍵性的提問時間，不過一定要表現出漫不經心的隨性才行。

「感謝你的幫忙，克羅西先生。還有一件事——你外出的那段時間有沒有其他人進入過你的屋子？有沒有誰借用過你的車子？」

克羅西搖頭。「我一個人住。我不養貓也不養植物，所以我不在的時候沒有誰會進來。只有我才有鑰匙。」

「你確定嗎？沒有清潔女工，沒有哪個同事順道過來使用你的電腦系統？」

「我非常確定。清潔打掃我自己一手包辦，我的工作也是我一個人獨當。幾個月前我跟女朋友分手了，把鑰匙都重新換過。行了吧？除了我，沒有任何人有這裡的鑰匙。」克羅西有些不耐煩起來。

卡蘿固執到底。「不會有誰在你不知情的情況下拿了你的鑰匙去複製嗎？」

「不可能。我沒有隨便亂丟鑰匙的習慣。那輛車子，我是唯一的被保險人，所以其他人一律不能開它。」克羅西的怒氣明顯在上升。「聽著，假如有任何人開車犯罪，用的是我的車號，那他們用的一定是假車牌。行了吧？」

「我接受你的說法，克羅西先生。我向你保證，只要你給的資料查證屬實，你就不會再見到我們了。非常感謝，打擾了。」

回到車上，卡蘿說：「找個電話。我要再試一次希爾博士。我不相信他會在我們最需要他的時候開小差走人。」

摘自3.5磁碟片　標示：備份檔・007

檔名「愛情・018」

眞是太好笑了。他們挑了一個搞不清楚狀況的人，這人連我是不是在執行某種特殊刑罰都看不出來，竟然僱他來幫忙抓我。他們至少也該對我表示一些敬意，僱一個有點聲望，跟我的才華能力可以匹敵的對手，而不是這麼一個沒見過世面，沒碰過像我這種高人的白痴。

結果，他們侮辱了我。東尼．希爾博士依據他對我那些殺人事件的解析，爲我量身打造了一份側寫報告。等我這篇報導刊登出來的時候，當然在多年以後，在我壽終正寢之後，歷史學家拿我的眞相和他的側寫做比較，他們一定會對他那套錯誤百出的僞科學（pseudo-science）訕笑不已。

他完全不了解實情。在此，本人特別錄音存證，以正視聽。

我生長在約克郡塞福德港，這是國內最繁忙的漁業及商務港口，我父親是海員，在油輪上任職大副。他跑遍世界各地，偶爾回家來看我們。我母親既不是賢妻也不是良母。到現在我還記得家裡的髒亂，三餐既不定時又難吃。她唯一的專長，也是他們彼此唯一可以分享的一件事，就是喝酒。如果奧林匹克運動會有酒鬼雙人組的競賽，他們兩個鐵定能抱走金牌。

我七歲的時候，父親不再回家。當然，母親責怪我不夠乖巧。她說是我把他趕跑的。她說從現在起我就是一家之主。可惜我永遠達不到她的期望。她的要求永遠超過我的能力，而且苛責永遠多過誇獎。我把自己鎖在櫃子裡的時間比別人家裡的大衣外套還長。

沒有了父親的薪水，她只好依靠社會福利救濟，救濟金連維持溫飽都不太夠，更別說買酒了。等到建屋互助會收回房子，我們就去布拉德菲爾德親戚家住了一陣子，可是她受不了他們的鳥氣，我們又再搬回塞福德，這次她加入了這裡一個頗具榮景的行業，賣淫。我也慢慢習慣了那些在我們那幾間骯髒屋子裡進進出出，喝醉酒噁心到極點的水手。我們總是拖欠房租，總是在情況嚴重到不行的時候連夜落跑。

逐漸的我愈來愈痛恨那種交媾時候發出來的怪聲，偏偏我又是固定在場的目擊者，我總是盡可能的待在屋外，經常胡亂的睡在碼頭旁邊。我也習慣挑一些年紀比我小的孩子，拿他們的錢買吃的東西。我換學校的速度幾乎和我們搬家一樣快，所以我的成績都不算太好，事實上我很清楚，我隨隨便便都能勝過大多數的小孩，他們就是笨。

一滿十六歲我就離開了塞福德。那不是痛苦的決定；不是爲了要出去多結交一些朋友，長時間以來，我看夠了男人的嘴臉，我很清楚日後絕對不會像他們，我感覺自己的內在很不一樣。我認爲如果搬到像布拉德菲爾德那樣的大城市，比較容易心想事成。我母親的一位堂弟幫我在他工作的電子工廠找了份差事。

差不多就在那個時候，我發現自己穿女裝的感覺超好。我一個人住一間雅房，所以我愛怎樣就怎樣，這對穩定我的情緒大有幫助。我開始到夜校去上電腦課，最後還拿到了資格證書。也就在那個時候，我母親因爲她哥哥的遺囑，獲得一棟位在塞福德的房子。

我回塞福德找到了一個工作機會，在當地民營電話公司負責電腦系統。我其實並不想回塞福德，但這份工作實在太好，拒絕可惜。不過我從來不接近我的母親，甚至，我認爲她根本就不知道我在那裡。

塞福德的好處不多，其中之一是搭渡輪到荷蘭非常方便。我每隔一個週末就會去一次，在阿姆斯特丹我可以變裝出門，沒有人會對你翻白眼。在那裡，變性人和有變裝癖的人隨處可見，我愈跟他們交談，愈覺得自己跟他們是同類。我是一個錯生在男人身體裡的女人。這正是我對女孩子從來不感「性」趣的道理。即使我覺得男人超有吸引力，但我畢竟不是女人。他們很討厭我，因為要假裝正常的交往關係，而實際上大家都清楚，那只有男人和女人才可以真正配合得天衣無縫。

我到里茲去看吉米綜合醫院的醫生，北部所有的變性手術都是他們做的，他們卻拒絕了我。那裡的心理醫生跟其他醫院的同行一樣的蠢，「瞎」。我想辦法找了倫敦一個私人診所的醫生，幫我做了我需要的荷爾蒙療法。當然，在療程中我不可能繼續上原來的班，我跟老闆商量，他說等我做完手術成為女人之後，他願意推薦我另外一份工作。

我必須到國外去做手術，手術費用高得驚人。我去找母親，問她可不可以把房子抵押了借錢給我，她只是一味的取笑我。

於是我學她的樣，在碼頭出賣自己。令人驚訝的是，那些水手對一個不男不女的角色出手竟然如此大方。他們一想到身上同時有奶又有「鳥」的一個人，簡直興奮到快要瘋掉了。我也不像其他的妓女；我不來酗酒、嗑藥或是皮條客這一套。我把錢都存著，存夠了好做手術。

我到塞福德的時候，起初連我母親都沒認出我來。我才回來沒幾天，她就發生酒精和藥物過量的意外。沒有誰感覺意外。對，博士，你可以把她也列入名單裡。

挾著證書、資歷和推薦信，我輕而易舉在布拉德菲爾德電信局裡得到資深系統分析師的職位。我賣掉了塞福德的房子，拿這筆錢在布拉德菲爾德爲自己買了一個窩，並且著手尋找能與我共享人生的好男人。

東尼博士什麼也弄不清楚，他敢說懂我？嗯，我會跟他分享這一切的，只是時間很短。可惜啊可惜，他沒有機會親筆記下這一段了。

18.

說實在的，只要碰到跟兇殺相關的事情，我就成了一個非常挑剔的人；或許我細膩周道得太超過了。

唐．莫瑞克走進福爾摩斯電腦組，嘴裡嚼著兩吋厚的雙份起司培根堡。「你怎麼辦到的？」大衛．渥考特問他。「你怎麼叫得動福利社那幾個阿姐做出能夠吃下肚的東西？她們頂多只能泡杯茶吧，你就有辦法把她們兜得團團轉。」

唐．莫瑞克眨眨眼。「這是我與生俱來的北方人魅力啊，」他說，「我挑最醜的那個，告訴她說她讓我想起年輕貌美時候的母親。」他坐下來，兩條長腿一撐。「你們小隊長給我的路寶Discovery名單我已經查了一大半了。全部沒問題。有兩台車主是女人，有兩台車主都有實實在在的不在場證明。有一個人患有多發性硬化症，根本不可能幹這種事，第六個在三星期前已經把車賣給中部地區一家經銷商了。」

「太好了，」大衛沉重的說，「把名單交給操作員，更新檔案吧。」

「老大呢？」

「卡蘿還是凱文？」

唐．莫瑞克聳聳肩膀。「我還是認喬登督察是我的老大。」

「她去亂槍打鳥了。」大衛說。

「有結果嗎？」唐問。

「交叉比對出來兩個。」

「看一下吧。」唐說。

大衛在文件堆裡翻找，有三份釘在一起。第一頁上面列著兩個相關的名字。唐．莫瑞克蹙著眉，翻過一頁。第二頁是對菲力浦．克羅西的一些前科紀錄所做的搜查列印。看不出什麼名堂。他迅速翻到第三頁，上面列了兩個克里斯多夫．索普。一個的住址最後列的是得文島，並列的還有幾樁偷竊的案子。第二個的住址最後列的地點是塞福德。上面有一長串的青少年犯罪前科：對一名足球裁判人身攻擊，打破一所學校的窗戶，商店行竊。另外還有六、七件成人犯罪紀錄，全都是拉客賣淫。唐．莫瑞克激烈的吸口氣，再回到前一頁。「靠！」他說。

「怎麼了？」大衛立刻警覺。

「這個。克里斯多夫．索普，塞福德這一個？」

「怎麼？卡蘿覺得這個不太像。我的意思是，他的前科是當男妓，而布拉德菲爾德這個看起來已經結婚了，因爲同一個地址的這個女人姓他的姓。別傻了吧，你不可能叫個跑碼頭的小男妓開著Discovery這樣穩重的大車四處跑吧。」

唐．莫瑞克搖頭。「不，你搞錯了。我認識塞福德這個克里斯多夫．索普。我來這裡之前在塞福德的掃黃組待過，記得嗎？有兩件當街拉客賣淫的案子，是由我負責逮捕歸案的。當時克里斯多夫．索普是現行犯，正準備做性交易。他連乳房什麼的都有，他出來賣只爲了賺手術費。你猜他的花名叫什麼？大衛，克里斯多夫．索普不是娶了安潔莉卡．索普，他就是安潔莉卡．索普。」

「靠！」大衛發出共鳴。

「大衛，卡蘿究竟去了哪裡？」

安潔莉卡站在他前面，兩手擱在屁股上，咬著一邊的嘴角。「你不能，是吧？你沒辦法拿出證明來，因爲你對我的人生一無所知。」

「就某個層面來看，妳完全說對了，安潔莉卡。我確實不清楚你的人生，」東尼小心翼翼的說，「可是我相信我多少了解部分的成因。你母親在對你的愛這方面表現得並不好。也許她本身有酗酒或是毒癮上的問題，也或者她根本不懂一個小孩子需要什麼。不管哪種情況，在你小時候她沒有讓你感受到你需要的愛。對嗎？」

安潔莉卡綳著臉。「繼續。繼續給你自己挖洞。」

東尼感覺一陣恐懼在後腦杓鑽得發痛。如果他全說錯了怎麼辦？如果這個女人恰巧是個例外，這一點東尼在整個調查行動中幾乎是可以確定的，如果眞的這樣那該怎麼辦？如果她眞的是從一個幸福美滿家庭冒出來的連續殺手，又該怎麼辦？不管了，他必須放掉這些疑慮，就當是放掉一件目前根本買不起的奢侈品吧，東尼繼續往下挖。「在你成長的階段你父親不常在家，他從來不表現他對於這個兒子有多驕傲，即使你使盡了渾身解數也沒用。你母親對你的要求太高，不斷的提醒你就是一家之主，只要你稍微表現得像個孩子，而不是她希望的假裝做個大男人，那你就要倒大楣了。」安潔莉卡的臉在抽搐，她同意這些說法，東尼暫停下來。

「繼續。」她咬牙切齒。

「像這樣拗著身子說話眞的很難。妳能不能把繩子稍微放鬆一點，讓我可以站直了？」

她搖頭，她的嘴像小孩子生氣似的噘著。

「我這樣沒法看清楚妳。」東尼再做努力。「妳的身體好漂亮，妳自己一定也知道。這次很可能是我最後的一次機會了，至少讓我好好欣賞一下。」

她把頭側向一邊，彷彿在咀嚼他的話究竟是眞是假。「這一切，」她終於承認了，「並不會改變什麼。」她走近絞盤把它鬆開一些，大約放開了一呎左右。

緊繃了半天的肌肉驟然放鬆，兩邊肩膀撐到了極限，東尼忍不住痛得大叫。「等會兒就好了。」安潔莉卡厲聲說著，轉回到錄影機旁的位置。「繼續往下說，」她對他下指令，「我一向最愛看奇幻小說。」

他努力忍著痛，小心緩慢的讓自己站直。「妳是一個非常聰明的孩子，」他喘著大氣。「比其他的小孩聰明得多。在這種情況下妳很難跟同年齡的孩子交朋友。而且你們常常搬家。經常換不同的鄰居，甚至不同的學校。」

安潔莉卡情緒恢復了控制，他再繼續往下說的時候她的臉已經沒有任何表情。「交不到朋友。妳知道自己跟別人不一樣，很特別，最初妳想不通爲什麼。隨著年紀慢慢長大，妳才明白其中的道理。妳原來跟別的男孩不一樣，妳對女孩子毫無性趣，可妳又不是個同志。根本不是。因為妳其實是一個百分百的女孩。妳發現自己只要一穿上女人的衣服就快樂得不得了，就像天生自然的舒服自在。」他停頓，對她邪氣的笑著。「到目前為止我的表現還行嗎？」

「真了不起，博士，」她冷冷的說，「我入迷了。繼續。」

東尼試著收緊兩邊肩膀的肌肉，發現到目前為止受損的情形還只是暫時性的，他鬆了一口氣。背上的痲和刺痛跟身上其他受苦的部分比較起來，根本不算什麼。他做完深呼吸，繼續開講。「妳下定決心要變成藏在妳身體裡面的那個人，一個真正的女人。天哪，安潔莉卡，我太尊敬妳了，妳的心理承受了多大的壓力啊。我知道要讓醫生正視這一個觀念的困難度有多高。所有那些荷爾蒙治療，電解除斑除毛，在等待正式手術期間過的半男不女的生活，再加上手術的疼痛。」他不能自已的搖著頭。「我知道我絕對沒有勇氣經歷這一切。」

「是不容易。」這幾個字不聽使喚地從安潔莉卡的嘴裡溜了出來。

「我相信妳，」東尼深表同情的說，「更何況在經歷這許多之後，妳開始懷疑自己到底值不值得，妳發現男人的愚蠢、遲鈍、缺乏內涵的本性，並沒有因為妳變成了女人而就此消失。他們依然故我，仍舊是一群不折不扣不識貨的渾蛋。」他停住，仔細觀察她的神情，心想著是否到了放手一搏的時候。她眼裡的冷酷退去了，取代的是近乎淒苦的眼神。他放柔了語氣，壓低了音量。上帝保佑，快讓他的專業訓練傳捷報吧。

「他們拒絕了妳，對不對？亞當．史考特、保羅．吉勃司、蓋瑞茲．芬尼根、戴米恩．康諾力。他們都拒絕了妳。」

安潔莉卡發狂的搖著頭，彷彿藉這個動作她就可以全盤否認掉過去。「他們令我失望。他們不是拒絕我，他們令我失望。他們背叛我。」

「說出來吧，」東尼柔聲的說，一面暗自祈禱，他辛苦得來的專業技巧這次千萬別出漏子。

「說出來吧。」

「爲什麼要說？」她大吼，朝前一步用力摑了他一個耳光，他的面頰跟牙齒猛烈相撞，他嚐到了血的味道。「你跟他們一個樣。那個爛貨怎麼回事？那個金頭髮的婊子，你當成寶似的那個賤人？」

東尼把滿口溫熱帶鹹味的鮮血吞下去。「妳指的是卡蘿．喬登？」他在拖延時間。現在這個「招」該怎麼接？他該說謊話還是說實話？

「你明知故問。我知道你跟她在一起，休想騙倒我，」她嘶吼，一隻手又抬了起來。「你這個花心背叛的混帳東西。」她的手再次刮過他的面頰，力道之重，他聽見自己的脖子扭折的聲音。

淚水不自主的湧上來。說實話絕對行不通。那只會讓自己吃更多的苦頭。但願他撒的謊夠說服力。東尼哀求的說：「安潔莉卡，她只是個玩伴，只是臨時抓抓癢的人而已。妳的電話逗得我慾火高漲。我又不知道妳哪時候會再來電話，或者會不會就此不打來了。」他「允許」他的聲音裡帶著怒氣。「我要妳，可是妳一直不肯告訴我怎麼才能眞正的擁有妳。安潔莉卡，妳就像對待其他那些人一樣，我只不過是排班的，等著輪到我的份。妳不相信一個小警察能稍微紓解我的性幻想嗎？妳應該懂得，妳自己也曾經有過。」

安潔莉卡退後，一臉的震驚。意識到自己達到了某種程度的突破，東尼乘勝追擊。「妳跟我，我們跟他們不同。他們配不上妳。可是我們是獨特的。妳一定也知道這一點，從我們通的那些電話裡。妳難道不覺得我們才是無與倫比的一對嗎？妳難道不覺得這次會大大的不同了嗎？這不就是妳眞正的渴望嗎？妳並不想要殺人。沒有。發生這些兇殺只是因爲他們太差了，因爲他們令妳太失望了。妳眞正想要的是一個互相匹配的伴侶。妳要的是愛，安潔莉卡，妳要的是我。」

她一直的盯著他，看了好半晌，瞪著眼睛，張著嘴巴。然後困惑接掌了一切，就像阻街女郎的挑逗，東尼一看就懂。「別對我說那個字，你這個沒品的下三濫，」她結巴著，「不准說！」她啞著聲音嘶吼。突然，腳跟一轉，她往外衝，高跟鞋叩叩叩的登上了樓梯。

「我愛妳，安潔莉卡，」東尼拚死命的對著她遠去的腳步聲大喊。「我愛妳。」

卡蘿和莫里斯站在格萊高利街這層小連棟屋的台階上。就算不是心理學家她也能讀懂他的肢體語言。莫里斯對卡蘿無厘頭式的直覺已經忍受到了極限。「他們八成去上班了。」在他們四度蹂躪那個門鈴之後，他說。

「好像是。」卡蘿附和著。

「我們待會兒再來吧？」

「我們再問幾家看看，」卡蘿建議，「看附近有沒有什麼鄰居。也許可以告訴我們索普哪時候下班回家。」

莫里斯擺出一副寧可去鎭壓一場學生示威活動的表情。「是，督察。」他沒好氣的應著。

「你負責對街，我在這邊找。」卡蘿看著他一步一拖的過街，疲累得就像一個收工的礦工，她無奈的搖搖頭嘆口氣，把注意力轉移到十二號的門牌。這裡很符合東尼對兇手居家環境方面的描述。想到東尼，卡蘿的火氣又冒上來。他究竟到哪裡去了？她今天眞的很需要他的資料，當然還需要一些小小的支持和鼓勵，特別是在其他人都認爲這個主意純粹是在浪費時間的時候。他說什麼都不該挑這麼糟糕的時候搞失蹤啊。眞是太不可原諒了。最起碼他也該撥個電話給那位秘書，省得她不斷的替他接電話找藉口。

十二號的門上沒有門鈴，卡蘿只好拿手指節在結實的木頭上猛敲。開門的女人像極了肥皀劇裡的那種誇張角色。四十多歲的年紀，她臉上的濃妝就算去洛杉磯參加晚宴都夠驚人的，更何況現在才下午三點多鐘，而且在布拉德菲爾德的一條小街上。她那頭經過漂染的白金色頭髮，堆成一個又高又斜的蜂窩。身上穿著寬圓領的黑色緊身毛衣，露出一道已經起皺的乳溝，閃光藍的瘦腿褲，白色的細高跟鞋，外加一條金色的細腳鏈。一根香菸叼在嘴角。「啥事啊，親愛的？」她用鼻音哼著。

「抱歉打擾妳，」卡蘿說著，亮出她的警證。「刑事督察卡蘿．喬登，布拉德菲爾德警局。我本來是要找住妳隔壁十四號的鄰居，索普他們家，可是好像沒人在。不知道妳清不清楚他們下班回來大概在什麼時間。」

女人聳了聳肩。「我哪知道，親愛的。那個婆娘一會兒進一會兒出。」

「那索普先生呢？」卡蘿問。

「什麼索普先生？隔壁哪有索普先生啊，親愛的。」她失聲大笑。「妳只要看她一眼就夠嗆的了。男人要是肯娶那個醜八怪，那八成是瞎了眼，窮極無聊。喏，妳找她啥事？」

「只是一些例行的調查。」卡蘿說。

女人不屑的哼一聲。「少跟我來這套，」她說，「我看了那麼多集的警界風雲可不是白看的，我知道他們才不會派個刑事督察出來做例行調查呢。也該把那個瘋婆子關起來啦，妳如果要我表示意見的話。」

「這是爲什麼，怎麼稱呼妳……？」

「古第森，貝蒂．古迪森。就是大明星貝蒂戴維斯的貝蒂。因爲啊，她是個既難看又反社會的醜八怪。」

卡蘿微微一笑。「古迪森太太，這恐怕不能算是犯罪。」

「當然不能，不過謀殺就是了，對吧？」貝蒂．古第森得意的嚷著。

卡蘿乾呑著，希望這只是一句無心之說。「這可是一個非常嚴重的指控。」

貝蒂．古迪森吸完最後一口菸，技術熟練的把菸頭拋過窄窄的人行道落入水溝。「我很高興妳有這個想法。妳比沼坡地拘留所裡那些夥計強多了。」

「眞的很抱歉，妳好像對我那些同事的印象不太好。」卡蘿的語氣帶著十分的關切。「妳方便說得清楚一點嗎？」拜託，千萬別是約克郡開膛手的劇情重播啊，當時就是兇手最要好的朋友告訴警方他們懷疑他是開膛手，警方沒當回事。

「王子，當時我們就在說他的事情呀。」

在那狂亂的一瞬間，卡蘿似乎看見那個美國的小搖滾歌星埋在布拉德菲爾德某棟連排屋後院裡的畫面。她努力振作自己，發問：「王子？」

「我們的德國牧羊犬。老是被她抱怨個沒完，就那個安潔莉卡．索普啊。簡直太沒道理了。那隻狗只是盡本分嘛。任何人在我們家巷道進進出出，那狗當然要通報你一聲。她自己還不是花大筆錢裝了個跟那隻狗一樣高效率的防盜鈴。總之，幾個月前……就是八月，銀行公休假的前一個週末，我們，我跟老高兩個下班回家，王子不見了。喏，牠自己絕對不可能跑出院子的，只要有人進來牠一定會衝上去。能讓牠失蹤只有一個辦法，就是把牠殺了。」古第森太太不但說，還用手指戳著卡蘿的胸口以示強調。「她先下毒，再把牠毀屍滅跡。她就是兇手！」

按照正常情況，卡蘿碰上這類的對話早就溜之唯恐不及，可是現在她正在追查巧手安迪，任何怪異的人或事都不能放過。「妳怎麼那麼肯定是索普太太？」她問。

「當然了。她是唯一對牠抱怨的人。而且牠失蹤那天，剛好我和老高都出去辦事了，她可是整天都在家。我非常清楚，因爲那個星期她都上夜班。我們去敲她的門問說她知不知道狗狗失蹤的事，她只露出一臉難看得要死的笑容。我眞想把她的臉扯下來。」古第森太太發狠的說。「妳說這事該怎麼辦？」

「如果沒有證據，恐怕很難辦。」卡蘿深表同情。「妳眞的確定嗎？那位索普太太一個人住？」

「誰會要跟那個醜八怪住。她連個訪客都沒有。不意外啦，她就像穿了女裝的金剛。」

「不知道妳清不清楚她開哪種車子？」卡蘿問。

「那種什麼雅痞式的吉普車。我倒要請問妳，在布拉德菲爾德這裡有誰需要一輛那麼凱的吉普車啊？又不是說經常要跑山路的，對吧？」

「妳知道她在哪裡工作嗎？」

「我不知道，我也沒興趣知道。」她看看手錶。「喏，不好意思，我的連續劇就要開始了。」

卡蘿看著大門在貝蒂．古迪森的背後關上，一種很不舒服的懷疑在她心中成形。就在她準備試十號之前，傳呼機急切的響了起來。「回電司卡吉爾街唐。特急。」她讀著那條簡訊。

「毛利斯！」卡蘿大喊，「帶我去找個電話。馬上。」格萊高利街上的事可以等。唐．莫瑞克可不行。

筋疲力盡的東尼跌入了惡夢顛倒的昏睡中。一道冰水迎面潑過來，頓時把他痛醒，他的頭啪的往後一仰。「哎喲！」他呻吟。

「快醒啊，快醒過來啊。」安潔莉卡粗暴的說。

「我說的都對，是不是？」東尼透過腫脹的嘴唇說。「妳已經想過了，妳知道我說的都對。妳希望停止殺人。他們那幾個人非死不可，他們該死。他們令妳失望，他們背叛妳，配不上妳。可是現在這一切都改變了。跟我在一起是完全不同的，因爲我愛妳。」

她臉上那張死板的面具在他眼前坍方了，變得比較軟，比較柔了。她在向他微笑。「你知道，這跟性無關。我隨時都能得到性。男人願意付錢跟我做愛，他們付我好多錢，我的手術費就是這麼來的。他們對我超有興趣。」她的聲音帶著一種奇怪的組合，驕傲和憤怒參半。

「我想也知道。」東尼在撒謊，他拚命裝出一副「哈」她哈到極點的表情。「可是妳眞正要的是愛，對不對？妳要的絕對不只是街頭那種沒有愛的性，或者電話裡那種看不見臉的性。妳當然值得。天哪，妳當然值得啊。我可以給妳，安潔莉卡。愛不只是肉體的吸引，雖然妳眞的很有吸引力。愛還包含了尊敬、仰慕、迷戀，這些感覺我對妳統統都有。安潔莉卡，妳要什麼都可以，我統統可以給妳。」

她內心交戰的情緒明明白白的寫在臉上。他看得出一部分的她急切的想要相信他，想要投入正常世界裡的正常親密關係。但是另外那個部分，強烈的自卑感在作祟，她沒辦法相信有哪個值得愛的男人眞的肯愛她。再來就是：懷疑，懷疑他在設局欺騙她。「我們怎麼可能？」她厲聲喝問。「你是在『吊』我。你跟警方是一路的。你根本就是站在他們那邊的。」

東尼搖頭。「那是在我認出妳就是我在電話裡愛上的同一個人之前。安潔莉卡，愛是可以蓋過職責的一種情緒。沒錯，我跟警方在合作，不過我不是他們的人。」

「你跟狗睡在一起，身上哪會沒跳蚤。」她冷笑著。「你想騙我，安東尼。你以為我會相信你？你眞把我想得太笨了。」

「剛好相反。如果要說笨，那就說警察吧。他們絕大多數都是膚淺、無聊的頑固分子，學心理的人跟他們在一起五分鐘就膩了。我跟他們沒有任何共通點。」他拚命辯駁。

她搖了搖頭，其中悲傷多過憤怒。「你替內政部工作。你整個的生涯，你一直都在跟連續殺人犯打交道，逮捕他們治療他們。現在你要我相信你忽然換了邊，對我忠誠起來了？算了吧，安東尼，我可沒那麼好騙的。」

東尼覺得他的力氣已經用盡。他的腦袋也愈轉愈慢，快要擋不住她的攻勢了。他可憐兮兮的說：「我的生涯規劃裡並沒有逮捕犯人這一項，我只負責治療他們。這是我必須做的，妳難道不了解嗎？我鑽研的那些內心世界才是我唯一覺得最複雜最難懂最有趣的所在。那就像到動物園看動物。妳想看那些動物的自然棲息地，如果去動物園是唯一可行的辦法，那你當然要去。我就是這樣，我必須等到他們被逮捕之後，才能夠仔細研究他們。可是妳，妳還是野性的，還是原汁原味的，妳的招數還是完美無瑕的。跟他們相比，妳是眞正的菁英，妳是最最好的。我的下半輩子會因爲有妳的智慧陪伴而精采。跟妳在一起，我怎麼都不會覺得無聊。」恐怖，也許，但絕對不會無聊。

她的下嘴唇往外杵，臉上多了份算計的表情。她朝他鼠蹊部的位置點一點頭，他的陽具軟趴趴的癱在那裡。「如果你覺得我夠吸引人，那它怎麼沒反應？」

這個問題東尼眞的無言以對。

「我們究竟查到了些什麼，卡蘿？」布蘭登提出質問。

卡蘿在布蘭登的辦公室一面踱著步子，一面扳著指頭計點。「我們查到一個變性人。不是經過國家健檢中心輔導監控的變性人，根據唐．莫瑞克的說法，這人是以性交易所得支付到國外動變性手術的費用。所以，我們知道這個人在接受精神科醫師診察，情況並不穩定。我們查到這個變性人開的車跟戴米恩．康諾力那個案子兇嫌所駕駛的是同一車型。我們查到有個鄰人指稱安潔莉卡．索普宰了她家的狗。那狗是在發生第一樁兇案的前兩個星期遭到殺害。安潔莉卡．索普購買了可以在電腦系統裡錄影用的軟體，這一點不但跟我個人研發出來有關兇手行爲的論點相符合，同時也受到我們心理側寫師的背書認同。甚至連她住的地方也符合東尼的側寫分析。」卡蘿激動的一口氣講完。

「她還是克里斯多夫的時候，就已經是個怪咖。」唐・莫瑞克插上一句。

「真希望能夠問一問東尼的看法。」布蘭登不置可否的說。

「我也是。」卡蘿在牙齒縫裡擠出一句。「可惜他今天顯然有更重要的事要做。」突然之間卡蘿像被一記悶棍敲中了脖子。她的膝蓋發軟，一頭栽進就近的一張椅子裡。「哎呀，我的天哪！」她驚喘著。

「怎麼了？」布蘭登關切的問。

「東尼。從昨天離開這裡之後他沒有跟任何人聯繫。今天他一共安排了兩個工作會議，照他秘書的說法，結果卻一直沒有出現，也沒有一通電話進來。他昨晚就不在家，今天到現在還是不在。」卡蘿的字句像一團毒霧似的懸在半空中。她胃裡一陣翻騰，湧上來的嘔吐感幾乎使她噎住。無論如何，在布蘭登關切的眼神底下，她總算保持了最起碼的鎮定。

抖著手指，卡蘿從布蘭登的桌上拿起一份側寫報告的副本。她情急的一頁頁往下翻，直到找著她要的那一頁。「『他的下一個目標有可能也是一名警官，或許甚至就是負責辦案的人員。這並非兇手選定目標的唯一考量；這個人選必定也充分符合他的理想，達到他做案的標準尺度。在此我強烈建議，凡是與被害人形象接近的警方人員隨時都要保持警戒，隨時注意住家附近有無停靠任何可疑的車輛，在工作或社交場合隨時查看有無被跟蹤的跡象。』想一想，長官，想一想這份受害人的側寫分析。東尼完全吻合。」

布蘭登不願意相信卡蘿的暗示，他說：「不到八個星期。時間不對！」

「可是是星期一。別忘了，東尼也指出如果情況刺激到他的神經，他的時間表可能就會加速。史蒂威．麥肯奈。還有所有的那些傳播媒體。還跑出一個不相干的外人來沾他的光。喏，就在這兒。**『另一種可能的情形是，有無辜的人以這些殺人事件的罪名遭到起訴。這在他是莫大的侮辱，因此有可能會提前下一次做案的時間。』**長官，我們必須馬上行動！」

她還沒開始說出最後那一句，布蘭登的手已經搭上了話筒。

前門打開直通屋內。樓下看起來再普通不過。小小的客廳裝潢很樸實很舒服，擺了雙人座的沙發和一張同組的椅子，加了秋香綠的軟墊。有一台電視、錄影機、中價位的立體音響系統，和一張咖啡桌几，完全是EIIE的複製品。牆上掛了兩幅大鯨魚在海中遨遊的加框海報。獨立式的書架上擱著一套經典科幻精選集，幾本史蒂芬金的小說，和賈姬．柯林斯的《情色三部曲》。卡蘿、唐．莫瑞克和布蘭登隨意的在屋子裡走動，經過樓梯進入二合一式的廚房餐廳。整齊乾淨得簡直就像樣品屋，工作台清潔溜溜連一條刮痕都沒有。水槽上面有一個馬克杯，一個盤子，一把刀，一把叉。

由布蘭登帶頭，幾個人爬上夾在兩廳房中間的一道窄梯。樓上的主臥室全部是泡沫粉紅色，好像一杯草莓奶昔。甚至連鑲著一圈花邊的腰子形梳妝台也是粉紅色。「哇！比芭芭拉．卡德蘭[36]還厲害。」唐．莫瑞克嘀咕著。布蘭登打開衣櫥，翻著一系列的女裝。卡蘿走向一個高腳櫃，拉開抽屜翻查。裡面無非是一些低俗不堪的內衣褲，大部分是紅色的緞料。

率先檢查後面一間客房的是唐．莫瑞克。一打開房門，他立刻知道即使地方法官在查無實證的情況下發出搜索令也絕對不會有人登報抗議。「長官？」他大喊，「看樣子我們找對了。」

這個房間陳設就像一間辦公室。大書桌上有一台電腦和各式各樣他們全都不認得的周邊配備。一邊是一具電話，連接著精密複雜的錄音機。角落一張小小剪輯桌，緊鄰著檔案櫃。一個四輪腳架上擺著電視和錄影機，兩者都是最先進最新式的產品。兩邊牆面都設了架櫃，上面排滿了電腦遊戲、影帶、卡帶和磁碟片，每個盒子都用印刷體齊整的做了標示。房裡唯一不搭調的東西是一張皮質的活動躺墊，像吊床似的吊在一個鋼架上。

「『賓果』！」布蘭登輕呼。「幹得好，卡蘿。」

「我們現在從哪開始？」唐．莫瑞克問。

「你們兩個誰會操作電腦？」布蘭登問。

「我看這個還是交給專家吧，」卡蘿說，「有可能外人一開機把裡面的程式資料全毀了。」

「好，唐，你管檔案櫃，我管影帶，卡蘿，妳負責卡帶。」

卡蘿走向放卡帶的架子。開始的十幾捲似乎是音樂帶，從麗莎．明妮莉到U2都有。接下來的第二批帶子上面標著『AS』和一到十二的數字。十四上面註明著『PG』，十五上面是『GF』，八上面是『DC』，六上面是『AH』。這幾個縮寫代號的可能性，不至於巧合得這麼離譜吧。一顆心七上八下的，卡蘿首先拿起標註著『AH』的卡帶，把它塞進收錄音機。她取了

㊱ Barbara Cartland, 1901～2000，英國浪漫言情小說家。

耳機插上插頭，小心翼翼的推近耳朵。她聽見了電話鈴聲，然後出現一個熟得幾乎令她落淚的聲音。「喂？」東尼說，因爲線路的關係他的音量變小了。

「哈囉，安東尼。」這個聲音似乎並不陌生。

「哪位？」東尼問。

一陣笑聲，很低很性感。「想不到吧，怎麼都想不到吧。」果然是，卡蘿想著，不祥的預感緊緊的抓著她。果然是答錄機上的聲音。

「好，說吧。」東尼的口氣帶著有意願參一咖的好奇和友善。

「你喜歡我扮誰呢？如果我扮誰都行？」

「這是開玩笑嗎？」東尼問。

「我這輩子從來沒這麼正經過。我是來讓你美夢成眞的。我是你的夢幻女郎，安東尼。我是你的電話情人。」

短暫的沉默，接著東尼這頭的電話砰的掛斷了。透過撥號語音，卡蘿聽見那陌生的女人說：「**Hasta la vista**（西班牙語：下次再會），安東尼。」

她按下停止鈕，用力拔掉耳機的插頭，回轉身看見布蘭登被亞當．史考特的影像整個嚇傻了，只見亞當．史考特撐在刑具架上，光著身子，顯然已經不省人事。她一時間回不過神來，不能領會自己到底看到了什麼。邪惡應該是血淋淋的，她想，不應該平淡無奇的展示在一個市郊的電視螢幕上。

「長官，」她勉強擠出一個聲音，「錄音帶。她一直在跟蹤東尼。」

東尼努力發出笑聲，結果只像在啜泣，他不管，他照笑不誤。「妳指望我現在勃起？現在這副樣子？安潔莉卡，妳用氯仿矇我，綁架我，把我一個人留在一間刑求室裡。很抱歉我令妳失望了，不過我從來沒有被綑綁的經驗。我害怕都來不及怎麼還硬得起來。」

「我不會放開你的，我不會讓你再回到他們那邊去。」

「我不是要妳放我走。相信我，我樂意做妳的囚犯，如果這是唯一能夠跟妳在一起的方法。我好想多了解妳，安潔莉卡。我要向妳證明我對妳的感情。我要讓妳知道我究竟站在哪一邊。」東尼盡全力的露出令女人心動的笑容。

「證明給我看啊。」安潔莉卡挑戰他，她的一隻手在自己的身上愛撫，在乳頭上磨蹭，慢慢的遊向她的私處。

「我需要妳的幫助，就像在電話上那樣。妳讓我感覺自己好棒，像一個眞正的男子漢。幫忙我，求求妳。」東尼懇求著。

她朝前一步，像個脫衣舞孃似的扭腰擺臀。「你要我來幫你發動嗎？」她拖長了音調，挑逗的模樣令人毛骨悚然。

「像現在這樣我眞的沒有辦法，」東尼說，「我兩條胳臂都綁在背後。」

安潔莉卡停止動作，臉色一沉。「我說了，我不會放開你的。」

「我也說了，我並沒有要妳放開我。我只求妳把我兩隻手銬在前面。這樣我才可以碰妳。」他再次努力溫柔的微笑。

她看著他，考慮著。「我怎麼知道可以信任你？我必須先幫你鬆綁，才能把你的手銬到前面來。說不定你想要我。」

「我不會，我向妳保證。如果妳不放心，就再用氯仿弄昏我啊。妳可以趁我沒知覺的時候銬我啊。」東尼決心再賭一次。從她的反應他就能知道自己的勝算有多少。

安潔莉卡移到他身後。他腦袋裡歡天喜地的在喊「耶！」他感覺到兩隻手上多了她手上的暖熱，她抓住他的手銬，猛力往上一提。「靠！」東尼沒命的吼著，萬箭穿心似的痛楚鑽入了他的手臂和肩膀。他聽見金屬碰撞的聲音，連接手銬的鉤環啪的脫開了。安潔莉卡放鬆了手銬，東尼跪趴在地上，兩條腿整個屈在身子底下。「我靠！」他胡亂的罵著，他的臉撲向地面，粗糙的石頭磨破了他的臉頰。

動作俐落的，安潔莉卡打開一邊的手銬，一把揪住他後腦袋的頭髮，把他拉抬起來。他另外那隻銬著手銬的胳臂卻仍舊被她拽著，她走到他面前粗暴的抄起他另一條手臂，把它翻轉過來。幾秒鐘後，他兩隻手又再度銬在一起，這次果然是在前面。他像個哀求者似的跪著，緊箍在腳踝上的皮帶使他加倍的不舒服。「妳看到沒？」他上氣不接下氣的說，「我說過我不會玩花樣的。」

安潔莉卡微喘的站到他身前，叉開兩腿。「證明給我看吧。」她提出要求。

「妳得幫忙我。我沒辦法自己來啊。」他虛弱的抗議。

她彎下腰再次揪住他的頭髮，強硬的把他拉起來站直，他腿上的肌肉在拚命使力之下抖個不停。兩個人站著，只隔了幾吋，她絲質的和服刷著他的手。他可以感受到她暖呼呼的熱氣噴在他磨破的臉頰上。「吻我。」他溫柔的說。妓女絕對不肯嘴對嘴接吻，他告訴自己。這是個險招。

安潔莉卡的眼裡似乎有些什麼東西在閃動，她湊了過來，不再揪他的頭髮，而是把他的臉托向她。當她的唇迎上他的時候，他必須用盡所有的意志力不許自己退避，她的舌頭侵入了他的口中，在探索他的牙齒和舌頭。你的性命就靠這個了，他告訴自己。你已經計畫好了。東尼強迫自己回吻她，也把舌頭塞進她的嘴裡，一面跟自己說，這世界上有的是比這更惡劣的事，這女人曾經讓前面幾個受害人也承受過類似的待遇。

結束了他認為這輩子最長的這一吻之後，安潔莉卡抽身退開，她用批判的眼光盯著他的下體。「我需要幫忙，」東尼說，「今天實在很辛苦。」

「怎麼幫？」安潔莉卡問，開合的嘴唇有些微的帶喘。顯然她的激情啓動得比他快得多。

「把頭靠過來。我每次不順的時候這招一定管用。我已經接觸過妳的嘴了，我知道妳非常棒。求求妳，我是眞的好想跟妳做愛。」

他的話幾乎還沒有全部說完，她已經屈膝跪下來，兩手翻弄著他的蛋蛋。很溫柔的，她拎起他軟綿綿的陽具，送入她的口中，她兩隻眼睛始終不離開他的臉。東尼探出手揉搓她的頭髮。然後，就像是在表演全世界最慢的慢動作，他把她的腦袋拉近貼緊，逼得她不得不低下頭，她的視線離開了他的臉。

然後，鼓足他剩餘的最後一分力氣，東尼抬起兩手，連同手銬重重的砸上安潔莉卡的後腦杓。

這一擊是在她完全不設防的情況下，她栽倒在她的兩腿中間，她的牙齒還卡在他身上。東尼讓自己儘量往後倒，他感覺得到腳踝扯裂開的聲音，明顯在抗議這一個突如其來的大動作。等到他碰著了地面，他用力彎身讓自己坐起來，抓住安潔莉卡的頭，狠命的朝石板地上敲，一直敲到她的身體停止抽動。

他把自己死拖活拉的拖過她趴倒的身軀，勉強搆到腳踝上的皮帶。手忙腳亂的掙扎著解開扣牢在石板塊上的搭扣。感覺上不知道經過了幾個小時，終於他自由了。他試著站直，他的腳踝拒絕這項挑戰，一個翻轉，他又跌回到地板上，這一跌使得兩條腿痛如刀割。他呻吟著，拚命往樓梯的方向蹭。他才挪動了三五呎，地上的那個身體哼哼嘰嘰的開始有了動靜。安潔莉卡抬起頭，鮮血加上黏液，她的臉活脫是一張可怕到極限的萬聖節面具。當她看見他的時候，她吼得就像一頭受了傷的牲畜，她搖搖晃晃的站了起來。

搜尋安潔莉卡做案場地的急迫性隨著擔心東尼的安危而急遽升高。他們把檔案櫃裡的東西全數傾倒在地上。每一塊碎紙片都逐一的核對，看是否能找到些許錄影帶上那個地窖的相關提示。發票、保證書、帳單、收據都不放過。卡蘿把一疊官方通聯的信件全部看完，希望能從中搜到一些租約或抵押權狀之類的資料，只要跟另外某個房產相關的任何線索。唐．莫瑞克挖的是有關索普變性的檔案。布蘭登則是空歡喜了一場，他找到一紮律師信，內容牽涉到塞福德的一棟房產。結果，很快就真相大白，他們說的是出售索普母親的故居。

最後是唐．莫瑞克找到了關鍵鑰匙。他看完相關的變性檔案，開始檢查一捆標著「稅務」字樣的信件。在翻到這封信的時候，他讀了兩次才敢確定自己的想法並非一廂情願。

「長官，」他謹慎的說，「我想這大概就是我們要找的東西。」

他把信遞給布蘭登，布蘭登讀著這封印了潘能、泰勒、貝利律師事務所的信函。「親愛的克里斯多夫·索普，」信上寫著，「我們收到紐西蘭，令姑母，桃樂絲·麥金太太的來信，授權我們把位在西約克郡布拉德菲爾德附近，上通提沼地史塔坡農場的鑰匙全部交託給你。經受託爲她的代理人，我們同意並允許你進入上述產業，以行使維護及保全的目的。請儘早與本事務所聯繫以便取得農場鑰匙……」

「利用一個偏僻的鄉間產業，」卡蘿的視線橫過布蘭登的肩膀。「東尼說過兇手有這層可能。現在她已經把他帶過去了。」一股怒氣衝上來，取代了原先在他們剛一打開這間表面正常的房間時，心頭那份緩緩上升的懼意。

布蘭登閉了一會兒眼，語氣緊繃的說：「我們還不知道，卡蘿。」

「就算她已經逮住他了，他是個聰明人。要說有誰可以靠一張嘴解困的，那鐵定非東尼莫屬。」唐·莫瑞克插上一句。

「別說這些瞎話了，」卡蘿厲聲的說，「史塔坡農場究竟在哪裡？我們多快可以到得了？」

東尼急切的朝四周張望。那排刀架在他左邊，位置太高了。安潔莉卡站起來的時候，他才爬到石凳邊上，拚死命的把自己往上撐，一隻手已經接近刀柄。她蹣跚的站起來壓到他身上，嘴裡不斷的發出吼聲，就像一頭失去孩子的母牛。

她的重量加上衝力硬生生的把東尼壓翻在石椅上。她兩手胡亂的抓著他的喉嚨，緊緊的掐著他的氣管，他的眼前開始閃現一片白光。就在他覺得自己已經無法再承受時，他忽然感覺有大量黏熱的鮮血貼上了他的肚子，安潔莉卡的手勁變得軟癱無力，就像一張濕掉的報紙。

他還弄不清是怎麼回事，就聽見有腳步聲衝下樓梯。彷彿是天堂再現，唐．莫瑞克衝下來，緊跟在後的是約翰．布蘭登，他的下巴像個雕塑品似的落到他面前。

「我的媽呀！」布蘭登低呼。

卡蘿推開兩個大男人，茫然不解的盯著眼前這一個屠殺的場景。

「你們眞會算時間啊。」東尼喘著。他昏過去之前，最後聽見的是他自己歇斯底里的笑聲。

尾聲

卡蘿推開側邊病房的門。東尼靠在一大堆枕頭上，左邊的臉腫脹瘀青。

「嗨，」東尼忍痛露出一個有氣無力的笑容，「請進請進。」

卡蘿帶上門，往床邊的椅子坐下。「我隨便給你帶了些小東西來。」她把一個塑膠袋和一個加了內墊的信封拋在床單上。

東尼探出手拿袋子，卡蘿看見他紅腫發炎的手腕上一整圈的黑青，忍不住一陣心酸。他從袋子裡抽出一本君子，一罐水平衡，一筒開心果和一冊達許・漢密特[37]的偵探推理精選。「謝謝、」他說，她的選擇令他驚喜又感動。

「我不太知道你喜歡什麼。」她帶點防衛的口氣。

「那妳太會猜了。眞的是一流的偵緝組幹員。」

「只是理解力太慢。」卡蘿故意刻薄。

東尼搖搖頭。「約翰・布蘭登剛才來過。他告訴我這次全靠妳的判斷正確。如果妳還說差，我眞不知道怎樣才算強了。」

「我應該更早想到，你不會在那麼重要的時刻隨便搞失蹤的。其實，我當初看到你的側寫報

㊲ Dashiel Hammett, 1894～1961，美國著名偵探推理小說家。

告就應該想到你可能就是目標，就應該對你採取保護的步驟。」

「胡說，卡蘿。如果要說誰該第一個想到，那應該是我。妳已經太厲害了。」

「不。如果我眞的厲害，我們應該在第一時間趕到免得你……你做那件事。」

東尼嘆息。「妳是說，你們就可以挽救安潔莉卡的性命？何必呢？然後在重症精神病院裡待上幾年？往好處想吧，卡蘿，妳可是爲州政府省了一大筆錢啊。不必花大筆的審判費，不必監禁，不必出醫療費。靠，搞不好他們還會頒給妳一個獎章呢。」

「我不是這個意思，東尼，」卡蘿說，「我的意思是，你就不必一輩子背負著曾經殺過人的想法了。」

「也對啦，我不能硬拗說這是個完美的結局，不過我會學著跟它和平共存。」他擠出一絲微笑。「別想太多了，反正我能夠再下床走路的第一件事就是去給妳買件新的外套，」他說，「每次看見妳穿這件外套，我就有驚聲尖叫的衝動。」

「爲什麼？」卡蘿一頭霧水。

「妳難道不知道？她在門口出現的時候，身上穿的就是跟妳同式同樣的這件外套。好處是，如果現場留下任何屬於她衣服上的纖維，鑑識小組都會以爲是妳的。」

「太好了，」卡蘿明著在講反話。「欸對了，你的腳踝怎麼樣？」

東尼扮個怪臉。「我想我不能再拉小提琴了。去廁所拄枴杖就行了，可是尿尿得坐在浴缸邊上。他們說大概不至於造成永久性的傷害，只是斷掉的韌帶需要一陣子才會復原。妳呢，還好嗎？」

卡蘿也扮個怪臉。「很不好。我相信這方面是你的強項。你說不斷讓幻想保持新鮮感的看法是對的。她，不管是男，是女，或者中性，總之她保留了所有那些受害人跟她對話的色情電話錄音帶，同時她還竊取了對方答錄機裡的輸出訊息。

「研究人員爲了破解那些電腦的程式耗了不少時間。我們這邊沒有眞正懂得這些東西的人，好在我弟弟麥可解決了這個難題。」

東尼笑得不太自然。「當時我什麼也不敢說，其實有一陣子我還眞有些懷疑妳的弟弟。」

「麥可？眞的！」

東尼尷尬的點點頭。「就是在妳假設電腦操控錄影帶那套論調的時候。麥可在這方面毫無疑問的是個專家。他又剛好符合那個年齡層，又剛好跟一個女人住在一起，彼此不涉及男女之間的親密關係，他又剛好可以自由取得兇手所需要的消息，無論是警方的還是鑑識組方面的資料，他的工作性質又剛好是我預期的那個範圍，他完全清楚警方的一舉一動。如果我們再不逮到安潔莉卡，我已經準備要想辦法約他出來吃飯了。」

卡蘿搖搖頭。「現在你知道我說理解力太慢的意思了吧？我接觸的資料跟你完全相同，我從來沒有想到過麥可，一點點可能都沒出現過。」

「這不意外。妳太清楚他了，妳知道他不是精神病患。」

卡蘿聳聳肩。「是嗎？這種情形經常發生，一個親人，甚至一個妻子，經常會發生類似同樣的錯誤。」

「一般都是這樣，他們不是自己騙自己就是情緒上的矛盾，在某種程度上依賴著兇手。不過這兩者在這個案子裡都不適用。」他疲憊的笑笑。「不談這些，說說妳的麥可揭發了哪些東西。」

「電腦眞的是一個大金礦。她跟蹤和謀殺的全紀錄都在那裡面。甚至還提到等她死後要公開出版所有的日記。想不到吧？」

「不難想像，」東尼說，「我應該拿一些關於連續殺人犯的文獻給妳看看。」

卡蘿打了個寒顫。「謝謝，不必了。我替你列印了一份日記。我猜想你會感興趣的。」她指指信封。「都在裡面。還有，正如你的推測，她把兇案都做了錄影存證，就像我前面說的，她把影像輸入電腦，操控影像讓幻想不斷保持新鮮感。簡直詭異到了極點，東尼。簡直比惡夢還要惡夢。」

東尼點點頭。「我想妳沒辦法習慣這些的，就算妳做了這份工作還是沒辦法，不過只要上了舞台妳自然就會把這些東西封鎖起來，不會讓這些令妳頭痛的東西隨便跳出來。」

「是嗎？」

「理論就是這樣。過幾個禮拜再問我吧。」他神情凝重的說。「有沒有找出她到底憑什麼理由挑上這些受害人？」

「沒什麼特別的大道理，」卡蘿氣悶的說，「她在挑選第一個受害人的前幾個月就開始佈局了。她在電信公司上班，擔任電腦系統的經理。很明顯，她之前曾經在塞福德一家小型的私人電話公司工作過，靠了這份資歷才得到布拉德菲爾德現在這個職位。她是他們所謂的不設限超級用戶，可以隨心所欲的進入公司電腦裡的各項資料。她就利用公司話務系統蒐集去年一年裡固定撥打色情聊天電話的用戶號碼。」卡蘿停頓下來，讓那一個心照不宣的問題懸在那裡。

「爲了做學術研究，」東尼無精打采的說，「我發表過一份研究資料，關於色情電話在連續殺人犯妄想的角色開發。早該有人提醒安潔莉卡不要草率行事，不要過早下結論。」

看他似乎話中有話，卡蘿不想終止話題。「她根據選民登記冊，挑選獨居的男人。然後開始跟監，觀察他們的房子。她非常清楚自己要哪一型的對象，她要的是有房子，有正當收入，有良好職業的人。你相信嗎？」

「當然，而且意料之中。」東尼嚴肅的說。「她的基本邏輯其實從來不想殺死他們，她只想好好愛他們。之所以會起殺意是他們背叛了她。她不斷告訴自己，她眞正要的是一個會愛她，跟她廝守在一起的男人。」

我們不都是這樣嗎？卡蘿心裡想卻沒說出口。「反正，她一旦決定了某個可能的候選人，她先以色情電話鋪路。她用這個方法讓他們上鉤，因爲她知道，你們這些滿腦子齷齪的男人在這方面根本沒辦法抗拒。」

「咳，」東尼臉皮抽了一下，「我要抗辯，在我來說絕大部分的興趣純粹在學術方面。我對一個女人願意在電話上做出這種行爲的心理非常感興趣。」

卡蘿笑得很硬。「至少我現在知道你說的是實話，你說你並不認識在你答錄機上搞色情的女人是誰。」

東尼別開視線。「發現對妳有好感的一個男人居然在電話上跟陌生人玩變態色情，妳一定很得意吧？」

卡蘿沉默，一時間不知該說什麼才好。「那些帶子我都聽了。」她老實的說。

「你的帶子跟其他的人很不一樣。多半時候你明顯很不自在。反正那不干我的事。」

東尼開口的時候依舊不敢正視她的眼睛，但是他的音調簡潔有力。「我在性方面有問題。明確的說法是，我有勃起和持久力方面的困難。更坦白的說，我把這種電話當成學術研究的想法只占了一部分，另外一部分是想利用它作爲一種自我治療。我知道這聽起來好像很變態，可是我的工作確實存在著一層困擾，就是很難找到一個值得尊敬、信賴，跟我的工作領域也毫無牽扯的治療師。不管他們在口頭上做了多少保證，絕對遵守爲客戶保密的原則，我還是不願意冒這個風險。」

了解東尼做這樣的告解是多麼的不容易，卡蘿探出手輕輕的按上了他的手。「謝謝你告訴我這些。這件事到此爲止，你放心，聽過全部帶子的人只有我和約翰·布蘭登兩個人。你不必擔心組裡會有誰在背後說你的閒話。」

「沒關係。好，我們繼續。說說安潔莉卡跟其他幾個受害人通話的情形吧。」

「很明顯，那幾個男人以爲這只是單純的色情，不會有任何不良的效應。安潔莉卡的分析就完全不同了。她認定那些回應就代表他們眞的愛上了她。不幸的是，那些傢伙並沒有這個意思。所以只要他們一對別的女人展現興趣的時候，那就等於簽下了死亡令。其中只有戴米恩例外。她殺他是爲了給我們一個教訓。你是下一個教訓。」

東尼聳一聳肩膀。「怪不得她非要去國外動變性手術。她看的那位國家衛生署的心理師一定被她的態度和志向整得暈頭轉向。」

「顯然是，他們認爲她並不適合變性，因爲她對自己的性向觀念不正確。他們的結論認爲，由於文化和家庭背景的因素，她屬於不善處理自我性向的同性戀者。他們建議找一位性治療師諮商要比做變性手術來得好。當時還發生一件很難看的事，她把其中一位心理學家直接撞破玻璃門給甩了出去。」卡蘿爆料。

「可惜他們沒按鈴申告。」東尼說。

「是啊。你應該很開心他們也不打算告你。」

「那是當然！就像我說的，想想我替他們省了多少納稅人的錢。等我出院的時候我們倒是應該吃頓飯慶祝一下吧？」他試探的問。

「好啊。還有一件附帶的好事情。」卡蘿說。

「什麼？」

「潘妮·柏格思昨天休假到谷地散步。結果車子拋錨，她在一個樹林裡困了一整夜，錯過了這個大事件。今天崗哨晚報十幾條的新聞稿，沒有一條是她的！」

東尼躺下來瞪著天花板。還不都是在放馬後砲。他想卡蘿也很清楚這套，只是他對她的作爲已經沒有什麼感覺，他實在太累了。他閉上眼嘆一口氣。

「啊，對不起，」卡蘿連忙站起來，「你一定累壞了。我走了。這些東西等你有精神的時候再慢慢看吧。我明天再來看你，如果你高興……」

「我高興，」東尼困乏的說，「只是偶爾一陣子會覺得很累。」

他聽見她的腳步敲過地板，然後是開門的聲音。「保重。」卡蘿說。

病房的門在她身後帶上，東尼把身子往上蹭，讓自己靠坐在枕頭上。他伸手取過那只加內墊的信封。即便沒有力氣說話，他的好奇心卻沒有辦法捨棄安潔莉卡的日記。他抽出厚厚一疊A4的紙張。「來看看妳葫蘆裡究竟賣什麼藥吧。」他輕輕的說。「眞相是什麼？妳是怎麼想的？妳有什麼隱衷？」近乎貪婪的，他開始閱讀。

審核這一類心理傷害方面的長篇大論，對東尼來說是家常便飯。但這次，他才看了幾段就知道不同於以往。起初，他摸不透它在講些什麼。上面的文字比其他一些天馬行空的文句來得優美、冷靜、直接，這些並不足以解釋爲什麼他的反應會這麼的不同。他帶著既厭惡又好奇的心情，繼續看了幾頁，其中一些自我陶醉的部分跟他過去看過的那些文章沒什麼兩樣，只是字裡行間有一種冷到令人發毛的不尋常味道。大多數兇手寫出來的東西著重在榮耀自己的角色，很少反映他們對受害人所造成的影響，可是這個人，她沒有厚此薄彼，對自己和對受害人都是同等待遇。不過這還是不能完全解釋爲什麼令他覺得那麼心神不寧的原因。不管到底爲什麼，總之他愈看，愈覺得不敢看，這種反應太反常了。他曾經渴望進入兇手的思想，進入這一個被他封號爲巧手安迪的思想，現在這一切攤在他面前，他卻彷彿已經不想要知道了。

他強迫自己繼續往下看，一面在心裡核對著他側寫分析上所做的假設，他終於領悟了他的感受太個人化。這些文字會令他如此的感動，是因爲這一頁頁的生命寫眞有著他從來沒有見識過的眞切直接。這些都反映了他自己走過的人生，一段很不舒坦，很涅墨西斯[38]的人生旅程。

他把日記扔到一邊，沒辦法再看下去了，他清楚的看見自己的命運映照在安潔莉卡細膩筆觸勾畫出來的那些殘破的身影上。心理學家最大的痛苦就在於他們清楚知道自己出了什麼樣的問題。他知道自己還處在極度的驚嚇當中，他仍舊拒絕接受事實。雖然地窖裡發生的一切揮之不去，然而在他和記憶中間還是隔著一段距離，就彷彿他只是遠遠的站在那裡觀望。不知道哪一天，那恐怖的一夜會以身歷聲的音響重新呼嘯而來，以豪華的寬銀幕在他的心眼上再度放映。有了這份認知，現在的麻木反倒是一種福氣了。他也知道，現在他的答錄機裡已經被那些急於挖掘熱門大頭條，獵人如何變殺手的留言塞到爆。總有那麼一天，他勢必要對這整個事件做一個說明。他希望他還有力量把它完整的保留給一位精神病科醫師。

要合理的交代身爲一個連續殺人犯鎖定的目標自己心中的感受，當然不舒服，他實在不想再站上那一個位置。他能夠想到的就是在地窖的那幾個小時裡，如何挖空心思搜尋一些魔法字眼，爲自己多爭取幾分鐘重獲自由的時間。

再來就是那一個吻。神女的吻，殺手的吻，情人的吻，救主的吻，集所有之大成的一個吻。它來自曾經挑逗了他好幾個星期的那張嘴，那張嘴曾經說過許多話，曾經給他的未來帶來無限的希望，最後卻讓他陷入了絕境。他一生致力於探索那些殺人者的腦袋，最後自己竟成了他們的一分子，感謝那一個猶大之吻啊。

「妳還是贏了，對嗎，安潔莉卡？」他輕柔的說，「妳想要得到我，現在妳果然如願以償了。」

㊳ Nemesis，希臘神話中的復仇女神。

Storytella 11

人魚之歌 The Mermaids Singing

國家圖書館出版品預行編目資料
人魚之歌 / 薇兒・麥克德米著；余國芳譯
.— 初版.— 臺北市 ： 春天出版國際, 2010. 08
面； 公分.—（Storytella ；11）
譯自：The Mermaids Singing
ISBN 978-986-6345-41-8（平裝）
873.57 99013893

ISBN 978-986-6345-41-8
Printed in Taiwan

作　者　薇兒・麥克德米
譯　者　余國芳
總編輯　莊宜勳
主　編　鍾靈
外文編輯　王茵茵
特約編輯　Eleven
行銷　胡弘一

發行人　蘇彥誠
出版者　春天出版國際文化有限公司
地　址　台北市忠孝東路四段303號4樓之一
電　話　02-2721-9302
傳　眞　02-2721-9674
E－mail　frank.spring@msa.hinet.net
網　址　http://www.bookspring.com.tw
部落格　http://blog.pixnet.net/bookspring
郵政帳號　19705538
戶　名　春天出版國際文化有限公司
法律顧問　蕭顯忠律師事務所
出版日期　二〇一〇年八月初版一刷
定　價　350元

總經銷　楨德圖書事業有限公司
地　址　台北縣新店市復興路45號3樓
電　話　02-2219-2839
傳　眞　02-8667-2510
香港總代理　一代匯集
地　址　九龍旺角塘尾道64號 龍駒企業大廈10 B&D室
電　話　852-2783-8102
傳　眞　852-2396-0050

排　版　浩瀚電腦排版股份有限公司
印刷所　鴻霖印刷傳媒股份有限公司

Storytella
Universal Stories that Haunt Your Heart.

Storytella
Universal Stories that Haunt Your Heart.